Clara Viebig

Rheinlandstöchter

RHEIN
MOSEL
VERLAG

Rhein-Mosel-Verlag
Brandenburg 17 D-56856 Zell/Mosel
Tel. 06542/5151 Fax 06542/61158
www.rhein-mosel-verlag.de

ISBN 978-3-89801-123-5
Ausstattung: Stefanie Thur
Korrektorat: Melanie Oster-Daum
Titelbild: Walther Wünnenberg: Landschaft bei Koblenz

Clara Viebig

Rheinlandstöchter

RHEIN-MOSEL-VERLAG

Der Text entspricht, außer geringfügigen orthographischen
Korrekturen, dem der fünften Auflage von 1903,
verlegt bei Egon Fleischel & Co. Berlin.

Erstes Buch

I.

»Nein, ich glaube ganz entschieden nicht, daß meine Nelda heiratet,« sagte Frau Regierungsrätin Dallmer mit einem Seufzer und häkelte nervös hastig an dem feinen Hemdenspitzchen. »Ich werde wohl das Glück nicht haben,« setzte ihre gedrückte Stimme noch leiser hinzu.

»Aber, verehrteste Rätin, warum denn nicht?«

»Du meine Zeit, es heiraten noch ganz andere – was für eine Idee!«

»Gott, sie ist ja noch jung und auch ganz hübsch!«

»Wie kommen Sie darauf, haben Sie etwa schon Erfahrungen gemacht?«

Ein ganzer Chorus von Stimmen stürmte auf Frau Regierungsrätin Dallmer ein, die auf dem Sofa, hinter dem mit Kaffeetassen und Kuchenkörben bedeckten Tisch saß.

Jetzt ließ sie die Hände in den Schoß sinken.

»Lieber Gott, ich hab's so im Gefühl – Nelda hat gar nicht das, was andere junge Mädchen haben. Wir haben zu wenig an ihr erzogen, mein guter Mann hat eben ganz andere Ansichten als ich. Und wenn ich nun denke, daß Dallmer so leidend ist und Nelda ohne Vermögen zurückbleibt! Was soll werden, wenn sie sich nicht verheiratet? Ach, es kostet mich manche schlaflose Nacht!«

Die kleine Frau duckte sich wie ein Vogel vor'm Sturm und hielt einen Augenblick die Hand vor die Augen. Der Chorus benutzte dies, um sich verständnisinnig zuzunicken.

»Teure Freundin,« sprach Frau Oberkonsistorialrätin Zänglein würdevoll und legte die fleischige weiße Hand auf die Schulter der Zusammengesunkenen, »des Herrn Wege sind wunderbar, sein Ratschluss unerforschlich! Vertrauen Sie ihm, gehen Sie fleißig zur Kirche! Es ist, glaube ich, bei Ihnen nicht oft genug der Fall. Das ist eben das Kreuz der gemischten Ehen: entweder zerrt ein Teil den andern herum, oder sie sind beide lau. Ihre Nelda ist auch nicht Fisch noch Fleisch, obgleich sie protestantisch eingesegnet ist. – Am nächsten Sonntag hält mein Gatte die Hauptpredigt, ich werde Ihnen einen Platz in unserer Bank reservieren. Er, der die Lilien kleidet und die Vögel unter'm Himmel speist,« – das starr Schwarzseidene hob sich höher vom Sofa, die Stimme der Sprecherin bekam ganz den sonoren Kanzelton des geistlichen Gemahls, aber sie gelangte nicht zu Ende, sie schnappte ab wie eine verstimmte Orgel. Von jenseits des Tisches erhob sich das hohe Organ der Höheren-Töchter-Schulvorsteherin, des Fräulein Aurora Planke. Dieser allerhöchste Diskant machte jedwedes ringsum tot.

»Liebste, ich habe es immer gesagt, warum ließen Sie Nelda nicht die Selekta besuchen und das Examen gleich hinterher machen? Dann war sie gesichert. Lehrerin an einer höheren Schule, Gouvernante in feiner Familie zu sein, ist für eine Tochter aus unseren Ständen doch immer eine hübsche Perspektive. Ich begreife Sie nicht, verehrte Rätin! Dieses Warten auf den Mann! Die einzige Versorgung in der Ehe zu erblicken, hat für mich – nehmen Sie's nicht übel – entschieden etwas Herabwürdigendes.«

Fräulein Aurora Planke richtete den flachen Oberkörper kerzengerade auf, ein ziegelfarbenes Rot stieg ihr in die Wangen bis hinauf unter die glattangeklebten Haare.

»Da könnte heute einer kommen und mir seine Hand und Gott weiß was bieten, ich sagte: Nein. Nein und nochmals Nein!«

Der Diskant steigerte sich, die Höhere-Töchter-Schulvorsteherin schlug sich auf die Stelle, die man Busen zu nennen pflegt; es klang, als ob eine Ente mit dem Flügel in seichtes Wasser platscht.

»Ich – wie stehe ich da in meiner Stellung?! Vollständig selbständig, habe niemanden zu fragen, brauche mich nicht an die Launen eines womöglich eifersüchtigen Gatten zu kehren; kein Kindergeschrei. Bin ich zum Kaffee bei guten Freundinnen« – sie machte eine Schwenkung nach rechts, wo die Wirtin, Doktorin Schmidt, saß, – »habe ich keine Hast nach Haus, ich werde nicht mit kleinlicher Ungeduld erwartet. Ich bin eben frei. Wir brauchen keine Männer – wozu? Erheben wir uns doch über die Befriedigung niedriger animalischer Triebe, seien wir Menschen, wohlverstanden: höhere Wesen! Es ist etwas Ekelhaftes um diese Männer mit ihrer Brutalität – selbst die besten sollen die haben.

Ja, meine Damen, obgleich die Mehrzahl von Ihnen verheiratet ist, Sie werden mir doch zugeben müssen, es ist etwas Herrliches um die Jungfräulichkeit. Ich heirate nie! Nie!«

Und mit diesem wohlberechneten Effekt schloß Aurora Planke ihre Jungfernrede.

Ein Gemurmel entstand, mehr widersprechend als beifällig.

»Das glaub ich,« flüsterte die allerliebste Hauptmann Xylander ihrer Nachbarin zu, »die Trauben sind sauer!« Und laut sagte sie: »Nun, ich bin sehr glücklich. Ich habe einen lieben Mann und liebe Kinder, ich bin so glücklich, wie ich es mir als Mädchen nicht habe träumen lassen. Sie können ja die Ehe gar nicht beurteilen, bestes Fräulein Planke; Sie reden wie der Blinde von der Farbe.«

Fast klang's, als ob die Höhere-Töchter-Schulvorsteherin das Kosewort ›Gans‹ unterdrückte, jedenfalls zogen sich ihre Mundwinkel verächtlich herab, das Ziegelrot der Wangen wurde Scharlach, eine scharfe Antwort war vorauszusehen. Da schob sich der dicke Kanzelton der Oberkonsistorialrätin wie ein Bollwerk zwischen die Parteien.

»Schon die Bibel sagt: Es ist nicht gut, daß der Mensch allein sei! Und Gott schuf den Menschen ihm zum Bilde, zum Bilde Gottes schuf er ihn, und er schuf sie, ein Männlein und ein Fräulein. Liebes Fräulein Planke, Sie haben noch keine Traurede von meinem Gatten gehört! Er traut bald; wissen Sie, die hübsche Agnes Röder mit dem Leutnant von Osten! Sie müssen kommen, ich schicke Ihnen ein Billettchen.«

»Was, Frau Oberkonsistorialrat, die kleine Röder heiratet so bald schon? Nein, macht die ein Glück! Den schönen und reichen von Osten! Noch dazu vom Garderegiment Königin!« Eine wahre Aufregung bemächtigte sich der Tafelrunde.

Selbst Frau Regierungsrätin Dallmers nervös tätige Hände feierten, ihre matten Augen – Augen, die viel geweint – bekamen Glanz. »Ach, macht die ein Glück,« echote sie nach.

»Ja, die Röder ist aber auch ein reizendes Wesen,« meinte ehrlich Frau Doktor Schmidt, »ganz anders als Ihre Nelda; so etwas anmutig Mädchenhaftes, echt Weibliches! Wenn sie auf dem Ball sich auf den Arm ihres Tänzers lehnt und den Blick zu ihm erhebt, so weich, fast möchte ich sagen schmachtend – es ist rein zum Verlieben!«

»In der Schule war sie eine dumme Pute,« warf Fräulein Planke trocken ein. »Sie wird's wohl auch geblieben sein – natürlich, wo wäre sie sonst auf den faden Leutnant hereingefallen! Ich habe noch kein gescheites Wort von ihr gehört!«

»Der Herr gibt's den Seinen im Schlaf,« orgelte Frau Zänglein. Sie legte wieder die fleischige Hand auf die Schulter der kleinen Rätin, die von der Breite des oberkonsistorialrätlichen Seidenkleides ganz in die Sofaecke gequetscht wurde. »Ihre Nelda sollte sich an der Weiblichkeit von Agnes Röder ein Beispiel nehmen; statt dessen lacht sie. Mein Milchen kam neulich ganz entsetzt aus dem Kränzchen nach Hause. ›Denke dir, Mama‹, erzählte mir das gute Kind, ›Nelda Dallmer sagte heut, ein Ball käme ihr vor wie ein Gänsemarkt; die Mütter säßen als Verkäuferinnen ringsum, und die Gänse, die am feistesten wären und am lautesten schnatterten, gingen am ersten ab.‹ Oh – oh!« Die Zänglein schlug die Augen gen Himmel und richtete sie dann strafend auf das niedergeschmetterte Opfer in der Sofaecke. »Sie sollten Ihrer Nelda solche Reden abgewöhnen, liebe Freundin! Sie passen schlecht für wohlerzogene Töchter. Übrigens hat Ihre Nelda unrecht, Agnes Röder ist weder feist, noch schnattert sie viel!«

»Ha ha – ha ha ha!« Frau Hauptmann Xylander wollte sich totlachen. »Diese Geschichte von Fräulein Nelda muß ich meinem Mann erzählen. Wird der sich amüsieren! Er mag Fräulein Nelda so gern, er sagt immer, sie hat etwas Urwüchsiges; man ginge bei ihr wie durch einen tannenduftigen Wald, und plötzlich käme ein Windstoß daher und bliese einen fast um. Aber der erquickte. Ha, ha, nein, zu komisch!«

Mit wehmütig dankbarem Lächeln sah Rätin Dallmer die junge Frau an.

»Ich freue mich, daß Ihr Herr Gemahl Nelda leiden mag! Freilich, es wäre besser, wir hätten sie nicht jedes Jahr zum Bruder meines Mannes, dem Bürgermeister auf der Eifel, geschickt; da hat sie so viel ohne Aufsicht herumgetobt. Aber Dallmer hat ja immer seine eigenen Ideen – ach!« Sie zuckte resigniert die Achseln.

»Lassen Sie's gut sein, Frau Rätin!« flüsterte die junge Frau und legte ihre warme Hand auf die kalten, rastlos häkelnden Finger. »Ich muß übrigens den Damen jetzt Adieu sagen,« fuhr sie laut fort und stand auf, »so leid es mir tut! Mein Mann erwartet mich zeitig und mein Kleinster wird schon schreien. Guten Abend – angenehme Unterhaltung! Leben Sie wohl, vielen Dank für den hübschen Nachmittag!«

Knixen und Händeschütteln. Die ganze Tafelrunde war auf den Beinen.

»Schon so früh?«

»Ach, wie schade!«

»Vielen Dank für Ihren lieben Besuch, Empfehlung an den Herrn Gemahl!«

»Ich bitte Sie, ich habe nur zu danken!«

»Kommen Sie gut nach Haus!«

Alles schwirrte durcheinander. Noch einmal Händeschütteln, sogar ein paar Umarmungen.

Frau Hauptmann Xylander eilte zur Tür. »Adieu, adieu! Ich bin sehr eilig!«

»Natürlich, bei fünfen!« bemerkte Fräulein Planke.

* * *

Während man sich drinnen wieder setzte und das Dienstmädchen Vanillecrême mit Sandtorte und obligater Pomeranzenbowle präsentierte, klinkte Frau Hauptmann Xylander die Haustür hinter sich zu.

»Gott sei Dank,« sagte sie energisch und ließ sich von dem frischen Winterwind unter die Kapuze blasen. Man wusste eigentlich nicht, warum sie ›Gott sei Dank‹ sagte, auch nicht, warum plötzlich ein mitleidiger Ausdruck in ihre heitern blauen Augen trat.

»Armes Ding,« kam es von ihren Lippen, und dann schüttelte sie sich, als ob ihr ein Gruseln über den Leib ginge. Ihre Schritte beschleunigten sich, sie lief fast über den hartgefrorenen Schnee. Es war nicht wahr, ihr Mann erwartete sie gar nicht, aber eine plötzliche Sehnsucht nach ihm, nach ihren Kindern hatte sie überkommen inmitten des süßen Kuchengeruchs und bitteren Redens.

Die Schloßstraße mit den erleuchteten Fenstern lag schon hinter ihr, nun durchquerte sie den dunklen Schloßplatz; noch eine kleine Strecke und sie war an der Rheinbrücke. Schwarz und massig tauchte gegenüber der Ehrenbreitstein auf, daneben, einen schwachen Lichterkranz am Fuß, der Asterstein. Da wohnten sie. Auf der Brücke wehte der Wind schärfer, sie hielt den Atem an und strebte eilig vorwärts. Nun war sie drüben.

Dunkel und einsam zog sich die Chaussee nach dem Vorort Pfaffendorf; auf der einen Seite die Höhen, auf der andern der Rhein, in weiten Zwischenräumen Villen und niedrige Häuschen. Es war glatt, beschwerlich zu gehen, dazu spärlicher Laternenschein, nur ab und zu eine kläglich flimmernde Laterne. Auch ein, zwei Grad kälter war's hier, als in den Straßen der Stadt; aber das machte nichts, es war auf alle Fälle Winters und Sommers draußen gesünder, und die Wohnungen waren bedeutend billiger. Darum wohnten auch Xylanders hier, sie machten daraus kein Hehl; ein Hauptmann mit fünf kleinen Kindern, nur mit dem Kommißvermögen, kann nicht die geringsten Sprünge machen.

Auch Dallmers wohnten auf der Chaussee; jetzt eben kam die Frau Hauptmann an dem kleinen einstöckigen Haus vorüber. Sie konnte nicht umhin, sie blieb stehen und sah zu den Fenstern im oberen Stockwerk auf – da hatte der Regierungsrat sein Arbeitszimmer. Schrecklich, daß der arme Mann so hustete! Das Winterwetter und die zugige Brücke waren Gift für ihn.

Ob Nelda zu Hause war? Die junge Frau betrat das Vorgärtchen und spähte ins niedrige Parterrezimmer; ein voller vibrierender Ton drang eben durch die Scheiben an ihr Ohr. »Ah, sie singt,« sagte die Lauscherin und ließ die schon zum Klopfen erhobene Hand sinken, »ich will sie nicht stören.« Und dann stahl sich Frau Hauptmann Xylander zum Gärtchen hinaus und erreichte im Laufschritt die Villa, in der sie den zweiten Stock inne hatten; die Sehnsucht nach den Kindern ward immer stärker.

Kaum klingelte sie, da stürmte es auch schon die Treppe herunter.

»Das ist die Mama! Mama – Mama!« Ein blondköpfiger strammer Junge stürzte ihr entgegen, hinterdrein zwei ebenso blonde Mädchen.

»Mama, Lollo und Vicky sind so eklig: Sie spielen immer mit ihrem dreckigen Kochgeschirr und der kaputten Anna, sie wollen nie meine Pferde sein. Mama, du mußt sie hauen!«

»Huh huh, der Wilhelm,« heulten Lollo und Vicky, »er hat unserer Anna ein Bein ausgerissen, Mama, kuck emal!«

Mit wahrem Jammergeheul hielten sie der Mutter die Puppe entgegen und klammerten sich dann schutzsuchend an die Falten des mütterlichen Kleides.

»Mama, Mama, er haut uns!«

»Pst, pst, Kinder!«

Frau Hauptmann Xylander hielt sich lachend die Ohren zu; im Gefolge ihrer kleinen Horde trat sie ins Kinderzimmer. Eine nicht gerade balsamische Luft schlug ihr entgegen. Auf der Stuhllehne vor dem eisernen Ofen hingen mehrere Windeln zum Trocknen; im kleinsten Bettchen in der Reihe der übrigen, lag Friedrich, der jüngste Sprössling des Hauses, und kreischte in den höchsten Tönen. Karl, der zweitjüngste, saß zufrieden in seinem Stühlchen daneben; er hatte einen Schuh ausgezogen und benagte diesen eifrig.

»Mein Gott!« Die Mutter eilte auf die Wiege zu. »Wo ist denn Settchen und wo Buschmann? Ich hatte doch befohlen, keiner sollte weggehen!«

»Och die!« sagte Wilhelm altklug. »Settchen ist nach der Apotheke gerannt, sie holt Kamillentee; Fritz hätt' Bauchschmerzen, sagt sie. Und wie das Settchen weg war, ist der Buschmann zu seinem Schatz gegangen – ›nur mal eben‹ hat er gesagt – er kommt so jetzt wieder. Wir sollen so lang Acht geben. Hü, hott! Lollo, Vicky, wollt ihr wohl?«

Mit Donnergepolter stürzte ein Stuhl um, wie die Wilden jagten sich die drei um den Tisch. Plötzlich einstimmiges Freudengeschrei: »Mama, kuck emal, der Karl! Der Karl isst Schuhbendel – hau, Schuhbendel!«

Die mit dem Jüngsten beschäftigte Mutter drehte sich erschrokken um. Auf dem Stühlchen saß Karl, der Phlegmatiker, im ganzen Gesicht wunderlich beschmiert; die eine dicke Patsche hielt den Schuh, die andere stopfte eben das letzte Ende des abgenagten Schuhbendels in's Mäulchen.

»Es schmeckt ihm,« jubelten die Geschwister, während die Mutter angstvoll auf ihn losstürzte.

Jetzt ging draußen die Tür; Settchen kam mit Kamillentee gerannt, auch Buschmann, breitmäulig grinsend, polterte herein. Frau Hauptmann vergass das Schelten, sie war froh, daß Hilfe erschien. Den Schweiß von der Stirn wischend, legte sie endlich Kapuze und Mantel ab; ihr rundliches Gesicht mit den Grübchen in Wangen und Kinn war hochrot.

»Hat mein Mann gesagt, wann er nach Hause kommt?« fragte sie das Mädchen.

»Der Herr Hauptmann is ja ze Haus,« antwortete Settchen ganz beleidigt. »Jesses, wo wär ich dann weggegangen, wann der Herr Hauptmann nit zu Haus tät sein!«

»Zu Hause?!« Die junge Frau war wie erstarrt. »Und den Lärm nicht gehört?!«

Sie eilte durch die beiden dunklen Nebenzimmer, aus der Türritze des dritten schimmerte Licht; leise öffnete sie.

* * *

Auf dem Schreibtisch brannte die grüne Studierlampe, Bücher und Hefte lagen aufgeschlagen, Pläne und Karten. Der Hauptmann der Artillerie, Paul Xylander, saß davor, aber er schrieb nicht; er stützte den Kopf in die Hand und blickte starr, mit weit offnen Augen vor sich hin. Die Hand, die den Kopf stützte, war schlank und blau geädert, das schwarze Haar an den Schläfen von leicht grauen Fäden durchzogen. Seine Haltung hatte etwas Lässiges, sie war nicht die eines schneidigen Soldaten, eher die eines Gelehrten, der viel über Büchern sitzt. Er war ja auch der Denker unter den Kameraden, ›ein feiner Kopf‹, wie die Vorgesetzten sagten; der Generalstäbler in spe. Woran dachte er? Ein verträumter Glanz war in den Augen, ein weicher Zug um seinen Mund.

»Paul!« sagte die junge Frau. Er hörte nicht.

»Paul!« wiederholte sie lauter. Ihre helle Stimme hallte ordentlich erschreckend durch das stille, halbverdunkelte Zimmer, der glasklare Ton fuhr aufstöbernd in alle Winkel. »Paul!«

Er zuckte zusammen, einen Augenblick sah er sie wie geistesabwesend an, dann lächelte er und streckte die Arme nach ihr aus. »Du bist's – ah!«

Mit einem fröhlichen Lachen bot sie ihm die glühende Wange zum Kuß.

»Du Träumer,« scherzte sie und zupfte ihn am Ohr, »an was dachtest du? Beichte mal!«

»Ich?« Seine Stimme hatte einen angenehmen Klang. »Lisabeth, ich dachte an dich!«

Er zog sie auf seinen Schoß und legte den einen Arm um ihren Leib, seine andere Hand schloß sich um ihre vollen, ein wenig verarbeiteten Finger.

»Meine fleißige Frau!« flüsterte er zärtlich und hob ihre Hand in die Höhe. »Wie sie rauh ist und war mal so sehr weich und hübsch! Sie hat sich zerschafft um meinetwillen – komm, ich will die braven Fingerchen küssen!«

Sein dunkler Schnurrbart drückte sich auf die Hand, die Frau ließ es achtlos geschehen, ihre Blicke hafteten unverwandt auf seinen Schläfen.

»Mein Gott, Paul,« sagte sie plötzlich, »du bist viel grauer geworden in letzter Zeit! Ich muß mir wirklich mal eine Stunde abmüßigen und dir die garstigen Haare ausziehen – es macht gar keinen guten Eindruck, wenn ein Hauptmann schon anfängt grau zu werden!«

Sie tippte mit dem Finger auf seinen Kopf; er wehrte lächelnd ab, das weiche Licht in seinem Auge war noch nicht erloschen.

»Meine Lisabeth, ja, die Jahre gehen!« seufzte er leicht. »Unser Ältester ist bald zehn. Wie ich vorhin hier so allein saß, fiel mir die Feder aus der Hand; ich dachte zurück, wie ich dich kennen lernte, der junge Leutnant das blutjunge Mädchen – weißt du noch, Elisabeth, beim Walzer auf deinem ersten Ball war's?! Du warst die Allergefeiertste; es schmeichelte mir kolossal, daß du im Kotillon zweimal einen Orden auf meine Brust stecktest.«

»Natürlich weiß ich's –« die Grübchen in ihren Wangen vertieften sich – »ich dachte mir gleich: den möchtest du heiraten!«

»Und weißt du,« fuhr er ernster fort, »wie wir dann einmal miteinander durch den Wald gingen und hoch oben auf dem Aussichtspunkt allein standen und herunter sahen auf den Rhein und die Schiffe und die Häuser so winzig schienen und die Menschen ganz verschwanden? Um uns her nur die große Ruhe der Natur. Da drang etwas von dem göttlichen Funken in unsre Seele; wir verstummten, aber unsre Hände tasteten, bis sie sich fanden und hielten. Sag', Lisabeth, war's nicht so?«

Er sah ihr in die Augen.

Sie erwiderte erstaunt seinen Blick und schüttelte dann vergnügt den Kopf.

»Keine Ahnung mehr! Hab ich ganz vergessen. Aber ich weiß, wie froh ich war, als du bei der Tante um mich anhieltest. Ich hatte keine Eltern mehr und keinen Pfennig, da war meine einzige Aussicht eine Heirat. Und nun noch dazu eine so gute Partie! Weißt du, Paul,« plauderte sie weiter, »du hättest nur hören sollen, was die alte Jungfer, die Planke, schwätzte – heut auf dem Kaffee bei Frau Doktor Schmidt – huh, gräßlich war's! Ich hab ihr aber ordentlich eins drauf gegeben und gesagt, wie glücklich ich mit meinem lieben Mann und meinen Kindern bin.«

Sie küßte ihn.

»Und nicht wahr, da ich jetzt gerade so schön Zeit habe, siehst du mal mit mir die letzten Rechnungen durch? Und etwas mehr Wirtschaftsgeld gibst du mir auch für nächsten Monat! Die Mädchen brauchen Schuh und Wilhelm ein Paar neue Hosen, der alte Hosenboden geht nicht mehr zu flicken – nicht wahr, du gibst mir zwanzig Mark extra?!«

Er nickte freundlich, aber der Glanz in seinen Augen war fort. Er sah aus wie ein Ernüchterter.

II.

Nelda Dallmer stand vom Pianino auf, an dem sie gesessen hatte – die Mutter blieb immer lang auf solch einem Kaffee wie bei Frau Doktor Schmidt – aber halt, da ging doch die Gittertür am Vorgärtchen!

Ihr scharfes Ohr hatte knisternde Tritte vernommen, sie schob den Fenstervorhang zur Seite und schaute hinaus. Nichts zu sehen. Doch! Jetzt eilte eine weibliche Gestalt, kaum erkennbar, über die Chaussee. Das mußte Frau Hauptmann Xylander sein, keine andere trug solch grellrote Kapuze.

»Gut, daß sie nicht herein gekommen ist,« sagte das Mädchen laut und ließ den Vorhang zufallen, »das hätte mir gefehlt!«

Sie schob den Stuhl vor den Tisch, auf dem ein halbfertiger Tüllrock lag, und fing an, unten herum eine Falbel festzunähen. Eine Weile nähte sie emsig, der blonde Kopf neigte sich tief über die Arbeit; die bescheidene Hängelampe goß ein mildes Licht darüber hin. Es war sehr still in der engen Stube. Eine Winterfliege glitt auf der Lehne des altmodischen grünen Sofas hin und her, der Regulator an der Wand tickte, Staubatome sanken lautlos auf die Visitenkarten in der Alabasterschale unter'm Pfeilerspiegel. Die Nähende atmete gleichmäßig; jetzt wurde der Atem plötzlich hastig, unruhig rückte sie hin und her. Als brenne der Rock, so ließ sie ihn aus den Fingern fallen und reckte beide Arme hoch empor.

»Ha – – –!« Sie dehnte sich. Ihre Blicke glitten durch das stille Zimmer mit seinen peinlich geordneten Möbeln, den schlohweißen Gardinen und dem buntgeblümten Sofateppich; mit einem Ausdruck des Unmutes ließ sie die Arme sinken.

»Der verflixte Ball,« murmelte sie und schob den Tüllrock achtlos weiter von sich. »Wenn ich nur nicht hinzugehen brauchte! Schön tanzen kann ich doch nicht. Ich mach mir auch gar nichts draus!« Sie stemmte beide Ellenbogen auf den Tisch und legte den Kopf zwischen die Hände. »Ich wünschte, ich könnte einmal sein, wie ich wollte, mich ordentlich ausrennen und dann –!« Sie stieß mit den Ellenbogen fest auf die Platte und preßte die Lippen zusammen. So saß sie scheinbar regungslos, aber ihre Nasenflügel zitterten, und der Blick der grauen Augen hatte etwas Unterdrücktes, heimlich Brennendes.

* * *

Dumpf und hohl klang jetzt anhaltendes Husten durch die Zimmerdecke, mit einem Satz war sie auf den Füßen und zur Tür hinaus. Sie ließ diese hinter sich offen und sprang eilig die Treppe hinan; oben, vor der Stube des Vaters, stand sie einen Augenblick still, ängstlich horchend. Wie er hustete! Leise öffnete sie, noch war es dunkel drinnen.

»Nelda, bist du's?« fragte eine heisere Stimme.

»Ja, Papa!« Sie antwortete sehr heiter. »Kann ich dich ein bißchen besuchen? Wart', ich zünde Licht an!«

Das Streichhölzchen sprühte auf, die Lampe brannte und zeigte die durchaus einfache Einrichtung von Regierungsrat Dallmers Arbeitszimmer. Da war ein Stehpult, daneben ein kleines Tischchen mit Akten bedeckt; an der andern Wand ein Bücherregal, darüber in Lithographie Kaiser Wilhelm I., rechts von ihm Bismarck, links Moltke. An dem Fenster Häkelgardinen; vor dem lederbezogenen Sofa ein schmaler gestickter Teppich – karmoisinrote Rosenbouquets, blaulila Veilchengirlanden, giftgrüne Füllung. Das war alles.

Mit einem behaglichen »So«, kauerte sich Nelda auf dem gestickten Teppich nieder und legte die Arme auf den Schoß des Vaters. Der Regierungsrat hatte sich auf's Sofa gestreckt, er sah sehr müde und erschöpft aus; die Hand, mit der er jetzt zärtlich der Tochter die Haare aus der Stirn strich, war heiß und trocken.

»Papa, du hast wieder zu viel gearbeitet,« sagte das Mädchen und haschte nach der Hand auf ihrem Scheitel. »Laß da liegen, Papa, es tut mir gut!«

Er ließ die Hand auf dem blonden Kopf ruhen; sie schwiegen alle beide, bis Nelda plötzlich unvermittelt hervorstieß: »Nimm doch deinen Abschied, Papa; was quälst du dich? Ich mag gar nicht auf den Ball gehen. Wir wollen in die Berge ziehen, am liebsten nach Manderscheid, wo der Onkel wohnt. Es ist herrlich da! Wenn du den ganzen Tag im Wald bist und der Eifelwind dir um die Ohren saust, dann wirst du gesund, Papa, so wahr ich Nelda Dallmer heiße! Laß doch die Schinderei!« fuhr sie heftig fort. »Siehst du, ich mag gar nicht auf den Ball gehen – nein, ich mag nicht!« Sie warf den Kopf zurück. »Wenn ich mit dir in den Bergen herumstreifen könnte, das wär mir tausendmal lieber! Weißt du, Papa, wie ich noch ganz klein war und ihr Gesellschaft hattet, und ich mich unter unsern Küchentisch verkroch? Und als du mich da hervorholtest, weil ich drinnen ›Händchen geben‹ sollte, schrie und strampelte ich – ›ich wollte nicht bei die Affen‹ – haha, Papa, akkurat so ist mir's heut noch!«

»Nelda, Nelda!« Der Vater klopfte leise den Scheitel der Tochter. »Das ist ein harter Kopf!«

Zugleich lächelte er aber, und es war Stolz in seiner Stimme.

»Hab ich nicht recht, Papa?« nickte sie.

»Freilich, ganz unrecht hast du nicht – doch erörtern wir das nicht weiter!« Regierungsrat Dallmer hustete wieder. »Als ich jung war und kräftig, dachte ich auch so wie du, aber seitdem ich alt und marode bin, heule ich mit den Wölfen. Sieh zu, wie weit du kommst im Leben, Nelda! Den eignen Weg zu gehen, ist für eine Frau noch zehnmal schwerer als für einen Mann. Du wirst dir die Seele blutig stoßen und zuletzt mit geknickten Flügeln unterliegen. Mir ist bange um dich, Nelda! Ich wünschte, ich lebte so lange, bis ich dich wohl versorgt weiß. Ich bin oft sehr müde« – ein schmerzliches Lächeln huschte um seine schmalen Lippen – »aber ich darf es nicht sein. Wenn ich meine Stellung aufgebe, was sind wir dann? Gar nichts! Das Gehalt fällt weg, Vermögen keins – wie soll es mir dann gelingen, dich standesgemäß zu versorgen? Es muß sein! Sowie du dich verheiratest, quittiere ich den Dienst.«

»Sowie ich mich verheirate,« wiederholte die Tochter mit eigentümlicher Betonung. Sie hatte sich so hastig aufgerichtet, daß die liebkosende Hand von ihrem Scheitel glitt; nun kniete sie auf den karmoisinroten Rosen und sah ihrem Vater unruhig forschend in die Augen, die Arme über der Brust gekreuzt.

»Ich bin nicht beliebt, Papa!« sagte sie kurz und trocken. »Außer dir hat mich kein Mensch lieb, und ich lieb' auch außer dir keinen so, wie ich lieben könnte!« Ihre Augen flammten auf. »O, ich könnte lieben – ja!« Sie biß die Zähne aufeinander und schüttelte den Kopf. »Doch sie sind mir alle egal – ja, das sind sie! Sie sind Puppen mit beweglichen Gliedern und beweglichen Zungen, aber das Herz liegt tot wie ein Klumpen in ihnen.« Sie machte eine Pause und setzte tonlos hinzu: »Ich bin oft sehr unglücklich, Papa!«

Der Kopf sank ihr auf die Brust.

Über des Vaters Gesicht huschte ein leichtes Lächeln und verschwand dann unter dem Ausdruck besorgter Liebe.

»Mein Kind, das sind die Stimmungen der Jugend; solche Unglücksgefühle lassen sich tragen. Wer von uns hätte in seinen jungen Jahren nicht das gleiche gefühlt?! Das wogt in uns und kommt und geht, aber das gibt sich, das legt sich alles; man wird duldsam, die Ansprüche sind nicht mehr zu hoch gespannt. Liebes Kind, was verlangst du von den Menschen? Du verlangst zuviel. Sollen sie alle immer nur das Herz sprechen lassen? Das würde ein schönes Durcheinander auf der Welt geben. Nein, mein Kind,« – er strich wieder mit der heißen Hand über ihr Haar – »schick du dich in die Welt, dann wird sie dir gefallen, und du wirst ihr auch gefallen. Es geht nicht anders,« schloß er mit einem Seufzer.

»Das ist nicht dein Ernst,« fuhr sie auf. »Du redest nur so. Kannst du das nett finden, wenn sie im Kränzchen immer nur von Herren sprechen, und was der gesagt hat und jener, und wieviel Geld er hat und was er für eine gute Partie ist?! Und dann necken sie sich gegenseitig – und legen sich Karten und kichern – und werden rot wie die Krebse und beneiden sich gegenseitig – es ist zu erbärmlich! Selbst Milchen Zänglein, die doch voll Frömmigkeit steckt zum Platzen, macht auch mit. Ich kann das nicht, ich mag das nicht! Ja, einen mal ordentlich lieb haben, so recht aus Herzensgrund, daß einem nichts zu viel wär' für ihn zu tun – gar nichts – ja das mag ich! Aber so an jedem herumschnuppern – pfui!«

»Nelda, Nelda, wenn dich die Mutter hörte! Sie ist so glücklich, wenn du mit den andern Mädchen verkehrst. Es sind doch auch nette darunter; sei nicht gleich so schroff!«

»Ach,« murrte sie, »da muß man mit ihnen eingepfercht sitzen und könnte statt dessen in die Berge oder den Rhein entlang laufen, wo einem die Brust weit wird und bessere Gedanken kommen. Ba!«

Dallmer sah in das unglücklich verzogene Gesicht seiner Tochter und mußte lachen, aber er wurde gleich wieder ernst. Ein Ausdruck von Pein trat in seine Augen.

»Kind, ich will dich nicht belügen,« flüsterte die heisere Stimme, »mir ist das Getue eben so unangenehm wie dir, es gehört aber nun einmal zum Leben, du hast ohne das keine Existenzberechtigung. Ich habe es nun bald sechzig Jahre durchgemacht, da wirst du mit zwanzig doch nicht die Waffen strecken? Mir wird oft vorgeworfen, daß ich mich von der Welt zurückgezogen habe; nun, ich bin müde, ich habe die Entschuldigung meiner Kränklichkeit, aber du –?! Du mußt! Du mußt dich versorgen! Willst du dein Lebenlang in abhängiger Stellung vegetieren?«

»Warum habt ihr mich nichts lernen lassen?« stieß sie hervor.

»O, denkst du's dir verlockend, fremder Leute ungezogne Kinder zu hüten? Als Gesellschafterin die Ablagerungsstätte für jede schlechte Laune zu sein? Du bist nicht geschaffen dafür – oder meinst du?«

Sie schüttelte sich. »Gräßlich, Papa!«

»Siehst du!« Die bleichen Wangen Dallmers überzogen sich auf den Backenknochen mit einer hektischen Röte. »Du tätest mir auch leid. Also, Nelda, immer en avant! Mühe dich, ein bißchen liebenswürdig zu sein; vom nächsten Ball bringst du mir gewiß mehr Kotillonsträuße nach Haus als sonst.«

»Über den lumpigen einen von Hauptmann Xylander bring ich's doch nicht!« murmelte sie.

»Ich bleibe auf und sehe sie mir noch in der Nacht an.« Der Vater hob mit dem Zeigefinger das Kinn der Tochter in die Höhe. »Du machst mir die Freude, Nelda, nicht wahr?«

Sie sah ihm fest in die Augen, ganz lange, ganz ernsthaft – da tönte plötzlich unten im Flur eine klagende Stimme.

»Mein Gott, wer hat die Stubentür sperrangelweit aufgelassen? Das ganze Zimmer ist ausgekältet. Laura, Laura, wo stekken Sie, haben Sie das denn nicht gemerkt? Es ist ja rein gräßlich, all die Kohlen, das ganze Holz umsonst! Das ist wirklich zum Weinen!«

Die Verteidigungsrede der Magd war nicht zu verstehen, nur undeutliches Stimmengewirr schallte nach oben.

Jetzt knarrte die Treppe, die Tür ging auf. Frau Rätin Dallmer kam vom Kaffee. Mit kläglicher Miene stand sie auf der Schwelle, ihre zarte Gestalt verschwand fast in dem weiten Abendmantel, ihre Nase guckte spitz und weiß aus der dunklen Kapuze.

»Es ist doch schrecklich,« jammerte sie, »kaum kommt man nach Haus, geht der Ärger los. Nelda, du hast wieder die Tür sperrangelweit offen gelassen! Wie konntest du? Ich sage ja –«

»Guten Abend, Lorchen!« schnitt Dallmer ihr die Rede ab.

»Guten Abend, Mama!« kam es kleinlaut von den Lippen der Tochter.

»Guten Abend, guten Abend,« nickte Frau Dallmer hastig.

»Nun, wie hast du dich amüsiert, Mutterchen?« fragte der Mann.

»Ach, ausgezeichnet!« seufzte die Rätin und sank auf den nächsten Stuhl, Mantel und Kapuze lockernd.

»Was sind das für liebe Menschen! Nur die Planke ist verrückt, rein verrückt! Die paßte gut zu Nelda mit ihren verschrobenen Ansichten. Wirklich ein Skandal, wie sie geredet hat! Aber mein Gott, ich hab ja gar keine Ehre, was über sie zu sagen, wenn die eigne Tochter –«

»Mutter, wie kannst du mich mit der Planke vergleichen?« unterbrach sie Nelda brüsk. »Die schimpft auf die Männer, weil sie keinen kriegt, und hebt das weibliche Geschlecht in den Himmel – ich schimpfe ja gar nicht, ich hebe nur nicht in den Himmel. Sie sind mir alle Jacke wie Hose!«

»Um Gottes willen!« Frau Dallmer rang die Hände. »Was sind das für unanständige Redensarten! Die Oberkonsistorialrätin hat ganz recht, wenn sie sich über Nelda aufhält und ihr Milchen am liebsten nicht mehr ins Kränzchen ließe; man muß sich schämen. Aber ihr laßt mich ja nie ausreden! An dir, Joseph, hab ich auch gar keine Unterstützung! Ich bin wirklich eine beklagenswerte Mutter!«

Sie schluchzte auf, und die Tränen begannen ihr über die Wangen zu rinnen.

Der blasse Mann auf dem Sofa rückte unruhig hin und her und machte Miene aufzustehen – da war Nelda schon bei der Mutter. Sie hatte bis dahin mit trotzigem Gesicht gestanden, die Brauen finster zusammengezogen; nun wurde sie glühend rot und kauerte vor der Weinenden nieder, wie vorher beim Vater.

»Mama, o sei wieder gut! Mama, es tut mir so schrecklich leid, daß du dich geärgert hast« – sie drückte ihr Gesicht an das dünne grauseidne Kaffee-Staatsfähnchen – »laß doch die Zänglein reden! Und die Tür, das kam, weil ich den Papa husten hörte, da rannte ich schnell herauf. Meine goldige Mutter, sei wieder gut, weine nicht! Du sollst nicht weinen,« rief sie lauter, mit dem Fuß aufstampfend.

»Ich weine ja gar nicht mehr.«

Frau Rätin trocknete ihre Tränen und machte ein ganz vergnügtes Gesicht.

»Nein, denkt euch, die hübsche Agnes Röder heiratet schon bald! Die Zänglein erzählte es, ihr Mann traut. Die Hochzeit muß ich sehen! Schade, Neldachen, daß du nicht eingeladen wirst; es wäre eine Gelegenheit. Übrigens, hast du deinen Tüllrock fertig? Kommt jetzt beide, es ist über neun, ihr habt noch kein Abendbrot – ich kann nichts mehr essen, bei der Doktorin war's sehr gut. Nimm die Lampe, Kind, unten ist's dunkel.«

Frau Dallmer trippelte eilig die Treppe herunter. Vor der großen, hagern Gestalt des Vaters schritt Nelda her, die Lampe mit kräftiger Hand hoch haltend. Der Schein fiel voll auf ihre weichen gesunden Wangen und spielte über die Stirn unter den widerspenstigen aschblonden Haarringeln.

Sie hatte ein tiefes Fältchen über der Nasenwurzel.

III.

In der guten Stadt Koblenz donnerten die Karossen. Im Kasino war großer Ball; Militär und höheres Beamtentum gaben das zweite diesjährige Winterfest.

Wenn ein Ort auch in die Vierzigtausend geht, sämtliche Einwohner nehmen an solch wichtigem Ereignis doch teil, wenn sie auch nur auf der Gasse gaffen und sich von den vorüberjagenden Wagen mit Schmutz bespritzen lassen. In der Kasinostraße, vor'm Haupteingang, standen die Menschen dichtgedrängt.

»Hau, die is schön!«

»Kuck mal!«

»Die in weiß un die in rosa – ne, die is nit so schön!«

»Potztausend, is die fein!«

Bei jedem Wagen, der vorfuhr und sich seines Inhalts entledigte, ging die Kritik von neuem los. Wie eine Welle flutete der Schwarm der Neugierigen näher, vorwitzige Buben schlüpften bis an's Trittbrett und stellten Betrachtungen über die Größe der atlasbeschuhten Füße an, die sich da hinabschwangen.

Mütter hielten ihre vermummten Kleinen in die Höh:

»Kuckt, was feine Damens!«

»Die sind glücklich!« dachte manch armes junges Ding bei sich, das fröstelnd in der Gosse stand, mit begehrlich glänzenden Augen, die klammen Finger in die Schürze gewickelt.

* * *

Nelda Dallmer war durchaus nicht glücklich, als sie mit der Mutter über die dunkle Chaussee patschte. Tauwetter. Sämtliches Eis geschmolzen; von den kahlen Bäumen tropfte es nieder in Lachen und Rinnsale, daß sie aufspritzten.

Beide Damen waren hochgeschürzt, darüber weite Mäntel und Tücher um den Kopf; in den plumpen Gummistiefeln steckten die dünnen, weißbestrumpften Wädchen der Rätin und leuchteten gleich Wegweisern vor Nelda her. Mißmutig schlenderte diese hinterdrein. Ach, der Ball – und bei solchem Wetter! Die Mutter hatte schon den ganzen Tag lamentiert über das

Opfer, das sie der Tochter bringe, über die unausbleibliche Erkältung und so weiter, und doch hatte sie mit fiebernder Geschäftigkeit an dem Schlachtopfer herumgeputzt. Wie ein solches ließ Nelda alles über sich ergehen.

Als sie fix und fertig, im weißen Tüllkleid, unten in der Wohnstube vor'm Pfeilerspiegel stand, ging der Vater mit dem Lorgnon betrachtend um sie herum.

»Du siehst gut aus, mein Kind!«

»Ach ja,« meinte die Frau Rätin, »hier zu Hause! Aber sind wir erst da, fällt sie doch sehr ab zwischen all den reizenden Erscheinungen. Du solltest wenigstens die Blumen nehmen, Nelda,« – sie brachte ein paar unmögliche Kornblumen herzu – »das macht gleich lieblicher.«

»Ich danke, Mama!« hatte das Mädchen kurz erwidert und das blitzblaue Gewinde beiseite geschoben.

»Warum denn nicht?« Und nun hatte es einen kleinen Kampf gegeben, der damit endete, daß die Mutter mit roten Bäckchen, erhitzt, vorausstapfte, und die Tochter, bleich, mit zusammengepreßten Lippen, folgte – ohne Blumen.

Die Damen Dallmer besuchten stets zu Fuß Bälle und Gesellschaften in der Stadt. Ein Wagen über die Brücke kostete hin und her, mit Warten und allem, gegen zehn Mark, das war denn doch zu teuer; und da man zum Vergnügen mußte, ging man einfach. Xylanders machten's ebenso; komisch, daß man sich nie unterwegs traf! Das war so eine unschuldige List der guten Rätin. Sie lauerte hinterm Fenster, bis Hauptmanns vorüber gewandert waren, und blies dann erst selbst zum Aufbruch. Es brauchte doch keiner vom andern zu wissen, daß er zu Fuß ging; man konnte ebensogut gefahren sein.

* * *

Es war schon ziemlich spät, als Dallmers am Kasino anlangten, die letzten Wagen rasselten eben vor. Auf der Treppe waren Teppiche gelegt, hellgrau, mit pompös roten Rändern; die schmutzigen Galoschen der beiden Fußgängerinnen ließen häßliche nasse Tappen darauf zurück.

Nun waren sie in der Damengarderobe. Heiß, vollgedrängt. Ein Gewirr von blauen, gelben, grünen, rosa Toiletten. Dazwischen Mütter in steifseidnen Kleidern, raschelnd, sich blähend wie aufgetakelte Fregatten. Erregte Väter, galante Gatten draußen wartend auf dem Gang; vor der Saaltür ein ganzer Trupp junger Männer – Offiziere, befrackte Herren – sie lassen die Ausstellungsobjekte Revue passieren.

»Du – wenig weiß!« flüsterte Frau Dallmer der Tochter in's Ohr, als sie vor'm Spiegel an ihr herumzupfte. »Sehr angenehm für dich! Warte, nein, halt! Hier die Haarnadel muß ich noch mal herausziehen – und was ist denn das? Mein Gott, du hast ja unten die Falbel ganz schief aufgenäht! Nein, so kannst du unmöglich gehen! Gott, Gott, ich habe es zu Hause bei der schlechten Beleuchtung gar nicht gesehen! Nadeln, Nadeln!«

»Laß nur, Mama, es ist ganz gut so!« Nelda schüttelte gelassen die etwas zerdrückten Röcke. »Komm jetzt herein!«

Die beiden drängten sich durch.

»Ah, Frau Rätin! Guten Abend! Ohne den Herrn Gemahl? Und Fräulein Nelda, so strahlend! Ganz entzückend!«

»Nein, wie reizend, daß wir uns treffen!« sagte beglückt die gute Dallmer und schüttelte Frau Doktor Schmidt die Hand. »Sind Oberkonsistorialrats auch schon hier?«

»Freilich, da stehen sie ja! Sehen Sie nur, wie sie die Töchter wieder gemustert hat – kaum glaublich! Milchen mit dem Rosenkranz über dem sinnigen Gesicht, und Tonchen in Hartrosa bei ihren starken Farben!«

»Gräßlich,« stimmte Frau Rätin zu.

Eben kam die geistliche Dame angerauscht; ihre würdevolle Gestalt prangte in Seide von einer unbeschreiblichen braunen Farbe, auf ihrem, mit mächtigen Flechten gezierten Haupt bäumten sich drei weiße Straußenfedern. Rechts und links trippelten Milchen und Tonchen in Blau und Rosa.

»Ah, meine teuren Freundinnen,« – der sonore Kanzelton hatte etwas ungemein Schmelzendes – »seien Sie gegrüßt! Welche Fügung, daß wir uns schon hier treffen! Wir wollen uns nachher zusammensetzen. Ich spiele ja keinen Whist, es verträgt sich nicht mit unserm Stand – ach, man handelt schon gegen seine

Überzeugung, daß man überhaupt hier ist! Aber –« sie zuckte die Achseln und streifte Blau und Rosa mit einem mütterlich stolzen Blick – »was tut man nicht seinen Kindern zu Liebe?!«

»Natürlich, natürlich! Nein, wie einzig Fräulein Milchen und Tonchen aussehen! Wie ein Frühlingstraum!«

Blau und Rosa knixten, verschämt errötend, und umschlangen dann Nelda.

»Ich bin schon zu drei Tänzen engagiert,« wisperte Tonchen mit den Apfelbacken, und Milchen mit dem Finnengesicht musterte schnellen Blicks das weiße Kleid der Kränzchengenossin:

»Du hast nur Satin drunter, nicht? Ich habe Seide, das ist doch viel angenehmer.« Und dann zwitscherten beide unisono: »Zu nett, daß wir uns gleich getroffen haben, liebste Nelda!«

»Ja, zu nett,« war die eigentümlich betonte Antwort. Dann schritten alle drei, in lieblich schwesterlicher Eintracht, zur Garderobe hinaus.

Draußen auf dem Gang empfing der Herr Oberkonsistorialrat die Seinen; er reichte seiner Frau den Arm, Blau und Rosa schwebten vor den Eltern her. Die Gruppe an der Saaltür machte mit untertänigen Bücklingen Platz, aber Frau Zängleins scharfes Ohr fing doch eine nur hingehauchte Bemerkung auf. ›Sie sieht aus, wie ein aufgezäumtes Schlachtroß des Altertums‹ – ›und die beiden Bunten wie die Läufer, die voran plänkeln‹, flüsterte eine zweite Stimme. Frau Oberkonsistorialrätin zuckte zusammen. Heute war ein entschiedener Pechtag, schon beim Aussteigen hatte ein Gassenjunge ›dat Elefantenbein!‹ gerufen, und die Gaffer hatten gelacht.

»Unverschämt,« murmelte sie und gab Blau und Rosa einen kleinen Puff in den Rücken. »Haltet euch nicht steif, nicht so wie Nelda Dallmer, die einen Ladestock im Rücken hat. Verneigt euch doch!« Und Blau und Rosa verneigten sich.

* * *

Im Saal standen massenweis junge Damen an den Wänden herum, Tanzkarten in den Händen. Auf der Estrade stimmte die Militärkapelle ihre Instrumente.

Eine erwartungsvolle Stille schwebt über dem großen, glänzend parkettierten Raum – die Stille vor dem Sturm. Eine Gaskrone und viele Kandelaber strahlen, ein leicht beklemmender Duft von Blumen und Parfüms schwebt in der Luft.

Über dem großen Kronleuchter hockt etwas Seltsames; man sieht es nicht, aber man fühlt es. Es senkt sich von da oben herab in den Saal, es treibt die jungen Herren zu schwänzeln und zu tänzeln, die jungen Damen zu lächeln und zu äugeln, die biedern Elternpaare verbindliche Dinge zu sagen und im Herzen das Gegenteil zu fühlen. Es ist etwas Merkwürdiges, etwas Lauerndes wie auf der Jagd, was im Saal herumstreicht – gleich wird der Kapellmeister den Taktstock heben – schnedderedengdeng! huß! heißah! faß! Die Hatz geht los!

Nelda Dallmer stand ruhig an der einen Seitenwand, weiß und klar hob sie sich von ihrer bunten, unruhig trippelnden Umgebung ab. Was sich die Mädchen nicht alles zu sagen hatten! Sie waren plötzlich die intimsten Freundinnen, besonders wenn ein Herr sich näherte, einer mit klingenden Sporen und siegreichem Schnurrbart, oder ein befrackter, chapeau claque unter'm Arm. Dann steckten sie die Köpfchen zusammen und tuschelten und kicherten und bebten wie Blumen vor'm Sturmwind. Und die Herren der Schöpfung strichen herum, schlugen die Hacken zusammen, naschten hier ein wenig Honig und dort, setzten den schärfsten Klemmer auf die Nase und suchten die beste Ware aus. ›Schwer reich‹ ging am reißendsten ab, dann ›schön‹ und ›tanzt gut‹; das übrige wurde verauktioniert.

Neldas Tanzkarte war noch nicht gefüllt. Ein paar Mal war schon der ängstliche Blick der Mutter fragend zu ihr herüber geflogen, sie hatte als Antwort gelächelt. Jetzt setzte die Musik ein, als sollte eine Kavalleriebrigade ins Feuer rücken, die Tänzer stürzten auf ihre Erkorenen los – ein Scharren, ein Beugen in den Knieen – heidi, fort ging's!

»Darf ich bitten, Fräulein Nelda?« Hauptmann Xylander hielt dem Mädchen seinen Arm hin. Er sagte nicht ›gnädiges Fräulein‹; er kannte sie ja schon, als sie noch mit wehenden Zöpfen auf der Chaussee Seilchen sprang.

Der lange Hauptmann mit den kurzsichtigen Augen, um dessen Mund es oft so gutmütig sarkastisch zuckte, war kein großer Tänzer vor dem Herrn; er stieß mit den Knieen und trat vorzugsweise gern auf fremde Füße, doch war er Nelda lieber als der schneidigste Balllöwe. Er raspelte kein Süßholz, er sagte nie, was er nicht wirklich meinte. Er war Nelda sympathisch, und ihr jedesmaliges Kotillonbouquet stammte entschieden von ihm; das war schon usus.

Mit einem freundlichen Nicken legte sie die Hand auf seinen Arm; sie tanzten davon, ein-, zweimal herum, dann suchten sie ein Plätzchen in einer Ecke.

»Fräulein Nelda,« sagte Hauptmann Xylander, »machen Sie nicht so finstre Augen, es steht Ihnen nicht. Sehen Sie sich nur einmal die Jugend rund umher an! Ihre Freundinnen verstehen es alle besser, die Blicke spielen zu lassen.«

»Es sind nicht meine Freundinnen.« Die Antwort klang herb. »Ich danke dafür.«

»Nun, nun, ich wollte Sie nicht beleidigen, pardon!« Er machte eine leichte Verbeugung. »Wie konnte ich Sie auch mit den Gänschen auf dem Gänsemarkt vergleichen? Ha ha, Fräulein Nelda, der hübsche Vergleich ist mir zu Ohren gekommen. Sehen Sie, drüben schnattern ein paar recht lustig!«

Er wies mit den Augen auf die andre Saalseite, wo gerade Lena Röhling und Anselma von Koch in lebhaftester Unterhaltung mit ihren Tänzern begriffen waren.

Lena Röhling – Tochter eines Großindustriellen, Vater machte in Eisenbahnschienen – war klein, dick, lachlustig, sehr begehrt; hätte nicht nötig gehabt, so zu kokettieren, wie sie es eben tat. Doch zweierlei Tuch, besonders wenn ein Adelswappen darauf klebte, war zu außerordentlich einnehmend. Sie legte den Kopf auf die Seite und blinzelte von unten herauf den jungen Offizier an, schelmische Grübchen erschienen in Wangen und Kinn; man sagte, sie hätte Perlzähne, nun nutzte sie auch jede Gelegenheit sie zu zeigen. Jetzt kicherte sie hell auf, hielt sich mit dem Fächer die Augen zu und hob neckisch drohend das Fingerchen.

Anselma von Koch, die Freundin der kleinen Dicken, machte es anders. Als Tochter des Kommandierenden war sie stets von Leutnants umlagert, die bunten Jacken verdrängten jedes befrackte Individuum aus ihrem Strahlenkreise, aber die moderne junge Dame hatte praktischen Sinn; sie zog das Reelle vor. Heut hatte ihr ein günstiger Wind – ›Fügung‹ würde die Oberkonsistorialrätin sagen – den kürzlich nach Koblenz versetzten Landrat schon zum ersten Tanz in die Arme getrieben. Hübscher Mann, wenn auch nicht ganz jung, und sehr wohlhabend; sie nagelte ihn gleich ordentlich fest. Es wurde ihr nicht schwer, sie war ein schönes Mädchen mit voller Büste und Wespentaille, dazu hatte sie prachtvolle, blaue Augen und etwas Sieghaftes im Ton. Die Sache konnte sich machen.

Den Leutnants wurde angst, sie maßen den unverschämten Zivilisten mit durchbohrenden Blicken und schlugen die Hakken zusammen, daß die Sporen klirrten. »Gnä'ges Fräulein, befehlen Extratour?« »Gnä'ges Fräulein – ä – ä – so ungnädig heute abend?!« Es verfing nicht, die Leutnants blitzten ab, Anselma von Koch blieb bei dem einmal für gut Befundenen.

Nelda Dallmer mußte laut lachen, und Hauptmann Xylander stimmte mit ein. Eine Weile lachten sie, dann hob das Mädchen, plötzlich ernst werdend, die Augen zu dem Partner, kluge Augen von einem weichen Grau unter dunklen Brauen.

»Tanzen wir, ich werde sonst wieder boshaft, und ich hasse mich, wenn ich boshaft bin.«

»Wie Sie befehlen.«

Sie machten noch eine Tour. Mitten im Drehen fragte Xylander:

»Warum sind Sie boshaft? Wenn Sie nicht wollen, müßten Sie doch so viel Gewalt über sich haben – wie?«

Sie murmelte etwas Unverständliches. »Gewalt über mich? Oh!« Die Hand auf seinem Ärmel zuckte. »Ich habe keine Gewalt über mich,« stieß sie hervor. »Ich könnte manchmal alles zusammenschlagen, mich selbst mit – gräßlich – ich kann's nicht ändern – manchmal könnt' ich auch lieb sein – dann muß ich jedes Kind auf der Chaussee küssen – albern – ich kann's auch nicht ändern! Nein, ich habe keine Gewalt über mich – o nein!«

Sie tanzte beschleunigt fort, fast wild und riss ihn mit; sie kamen aus dem Takt. Gut, daß die Musik mit einem Paukenschlag endete.

Kleine Pause. Die Konversation im Saal wurde lebhafter. Geschwirr, Rauschen von Schleppen, Lachen, Scharren; man konnte sein eigenes Wort nicht verstehen.

Xylander warf verstohlen einen Blick auf Neldas Tanzkarte – gerade der erste Walzer nicht besetzt, wie unangenehm für das Mädchen!

»Soll ich Sie zu meiner Frau führen? Elisabeth würde sich so freuen mit Ihnen zu plaudern. Sie sind erhitzt, Fräulein Nelda, es wäre besser, Sie pausierten den nächsten Tanz. Bitte, tun Sie es!«

Sie lächelte und sah ihm gerade in die Augen.

»Wie nett Sie sind! Aber verstellen Sie sich nicht. Ich bin nicht erhitzt – und wenn auch! Es ist Ihnen unangenehm, daß ich den nächsten Tanz schimmle. Mir nicht. Aber bitte, bringen Sie mich zu Ihrer Frau!«

* * *

Frau Elisabeth Xylander war sehr vergnügt, sie ging so gern auf den Ball, trotz ihrer fünfe. Mit sorgloser Fröhlichkeit, wie eine Siebzehnjährige, gab sie sich dem Wiegen des Tanzes hin. Heute war's freilich ein heißer Tag gewesen – große Wäsche, selbst Buschmann mußte dabei helfen – Frau Hauptmann hatte allein die Kinder zu hüten, das Essen zu kochen, und wie immer alles im ungeeignetsten Moment kommt, so war es auch heute gewesen. Wilhelm kehrte mit einer Beule aus der Schule zurück, dick wie ein Hühnerei; Lollo und Vicky zankten, gingen mit Stöcken auf einander los und zerschlugen den Spiegel über der Kommode. Während die Mutter auf der Diele kniete und die Trümmer zusammen las, kam Karl angekrochen und zerschnitt sich an einem Scherben das Fingerchen. Große Heulszene mit Rutenstreichen und so weiter. Heiß und abgehetzt war Frau Elisabeth im letzten Augenblick in den Ballstaat geschlüpft. Der war schon geraume Zeit immer der gleiche, ein weißseidenes Kleid, je nach Bedürfnis zurecht gemacht; allzuviel hatte sie ja überhaupt nicht dem Vergnügen des Tanzes huldigen können, von wegen der fünfe.

Nun stand sie aber, freundlich wie ein Sonnentag, im hell erleuchteten Ballsaal. Die rundlichen Schultern sahen weiß und appetitlich aus dem Festgewand, an der Brust trug sie ein Sträußchen roter Winterbeeren und ein paar Efeublätter – die Kinder hatten's im Garten zusammengelesen.

»Gut, daß du kommst, Paul,« rief sie lachend, noch atemlos von der letzten Tour, ihrem Mann entgegen, »und wie schön, daß du Fräulein Nelda mitbringst!« Herzlich streckte sie dem jungen Mädchen die Hand entgegen. »Hier, Ramer ist wieder in seiner schwärzesten Laune, es will mir nicht gelingen, ihn aufzuheitern. Vielleicht glückt's unserm losen Züngelchen da besser!«

Sie griff scherzend nach Neldas Ohrläppchen und zwickte es.

»Kommen Sie, Kind, lassen Sie sich miteinander bekannt machen. Paul, stelle mal vor!«

»Gestatten Sie – Premierleutnant Ferdinand von Ramer, mein langjähriger Freund und jüngerer Kamerad vom Kadettenhaus her, jetzt zu meiner großen Freude hierher versetzt – Fräulein Nelda Dallmer, unsere Nachbarin auf der Chaussee!«

Nelda verneigte sich; sie sah, wie die Augen des fremden Offiziers gleichgültig aufblickten und sich sofort wieder zu Boden senkten. Auf einmal schoß es ihr durch den Kopf – Ramer, Ramer – wo hatte sie den Namen doch schon gehört? Richtig, vor drei, vier Jahren hatte er in sämtlichen Zeitungen gestanden, da regte dieser abscheuliche Spielerprozeß alle Gemüter auf. War das etwa der Sohn von jenem berüchtigten Ramer oder sonst ein Verwandter? Sie sah den Fremden mit einem gewissen Interesse an. Er hatte sich halb abgewendet und ließ Frau Elisabeth auf sich einreden; er sah nicht mehr jugendlich genug für einen Premier aus, obgleich sein Gesicht hübsch war und seine Haltung eine tadellose.

Xylander trat dicht an Nelda heran und flüsterte, seinen Schnurrbart drehend, hinter der vorgehaltenen Hand: »Sie kennen doch die böse Geschichte? Habe ihn heute zum ersten Mal herausgelotst – armer Kerl, famoser Mensch – seien Sie ein bißchen nett zu ihm, Fräulein Nelda, er hat's nötig!« Laut setzte er hinzu: »Empfehle mich den Herrschaften. Du verplauderst wohl den nächsten Tanz mit Fräulein Nelda, Lisabeth? Habe selbst noch eine Pflichttour abzumachen – o je!« Und mit einem komischen Seufzer chassierte der lange Hauptmann durch den Saal auf ein verblühtes ältliches Mädchen zu, das ihm aufleuchtenden Blicks entgegen sah.

Die drei schauten ihm nach. »Wie gut Paul ist,« sagte der Fremde plötzlich, »noch immer der alte liebenswürdige Mensch!«

»Ja, das ist er,« nickte Frau Elisabeth stolz, doch mischte sich ein Teilchen Unzufriedenheit in ihren Ton. »Wenn er nur nicht immer so unpraktisch wäre! Selbst mit dem Tanzen ist es so, an die Schönen und Begehrten macht er sich nicht, immer nur, was da so herumsitzt.« Sie bewegte die Hand bezeichnend nach der verblühten Dame hin. »Ich predige ihm oft, aber er nimmt immer das, was kein andrer mag!«

»Ja, mit mir hat er auch getanzt. Sehen Sie, Frau Hauptmann, und noch hinter zwei Tänzen steht sein Name!« Nelda hielt der Verblüfften ruhig ihre Tanzkarte hin.

»Aber – aber – Kind – Sie – wie können Sie nur denken?!« stammelte Frau Elisabeth in tödlicher Verlegenheit.

»O, das macht gar nichts,« lachte Nelda, »ich nehme es nicht übel. Wenn ich einen so netten Mann hätte wie Sie, wäre mir auch das Allerbeste nur gerade gut genug für ihn. Aber es geht ja im Leben nicht immer nach Wunsch. Ich wäre auch lieber wo anders, als hier!« Überrascht sah der Fremde auf, sie merkte es nicht. »Finden wir uns beide drein und nichts für ungut!« Sie hielt der Verlegenen die Hand hin.

Frau Elisabeth war es ganz heiß geworden; ein Glück, daß jetzt ein Herr vom Regiment auf sie zukam und um den nächsten Walzer bat.

»Ich wollte – ich sollte – mein Mann wünschte – nein, nein, ich danke!«

»Aber, gnädige Frau, Sie, als vorzüglichste Walzertänzerin, werden doch nicht pausieren? Ich bitte, ich bitte dringend!«

Die junge Frau schwankte – eben hob der Kapellmeister den Taktstock, die ersten Töne der ›schönen blauen Donau‹ wiegten durch den Saal – sie sah auf Nelda.

»Natürlich wird die Frau Hauptmann tanzen,« sagte diese.

Der schweigsame Leutnant von Ramer fuhr wie aus einem Traum auf. »Vielleicht nehmen gnädiges Fräulein inzwischen mit mir vorlieb?« Er machte Nelda eine tiefe Verbeugung. Sekundenlang sah sie in ein paar schwermütige Augen von unbestimmter Farbe, die mit einer gewissen Bewunderung auf ihr ruhten. Wider ihren Willen errötete sie; sie fühlte es, sie ärgerte sich darüber, und die Glut stieg ihr noch tiefer, bis hinab in den Ausschnitt des weißen Kleides.

Sie stand regungslos und neigte nur zustimmend den Kopf; schon wirbelten die ersten Paare vorüber, auch Frau Elisabeth walzte selig davon. Mit einer wunderlich gemischten Empfindung von Dankbarkeit und Mitleid legte Nelda Dallmer ihre Rechte in die Hand Leutnant von Ramers – eine nervös zuckende heiße Hand, sie fühlte es bis in die Fingerspitzen.

Nie hatte Nelda Dallmer gut Walzer getanzt, heut konnte sie ihn; sie tanzte mit erwachender Lust.

IV.

Ferdinand von Ramer und Paul Xylander kannten sich von Jugend an. Sie waren im Kadettenkorps zusammen gewesen; wenn auch der ältere Xylander dem anderen um mehrere Klassen voraus war, gemeinsames Turnen, gemeinsame Spiele und Spaziergänge hatten sie doch miteinander bekannt gemacht.

Nach Jahren traf man sich in der gleichen Garnison wieder, der eine als Sekond-, der andre als Premierleutnant. Dem liebenswürdig-herzlichen Wesen Xylanders war schwer zu widerstehen, selbst Ramer, der allezeit Zurückhaltende, fühlte sich lebhaft angezogen. Man frischte Kindheitserinnerungen auf, man lachte über längst Vergangenes, man erzählte von diesem alten Lehrer und jenem; es war gerade kein warmes, intimes Zusammensein, dazu neigte der Jüngere nicht, aber es war eine gegenseitige Achtung, ein aufrichtiges Wohlwollen, was man im Leben so allgemein Freundschaft nennt.

Sie kamen dann auseinander; Xylander wurde versetzt, heiratete, wurde dahin und dorthin geworfen, lebte als Hauptmann in Koblenz und hörte kaum mehr von dem früheren Kameraden. Immer hatte er schreiben wollen, eigne Freuden, eigne Sorgen nahmen ihn in Anspruch; da gelangte eine Kunde an sein Ohr, die ihn tief erschütterte.

* * *

Ramers Vater war Militär, ein Mann von Meriten, die Brust voller Orden; er lebte als Kommandant von Hannover auf einer Art Ruheposten, aber immerhin in einer Stellung, die die Blicke auf sich zog. Wenn der alte Herr mit dem eisgrauen Schnurrbart, das schöne, noch frische Gesicht in vornehmer Ruhe, seinen Morgenritt durch die Promenaden der Stadt machte, zogen die Bürger ehrfurchtsvoll den Hut. Er grüßte freundlich mit leutseligem Lächeln; er war beliebt bei jung und alt.

Kein Diner ohne den alten Ramer; er führte stets die Hausfrau zu Tisch, die schönsten Mädchen gaukelten mit kindlicher Schmeichelei um ihn herum. Papa Ramer, Papachen Ramer, ach, das reizende Papachen! Sie küßten die zierlichen Fingerspitzen und warfen ihm die schmelzendsten Blicke zu.

Der Kommandant machte ein sehr angenehmes Haus. Wie er's fertig brachte, ohne persönliches Vermögen, war freilich unklar; nun, er mußte es doch können. Die drei Töchter hatten sich verheiratet, sie waren nicht besonders hübsch; allen dreien mußte er Zulage geben, sonst wäre nichts aus den Partien geworden. Der Sohn als Leutnant brauchte doch auch etwas – aber wen ging's was an? Haus, Dienerschaft, Reitpferde, alles elegant; den dunklen Gerüchten, die plötzlich auftauchten, um ebenso plötzlich zu verschwinden, schenkte kein Mensch Glauben.

Da brach es eines Tages herein mit Donnergekrach, daß den guten Bewohnern von Hannover die Ohren gellten und die schönen Bewundrerinnen des ›reizenden Papachens‹ entsetzt in alle Winde flatterten. Die Polizei hob eine Spielhölle auf im Haus der berühmten und berüchtigten Stadtschönheit, Madame Adrienne Gwiazdowska.

Dies exotische Gewächs war, Gott weiß woher erschienen, fuhr in eigner Equipage, schmachtend hingegossen, täglich durch die Straßen, mit ihren großen schwarzen Augenrädern und Similibrillanten einen Haufen Verehrer an sich lockend. Manchen war diese ›Dame aus der Fremde‹ bald verdächtig; man munkelte und wußte doch nichts Bestimmtes. An einem späten Abend stieg der Polizeichef selbst, mit der nötigen Begleitung, die teppichbelegten Stufen zu Madame Adriennes Wohnung hinauf, schob die erbleichenden Diener zur Seite und überraschte die Spielgesellschaft in flagranti, neben der schönen Exotischen im zärtlichsten Einverständnis – den hochgeehrten allbeliebten Kommandanten von Ramer!

Ein Entsetzensschrei, eine Panik sondergleichen! Die Spannung aller Kreise ging ins Unglaubliche! Von Tag zu Tag entrollten sich schwärzere Bilder, wunderbare Dinge gelangten plötzlich in die Öffentlichkeit; Personen, deren Unantastbarkeit über allen Zweifel erhaben gewesen, wurden mit hineingezogen, die Zeitungsschreiber allerorten hatten überwältigenden Stoff. Majestät mischte sich persönlich ein. In dem eleganten Haushalt des Herrn Kommandanten wurde alles versiegelt; man munkelte von unterschlagenen Geldern, Kassendefekten. Die arme Frau von Ramer, die stets schüchtern und gedrückt neben dem glänzenderen Gatten dahingelebt hatte, brachte man in eine Irrenanstalt. Mit einem markerschütternden Getöse brach der ganze stolze Bau von Ehre, Reputation, Wohlanständigkeit zusammen. Was blieb dem ›reizenden Papachen‹, dem unglücklichen Menschen übrig –?! Nur der Mut der Verzweiflung, der die Pistole in die gekrallten Finger drückt und mit eisig kaltem Flüstern ins Ohr raunt: »Schieß – schieß!« Kommandant von Ramer schoß sich tot. Er hinterließ seinen Kindern nichts als ein Gefühl unauslöschlicher Schande – seinem Sohn einen gebrandmarkten Namen. Majestät waren sehr gnädig. Als Leutnant von Ramer in bitterster Verzweiflung seinen Abschied einreichte, kam ein huldvolles Handschreiben:

›Es sei ferne von uns, den Sohn für den Vater verantwortlich zu machen. Wir wünschen nicht, einen braven Offizier unsrer Armee zu verlieren.«

O diese Huld – und doch diese Pein! Tage, die dahinschlichen! Nächte, Nächte, die das verstörte Gemüt an die Grenze des Wahnsinns hetzten!

Er griff nicht zur Todeswaffe, wie die Kameraden fürchteten, die sorglich alles aus dem Wege räumten; er rang sich durch. Aber ein innerstes Verzagen blieb, eine unauslöschliche Bitterkeit, ein krankhaftes Sichverschließen. Am liebsten hätte sich Ramer in einen Winkel verkrochen, den nie ein Lichtstrahl trifft; alles, jedes tat ihm weh, das gutgemeinte Mitgefühl, die zarte Rücksichtnahme der Kameraden – ah, was hatten sie, was wollten sie, warum taten sie behutsam wie mit einem Kranken?! Mißtrauen packte ihn. Er fühlte sich getroffen von jeder harmlosen Bemerkung, er zuckte zusammen, wenn ein Fremder ihm gegenübertrat und er seinen Namen nennen mußte – den schrecklichen, schmachvollen Namen. Der Name war sein Fluch; es ging ihm ein Zittern mitten durchs Herz, wenn jemand ›Ramer‹ sagte. Die fixe Idee setzte sich in ihm fest: du bist ein Gebrandmarkter, du hast zu verzichten auf alle Freuden von Leben und Liebe. Nur nicht den Namen fortpflanzen, nur nicht noch andere mit hineinziehen in die unauslöschliche Schande – allein, zu Ende!

* * *

Ferdinand von Ramer stand seit wenigen Wochen in der Garnison Koblenz. Mit offenen Armen hatte ihn sein alter Kamerad Xylander empfangen. Bald nach der Katastrophe hatte ihm dieser einen wahrhaft freundschaftlichen Brief geschrieben, Ramer hatte sich nicht entschließen können, zu antworten; diese Versäumnis tat der Herzlichkeit des Wiedersehens keinen Abbruch.

»Willkommen, alter Junge!« hatte der Hauptmann gesagt. »Siehst du, hier ist meine Frau, hier sind meine Kinder, komm zu uns, so oft du magst! Und nun, lieber Freund, mußt du wieder heraus in die Welt; es geht nicht anders!«

Paul Xylander konnte trefflich zureden mit seiner angenehmen Stimme; es war noch gerade wie früher, der Jüngere mochte und konnte sich den ruhigen, herzlichen Worten nicht verschließen. Keine sechs Wochen waren verstrichen und Leutnant von Ramer besuchte den Kasinoball. Schwer war es ihm angekommen, er tat's dem Freund zu Liebe; aber ein Gefühl grenzenloser Vereinsamung überkam ihn inmitten des Trubels. Da war keins unter diesen lachenden, kokettierenden Geschöpfen, das ihn hätte erheitern können; sie waren auch gar nicht begierig darnach. Leutnant von Ramer – Ramer – puh! Nur das Mädchen mit den klaren Augen und der freimütigen Sprache nötigte ihm einiges Interesse ab. Diese Nelda Dallmer! Bei jedem Tanz holte er sie zu einer Extratour, er klammerte sich in seiner Vereinsamung an sie wie ein Ertrinkender an den Strohhalm; als es zu Tisch ging, war sie seine Dame.

Frau Rätin Dallmer war nicht zufrieden mit dem erklärten Herrn ihrer Tochter, sie winkte sie heimlich beiseite. »Nelda,« flüsterte sie, »laß den Menschen etwas abfallen! Ist ja gar keine Partie – ich bitte dich, und dann dieser Name! Alle sprechen sie schon darüber. Ich finde es direkt unverschämt, sich mit dem Namen in die Gesellschaft zu drängen. Alle sagen –«

»Wer sagt?« unterbrach Nelda laut und hart, eine glühende Blutwelle schoß ihr in's Gesicht. »Deine Frau Zänglein und Konsorten!«

»Pst, pst, Nelda, nicht so laut – um Gottes willen!«

Ohne weiteres Wort, mit einem Zucken der Schultern, wandte sich das Mädchen ab und schritt quer über den Saal auf Leutnant von Ramer zu, der mit untergeschlagenen Armen finster dastand. Sie legte ihm die Hand auf den Ärmel:

»Bitte, wollen wir jetzt zu Tisch gehen?« Dabei lächelte sie ihn freundlich an.

Frau Dallmer war außer sich; sie gebärdete sich wie die Henne, die Enteneier ausgebrütet hat und der nun die Brut auf dem Wasser schwimmt, anstatt sich unter die schützenden Flügel zu ducken. Sie rannte unruhig hin und her, ihr armes kleines Gesicht trug einen verängstigten Ausdruck, der schlecht zu dem Seidenfähnchen, der Spitzenhaube, dem Lichtglanz und der Musik paßte.

»Beste,« raunte ihr die Oberkonsistorialrätin zu, »leiden Sie es doch nicht, daß Ihre Nelda sich so ausschließlich dem einen Herrn widmet. Das fällt auf!«

»Mama!« Milchen kam gelaufen und schmiegte mit zarter Kindlichkeit ihr Finnengesicht an die stattliche Wange der Mutter. »Denke, wie entzückend! Herr Emil Bovenhagen hat mich zum Souper engagiert!« Sie kicherte verschämt in sich hinein.

»Ah – ah!«

Die Stimme der Oberkonsistorialrätin erstarb in eitel Wonne; der armen Dallmer gab es einen Stich durch's Herz. Bovenhagen war der reichste Hüttenwerkbesitzer im Lahntal – diese Partie! Und den sollte Milchen mit dem Finnengesicht ergattern und ihre Nelda leer ausgehen?! Wie gern hätte die kleine Rätin geweint, aber das durfte sie doch nicht; sie rappelte sich auf und zwang sich zu einem Lächeln.

Es ging schon auf Mitternacht. Das Scharren und Stühlerükken hatte endlich aufgehört, man saß gemütlich beim Souper. Der Wein löste den Herren die Zungen, die jungen Damen hatten glänzende Augen; Neckereien und Komplimente flogen über den Tisch. Was bei nüchternem Tageslicht eine fade Bemerkung war, hier wurde es zum Witz. Ballsaalbeleuchtung, Ballsaalatmosphäre!

Die schöne Anselma von Koch hatte einen ganzen Hofstaat um sich; sie verteilte jetzt die Blitze ihrer großen Augen gerechter, ihr Landrat hatte plötzlich eine Schwenkung nach rechts gemacht, wo die allerliebste kleine Röhling saß. Fräulein Anselma maß beide, den sicher Geglaubten wie die teure Freundin, mit spöttischem Lächeln. »Metall zieht Metall an,« lächelte sie boshaft und senkte die langen Wimpern ihrer strahlenden Augen sanft auf die Wange.

»Göttlich! Famos!«

Die Leutnants erstickten fast vor Lachen und maßen doch den Zivilisten mit neidischen Blicken: erst die anerkannteste Schönheit weggeschnappt, und nun auch den kleinen Goldfisch gekapert! Die Herren vom zweierlei Tuch waren nicht dumm, sie wußten sich ganz gut die plötzliche Liebenswürdigkeit der schönen Koch zu erklären.

Das war ein Courmachen, Gelächter, Gläserklingen, Schwadronieren sondergleichen!

Nelda Dallmer und ihr Herr hatten lange keinen Platz gefunden; überall hockten die Cliquen beisammen oder die Plätze waren für gute Freunde belegt. Ramer hatte gar keine Art sich Geltung zu verschaffen, mit einer stummen Verbeugung trat er jedes Mal zurück. Nelda blickte starr vor sich hin; vor ihren Augen schwamm ein zorniges Rot, sie sah nichts, sie fühlte nur eine glühende Empörung in sich aufwallen. Trotzig kehrte sie sich ab, da – es zupfte sie jemand, eine freundliche Stimme sagte heiter: »Nelda – du – wollt ihr nicht hier Platz nehmen? Hier sind gerade noch zwei Stühle!«

Wie einen warmen Hauch fühlte Nelda die freundliche Stimme; sie sah sich um – richtig, da waren noch zwei Stühle!

»Wie freue ich mich,« sagte Agnes Röder herzlich, »erlaube, daß ich dir meinen Bräutigam vorstelle! Ah, richtig, ihr kennt euch ja wohl schon, das ist schön! Nicht wahr, Carlo, ich habe dir doch oft aus der Schule von Nelda Dallmer erzählt? Sie war immer so drollig!«

Der Bräutigam in der tadellosen Gardeuniform verbeugte sich artig:

»Ah, sehr erfreut, gnädiges Fräulein, außerordentlich erfreut! Heute so voll hier, daß man gar nicht alle Bekannten findet. Darf ich bitten, Platz zu nehmen – gestatten!«

Herr von Osten hatte Manieren; da der andere gar keine Anstalten traf, sich vorzustellen, mußte er doch – eigentlich lächerlich, er, Garde! – dem von der Linie!

»Von Osten.«

»Von Ramer,« murmelte der andre.

Man setzte sich; die beiden Mädchen nebeneinander, die Herren zu den Seiten.

»Weißt du,« plauderte die kleine Braut, »der reine Zufall, daß hier noch Platz war. Wir hatten uns mit der Cousine von Carlo und deren Mann verabredet, nun weiß ich nicht, wo sie geblieben sind. Ich freue mich viel mehr, daß du hier sitzest,« flüsterte sie. »Es ist dir doch recht, wenn wir uns noch ›du‹ nennen?«

»Ja!«

Nelda blickte verwirrt auf das zarte Geschöpfchen an ihrer Seite. War das die Agnes Röder von früher? Merkwürdig, wie die sich verändert hatte! Ob das die Liebe machte?

Nelda hatte die einstmalige Schulgenossin lange nicht gesehen. Zwei Jahre war Agnes in einer hochfeinen Pension Brüssels gewesen, kaum zurückgekehrt und eben in der Gesellschaft aufgetaucht, verlobte sie sich. Das ging Schlag auf Schlag; man sprach sogar von anderen Bewerbern, die schon abgewiesen worden wären. Röders waren dann verreist, erst mit dem Brautpaar an die Riviera, zuletzt mit der Tochter allein nach Paris, um den ›Trousseau‹ anzuschaffen; ganz Koblenz sprach von der Pracht. Agnes Röder war immer hübsch gewesen, aber hübsch wie die süßen Frätzchen auf Broschen und Dosen in den Schaufenstern, so ein sanftes Madonnengesichtchen mit nichtssagendem Lächeln und ewiger Freundlichkeit, das Ideal aller Welt.

›Agnes Röder – engelhaft – höchste Weiblichkeit‹ – wie oft waren diese Worte an Neldas Ohr vorübergeglitten. ›Schaf‹ hatte sie kurz und bündig das Weiblichkeitsideal tituliert.

Eine tiefe Röte stieg ihr in die Wangen, ihr ehrliches Herz schämte sich der spottenden Bemerkungen über das ›kleine Schaf im goldenen Stall‹. Es war Wärme in ihrem Ton, als sie, der neben ihr Sitzenden des Gesicht voll zuwendend, sagte:

»Nett von dir, Agnes, daß du dich meiner freundlich erinnerst! Ich habe es eigentlich nicht um dich verdient.«

»Ach was – laß doch die kleinen Neckereien! Ich weiß wohl, du hast dich immer ein bißchen über mich lustig gemacht, aber das tut nichts. Ich habe dich immer lieber leiden mögen, als all' die andern in der Schule; ich hätte gern mit dir verkehrt, aber ich dachte, du möchtest nicht. Aber nun besuchst du mich mal, nicht wahr?« Sie drückte Nelda die Hand.

»Jetzt in deinem Glück wirst du keine Zeit haben, du heiratest ja bald.«

»O, nein, nein, ich habe Zeit; du mußt kommen! Nicht wahr, Carlo,« wandte sie sich eifrig an ihren Bräutigam, »es wäre reizend, wenn Nelda uns besuchte?«

»Natürlich! Außerordentlich erfreut, sehr angenehm, großer Vorzug!«

»Siehst du, wie er sich freut!« Und sich näher zu Nelda beugend, flüsterte Agnes Röder: »Ist er nicht schön? Und so gut und klug und liebenswürdig!« Ein zärtliches Lächeln verklärte ihr reizendes Gesicht. »Ich bin zu glücklich!«

Sie schob ihren Arm in den der andern und drückte diesen leise.

»Weil ich glücklich bin, möchte ich auch alle Welt glücklich machen, ich bin so voll von Liebe. Magst du mich denn ein bißchen leiden, ja?«

Ihre schönen braunen Augen suchten mit schüchterner Bitte Neldas Blick. In einer plötzlichen Aufwallung beugte diese den Kopf und drückte einen raschen Kuß auf die rosige Wange der kleinen Braut.

Ramer hatte stumm gesessen, jetzt wandte sich Nelda ihm zu, und seine Züge belebten sich. Es sprach sich gut mit Fräulein Dallmer. Ihre Augen sahen ihn verständnisinnig an, sie zogen ihm förmlich die Worte von den Lippen. Er sagte mehr, als er sagen wollte. Was er noch nie getan, er berührte sein Unglück, wenn auch nur flüchtig, wie etwas als bekannt Vorausgesetztes; aber man hörte seinem Ton die Erregung an. Es war ihm ordentlich Bedürfnis, einmal aus sich heraus zu gehen und dabei das Kommen und Gehen der Farbe auf dem Mädchengesicht zu beobachten, dem teilnahmsvollen Klang ihrer Stimme zu lauschen.

Ein seltsames Gespräch für einen Ballsaal. Rund umher strahlende Gesichter – Blicke, die wie zugespitzte Pfeile fliegen – Lachen, Kokettieren ohn' Ende – dazwischen die zwei, scheinbar ganz abgeschieden von der Fröhlichkeit.

Und doch war Nelda froh. Als das Brautpaar mit ihr anstieß, lachte sie: »Auf Ihr Glück – auf dein Glück, Agnes! Prosit!«

»Auf dein Glück!« erwiderte die Braut.

»Kommen Sie, Herr von Ramer, darauf stoßen wir auch einmal an!« Nelda rief es übermütig und hob rasch ihr Glas an das seine. Ihre Blicke begegneten sich – ein heftiger Ruck – kling klang – zerbrochen, der dünne Stiel durchgeknickt. Auf dem Tisch lagen Scherben, und der Wein floß über das weiße Tuch. Wie unangenehm! Gut, daß Frau Rätin im Nebensaal speiste.

Die Tafel wurde aufgehoben, man schwärmte zum Kotillon aus. Nelda Dallmer und Leutnant von Ramer tanzten auch den zusammen. – – –

So ging das herrliche Fest zu Ende. In der Garderobe dasselbe Bild wie zu Anfang: rauschende Mütter, wispernde Töchter, segelnde Fregatten, geschwellt vom Gefühl des Triumphs. Aber das Gespräch der Mütter nicht mehr so flüssig, bleischwer senkte sich die Abspannung. Die Haare der Töchter nicht mehr so lieblich geordnet; mit gelöstem Lockengekräusel, verschwitzten, glühenden Gesichtern, zerdrückten Kleidern glichen sie Mänaden.

* * *

Es zog furchtbar auf der Schiffsbrücke. Die dunklen Wellen des Stroms wurden vom Wind gepeitscht; am Himmel jagten sich Wolken, für Augenblicke schimmerte ein klägliches Mondlicht vor, aber es wurde gleich wieder verdeckt von neuen schwarzen Ballen. Vereinzelte Regentropfen klatschten gegen die Scheiben der flackernden Laternen.

Frau Rätin Dallmer ließ sich von Hauptmann Xylander führen; die Chausseenachbarn hatten sich nach Schluß des Balles zusammengefunden. Ängstlich klammerte sie sich an den stützenden Arm, die Kapuze tief ins Gesicht gezogen; sie sah und hörte nicht. An ihrer andern Seite stapfte mutig Frau Elisabeth; sie hatte großmütig auf den Arm ihres Mannes verzichtet, war trotz des schlechten Wetters bester Stimmung und plauderte munter von Toiletten, Courmachereien und allem möglichen.

Hinterher wanderten noch zwei Gestalten; Nelda und ihr Tänzer vom heutigen Abend, Leutnant von Ramer. Er hatte um den Vorzug gebeten, sich den Damen anschließen zu dürfen, er wohnte auch drüben, unweit der Brücke. Drunten auf der Straße, entfernt vom Ballgetriebe und Späherblicken, war Frau Rätin gnädiger; schließlich war's doch immer nett, wenn die Tochter verehrt wurde, und angenehm, den Heimweg unter doppeltem Schutz zu machen.

Es war schon spät – zwei Uhr – das Leben vollständig erloschen. In der Häuserreihe längs des Rheins, selbst in den großen

Hotels am Landungsplatz, keine Beleuchtung mehr; oben auf dem Ehrenbreitstein noch ein einsames Licht, wie ein schwach schimmernder Stern glomm es nieder. Dunkel schaukelte die Rheinflut; die zwei, drei Laternen an den Pfählen warfen zitternde Kringel darüber hin. Ein Sausen war in der Luft, ein Rauschen im Wasser, die Brückenbohlen schütterten leicht.

»Wenn wir jetzt versänken,« sagte Nelda plötzlich.

»Um Sie wäre es schade, um mich nicht!« Ramers Stimme hatte einen bitteren Tonfall.

Sie blieben beide stehen, lehnten sich über's Geländer und schauten hinab. Das Wasser ging hoch. Eine bange Kühle stieg von unten herauf und machte Nelda erschauern; sie hatte den Mantel gelockert, damit er den kleinen Kamelienstrauss an ihrer Brust nicht zerdrückte, nun zog sie ihn fester um sich.

»Geht es Ihnen auch so wie mir?« fragte die Stimme ihres Begleiters. »Wenn Sie am Wasser stehen und hineinsehen, packt Sie da nicht auch die Lust hinab zu springen und sich im Untergehen willenlos treiben zu lassen, Gott weiß wohin?«

»Nein, das kenne ich nicht,« – sie wandte ihm das Gesicht zu – »da müßte ich sehr unglücklich sein. So unglücklich, wie ich es mir jetzt gar nicht denken kann. Ich will nicht untergehen ohne Kampf, ich würde mich wehren, ja, bis zum Letzten. Nur nicht so kraftlos versinken! Ach« – sie lockerte den Mantel wieder und warf den Kopf zurück, mit geblähten Nasenflügeln sog sie die frische Luft ein – »so unglücklich ist niemand, daß er ganz und gar die Courage zu verlieren braucht!«

»So – meinen Sie? – – – Ich bin so unglücklich!« Heraus war's. Er hätte das Wort gern zurückgerufen, lautgesprochen kam's ihm übertrieben vor. Lächerlich, einem jungen wildfremden Mädchen seine Gefühle anzuvertrauen! Es war gegen jede Form.

Sie sah ihn an, ein grenzenloses Mitleid überkam sie; ein Mitleid mit Unverstandenem, mit ihm, mit der ganzen Welt. Ihr Herz klopfte rascher, ohne Bedenken streckte sie die Hand aus dem Mantel und faßte nach der seinen.

»Sie dürfen nicht so unglücklich sein – nein, nein!« Gesteigerte Erregung klang aus ihrer Stimme; der Tanz, die Musik, die einsame Nacht, die Übermüdung machten sich geltend, sie wusste selbst nicht, was ihr so unbedacht über die Lippen glitt:

»Ich kann's nicht gut anhören!«

Er führte ihre Hand an seinen Mund, dann ließ er sie fallen.

– – –

»Nelda, Nelda! Herr von Ramer! Schneller, schneller!«

Wie ein Trompetenstoß klang die helle Stimme der Frau Hauptmann durch die Nacht. Die beiden Nachzügler setzten sich in Trab, stillschweigend liefen sie nebeneinander her, am Brückenende holten sie die andern ein.

»Nicht so langsam,« flüsterte Paul Xylander verstohlen an Neldas Seite, »die Mama ist ärgerlich!«

Lächelnd zwinkerte das junge Mädchen dem guten Freund zu, ein Wort war nicht möglich, denn Frau Rätin faßte jetzt ziemlich energisch das Handgelenk ihrer Tochter: »Komm hierher, Nelda!« Sie war wieder ungnädig.

Die schmutzige Chaussee patschte unter ihren Füßen; es wurde wenig mehr gesprochen, jeder hatte zu achten, wohin er trat. Endlich war die Tür des Dallmerschen Hauses erreicht. »Mein Gott, der Papa ist noch wach?« Nelda wies hinauf zum Zimmer des Vaters, wo noch Licht schimmerte. »Der gute Papa, er wacht für mich!« Sie klingelten, das Licht im Fenster verschwand, durch die Stille hörte man innen die Stiege knarren.

»Jetzt kommt er!«

»Gute Nacht, gute Nacht, meine Herrschaften, lassen Sie sich's wohl bekommen!«

»Gleichfalls! Gute Nacht, gnädige Frau! Gute Nacht, Fräulein Nelda, lassen Sie sich bald bei uns sehen – gemütlich, ohne Ansage!«

Allgemeines Händeschütteln und Empfehlen.

»Gute Nacht,« sagte Nelda, und ihre Hand ruhte einen Augenblick länger in der des jungen Mannes.

›Nettes, kluges Mädchen,‹ dachte Leutnant Ramer, als er allein die Chaussee nach Ehrenbreitstein zurückschritt. ›Aber selbst wenn sie mir noch tausendmal besser gefiele, als sie mir gefällt – für mich ist ja alles ausgeschlossen – für immer!‹

* * *

Regierungsrat Dallmer hatte lange auf seine Damen gewartet; blaß und übernächtig stand er im Flur vor ihnen, die Lampe in der wachsbleichen Hand, mit den vortretenden blauen Adern. Er hüstelte.

»Nun, mein Kind, wie war's?«

Statt der Tochter antwortete die Mutter, sie brach in einen Strom von Klagen aus. Alle hätten es gesagt – ganz abscheulich, der Mutter zum Trotz! Ein Kreuz, mit Nelda auf den Ball zu gehen! Und so weiter, und so weiter. Nelda stand in Mantel und Kapuze und ließ alles ruhig über sich ergehen, sie hörte gar nicht, was da gesagt wurde.

Jetzt trat sie auf den Vater zu und schlang beide Arme um seinen Hals.

»Papa, diesmal ist's doch ein Fortschritt,« lachte sie fröhlich, »ich habe zwei Kotillonbouquets, das eine von Xylander, das andre – riech mal!«

Sie nahm das kleine Sträußchen, eine rote Kamelie und wenige Veilchen, von der Brust und hielt es ihm entgegen.

»Schön, nicht wahr? Und nun gut' Nacht, ich bin todmüde!«

Sie küßte den Vater wiederholt und strich der Mutter über die Wange.

»Solch eine gräßliche Tochter! Arme Mama!« Mit Lachen sprang sie die Treppe hinan, vom obersten Flur tönte bald ihr hüpfender Schritt.

»Sie ist vergnügt,« sagte Dallmer zufrieden und lauschte.

»Du mein Gott,« seufzte die Frau, »ich möchte wissen, warum? Wieder gar keine Aussichten! Aber sie ist selbst schuld daran, ein Mädchen ohne Vermögen muß doppelt entgegenkommend sein. Das arme Kind!«

Mit diesem Seufzer schritt die Rätin ihrem Mann voraus in die Schlafstube.

V.

Zwischen Nelda Dallmer und Agnes Röder hatte sich eine Freundschaft entwickelt. Zu andren Zeiten wäre Nelda nicht so dafür geneigt gewesen, jetzt war sie weicher und erschauerte zuweilen in einem Gefühl großer innerer Einsamkeit.

Frau Rätin war glückselig über den Verkehr der beiden Mädchen; sie geriet ganz in Verzückung über ›Agnes, das süße Geschöpf‹. »Ach wenn unsre Nelda nur viertels so wäre,« seufzte sie ihrem Mann vor. Auch der kränkelnde müde Rat lächelte, wenn die zierliche Gestalt der kleinen Röder in der Tür auftauchte, ihr Plaudern glitt wie Vogelgezwitscher an seinem Ohr vorbei.

Und Nelda? Nicht daß sie gerade tief-innere Berührungspunkte mit Agnes gehabt hätte – wo sollten die auf einmal herkommen? – sie war nur gern mit ihr zusammen und war nicht unzufrieden, daß ein sehr vorteilhaftes Kommando Herrn von Osten nach der Residenz berief, infolgedessen die Hochzeit erst zu Ostern sein konnte. Der Bräutigam war geradezu außer sich über den Aufschub.

»Du glaubst nicht, wie er mich geküßt hat,« flüsterte Agnes, als sie bei Nelda in deren einfachem Giebelstübchen saß. Osten war am Morgen abgereist, mit verweinten Augen hatte sich die verlassene Braut zur Freundin geflüchtet.

»Oh, wie hat er mich geküßt!«

Eine tiefe Röte breitete sich über ihre Wangen, sie schlug die Augen nieder und hielt beide Hände auf die unruhig atmende Brust gedrückt.

»Ich muß es dir sagen, einem Menschen muß ich's sagen, vor meiner Mama schäm' ich mich. Siehst du, so hat er mich geküßt!«

Sie näherte ihre weichen Kinderlippen Neldas Mund und drückte sie darauf. »Nein, noch nicht loslassen – so – so – –! O Nelda, Nelda!«

Sie brach in Tränen aus und kauerte vor der Freundin nieder, beide Arme um deren Leib schlingend. »Ich muß immer dran denken, Nelda, ich fühl's immer hier auf den Lippen. So hat er mich früher nie geküßt! Sag, was war das? Bleibt's nun immer so? Wird er mich immer so küssen?« Ihre Augen fragten ängstlich. »Nelda, ach es ist so was Schreckliches darin und doch eine Seligkeit!« Sie schauerte zusammen. »Du bist zwei Jahre älter als ich und viel klüger, sag mir doch, glaubst du, daß man einen Menschen lieb haben kann, so – so – so zum Vergehen, weißt du? Es drängt einen zu ihm hin, man möchte – ach Gott, man schämt sich ordentlich vor sich selber!« Sie löste die Arme vom Leib der Freundin und hielt sich die Hände vor's Gesicht.

»Ich schäme mich,« sagte sie leise.

Nelda sah zu der Knieenden nieder, ihr Blick hatte etwas Zerstreutes; wie eine Vision glitt auf einmal Leutnant Ramers Gesicht an ihr vorüber, ihr Herz begann zu klopfen.

»Warum schämst du dich?« fragte sie langsam. »In der Liebe darf das nicht sein. Wenn man liebt – pah – da gibt man eben alles hin. Ich würde es tun, ohne mit der Wimper zu zucken. Ich will dir was sagen, Agnes, du bist noch sehr jung, erst achtzehn, und ich werde schon einundzwanzig. Du bist immer so behütet gewesen, du denkst gleich, es ist was Unrechtes, wenn dein Herz mal nicht so wohlerzogen klopft, wie es gewöhnlich unter sämtlichen Korsetts höherer Töchter tut. Freu' dich doch, daß du so empfinden kannst! Ah, ich würde stolz sein, wenn ich so sehr liebte, daß ich alles drüber vergessen könnte! Weißt du« – Nelda sprang vom Stuhl auf und reckte ihre kräftige Gestalt, sie stand grade vor'm Fenster, und das scheidende Tageslicht umgab ihren Kopf mit einem hellen Schimmer, – »ich beneide dich! Ich beneide alle, die lieben! Neulich gingen wir unten am Rhein, da saß ein Mann auf einem Stein und hatte ein Mädchen auf dem Schoß; sie waren zärtlich miteinander. ›Pfui,‹ sagte Mama, ›es ist wirklich greulich! Küssen sich da am hellichten Tag auf der Straße, sind vielleicht noch gar nicht mal verheiratet!‹ Herrjeh, ich fand's nicht so schrecklich! Ich möcht' mich nicht grad' auf der Straße küssen, aber es ist doch nichts Unrechtes, wenn sich zwei Menschen lieb haben?!«

»Ich verstehe dich gar nicht.«

Agnes hatte sich von den Knieen erhoben und saß nun auf dem Stuhl, sah sehr erstaunt aus und ein klein wenig scheu.

»Mein Gott, wie du so redest! Ich habe immer geglaubt, du machst dir nichts aus den Herren; du bist so gar nicht entgegenkommend, und du spottest immer über die andren Mädchen. Sei mir nicht böse,« setzte sie schüchtern hinzu, »aber die denken vielleicht auch so und wollen sich gern verheiraten!«

»Ja, verheiraten – das ist's eben! Heiraten, um sich zu versorgen, um die beste Partie zu machen! Was stellen sie nicht alles drum an – ba, es ist eklig! Heiraten – ja! Aber lieben, lieben – –?! Frag mal die zehnte, ob sie den Mann liebt, dem sie am Hals hängt! Was ich lieben nenne, sicher nicht.«

»Aber, Nelda, es gibt doch so viel nette Mädchen!«

»Ach, sei mir nur still mit den Frauenzimmern, die sich wie eine Ware ausstellen lassen! Den ersten besten nehmen sie und sind zufrieden. Weißt du, das ist gemein. Ha, ich bin manchmal ganz wütend!«

Sie stampfte mit dem Fuß, und heißes Rot war ihr in die Wangen gestiegen.

»Aber Nelda« – die kleine Braut schüttelte immerfort den Kopf – »ich begreife gar nicht, wie du dich so ereifern kannst! Von so was spricht man doch überhaupt gar nicht, es ist doch nun mal so; wenn man es nicht mitmacht, wird man eben eine alte Jungfer, und das ist doch unangenehm. Mein Carlo sagt – nein, nein, ich will nichts hören« – sie hielt sich mit beiden Händen die Ohren zu, als die andre erwidern wollte – »sei nur still!«

»Ich bin schon still.«

Nelda zog die Brauen zusammen, am liebsten hätte sie ungeduldig ›Schaf‹ gesagt, aber sie bezwang sich. Die braunen Augen der kleinen Braut sahen sie bittend an.

»Liebe Nelda, sei doch nicht gleich so heftig und brauche keine so groben Ausdrücke. Wenn du nicht über all das dumme Zeug nachdächtest, wärst du viel vergnügter – man kann die Welt doch nicht ändern. Ach, wo nun mein Carlo sein mag?! Wie wird er an mich denken! Nicht wahr, du meinst doch auch, er ist der schönste, der beste und der bedeutendste von allen? Glaube mir nur, wenn ich auch nicht so bin wie du, lieben kann ich doch schrecklich. Ich müßte sterben, wenn ich meinen Carlo nicht bekäme. Nein, das ertrüge ich nicht!«

Agnes weinte, der Gedanke war schon schrecklich, die Tränen liefen ihr über die rosigen Bäckchen, leicht und flüssig wie einem Kinde; sie weinte, ohne das Gesicht zu verziehen, es sah ordentlich hübsch aus.

»Ach, Nelda, mir ist das Herz heut so schwer!«

Sie streckte die Arme nach der Freundin aus und schmiegte den Kopf an deren Brust.

Nelda strich ihr über das wellige braune Haar, aber sprach nicht. So blieben sie eine ganze Weile. Es wurde dämmerig, die kleinere Gestalt auf dem Stuhl war schon im Dunkel verschwommen; auf Neldas erhobnem Gesicht lag noch ein fahler Schein, sie starrte vor sich hin. Ihre Augen erhielten einen verträumten Glanz, ihre Hand strich nur noch mechanisch über das weiche Haar der Freundin. Sie dachte der großen Liebe nach. Und wieder glitt durch das Dunkel die Gestalt ihres Tänzers vom letzten Ball. Sie bemitleidete ihn grenzenlos und – ob sie wohl mal mit Agnes von ihm sprechen sollte?! – –

»Wo seid ihr? Nelda! Fräulein Agnes!«

Die beiden Mädchen schreckten zusammen.

»Ja, Mama!« Nelda eilte zur Tür. »Wir sind hier, sollen wir kommen?«

»Der Wagen für Fräulein Agnes ist da!« zeterte die Rätin von unten. »Was, ihr seid noch im Dunkeln? Entschuldigen Sie nur, Fräulein Agnes, fallen Sie nicht auf der Treppe! Nelda, daß du nicht mal dran denkst, eine Lampe zu holen! Hier sind Ihre Sachen, liebes Fräulein Agnes, das Jäckchen und der Hut. Nein, wie reizend Ihnen der Rembrandt steht! Schade, daß Sie Ihr Herr Bräutigam jetzt nicht sieht!«

Die kleine Braut seufzte und ließ den Kopf hängen.

»Ach ja, Sie goldenes Herz!« Frau Rätin umarmte die junge Dame liebevoll. »Sie haben so viel Gefühl, so die rechte Weiblichkeit. Möchte Nelda doch die von Ihnen lernen!«

Nelda gab der Freundin das Geleit vor die Haustür. Mit ihren kräftigen Armen hob sie die leichte Gestalt fast in den Wagen, dann schwang sie sich selbst auf's Trittbrett und drückte ihr, von einem plötzlichen Mutwillen erfaßt, einen brennenden Kuß auf den Mund.

»Bild dir ein, dein Bräutigam war's,« flüsterte sie lachend.

»O wie du küssen kannst – mein Gott, Nelda!«

»Ja, das liegt nun mal so drin. Adieu, Agnes!«

Sie sprang zurück, die Equipage rollte davon und verschwand bald in der Dämmerung.

* * *

Nelda stand noch vor der Haustür; es war ihr nicht kalt, im Gegenteil, der Wind wehte lau vom Rhein her und spielte mit dem Haar an ihren Schläfen. Schattenhaft hoben sich die Berge vom Abendhimmel; noch waren die Büsche an ihrem Fuß ganz kahl, an den Chausseebäumen keine treibenden Blattknospen, und doch war schon Frühling in der Luft. Die Dämmerung hatte ein weicheres Grau, der Rhein rauschte, von geschmolzenem Eis und Schnee geschwellt.

Nelda hatte die Hände in die Schürze gewickelt und trat von einem Fuß auf den anderen. Sie mochte noch nicht hineingehen, es hielt sie etwas hier draußen fest wie mit Klammern, eine unwiderstehliche Lust. Es kam ja auch kein Mensch vorbei, die Chaussee so still. Da – Schritte!

Aus dem Grau löste sich eine Gestalt und kam näher, jetzt schimmerten goldene Uniformknöpfe. Nelda stutzte – wer war das? Eine jähe Hitze schlug ihr ins Gesicht.

Der achtlos Vorüberschreitende blieb plötzlich stehen, ein leises: »Guten Abend, Herr von Ramer,« hatte sein Ohr getroffen.

»Ah – mein gnädiges Fräulein!«

Er faßte die ausgestreckte Hand des Mädchens und verbeugte sich:

»Wie befinden Sie sich, gnädiges Fräulein? Ich habe zwar nicht verfehlt, mich bei Xylanders zu erkundigen, wie Ihnen der Ball bekommen ist – seitdem sind aber sechs Wochen vergangen. Ich hatte nicht den Vorzug, Sie wieder zu sehen!«

Also er hatte sich nach ihr erkundigt! »O, es geht mir gut. Und Ihnen?«

Sie sah ihn forschend an, dabei lag eine so offne Freude auf ihrem Gesicht, daß er unwillkürlich lächeln mußte.

»Ich bin dem Geschick sehr dankbar, das mich jetzt hier über die Chaussee führte! Ich bin zu Xylanders geladen, soll den heutigen Abend dort verbringen. Gehen gnädiges Fräulein nicht auch manchmal hin? Ich denke, Sie sind mit Frau Elisabeth befreundet?«

Nelda gab keine Antwort auf die Frage, sie sagte wie aus einem Traum heraus:

»Nein, wie ich mich freue, Sie zu sehen!«

Er schwieg verdutzt, ihre Freimütigkeit war erstaunlich – aber mit einer alltäglichen Höflichkeitsphrase darauf antworten? Nein! So schwieg er.

Sie gingen langsam wenige Schritte auf und nieder. Er sah sie verstohlen von der Seite an: sie hatte doch etwas ungemein Frisches und Nettes, etwas so wohltuend Ungekünsteltes! Mit unwillkürlichem Bedauern glitt es ihm über die Lippen:

»Schade, daß Sie heute abend nicht bei Xylanders sind! Schade!«

»O,« – sie lachte fröhlich – »wenn ich will, kann ich herüber kommen! Bei Xylanders kann ich auch ungeladen erscheinen, sie haben mich oft genug dazu aufgefordert; ich tu es nur selten, das ist's. Aber wenn's Ihnen angenehm ist – natürlich komme ich! Ich will es nur meiner Mutter sagen.« Ein augenblickliches Bedenken ließ sie innehalten. »Ah was, sie muß es erlauben!«

»Also auf Wiedersehn?«

Er hielt ihr die Hand hin, sie schlug ein.

»Auf Wiedersehn!«

Mit einem Nicken sprang sie in's Haus.

* * *

Während Ferdinand von Ramer mit einem gewissen angenehmen Gefühl der Erwartung die Schelle an Hauptmann Xylanders Tür zog, platzte Nelda in die Küche, wo Frau Rätin auf dem weißgescheuerten Tisch unter'm Fenster Wäsche legte.

»Mama, ich geh heut' abend zu Xylanders. Ja, laß mich gehen?!«

»Was fällt dir ein? Jetzt auf einmal zu Xylanders?! Nein, du mußt nachher mit mir die großen Stücke recken, die Laura hat keine Zeit. Du weißt, morgen fängt der Hausputz an, sie will sich vorher alles beiseite räumen!«

»Aber ich – ach Mama, laß mich doch gehn! Ich bitte dich, liebe gute Mama, laß mich doch gehn!«

Frau Dallmer war ganz erstaunt. Ihre Nelda so bitten –?!

»Na meinetwegen,« sagte sie schwach. »Wenn ich nur wüßte, wie du auf einmal die Idee mit Xylanders kriegst! War einer direkt hier und hat dich aufgefordert? Das wäre was andres!«

Es schwebte Nelda auf der Zunge, ›Ja‹ zu sagen, aber sie schämte sich der Lüge. Eine ganze Lüge wär's zwar nicht gewesen, aber –, so schüttelte sie den Kopf.

»Es war keiner direkt hier, aber ich möchte doch gern – bitte, laß mich!«

»Ach Gott, was soll ich machen?! – So – – so greulich verzogen!« Die kleine Frau hatte eben ein großes Tischtuch vor und zerrte dran aus Leibeskräften.

»Dem Papa wird's auch nicht angenehm sein, du solltest ihm heut abend vorlesen. Ja, meinetwegen lauf nur! Aber – Nelda, Nelda!« Die Tochter war schon zur Küche hinaus. »Binde deinen großen Spitzenkragen um, es könnte doch jemand da sein. Hörst du?!«

Nelda stand vor dem schmalen Spiegel in ihrer Stube und legte den Spitzenkragen über ihr einfaches Kleid. Er stand ihr gut. Der Spiegel zeigte ihr gerötete Wangen und belebte Augen; aus den Spitzen des Kragens hob sich der Hals schlank und weiß. Nelda starrte sich an – war sie das? Stand hier vor'm Spiegel und putzte sich, einem Mann zu gefallen?! Was taten die andern Mädchen denn Schlimmeres?

»Nein!« Sie riß den Kragen vom Hals und schleuderte ihn in den Kommodenschub, dann löschte sie hastig das Licht und rannte im Dunkeln die Treppe hinunter.

Zu ihrem Vater guckte sie einen Augenblick hinein, es brannte noch keine Lampe in der Stube. Der Rat war angegriffen und ruhte, dazu brauchte er kein Licht. ›Sünde, das teure Petroleum so zu verkokeln,‹ pflegte Frau Rätin zu sagen.

»Papa, bist du böse, wenn ich zu Xylanders gehe?«

»O bewahre, amüsiere dich, mein Kind!«

Sie lief auf ihn zu und drückte ihre frischen Lippen auf seine heiße Stirn.

»Mein guter Papa – du bist sehr warm – adieu, adieu!«

Sie war so flüchtig, in Gedanken schon halb fort.

* * *

»Ah, Nelda! Welche Überraschung!«

Frau Hauptmann Xylander öffnete selbst, eine Schüssel Heringssalat in der Hand, sie wollte eben damit in die Eßstube gehn. »Ah!« Frau Elisabeth war aufrichtig erfreut, nur schoß ihr gleich durch den Kopf: ›Da reichen die Eier nicht, ich muß noch zwei kochen lassen; Nelda hat guten Appetit.‹

»Aber nun legen Sie ab! Das ist wirklich lieb von Ihnen! Wie oft habe ich schon umsonst gebeten. Nein, ich bin ganz erstaunt! So – herein mit Ihnen! Paul, Herr von Ramer, wen bringe ich da?« Die lebhafte Frau drehte das Mädchen um und um. »Nun sage, Paul, bist du nicht ganz verwundert?«

Nelda war eigentümlich berührt – dieses Erstaunen?! Hatte Ramer sie nicht angemeldet?

Nein. Hauptmann Xylander war ebenso überrascht wie seine Frau, nur betonte er's nicht so; er zeigte bloß seine Freude.

»Wie hübsch, Fräulein Nelda, daß Sie uns das Vergnügen machen!«

Er hielt ihre Hand etwas länger, als gewöhnlicher Brauch, und sah das Mädchen wohlgefällig an. »Sie kommen so selten, verzeihen Sie daher unsere Überraschung!«

Nelda lachte, aber ihr Lachen hatte etwas Gezwungenes – warum hatte Leutnant Ramer nichts von ihr gesagt? War ihm das unangenehm gewesen?

Sie maß ihn mit einem eindringlichen Blick. Er machte eine tadellose Verbeugung.

»Sehr erfreut, mein gnädiges Fräulein! Habe lange nicht den Vorzug gehabt!«

»Lange – –?!« Es sprudelte in Nelda heftig auf; fast wider Willen fuhr es ihr heraus: »Es ist doch höchstens eine halbe Stunde her! Sie wussten ja, daß ich kommen würde, Herr von Ramer, warum haben Sie Xylanders nichts davon gesagt?!«

Eine augenblickliche Stille folgte den Worten, das Ehepaar sah sich ganz verwirrt an. Keiner antwortete. Eine verlegene Pause.

Über des Mädchens Gesicht flog Röte um Röte; sie zürnte Ramer, zürnte sich selber – wie laut und häßlich waren eben die Worte im Zimmer verklungen! Wäre sie doch lieber nicht gekommen! Das eigene Benehmen schien ihr plötzlich unpassend, verletzend; sie war dem fremden Menschen nachgelaufen, und er fand's nicht einmal der Mühe wert, ihrer zu erwähnen? Blitzschnell flog ihr Blick zu ihm hinüber, da stand er und kaute an seinem Schnurrbart; man sah ihm das Mißbehagen an, er war ganz blaß. Nun begegneten sich ihre Augen.

»Ich bitte um Entschuldigung,« murmelte sie plötzlich und streckte ihre Hand nach ihm aus. Ihre Wirte fest ansehend, fuhr sie mit Hast fort:

»Vor einer halben Stunde traf ich Herrn von Ramer vor unserer Tür, wir sprachen miteinander, er ging hierher; ich bekam auch Lust, ich sagte, ich würde kommen, ich wollte gern. Es war sehr taktvoll von ihm, nichts zu erwähnen; ich habe mich taktlos benommen, ich bitte, verzeihen Sie!«

Sie senkte den Kopf.

»Mein Gott, das ist ja urkomisch!« Frau Elisabeth lachte und lachte in einem fort; sie wußte nicht recht, was sie sagen sollte.

Der Hauptmann, dessen Augen einen scharf beobachtenden Blick angenommen hatten, faßte des Mädchens Hand und schüttelte sie herzlich. Auf seinen Zügen lag etwas, das an Bewunderung grenzte.

»Bravo, Fräulein Nelda, das ist ehrlich, das ist recht! Immer mit der Wahrheit heraus, wenn's auch manchmal komisch aussieht! Da, Elisabeth,« – er schob seine Frau näher heran – »küsse unsre ehrliche junge Freundin, ich darf's ja leider nicht!«

Mit einer komischen Gebärde wischte er sich den Mund.

Nelda sah ihn dankbar an und erwiderte den Kuß der Frau Hauptmann.

»Oh, ich bin so froh,« sagte sie dann aufatmend, »so froh!«

Ihr Blick flog leuchtend durch's Zimmer.

»Und nun zu Tisch, meine Herrschaften, en avant! Die lukullischsten Genüsse warten unser: Heringssalat, Eier, Schinken, etwas undefinierbares Kaltes vom Mittag und ein famoser Edamer, den ich selbst erstanden habe. Was will man mehr? Also, darf ich bitten?«

Xylander reichte, fröhlich lachend, Nelda den Arm; die beiden andern folgten in's Nebenzimmer.

Die kleine Hängelampe warf ein mildes Licht über den runden Tisch, Frau Elisabeth goß Tee ein; es war sehr gemütlich. Wilhelm war als Ältester bevorzugt worden, an der ›Gosellschaft‹, wie Lollo und Vicky sagten, teilzunehmen. Die beiden Schwestern waren darob sehr gekränkt, lagen in den Betten und schliefen nicht; man hörte ihr Geheul schwach bis hierher. Der Junge war merkwürdig artig, er aß schweigend, und seine großen runden Kinderaugen folgten jedem Bissen, den Nelda in den Mund steckte.

»Wie sie heulen,« sagte er plötzlich verächtlich und legte sein Butterbrot hin. »Heulst du auch manchmal?«

Er starrte Nelda fragend an.

Sie schüttelte den Kopf. »Nein, nie!«

Sie war sich bewußt, daß sie log, denn im selben Augenblick schoß es ihr feucht in die Augen. Was war das nur?! Ihr war heute abend ganz seltsam zumut, so erregt, so traurig, so glücklich. Es kam ihr so schön hier vor – der weiße Tisch, die milde Lampe, die geschäftige Frau, die roten Kinderwangen, das gute Freundesgesicht ihr zur Rechten. Und jene andren Augen! Sie fühlte, daß sie oft auf ihr ruhten mit einem verstohlen langen Blick. Es durchschauerte sie.

»Du lügst!« kreischte Wilhelm und strampelte vor Vergnügen mit den Beinen. »Du hast ja was Nasses in dem einen Aug – und nu haste's auch im andern! Du heulst doch, du heulst doch!«

»Junge, Ruhe!« Des Vaters Hand klopfte derb auf den übermütigen Mund. Frau Elisabeth war ganz starr über die ungewohnte Energie ihres Mannes. Wilhelm gab keinen Laut mehr von sich, nur die runden Augen wurden noch runder. –

Man unterhielt sich gut, wie man sich eben nur bei kleinen freundschaftlichen Zusammenkünften zu unterhalten pflegt. Die beiden Herren erzählten mancherlei von ihrem früheren

Beisammensein, das heißt, Xylander erzählte, und auf sein: ›Wie war's doch, weißt du noch?‹ gab der andre Bescheid.

Ferdinand von Ramer war kein gesprächiger Mensch; er hatte eine Art, die Lippen zusammen zu pressen, als seien die Worte kostbar wie Gold. Was er sagte, war nicht oberflächlich und mit einem kleinen Hauch von Resignation, den er sich angewöhnt hatte. Nelda gefiel es. Es mahnte sie wie eine geheime Klage; sie dachte immerfort an das Gespräch auf der Brücke in jener Ballnacht. Der arme Mann!

Ihr Herz war weit offen, wie eine freie Halde, über die der Wind streichen kann von Ost und West; ein gefährliches Mitleid setzte sich darinnen fest.

Mit vorgeneigtem Kopf und geröteten Wangen lauschte sie.

›Wie unrecht man dem Mädchen doch tut,‹ dachte Xylander. ›Die ist nicht kalt – o nein!‹

Mit einer gewissen liebevollen Besorgnis sah er auf ihren blonden Kopf. Sie hatte ihn halb zu Ramer gewendet, der eben sprach. Nun hob sie die gesenkten Lider, ein Blick traf den Sprecher, ein Blick von einer Hingabe, von einer rückhaltlosen Anteilnahme, daß sich der Hauptmann auf die Lippen biss. Halt, aufgepaßt!

Er schaute zu seiner Frau hinüber – ob die was merkte? Nein, die saß arglos, rosig, zufrieden hinter ihrer Teekanne; die dachte nur an ihre Kinder, an ihren Mann, an sich. Damit hatte sie genug zu tun.

Xylander räusperte sich. Die beiden neben ihm waren ganz vertieft.

»Ich denke, wir haben jetzt die Mahlzeit beendet. Kommen Sie, Fräulein Nelda!«

»Ah so!« Sie fuhr auf. »Gesegnete Mahlzeit!«

»Gesegnete Mahlzeit!«

Man schüttelte sich die Hände; Xylander fühlte, wie kalt des Mädchens Finger waren, dabei glühten ihre Wangen.

Lisabeth, nicht wahr, wenn du jetzt Wilhelm fortführst, nimmst du Fräulein Nelda mal mit zu den Kindern? Sie muß doch unsre schlafenden Rangen bewundern. Ich rauche mit Ramer eine Zigarre nebenan.«

* * *

»So, mein Junge, nun setze dich behaglich. Hier hast du Zigarren – zehn Pfennig das Stück – extrafeine rauche ich nicht, bekommen auch gar nicht. So!«

Der Hauptmann schob dem Freund Zigarrenkasten und Feuerzeug hin, dann setzte er sich ihm gegenüber an den kleinen Tisch und drehte die Lampe höher, daß der volle Schein auf den andern fiel.

»Rauchst du denn nicht, Paul?«

»Nein, danke!«

»Nicht? Dann hätte ich's auch lassen sollen, und wir wären bei den Damen geblieben!«

»Oh – – –! Meine Frau muß den Jungen ins Bett bringen, sie tut das immer persönlich, und Nelda hat die Kinder sehr gern. Übrigens, nettes Mädchen – nicht wahr?«

Paul Xylander hätte über sich selbst lachen mögen, er saß da, wie ein Fischer und lauerte auf den Fisch, der ihm ins Garn gehen sollte.

Leutnant Ramer hatte mit seiner Zigarre zu schaffen.

»Nettes Mädchen, was?« wiederholte der Hauptmann.

Ramer rauchte eifrig weiter. Keine Antwort.

»Ich dachte, sie würde dir sehr gefallen – so frisch, so natürlich! Nicht wahr?«

»Hm!« Der Gefragte verzog keine Miene, seine tiefliegenden, in sich gekehrten Augen folgten starr den duftigen Ringen, die er blies.

Xylander nahm einen mächtigen Anlauf. »Also sie gefällt dir nicht?« sagte er kühn. »Da habe ich mich aber mal getäuscht! Auf dem Ball im Kasino glaubte ich, du machtest ihr den Hof.«

»Ich – den Hof?!« Ramer legte plötzlich die Zigarre hin. »Ich mache nie den Hof. Du weißt, bei meinen Aussichten, in meiner Lage, wäre das geradezu ein Verbrechen.«

»Mein Gott, ein Verbrechen?! Nimm's nicht so pathetisch, alter Junge! Man kann doch einem netten Mädchen den Hof machen, schließlich –«

»Aber nicht der da,« unterbrach der andre heftig. »Fräulein Dallmer ist zu schade dazu!« Er seufzte. »Viel zu schade!«

»Da hast du recht!«

Xylander wurde plötzlich ernst, lehnte sich in den Stuhl zurück und schlug die Beine übereinander. »Ich will dir mal was sagen, Ferdinand, ich bin neugierig, was aus ihr wird! Vermögen hat sie keins; wenn der Vater die Augen zutut, wird nicht viel da sein. Schwieriger Charakter ist sie, weder schlechtweg schön noch liebenswürdig, so leicht wird sie sich nicht verheiraten. ›Kein gangbares Artikelchen, kein gangbares Artikelchen‹, wie Siegbert Hirsch auf der Firmung sagt. Ich mache mir manchmal direkt Sorge um sie!«

»Du scheinst dich ja sehr für sie zu interessieren?!«

»Du etwa nicht?«

Beide Freunde starrten sich einen Augenblick an, dann legte der Jüngere die ausgestreckte Hand auf den Tisch.

»Schlag' ein, Paul, du bist doch noch der alte: gut, liebenswürdig, besorgt! Denkst du, ich hätte es nicht gemerkt, worauf deine Reden zielen? Sei ohne Sorge, da wird nichts zwischen Fräulein Dallmer und mir.« Er scheuchte mit der Hand durch die Luft »Wenn mein Unglück auch nicht wäre! Solch eine Leutnantsverlobung ohne das nötige Kommißvermögen ist das Gräßlichste unter der Sonne. Nebenbei,« – er lachte bitter – »für mich ist ja selbst diese aussichtslose Quälerei noch ein zu hohes Glück. Alles aus!«

Er stützte den Arm auf den Tisch und beschattete die Augen mit der Hand.

Eine Weile war's ganz still im Zimmer. Xylander schwieg; was sollte er sagen? Es tat ihm leid, aber doch fiel es ihm wie ein Stein von der Seele. Da war nichts zwischen beiden, Gott sei Dank! Ramers verbohrte Idee von der eignen Ehrlosigkeit war eine gute Wand vor dem Herzen – und Nelda?! Nun, die war ein verständiges Mädchen; der gab man einen zarten Wink, das genügte, und die Sache hatte ein Ende, noch ehe sie recht angefangen.

»Hör' mal, Ferdinand, du mußt es ihr sagen, so deine Ansichten klar machen – hübsch verblümt natürlich – sie ist klug, sie versteht schon. Es wäre ein Jammer, wenn die Feuer finge und es wäre nachher nichts!«

»Ja, das habe ich mir auch schon gesagt. Natürlich werde ich ihr meine Ansichten auseinandersetzen. Merkwürdig, daß sie gerade an mir Geschmack finden sollte! Merkwürdig, aber es ist so!«

Das letzte murmelte Ferdinand von Ramer vor sich hin und zwirbelte zerstreut seinen Schnurrbart. Es war nicht gerade geschmeichelte Eitelkeit, die in ihm aufstieg, aber doch ein nah verwandtes Gefühl.

Warum konnte nicht alles anders sein?!

Er ließ die Hand so schwer auf den Tisch fallen, daß der andere zusammenfuhr.

»Bist du nervös, Paul? Haha! Ja, das Leben ist dazu angetan, einen nervös zu machen! Du kannst ja nicht mitreden, aber unsereiner – ha!« Er zog die Schultern in die Höhe und dehnte sich, als ob er den Brustkasten sprengen wollte. »Das beste wäre, man schösse sich eine Kugel durch den Kopf, dann hätte der verfluchte Name Ruh', und alles was drum und dran hängt!«

»Aber ich bitte dich, Ferdinand, wie –«

Ramer fuhr auf.

»Still, Paul, sage mir nichts! Du mußt dich nicht selbst belügen; würdest an meiner Stelle ja ebenso fühlen, denkst nur: muß dem armen Kerl, dem Ramer, doch gut zureden, am Ende bildet er sich dann ein, die Welt hält seinen Vater für einen Ehrenmann, kein Mensch sieht den Flecken auf seinem Wappenschild. Donner und Doria, ich will euer Mitleid nicht! Es ist mir verhaßt! Laßt mich doch in meiner dunklen Ecke, was quält ihr mich?«

Er sprang auf und stieß unwirsch den Stuhl zurück.

»Kein Mensch quält dich, du quälst dich selber! Aber jetzt ruhig; die Damen kommen! St! Aha, meine Damen, endlich!«

Die Tür hatte sich geöffnet, hinter Frau Elisabeth erschien Nelda, beide mit erhitzten Gesichtern; das Mädchen ganz zerzaust.

»Nein, hat die mit den Kindern getollt,« rief die Frau Hauptmann noch ganz atemlos, »das war was für die Wildfänge! Wie sie Nelda zugerichtet haben – schrecklich!« Sie zupfte an dem Mädchen herum und steckte den halbgelösten Haarknoten fester. »Verzeihen Sie nur, Kind, aber Sie waren selbst dran schuld!«

»Es hat mir Freude gemacht,« lachte Nelda und nickte den Herren mit strahlenden Augen zu. »Es war himmlisch! Frau Hauptmann, Sie sind zu beneiden! Sie auch, Herr Hauptmann! Was gäb' ich drum, wenn ich zu Haus so ein zappelndes kleines weißes Ding hätte! Ich würde den ganzen Tag verspielen!« Ihr Gesicht glühte; mit dem wirren Haar und den halbgeöffneten roten Lippen sah sie sehr hübsch aus. »Es war zu lieb, die Strampelbeinchen festzuhalten und die warmen Bäckchen zu küssen. Mögen Sie auch gern Kinder leiden, Herr von Ramer?«

»Nein – o jawohl, sehr, gewiß – wie Sie befehlen, gnädiges Fräulein!«

Er hatte ihre Frage gar nicht richtig verstanden, seine Gedanken schweiften weit ab – da stand das Mädchen mit wirrem Haar, roten Wangen, solch kleines, weißes, zappelndes Ding auf dem Arm – – – schade, die hätte einen glücklich machen können! Ein grenzenloses Mitleid mit sich selbst überkam ihn.

»Ach, schon zehn Uhr?!«

Die Kuckucksuhr im Nebenzimmer rief zehn helle Schläge, Nelda sprang erschrocken auf.

»Da muß ich nach Haus!«

»Wenn Sie gestatten,« – Leutnant von Ramer erhob sich eilig – »begleite ich Sie, gnädiges Fräulein!«

»Bleib du doch noch,« rief Xylander. »Ich bringe Fräulein Dallmer die paar Schritt und bin gleich wieder zurück!«

»Nein, nein, für mich ist's auch Zeit! Laß mich doch,« flüsterte Ramer dem Freund zu, »es ist ganz gut, ich werde ihr die Situation klarlegen!« –

Hinter dem jungen Paar schloß sich die Tür des Xylanderschen Hauses. Sie schritten über die einsame Chaussee. Sie gingen sehr langsam. Es war ja noch nicht spät, aber hier draußen alles wie ausgestorben. Ein lauer Windzug strich durch die Nacht, ein warm treibender Hauch war darin, der an Frühling mahnte. Schloß man die Augen und ließ die Luft um die Schläfe fächeln, konnte man wähnen, die Büsche am Weg zeigten schüchternes Grün und gleich würde Amselruf ertönen und Froschgequarr aus dem Graben.

Nelda fühlte Frühlingsahnung; sie sagte sich nicht: viel zu früh! Sie ließ die unbehandschuhten Hände von der milden Luft bestreichen, das leichte Kopftuch hing ihr halb im Nacken, den Regenmantel hatte sie nicht zugeknöpft. Sie sagte nichts; ihr Gesicht schimmerte weiß im Sternenlicht, die Lippen hielt sie lächelnd geöffnet. Sie sah so froh aus, so jung. Ihr Begleiter schaute sie von der Seite an; sie mußte wohl seinen Blick fühlen, denn sie drehte ihm auf einmal das volle Gesicht zu.

»Nun, ist's nicht schön? Sind Sie froh?!«

Er vermied ihren Blick und starrte auf seine Stiefelspitzen nieder.

»Ich verreise morgen!«

Die Antwort war merkwürdig unvermittelt.

»Sie verreisen?! Ach, wohin denn?«

»Zu meiner Mutter. Sie ist in Sinzdorf bei Bonn.«

»So – also nach Sinzdorf! Wohnt Ihre Frau Mutter da?«

»Sie ist in der Irrenanstalt.«

»O mein Gott!«

Es war Nelda herausgefahren mit einem tiefen Schrecken, ihr fröhliches Gesicht wurde plötzlich ernst.

»Ja,« sagte er eintönig, wie man eine gut gelernte Lektion hersagt. »Sie hat das Unglück, das über unsre Familie hereingebrochen ist, nicht ertragen. Ich setze voraus, gnädiges Fräulein, daß auch Ihnen nicht unbekannt ist, was sich die Spatzen auf den Dächern zupfeifen. Mein Vater war – es ist zu schrecklich für den Sohn, das harte Wort auszusprechen – ein Ehrloser. Wissen Sie, was das heißt?! Er hat uns nichts hinterlassen als einen Namen, den zu tragen ein Fluch ist. Die Menschen weisen mit Fingern auf diesen Namen, und wo sie's nicht tun – aus Mitleid! – wenden sie sich weg und zucken die Achseln. Noch schlimmer! Meine Mutter hat es nicht ertragen, ihr Verstand ist darüber in die Brüche gegangen. Da sitzt sie in Sinzdorf und denkt, sie sei die Kaiserin von Deutschland, putzt sich und behängt ihren armen Leib mit Lappen und hält den Kopf hoch, damit ja die Krone nicht herunterfalle. Meine arme bescheidene Mutter! Sie lacht und lacht – die Wärterinnen tun ihr den Gefallen und reden sie ›Majestät‹ an – sie ist dann sehr huldvoll und knixt und lacht und lacht und knixt –«

»Hören Sie auf!«

Nelda krampfte ihre Hand um die seine und zwang ihn so, still zu stehn. »Sagen Sie's nicht so eintönig, so furchtbar! Ich – ich kann es nicht hören!« Ihre Lippen zuckten.

Er stöhnte auf. »Oh, das ist noch nicht das Schlimmste!«

Er riß sich los von ihrer Hand und eilte beschleunigten Schrittes weiter, seine Stimme war nicht mehr tonlos, sondern leidenschaftlich erregt.

»Sie ist tot für die Welt. Aber ich, ich muß darin leben! Zwischen Kameraden sein, deren Ehre keinen Fleck hat! Ich muß den Namen tragen, den –! Ich darf an nichts denken, was einen anderen glücklich macht. Karriere, Familie, Liebe, Braut, Frau – – alles aus!«

Seine Stimme sank, bis sie tonlos war wie zu Anfang; es hatte ihn doch übermannt. Er hatte es ihr sagen wollen, schonungslos, aber ruhig; nun hatte er etwas heraufbeschworen, was ihn selbst aus der Fassung brachte, er war nicht mehr Herr über sich. Er fühlte, wie seine Stimme versagte und sein Herz pochte. Es flimmerte ihm vor den Blicken. Neldas Augen waren fest auf ihn gerichtet, groß und schwimmend; nun löste sich langsam eine Träne nach der andern unter ihren Wimpern.

»Sie weinen –?! Fräulein Nelda!«

Sie blieb stehen, er hielt ihre Hände; ein seltsames Wohlgefühl lief ihm durch die Glieder.

»Armer – armer –!« Sie schluchzte laut.

»Sie weinen um mich?!« Unwillkürlich flüsterte er. »Sie liebes gutes Mädchen, ich danke Ihnen! So kann ich doch sagen,« setzte er noch leiser hinzu, »es hat auch einmal jemand um mich geweint! – – – Fräulein Nelda, weinen Sie wirklich um mich?«

»Ja, um Sie!«

Sie hob das tränenüberströmte Gesicht mit einem innigen Ausdruck zu ihm auf. »Sie tun mir so schrecklich leid! Wenn ich Ihnen doch helfen könnte! Ach, ich bin so traurig! Ich muß die ganze Nacht dran denken und noch viel, viel länger! Es ist zu schrecklich – Ihre arme Mutter – und Sie! O was gäb' ich drum, könnt ich Ihnen helfen!«

»Fräulein Nelda!«

Er konnte nicht anders, er mußte ihre Hände an die Lippen führen, eine Hand nach der andren. Ihre Tränen taten ihm so wohl, wie der Regen einem verkümmerten Saatfeld. Freilich war's ihm, als sagte ihm die innere Stimme: du hast deine Sache nicht gut gemacht, warum hast du ihr eigentlich all das erzählt? Nicht um ihre Tränen fließen zu machen und ihr dann die Hände zu küssen und auf der einsamen Chaussee still zu stehen und in überströmende Mädchenaugen zu blicken. Du wolltest doch sagen: geh weg! Und du sagst: komm her! – – –

Ramer schreckte zusammen und ließ die Hände des Mädchens fahren, eine undeutliche Entschuldigung murmelnd. Er sah sich um.

»Pardon, gnädiges Fräulein, wir sind zu weit gegangen! An Ihrem Hause sind wir längst vorüber, wir müssen umkehren.«

»Ach so!« Sie lächelte ihn an, noch Tränen in den Wimpern.

Sie schritten zurück, aber jetzt rascher; sie sprachen auch nicht mehr miteinander, der Wind war ihnen nun entgegen und fächelte schärfer Neldas heißes Gesicht. Sie weinte nicht mehr, im Gegenteil, ein glücklicher erwartungsvoller Glanz lag auf ihren Zügen.

»Gute Nacht,« sagte sie lächelnd an der Haustür. »Gute Nacht – auf Wiedersehn!«

»Gute Nacht!«

Er verbeugte sich tief, ohne ihre Hand zu nehmen, dann trat er zurück.

Einen Augenblick hielt sie noch zögernd die Klinke – sie horchte auf seine sich entfernenden Schritte. Nun waren sie verklungen. »Auf Wiedersehen,« murmelte Nelda, kaum die Lippen bewegend; dann schloß sie die Tür.

Drinnen im Flur war eine erbärmliche Beleuchtung. Auf der untersten Treppenstufe stand die kleine Küchenlampe, tief niedergeschraubt, und verbreitete einen durchdringenden Petroleumgeruch. Die Eltern schienen bereits zu Bett, ebenso die Magd.

War's denn schon so spät?! Nelda nahm die Lampe und stieg die Treppe hinauf.

Eben jetzt öffnete sich im ersten Stock die Schlafzimmertür, und Frau Dallmers kleines vergrämtes Gesicht mit dem spitzen Näschen unter der weißen Nachtmütze guckte heraus.

»Nelda, bist du's? Wir sind schon zu Bett gegangen, der Papa fühlte sich heut abend so schwach. Auch die Lena schläft, sie hat morgen die große Scheuerei. War's hübsch bei Xylanders? Was habt ihr gegessen? Hast du die Haustür auch zugeschlossen?«

»Es war sehr hübsch, Mama!«

»Hast du die Haustür auch wirklich ordentlich zugemacht?«

»Ja, ja!«

»Und laß die Lampe nicht so lang mehr brennen, das Petroleum ist haarsträubend teuer, dreißig Pfennig das Liter. Hörst du? Tu nicht, als ob wir's so könnten! Ach Gott ja, wenn du – war sonst niemand bei Xylanders, kein Bekannter von ihm?«

»Gute Nacht, Mama!«

Hastig stieg Nelda die zweite Treppe hinan; sie antwortete nicht mehr, ihr Herz klopfte. Oben in ihrem Giebelstübchen setzte sie die Lampe auf den kleinen Tisch am Bett und ließ sich schwer auf den Stuhl daneben fallen. Wie im Traum streifte sie das Kleid ab und zog die Nadeln aus dem Haar; lang und dicht fiel es ihr um die nackten Schultern. Zerstreut zog sie das Ende einer Strähne durch die Finger, ihre Augen starrten wie gebannt in den flimmernden Lichtkreis der kleinen Lampe. An was dachte sie? Sie wußte es selbst nicht. Es wogte in ihr auf und ab, es sprühte Tropfen und zog wirbelnde Kreise, wie Wasser, in das man jäh einen Stein geworfen hat.

So saß sie lange.

Dann trat sie vor den Spiegel und blickte lange unbeweglich mit weitgeöffneten Augen hinein.

»Bin ich das?« fragte sie langsam und laut, und eine glühende Blutwelle schoß ihr in die Wangen. Sie schloß die Augen halb und lächelte. »Ich glaube, er mag mich – ja, ja!« Sie nickte dem Bild im Spiegel zu. »Ja du, ja!«

Ein plötzliches Knistern in der Zimmerecke ließ sie zusammenfahren; zwischen Tapete und Mauer rieselte nur Mörtel herunter, aber sie erschrak. »Dummheit!« Mit einem Ruck schleuderte sie die Röcke von sich und sprang in's Bett. Da saß sie halbaufgerichtet und flocht das lange Haar in einen Zopf für die Nacht; sie sah aus wie ein Kind mit der hängenden Flechte und den schlanken Armen. Sie verschränkte sie hinter'm Kopf und lag dann regungslos ausgestreckt. Eine Stunde verging, die Lampe schwelte, der Docht begann zu verkohlen; mit großen verträumten Augen blickte sie auf einen Punkt. Die weiße Brust hob und senkte sich in kräftigen Atemzügen; es war Nelda unendlich wohl.

Mit einem häßlich qualmenden Dunst erlosch die Lampe. Sie merkte es nicht. Sie lag mit offnen Augen im Dunkeln; endlich wurden ihr die Lider schwer, ihre Gedanken verwirrten sich.

»Ob er wohl – an – mich – denkt – – armer – – Sinzdorf – morgen – auf Wiedersehn – auf W – –«

Die Zunge gehorchte nicht mehr, der Traum kam und jagte bunte Bilderreihen vorüber. Und alles wob sich um eine Gestalt.

VI.

Leutnant von Ramer war in schlechter Laune aufgewacht. Er hatte die Nacht wenig geschlafen – die materiellen Genüsse gestern bei Xylanders konnten unmöglich die Schuld tragen – erst gegen Morgen war eine bleischwere Ruhe über ihn gekommen. Nun mußte er aufstehen, der Zug nach Sinzdorf ging um zehn. Unmutig fuhr er den Burschen an, der die Läden öffnete.

»Der Herr Leitnant müssen nu ufstehn!« Der biedre Gottlieb Schmitz trappste mit knarrenden Stiefeln über die Diele. »Et is schon e so spät!«

»Ja, ja – trampeln Sie nicht so, Schmitz! Es ist gräßlich!«

»Zu Befehl, Herr Leitnant!«

Auf den Spitzen seiner ungeheuren Rindsledernen wie eine Sylphide schwebend, mühte sich der Biedere zur Tür hinaus. Er kannte den Ton – ja, das war immer so, wenn der Herr Leutnant nach Sinzdorf machte! Da mußt er wohl einen Schatz haben, der untreu war!

»Opla!« sagte Schmitz, als er in der Wohnstube das Spiritusflämmchen unter der Kaffeemaschine anzündete. »Gottlieb, mein Junge, ärger du dich nit, wann dein Leitnant schlechter Laun is; drück als en Aug zu! Ke Wunder, er hat en untreuen Schatz! O Jesses!«

Ein untreuer Schatz war für Gottlieb Schmitz das Furchtbarste auf der Welt. Seit Hauptmann Xylanders Settchen ihm nach achttägiger Bekanntschaft die Treue gebrochen und dem langen Flügelmann von der Kompagnie die frische Wurst von zu Hause zugewendet, kannte er sich mit untreuen Schätzen aus. Er hatte jeder Weiblichkeit abgeschworen.

»So.« Er blies die Flamme aus und tat einen derben Zug aus der Kaffeekanne. »Heiß, awer jud! Nu kann er kommen! Ja, wann ich nit wär! En Mutter sorgt nit besser for ihr Kind!«

Ganz gerührt goß er noch einen Schwurr Wasser in die Kanne; es reichte sonst nicht mehr für zwei Tassen.

* * *

Leutnant von Ramer saß im Bonner Schnellzug, in Zivil. Neben ihm lagen eine Tüte und ein kleiner Veilchenstrauß, sorgfältig in Seidenpapier gehüllt. ›Dat Präsent for den Schatz‹, würde Gottlieb Schmitz sagen. Die Blumen waren für keine Geliebte; der Sohn brachte sie der Mutter. So geschah es jedes Mal; im Frühjahr waren es Veilchen, im Sommer Rosen, im Herbst leuchtende Astern. Und jedesmal steckte die unglückliche Frau die feine Nase in die Blumen, kicherte und reichte dann mit huldvoller Gebärde dem Spender die Hand zum Kuß: ›Wir geruhen sie anzunehmen. Wir danken!‹

So würde es auch heute sein. Ramer seufzte, als er allein im Coupé saß; mit einem müden gleichgültigen Blick schaute er durch's Fenster auf das wechselnde Landschaftsbild. Da floß der Rhein, breit und gleitend. Drüben an den Berghängen noch kein Grün, grauer Duft über Ufer und Strom. Noch ahnte man nichts von Lenzherrlichkeit und Sommerpracht – und wenn auch, es war ja alles gleich!

Der Zug fuhr langsamer, die dunklen runden Türme und alten Mauern von Andernach tauchten auf. Da war der Bahnhof – der Schaffner riß die Tür auf und schob eine Dame nebst einem kleinen Mädchen ins Coupé. »Fertig, abfahren!« Ein schriller Pfiff.

Ärgerlich zuckte Ramer zusammen; das fehlte noch – Kinder! Er rückte ganz in seine Ecke und legte die eine Hand über die Augen, die andre ließ er schlaff herunterhängen. – Was war das für ein Leben! Schrecklicher als der Galeerensklave es führt, der, in Ketten geschmiedet, täglich dieselbe Zwangsarbeit tut. War er nicht auch ein Sklave? War die Pflicht zu leben – so zu leben – nicht schwerer als die Galeerenarbeit eines halbvertierten Geschöpfes?!

Ein unsagbar bitteres Gefühl beklemmte ihm die Brust, er schmeckte die Galle auf der Zunge. Warum war er denn auserlesen zu allem Mißgeschick? Und was hatte die arme Frau in Sinzdorf verbrochen, daß sie hinter Schloß und Riegel in geistiger Nacht saß? Ihr Leben war untadelig gewesen, ein stetes Opfer für Mann und Kinder – gut, sanft, fromm – und das der Lohn?! Gott –! Wenn es einen Gott gibt, so ist er blind oder er schläft!

Ramer biß die Zähne aufeinander, er hätte eine wilde Anklage hinausschleudern mögen – pah, auch das nicht der Mühe wert; alles aus! Er wußte nicht, daß er schwer seufzte, er war versunken in düsterm Brüten. Plötzlich zuckte er zusammen. Etwas Weiches, Warmes streifte seine Hand, zwischen den Fingern fühlte er Blumenstengel. Er fuhr auf.

»Entschuldigen Sie nur, o bitte, entschuldigen Sie,« stammelte die ihm gegenübersitzende Dame. »Mariechen, was fällt dir ein? Komm sofort hierher!«

Ramer wußte nicht, wie ihm geschah; in der Hand hielt er ein paar abgeschnittene Blumen, an sein Knie lehnte sich das kleine Mädchen und sah ihm mit großen Augen merkwürdig ernsthaft in's Gesicht.

»Bist du traurig?« sagte das Kind mitleidig. »Sei nicht traurig! Mariechen schenkt dir alle Blumen von der Großmama. Mariechen will dir auch einen Kuß geben!«

Sie streckte die Ärmchen furchtlos nach dem fremden Mann aus – ja, das waren Nelda Dallmers ernste graue Augen, auch solch blondes Haar! Ehe die verlegne Mutter wehren konnte, hob Ramer die Kleine auf den Schoß. Er küßte nicht ihr Gesichtchen, aber er streifte den wollnen Fausthandschuh von der kleinen Hand und küßte dies Händchen, wie er Nelda Dallmers Hand geküßt hatte.

Die junge Frau hatte ihre Fassung wiedergefunden, ein halb schelmisches, halb verlegenes Lächeln stand ihr allerliebst. »Mariechen denkt gleich, wenn jemand so dasitzt, wie Sie eben dasaßen, er sei traurig; das tut ihr dann so leid und sie möchte ihm was zuliebe tun. Sie ist ein drolliges Kind. Komm hierher, Mariechen, du belästigst den Herrn!«

»Bitte, gnädige Frau!« Er verbeugte sich und stellte die Kleine auf den Boden. »Sieh hier, deine Blumen! Ich danke dir vielmals, aber die mußt du wieder nehmen, ich habe ja selbst welche.«

Das Kind schüttelte den Kopf, daß ihm die wirren Locken in die Stirn fielen.

»Das tut sie nicht. Behalten Sie die Blumen doch,« bat die junge Frau freundlich. »Sie sind von meiner Mutter, an ihrem Fenster gezogen – wir waren bei ihr zu Besuch – beim Abschied schnitt sie mir die schönsten ab. Sie bringen Glück!«

Ramer erwiderte nichts mehr, stumm wickelte er die Blumen zu seinen Veilchen und nickte der Kleinen zu. Sie saß ihm jetzt gegenüber, ihre sprechenden Augen wandten sich nicht von ihm; es war ihm ordentlich unangenehm. Er mußte immerfort an Nelda Dallmer denken – so hatte die gewiß als Kind ausgesehen. Und in beiden der gleiche Trieb, hier im Kind schon Weib, dort im Weib noch Kind! Ein Verlangen stieg plötzlich in Ramer auf, das Kindergesicht da gegenüber zu küssen. Nein, nicht das Kindergesicht, Neldas Gesicht! Er schloß die Augen – lieber nichts mehr sehen.

Endlich wieder eine Station, Mutter und Kind stiegen aus. Die Kleine lächelte freundlich und winkte mit dem Händchen. Dann waren sie fort. Noch einmal schimmerte das rote Mützchen auf dem Perron. Der Zug schnaubte weiter.

* * *

Etwa zwei Stunden später schritt Ramer hinter einer Wärterin über den langen Gang im zweiten Stockwerk der großen Irrenanstalt zu Sinzdorf. Auf dem doppelten Läufer von Kokosfaser verfingen sich die Tritte unhörbar; es hatte etwas Unheimliches, dieses Nichthören des eignen Schritts. Lautlos glitt die Führerin voran.

Eine Stille ringsum, die den Atem beklemmt, die etwas Fürchterlichem vorangeht. Plötzlich ein gellender Schrei!

Und nun ein wahnsinniges Lachen!

Ein Lachen, so grell, tierisch, schauerlich in seinen hohlen Lauten, daß sich dem Hörer die Haare empor sträuben.

Ramer blieb unwillkürlich stehen, der Fuß war ihm wie an den Boden geschmiedet. Die Führerin wandte sich nach ihm um.

»Kommen Sie nur,« sagte sie gleichgültig, »das is Nummer elf, die hat mal wieder ihren Raptus.«

»Ich bitte Sie, Frau Müller,« – Ramer hörte, wie dumpf die eigne Stimme war – »ist das eine Dame? Was fehlt der Unglücklichen?«

Die große stämmige Person mit der blühenden Gesichtsfarbe und den Grübchen in den Backen zuckte die Achseln.

»Ja, da is nix bei zu machen! Wissen Sie, Herr Leutnant« – sie trat dem jungen Mann näher und tuschelte geheimnisvoll – »Nummer elf is ein Fräulein ›von‹. Ja, ganz vornehm und steinreich – hübsch muß se auch gewesen sein! Ich sag' Ihnen, Haare hat se, um sich zweimal drin einzuwickeln, aber wenn se den Raptus kriegt, reißt se sich Hände voll aus. Sie sagen, sie hätt' eine unglückliche Liebe gehabt; die Familie hat die Heirat nit zugegeben, da is se verrückt geworden, und se haben se hier eingesperrt. Se bild't sich ein, se hat en Kind gekriegt, das schleppt se nu immer im Arm herum und singt und wiegt und küßt es. Wenn se so is, dann is se als ganz gut; aber wenn se ein Mannsbild zu sehen kriegt, den Herrn Doktor oder sonst jemand – o je, dann spektakelt se was! Se können sich nit vor ihr retten, se hängt sich ihnen an den Hals und wird zudringlich. Ne, man sollt et nit glauben, daß se mal eine anständige Dam' gewesen ist! Herr Leutnant, da könnt man Stückelcher erzählen – haha!«

Frau Müller lachte. »Hören Sie, wie se kreischt? Sie werden se gleich in die Zwangsjack stechen – da, sehn Sie!«

Aus Nummer elf erklang ein grelles Glockensignal; nach wenigen Minuten kamen zwei Wärterinnen, starke, sehnige Gestalten, den Gang heraufgestürzt. Die eine trug eine leinene Jacke auf dem Arm mit unnatürlich langen, nachschleppenden Ärmeln. Nun verschwanden beide in Nummer elf.

Ramer schreckte zusammen und fuhr mit beiden Händen an die Ohren: das war kein Gekreisch mehr, nein, ein Geheul, wildes, viehisches Gebrüll! »Um Gottes willen!« Er fühlte, wie ihm der Schweiß ausbrach und kalte Schauer über den Rücken rieselten.

»O, da sind wir dran gewöhnt,« sagte seine Führerin ganz behaglich. »Jetzt schreit se sich aus, und wenn se nachher nit mehr kann, is se still. Aber kommen Sie jetzt zu der Frau Mama, Herr Leutnant!«

Sie ging voran, unsichern Schritts folgte er, die Kniee zitterten ihm. Der Gang war endlos; Tür auf Tür, Nummer nach Nummer. Noch immer das Geheul – jetzt Gott sei Dank nichts mehr zu hören! Hier war es ruhiger.

»Wie geht es meiner Mutter, Frau Müller?«

»O danke, recht gut! Ne, das is en liebe Dam'. Wenn se alle so wären, wär' man hier im Paradies! Ne, wirklich so nett und auch ganz gesund, die kann uns beide noch überdauern, Herr Leutnant! – – – So, da wären wir!« Sie steckte den Schlüssel in's Schloß der letzten Tür und klopfte dann. »Se freut sich so, wenn man vorher klopft!«

Sie traten ein.

Das Fenster war vergittert, doch fiel das Licht freundlich in die Stube, auf das flache Bett in der Ecke mit dem grünen Schirm davor, auf die Chaiselongue, auf den kleinen Tisch und die wenigen Stühle. Die grau tapezierten Wände blickten kahl und nüchtern; kein Spiegel, kein Bild. Am Fenster saß Frau Constanze von Ramer. Sie war mit peinlicher Sorgfalt gekleidet, die spärlichen Falten des einfachen Wollkleides waren so sorgfältig ausgebreitet, als spreite sich schwerer Damast oder Brokat. Sie saß kerzengerade und hielt den Kopf mit der kleinen Spitzenhaube über dem grauen Scheitel aufrecht. Beim Öffnen der Tür wendete sie sich langsam, so steif und hölzern, als drehe sich ein Automat.

»So, Madam,« – die Wärterin stieß ihren Begleiter mit dem Ellenbogen und zwinkerte ihm zu – »hier ist Ihr Sohn! Sagen Se mal guten Tag, Madam!«

»Was – Madam –?!«

Gereizt fuhr die Frau am Fenster auf; ihre unstet flackernden Pupillen bekamen plötzlich einen starren Blick, ihr eben noch sanfter Mund verzog sich hochmütig.

»Was unterstehen Sie sich?« kreischte sie in den höchsten Tönen. »Madam – ich bin keine Madam! Wissen Sie nicht, daß ich die Kaiserin von Deutschland bin? Auf die Kniee – auf die Kniee!«

Ihre zarte Gestalt zitterte vor Wut, ihre Lippen verzerrten sich, sie krallte die ausgestreckten Hände.

Ramer prallte entsetzt zurück.

Die Wärterin blieb gelassen stehen, sie knixte nur mehrmals hintereinander und gab ihrer Stimme einen kriechend unterwürfigen Klang.

»Majestät, verzeihen Se, allerhöchste Majestät, ich habe mich ja versprochen – no natürlich: Majestät, allergnädigste Majestät!«

»Ah – ah!« Die Kranke war sofort ruhig, ein geschmeicheltes Lächeln glättete ihr wutverzerrtes Gesicht. »Das wollt' ich dir auch raten! Wir wollen diesmal gnädig sein – gnädig sein,« setzte sie in völlig verändertem Ton hinzu. »Aber weißt du auch, daß ich dich köpfen lassen kann, ja, köpfen lassen kann?« Sie lachte kindisch. »Eins, – zwei, – drei, – da fliegt der Kopf herunter! Siehst du, wie er in den Sand kullert? Die Leute schreien hurra! Oder,« – sie machte ein lange Pause, ihr Sprechen wurde ein Flüstern, wichtig, vertraulich, sie riß die Augen weit auf und ließ sie scheu im Zimmer umherrollen – »oder soll ich dich erschießen lassen – erschießen lassen?! Hier in den Kopf!« Sie fuhr mit beiden Händen an die Schläfen. »Er hat sich erschossen! Huh, erschossen – schossen – schossen –!«

Sie wiederholte lallend die letzten Silben und schüttelte sich dabei, als würfe sie ein innerer Krampf hin und her.

Ramer lehnte sich dumpf stöhnend gegen die Tür; er glaubte es nicht mehr anhören zu können, er mußte fortstürzen, nie wiederkehren, – und doch war es seine Mutter, die da wahnsinnig schwatzte.

»Huh erschossen – schossen – huh huh – erschossen!« Dumpf hallten die leeren Wände wieder. Es war nicht mehr zu ertragen.

»Majestät!« Die stämmige Wärterin legte der Unglücklichen die Hand auf den Mund und schob sie mit Gewalt auf ihren Sitz zurück.

»Huh – huh – schossen – schossen – –«

»Still!« Frau Müllers Druck wurde ziemlich unsanft. »Keine Fisematenten, Majestät! Sie wissen doch, sonst gibt's was!«

Sie erhob drohend den Finger.

Die Wahnsinnige duckte sich geschwind.

»Keine Fisematenten, nein, nein,« sagte sie ängstlich. »Wir sind gut, wir sind gnädig,« – sie erhob schon wieder steil den Kopf – »wir verleihen Ihnen den schwarzen Adlerorden mit Eichenlaub, am Bande um den Hals zu tragen!«

»No, das ist ja schön, da dank ich. Aber nu kucken Se mal, hier is ja Ihr Sohn, der is weit hergekommen, der will Sie besuchen!«

Frau Müller gab dem jungen Mann einen Wink, näherzutreten.

»Kucken Se, hier is er!«

»Ah!« Frau Constanze von Ramer erhob sich feierlich, faßte ihr Kleid mit zwei Fingern und machte eine tiefe abgemessene Verbeugung. »Der Kronprinz! Seien Sie gegrüßt!«

Sie reichte ihm voller Hoheit die Hand zum Kuß. Mit einer unbeschreiblichen Pein im Herzen ergriff er sie. So standen sie eine Weile und starrten sich an; angstvoll forschten die Augen des Sohnes im Gesicht der Mutter. Sie kannte ihn nicht, keine Spur; leer, fremd war der Blick der einst so liebevollen Augen.

»Mutter! Kennst du mich nicht, Mutter?«

Seine Stimme verging fast vor Erregung, Tränen der Verzweiflung füllten seine Kehle; er schluchzte auf, ein gepreßtes, trockenes Schluchzen.

»Wie er sich freut!« kicherte die Kranke.

Sie fuhr ihm mit den feuchtkalten Fingern durch die Haare.

»Seine Majestät, der Kaiser und König sind verreist – fort – fort!«

Sie winkte mit der Hand. »Wohin – ich weiß es nicht. Weißt du es?« Sie drängte ihr Gesicht dicht an das seine und bohrte den stieren Blick in seine Züge.

»Du weißt es auch nicht, weißt es nicht – oh – oh!« Mit einem Wehlaut wich sie zurück. »Er ist fort, weit fort! Nun zeigen sie mit Fingern auf uns – sie werfen uns mit Steinen – sie reißen dir deinen Rock ab – nein, nein!«

Mit jammerndem Aufschrei fuhr sie von neuem auf den Sohn los und umklammerte ihn mit beiden Armen.

»Sie sollen dir nichts tun, ich will es nicht haben! Da!« Sie riß das Spitzenhäubchen vom Kopf und schleuderte es zur Erde. »Da habt ihr meine Krone! – – – Weine nicht, weine nicht, mein Junge! Mein kleiner Ferdinand – ei, ei!« Sie schmiegte ihre Wange an ihn und spitzte den Mund zum Kuß. »So ein lieber, kleiner Junge, warum wird er denn weinen? Er liegt ja in seinem schönen Bett – seine Mama ist bei ihm – ei ei – eia popeia!«

»Mutter!«

Es war der markerschütternde Aufschrei eines gequälten Herzens, der jetzt durch die Stube gellte. Der Sohn taumelte zurück an die Wand, das Gesicht mit beiden Händen bedeckend.

Die Wärterin, die bis dahin teilnahmlos umhergewirtschaftet hatte, schaute auf.

»Hm, hm. Da« – sie langte nach der beiseite geworfenen Tüte und dem Veilchenstrauß – »da, Majestät, das hat Ihnen der Herr Leutnant mitgebracht. Nu freuen Se sich aber, gelt?«

Die Wahnsinnige klatschte in die Hände und lachte vergnügt; mit gierigen Fingern riss sie die Tüte auf und stopfte hastig ein Stück Kuchen nach dem andern in den Mund. Mitten im Kauen hielt sie inne und zeigte nach der Wand: »Was will der fremde Mann da? Fort! fort!« Die Tüte ängstlich an sich drückend, kauerte sie sich ganz in der Fensternische zusammen. »Er soll weg – da – der – weg, weg!«

»Aber« – Frau Müller zog die sich Sträubende aus der Ecke – »es is ja der Herr Leutnant, Ihr Sohn! Majestät, ä was, sein Se doch nicht so doll!«

»Nein, nein!« Die Kranke wimmerte wie ein Kind. »Den kenn' ich nicht – der nimmt mir alles. Weg, weg! Er soll gehn!«

»Mutter, ich bin es! Liebe Mutter – Ferdinand, dein Sohn!«

»Nein, weg – nein!« Sie versteckte sich zitternd hinter die Wärterin.

Diese flüsterte:

»Gehn Se nur, Herr Leutnant! Ja, gehn Se, se is jetzt sehr aufgeregt, da is nix bei zu machen!«

Wie ein Trunkener schwankte der Sohn zum Zimmer hinaus, an der Tür wandte er sich noch einmal um.

Da war das vergitterte Fenster, hellbeleuchtet der zusammengekrümmte Körper der Mutter und die stämmige Gestalt der Wärterin mit dem groben fühllosen Gesicht. Seine Veilchen lagen am Boden verstreut, dazwischen die Blumen des freundlichen Kindes – sie hatten kein Glück gebracht.

VII.

Über den Rhein wehen laue Lüfte, der Ehrenbreitstein glänzt goldgelb im Sonnenschein. In den Wällen am Asterstein und drüben an der Karthause blühen die Veilchen, blau, massenhaft; der süße Geruch steigt der Schildwache, die droben dröhnend auf und ab schreitet, in die Nase. Der Gewehrlauf blitzt in der hellen Luft. Wohin der Blick schweift, alles klar, heiter, freundlich. Der graue Klumpen der inneren Stadt mit den schwarzblauen Schiefertürmen, die Firmung, der Markt, die Löhrstraße, der Entenpfuhl – alles sieht verklärt aus. Und draußen um die Villen im Glacis blühen schon Pfirsichbäume, und die Stachelbeerbüsche umspinnen sich mit erstem Grün. In den Rheinanlagen flöten die Amseln. Wer eine neue Toilette hat, führt sie spazieren. Frühlingszauber – Osterglocken!

Fräulein Aurora Planke saß in ihrer Jungfernwohnung, herb blickend, süß säuerlich wie ein Einmachtopf Essigpflaumen. Es war wunderhübsch still und ruhig um sie, die Stube so aufgeräumt und sauber, der Gedanke an Staub schon Blasphemie.

Man sah, hier trippelten keine Kinderfüße, auch kein Zigarrenrauch vergraute die weißen Mullgardinen. Alles tadellos.

Tadellos auch die herbe Jungfrau im schwarzen Wollkleid mit dem blendend weißen Umschlagkrägelchen und dito Manschetten. Wie Pythia auf dem Dreifuß saß sie auf dem gestickten Sessel vor ihrem Nähtisch; hinter sich hatte sie eine Efeuwand, aber der Efeu war künstlich – vor sich ein Vogelbauer, aber das gelbe Tierchen darin war ausgestopft. Bewahre, nur kein lebendiges, das warf ja Schmutz durch die Stäbe!

Auf Fräulein Auroras hoher Stirn lagerte eine Wolke des Unmuts. Heute war Agnes Röders Hochzeit – sie lauschte.

»Wenn er nicht bald kommt, muß ich weg; die Oberkonsistorialrätin hat mir ihren Kirchenstuhl offeriert. Schon spät!« Sie lauschte wieder, unruhig, gespannt. – Da – draußen klingelte es endlich, ein ungeschickter Tritt stolperte über den Flur. Jetzt klopfte es.

»Herein!« flötete Aurora, ihre Stimme hatte etwas Holdseliges.

Die Tür ging auf, über die Schwelle schob sich linkisch ein junger Mensch. Der Rock war fadenscheinig, um das blasse jugendliche Gesicht hing das semmelblonde Haar lang und straff, sanft in der Mitte gescheitelt. Er wagte nicht die Augen aufzuschlagen. Man witterte den Pfarramtskandidaten in spe auf zwanzig Schritt.

Fräulein Aurora streckte die Hand aus und lächelte.

»Nun, lieber Heinrich?!«

Er wagte es, nach einem tiefen Diener, stotternd die Hand zu fassen.

»Ich – ich wollte – mir erlauben – meiner hochverehrten Gönnerin – ein gesegnetes Osterfest zu wünschen!«

»Danke, danke! Nehmen Sie Platz! Wo waren Sie denn so lange?« Es lag ein sanfter Vorwurf in den Worten. »Ich habe Sie längst erwartet. Nun ruft mich leider die Pflicht zur Kirche, eine frühere Schülerin von mir macht heute Hochzeit; viel zu jung, viel zu jung! Bei diesen Kinderehen, was kommt da heraus? Überhaupt, wie ich darüber denke!« Sie zuckte die mageren Schultern und drehte die Augen gen Himmel. »Freilich, es gibt

Ausnahmen,« setzte sie einlenkend hinzu und strich dem jungen Menschen die Haare aus der Stirn, »aber selten, höchst selten! Lieber Heinrich, kommen Sie heute abend wieder und trinken Sie den Tee bei mir; es ruht sich gut nach stürmischem Tag im wohlumfriedeten Hafen.« Sie seufzte.

Der junge Mensch sah sie verwundert mit den runden blaßblauen Augen an, ein gutmütiges Lächeln zog ihm über's Gesicht. Was seine hochverehrte Gönnerin nur meinte? Der Tag war doch nicht stürmisch, im Gegenteil herrlich schön, und ein Spaziergang mit den andern Seminaristen, nebst anschließendem Tanzchen in Capellen, wäre eigentlich der Teestunde bei Fräulein Aurora Planke vorzuziehen gewesen. Aber Fräulein Planke zahlte seine Studiengelder. Sie gewährte ihm Mittel für Wohnung und Kleidung, sie hielt ihre Hand schützend über den Elternlosen; war die Hand auch knochig, es war doch immerhin eine Hand. Er unterdrückte den Seufzer, der in ihm aufsteigen wollte.

»Lieber Heinrich,« flötete Aurora und zog aus ihrer Tasche ein kleines Päckchen, »hier, nehmen Sie, das hat der Osterhase für Sie gebracht!« Er fühlte zwischen seinen Fingern ein paar harte, in Papier gewickelte Taler. »Nun, was meinen Sie, wird es reichen, um sich dann und wann ein kleines Extravergnügen zu gestatten? Wohlverstanden, im höheren sittlichen Sinne!«

»O meine hochverehrte Gönnerin!«

Der blasse Mensch rutschte vor Verlegenheit auf dem Stuhl hin und her; man sah's ihm an, er war sich unklar, sollte er Auroras Hand an die Lippen drücken oder nicht. Die knochige Rechte näherte sich immer mehr seinem Munde, sie kam nah, ganz nah – jetzt – er wurde dunkelrot, mit einem plötzlichen Entschluß ergriff er sie und schüttelte sie herzhaft.

»Wenn das meine Mutter wüßte, wie gut Sie zu mir sind, Fräulein Planke! Ich danke, ich danke. Sie tun so viel an mir, mehr als die eigenen Verwandten, und sind doch nur meiner seligen Mutter Jugendfreundin. Sie sind selbst wie meine Mutter!«

Er schluckte ganz gerührt, und seine kurzsichtigen Augen zwinkerten.

Aurora zuckte zusammen, als habe sie jemand auf ein schmerzendes Hühnerauge getreten.

»Schwester, Schwester – sagen Sie Schwester, lieber Heinrich! Mein Gott, wenn ich so zurückdenke, ich war noch ein kleines Mädchen, als Ihre Mutter schon heiratete! Sie war mindestens zehn Jahre älter als ich – aber die Neigung, die gleicht den Unterschied der Jahre aus. Ich fühle mich Ihnen wie eine Schwester, mein lieber Heinrich!«

Nun drückte sich die knochige Rechte wirklich an seinen Mund. Fräulein Aurora seufzte. So blieben sie regungslos eine ganze Weile, während heller Frühlingsschein von draußen hereinflutete, die scharfen Züge der höheren Schulvorsteherin noch schärfer erscheinen ließ und unbarmherzig die Krähenfüße um Mund und Augenwinkel beleuchtete. Der liebe Heinrich wagte nicht sich zu rühren, da – ein Glockenton von fern! Fräulein Aurora erwachte wie aus einem Traum.

»Sie läuten schon, wie ärgerlich! Ich darf nicht fehlen, ich muß eilen. Bitte, lieber Heinrich, helfen Sie mir in die Mantille! Also auf Wiedersehen heute abend; nicht zu spät, lieber Heinrich! Ich erwarte Sie so früh wie möglich – auf Wiedersehn, lieber Heinrich!« –

Agnes Röder war katholisch, Leutnant von Osten protestantisch. Aber was macht der Unterschied der Religion bei zwei liebenden Herzen?! Ohne Zögern hatte Agnes gleich eingewilligt, sich in der protestantischen Kirche trauen zu lassen; den Eltern war es schwerer geworden, aber sie gaben nach. Die Ostens waren altpreußischer Adel, und die Stellung des Bräutigams erheischte Rücksichten. Mit verweinten Augen und hochrotem Kopf war Mama Röder mehr als einmal aus der Messe nach Hause gekommen. Auch sah man den Kaplan Dengler von der Florinskirche öfter die Freitreppe des Röderschen Hauses hinaufschreiten; seine dünne schwarze Gestalt schob sich wie ein Schatten vor die leuchtende Freiherrnkrone des Ostenschen Wappens. Aber umsonst waren die Tränen der geängstigten Katholikin, die Ermahnungen des Geistlichen, errötend und lächelnd hatte Agnes erklärt: »Was mein geliebter Carlo will, ist auch mein Wunsch!« Und auf die peinliche

Frage: »Welcher Religion sollen deine Kinder sein?« hatte sie, noch tiefer errötend, ebenso lächelnd erwidert: »Carlos natürlich!«

Leutnant von Osten hatte sich entzückt den Schnurrbart gestrichen: wirklich pyramidales Glück! Seine kleine Braut war ein Ideal. Sie war ordentlich poetisch, als sie, sich an ihn lehnend, verschämt flüsterte:

»Mein Carlo! Wo du hingehst, will ich auch hingehen. Dein Volk ist mein Volk, dein Gott mein Gott!«

Sie hatten sich dann zärtlich in die Augen geblickt und lange die Hände gehalten. Das war ein Glück!

Mama Röder vergaß ihren Pfaffen und ihre Gewissenspein, Papa Röder schmunzelte über das ganze behäbige Gesicht: einen Freiherrn zum Schwiegersohn, schön, jung, reich, das waren Aussichten! Und Gott sei Dank, man hatte die Gewißheit, die Tochter nicht des Geldes wegen geheiratet zu sehen!

So war der große Tag endlich herangekommen; der Himmel wolkenlos, strahlend blau. In die Schloßkirche strömte es. Feiertag, schönes Wetter, die bequeme Stunde: zwei Uhr – und dann, was würde es zu sehen geben! Blumen, Toiletten, Luxus, Glanz; die Leute hatten's ja dazu.

Die ganze Mädchenwelt der höheren Kreise war eingeladen. Anselma von Koch, Lena Röhling, Milchen und Tonchen Zänglein, noch ein paar flotte Offizierstöchter und zwei steinreiche Cousinen Röder waren Brautjungfern; sie würden sich famos neben den sporenklirrenden eleganten Kavalieren ausnehmen. Viele Hoffnungen waren in die funkelnagelneuen Hochzeitstoiletten hineinphantasiert worden; sollten die sich erfüllen, gab's mindestens ebensoviel neue Hochzeiten binnen nächstem, als Brautführerpaare da waren.

›Wenn die Hoffnung nicht wär', wenn die Hoffnung nicht wär'‹! Ganz recht, nur daß die Hoffnungen verschieden aussehen. Hier wickelten sie sich alle in lange weiße Schleier und trugen Myrtenkränze.

* * *

Nelda Dallmer hatte auch Hoffnungen.

Was war aus ihr geworden. Zwei Monate waren verstrichen seit jenem Abend bei Xylanders, an dem Leutnant von Ramer ihr beim Nachhausegehen so energisch die Aussichtslosigkeit seiner Zukunft vordemonstriert hatte. Sie hatten sich seitdem oft und viel getroffen – war es Zufall, war es Absicht? In einer kleinen Stadt stoßen die Leute leicht aufeinander, wenn sie sich nicht gerade absichtlich aus dem Wege gehen; und das taten die beiden nicht.

Mit den linderen Lüften erwachte die Lust zum Spazierengehen. Ramer schritt öfters am Dallmerschen Hause vorüber in's Freie; und an besonders schönen Tagen machte der Regierungsrat, auf den Arm seiner Tochter gestützt, eine Promenade die Chaussee weiter hinaus. Das erste Mal, als sie sich begegneten, schritten sie stumm grüßend aneinander vorbei. Das zweite Mal trafen sie sich in einem kleinen Seitentälchen des Rheins unter eben knospenden Büschen, da blieben sie stehen.

Der Pfad war schmal, ein Ausweichen nicht möglich; Nelda machte die Herren miteinander bekannt, man merkte ihr die Lust an, mit der sie es tat. Ihre Augen strahlten vor Freude auf. Wie sie in dem einfachen Kleid dastand, die ersten bescheidnen Frühlingsblumen in der Hand, frisches gesundes Rot auf den Wangen, erschien sie dem Manne begehrenswert. Nicht zum Besitzenmüssen, nicht zum Erkämpfen allem zum Trotz – nein, zum Dranfreuen, zum angenehmen, erquickenden Gruß an jedem Tag.

›Und warum soll ich nicht?‹ dachte Ferdinand von Ramer. ›Soll ich mir selbst diese unschuldige Freude versagen? Sie kennt ja meine Aussichten, und sie ist ein vernünftiges Mädchen!‹

Dallmers machten nicht im geringsten ein Haus, des Regierungsrats Kränklichkeit entschuldigte das. Zu vermeiden war's aber nicht, daß Leutnant von Ramer eines Tages Besuch machte, lediglich um sich nach dem Befinden des Hausherrn zu erkundigen; er hatte diesen während mehrerer Tage auf dem Spaziergang vermißt.

»O, nur eine leichte Grippe, eine ganz leichte Grippe,« hüstelte Dallmer.

Sie saßen in der Studierstube, oben im ersten Stock; trotz der leichten Dämmerung fielen dem Besucher die hektische Röte, die glänzenden Augen des Rats auf. Sie unterhielten sich gut miteinander, Politik bildete das Hauptgespräch. Ramer hatte für einen Offizier ein ziemlich klares Urteil, wie es den Menschen eigen ist, die nicht als Herdentier, sondern ein wenig abseits, für sich allein leben. Dallmer freute sich, das Echo seiner Gesinnung zu finden. Die brennendsten Tagesfragen, die Stichworte flogen hin und her. Derweilen lehnte Nelda am Fenster. Sie hatte sich zurückgezogen. Es war kein Gespräch für ein junges Mädchen – mit zwanzig Jahren lassen die Fragen der Politik recht kühl – aber sie neigte doch den Kopf vor und ließ kein Wort ungehört vorüberstreifen. Mochte Deutschland untergehn, alles über den Haufen fallen – in diesem Augenblick wäre es ihr nichts gewesen. Wenn er nur da saß, gegenüber dem Vater, und ein so angeregtes, heitres Gesicht machte wie sonst nie!

»Ein sehr netter Mensch,« sagte Regierungsrat Dallmer zu seiner Frau, als diese zwei Stunden später aus ihrem Bostonkränzchen nach Hause kam.

»Mein Gott, was will der hier?!«

»Aber Lorchen, muß er denn gleich etwas wollen? Ich habe mich vorzüglich mit ihm unterhalten; er hat eine selbständige Meinung und vertritt sie auch, das ist etwas wert in der Welt.«

»Ja, Papa, wenn der Leithammel ›Bäh‹ schreit, schreien sie sonst auch alle ›Bäh‹!« Nelda war ganz übermütig und lachte ausgelassen.

»Nelda, Nelda!« – Frau Rätin setzte sofort im Klageton ein. »Diese entsetzliche Ausdrucksweise! Hörst du so etwas von einer deiner Altersgenossinnen? Ich hatte schon gehofft, du ließest es jetzt, du warst in letzter Zeit etwas weiblicher.

»Geh jetzt mal gleich hinunter und sieh, was die Laura tut. – Und ich sage dir, Dallmer, mir ist das gar nicht angenehm, daß der Leutnant hier Besuch gemacht hat – wozu?! Du sitzest immer in deiner Stube bei den Akten, du siehst von Gott und der Welt nichts, du solltest aber mal im Kaffee hören! Ein junger Mann macht unaufgefordert in einer Familie Besuch, wo ein junges Mädchen ist, ohne daß er Absichten hat! Und er hat ja nichts, rein nichts! Die Schmidt sagt, für die geisteskranke Mutter in Endenich bezahlen die Verwandten. Was das kosten mag! Und die Zänglein sagt – – na!« Sie schüttelte den Kopf und hob das spitze Näschen in die Luft, als wittre sie Unheil; ihre Stimme erhielt den tragischen Ton einer Sibylle: »Ich sage dir, Dallmer, mir ist es sehr unangenehm – und nicht mal einen anständigen Namen! Oh – oh! Könnte es nun nicht anders sein?! Nie etwas Angenehmes!«

»Nun höre aber auf, Lorchen,« sagte der Regierungsrat fast gereizt, »das sind die reinen Hirngespinste. Davon kann ja gar keine Rede sein, dazu ist der Mensch viel zu verständig und Nelda auch!«

Viel zu verständig –?! Nelda ließ die Tür hinter sich zuklappen – sie hatte bis dahin lauschend auf der Schwelle gestanden – es gab ihr einen Stich durchs Herz. Aber als sie die Treppe hinunterschritt, warf sie trotzig den Kopf in den Nacken.

»Warum denn nicht? Nun gerade!«

* * *

Dachte Nelda Dallmer noch an jenes ›viel zu verständig‹, als jetzt Orgelklänge sie umbrausten und sie, als erste der Brautjungfern, dicht am Altar hinter der Freundin stand?! Die Leute waren erstaunt über ihr Erscheinen; man hatte eigentlich gar nicht an Nelda Dallmer gedacht, die war eigentlich *hors de combat*.

Durch die bunten Kirchenfenster flutete ein warmer Lichtstrom. Er tänzelte über die teppichbelegten Quadrate des Steinbodens, über die hohen Lorbeer- und Myrtenbüsche, über die Blumensträuße in den Händen der jungen Damen, über die leuchtende Glatze des hochwürdigen Oberkonsistorialrats Zänglein und über den weißen Schleier der Braut. Der warme Strahl legte sich auf Nelda Dallmers Haar, daß es goldig glänzte.

›Wo du hingehst, da will ich auch hingehen; wo du bleibst, da bleibe ich auch. Dein Volk ist mein Volk, und dein Gott ist mein Gott. Buch Ruth, Kapitel I, Vers 17.‹

Das war der Trautext, die junge Braut hatte ihn selbst gewählt. Schauer auf Schauer überlief Neldas Rücken; sie hörte nicht den salbungsvollen Ton, nicht die blühenden Floskeln des Kanzelredners, vor ihre Augen trat die Gestalt der treuen Moabitin, greifbar, lebendig. Die biblische Landschaft verwandelte sich in wohlbekannte Gefilde, der Rhein floß, die Häuser lagen diesseits und jenseits. Die Moabitin verschwand – es war die eigne Gestalt, die dort wanderte. Sie sah sich selbst, Nelda Dallmer, im schlichtesten Kleid – Menschen hasteten vorüber ohne Gruß – sie ging mit zuversichtlichem Schritt, sie lächelte. Und neben ihr wanderte einer – sie ergriff seine Hand, sie sah ihn an mit dem Blick höchster Liebe: »Wo du hingehst, will ich auch hingehen; wo du bleibst, bleibe ich auch.« – – –

»Und so tretet nun hinaus in's Leben, ihr Neuvermählten!« schloß eben Oberkonsistorialrat Zänglein. »Tritt hinaus, du holdselige Braut, an der Seite des Erwählten, des herrlichen Gatten! Tretet hinaus in den blühenden Paradiesgarten, den Gott der Allmächtige für euch geschaffen hat! Ihr werdet darinnen wandeln, Hand in Hand, rein wie die Engel. Eure Liebe wird sein wie der köstliche Demant, der, je mehr man ihn schleift, in desto wunderbareren Strahlen spielt. Tretet hinaus im Sonnenglanz eures Glücks! Und der Segen Gottes, die Gemeinschaft der Heiligen sei mit euch – Amen!«

Oberkonsistorialrat Zänglein hatte gut gesprochen; er wußte das, die Wirkung seiner Traureden kannte er ganz genau. Er hatte deren drei Sorten: Die erste für die weniger Begüterten, die zweite für die mittelmäßig Begabten und die dritte – nun, die war hier am Platz.

Die Frau Oberkonsistorialrätin, auf dem Ehrenplatz inmitten der Geladenen, atmete befriedigt – das war eine allgemeine Ergriffenheit. Für eine Weile hörte man nichts als das Rauschen der Seidenkleider, das Räuspern der Herren, das dumpfe Schnauben in die Taschentücher. Ein mächtiger Eindruck.

Nelda Dallmer war sehr bleich geworden. Sie wendete für einen Augenblick den Kopf vom Altar ab, ihre Blicke überflogen suchend die Kirche – ob er hier war? Er hatte davon gesprochen, sich die Trauung anzusehen. Für ihn nur hatte sie sich mit besondrer Sorgfalt gekleidet, für ihn nur den Veilchenstrauß an die Brust gesteckt, für ihn flatterte jetzt plötzlich das jähe Rot über ihre Wangen. Sie preßte ihr Riesenbouquet fester in den Händen – sie konnte ihn nicht sehen. Wenn er jetzt hier war, ob er das gleiche empfand wie sie? Ob es seine Seele auch mit Macht zu der andren Seele drängte? Ob es ihn auch so inbrünstig verlangte, Hand in Hand zu schlingen und Auge in Auge zu senken?!

Ein zitternder seliger Seufzer drängte sich über ihre Lippen; sie fühlte, wie ihr das Herz in der Brust zuckte und das Blut in den Fingerspitzen prickelte. Sie schämte sich dessen nicht. Da war kein unreiner Gedanke in ihr. Aber so vor dem Altar stehen zu können, sein vor Gott und den Menschen, das müßte eine Seligkeit sein, so groß, so überschwenglich, um daran zu sterben!

Wo du hingehst, will ich auch hingehn.
Dein Volk sei mein Volk,
Dein Gott mein Gott!

Es überlief sie.

VIII.

Das Hochzeitsdiner neigte sich dem Ende zu. Getoastet und getrunken war genug worden, die schwersten Weine, zuletzt nur Pommery Gréno extra dry. Kein Wunder, daß nach und nach eine allgemeine Erschöpfung sich geltend machte. Der Zunge, die bis zur Neige den Becher des Vergnügens gekostet hat, schmeckt der Rest schal. Einige ältere Herren sahen recht verschlafen aus, ihre Augen waren winzig klein geworden. Die Jugend, Anselma von Koch als Königin an der Spitze, hatte auf dem gestrigen Polterabend bis in die Nacht hinein getanzt; auch sie war müde. Die Mütter hielten sich noch am besten.

Nelda Dallmer saß neben einem indifferenten Herrn, ihrem Brautführer, es wollte keine Unterhaltung in Fluß kommen; sie war still, er schlang doppelte Portionen von Austern und getrüffelter Gänseleber hinunter. Und doch langweilte sich Nelda nicht, ihre Gedanken waren beschäftigt; sie woben sich ein ganzes Gespinst von lustigen Sommerfäden und trugen es fröhlich zu

Neste, wie die Schwalben am Gesims über'm Kirchenportal. Sie saß dem Brautpaar schräg gegenüber. Sie sah, wie Osten unter'm Tisch die Hand der Braut unausgesetzt festhielt; sie mußte sehen, wie seine Blicke, je länger die Tafel währte, immer brennender und ungeduldiger wurden. Sie sah, wie Agnes erglühte unter seinem Flüstern, welch schüchterne Seligkeit sich in ihren Mienen spiegelte. Nelda trank hastig ihr Glas aus, ein brennender Durst quälte sie. Der Indifferente schenkte rasch wieder voll, das war sein einziger Beitrag zu ihrer Unterhaltung.

Endlich verschwand die Braut, nach einer Weile der Bräutigam. Man stand von der Tafel auf, trat in Gruppen zusammen oder drückte sich vereinzelt umher. Die abgespannten Väter redeten von Aufbruch. Die nimmersatte Jugend von einem Tänzchen. Die ausdauernden Mütter von dem jungen Paar – ob sie wohl glücklich werden?!

Nelda schlüpfte unbemerkt zur Tür hinaus, wie sie es Agnes versprochen hatte.

»Ich muß dich noch einmal allein haben, geliebte Nelda,« hatte die kleine Braut gebeten, »niemand steht mir so nah wie du! Es wird mir furchtbar schwer werden, dir adieu zu sagen, du einzige, geliebte Nelda,« hatte sie enthusiastisch unter Küssen hinzugefügt.

Nun pochte Nelda an der Freundin Mädchenstübchen.

»Herein!«

In dem rosigen, blumengeschmückten Nest stand die Braut und ließ sich von der Jungfer das elegante Reisekleid überstreifen.

»Ah, Nelda, du?! Hast du ihn gesehen? Ist er schon fertig? Kommt er gleich? Ist der Wagen da? Daß Carlo nur ja nicht auf mich warten muß! Rasch, Trautchen, rasch!« Sie zitterte vor Ungeduld, das Mädchen mühte sich hastiger. »Aber seien Sie doch nicht so ungeschickt! Trautchen, rasch, eilen Sie sich!«

»Ich bin's nur,« sagte Nelda. »Der Wagen ist noch nicht da, und Herr von Osten ist eben erst von Tisch weggegangen. Du hast viel Zeit.«

»Nein, nein, liebste Nelda – wo ist denn mein Hut, mein Schleier? Rasch, suchen Sie, Trautchen! Liebe Nelda, ich habe so Angst, wir kommen zu spät zur Bahn. Meine Handschuh! Nun noch der Abschied von Papa und Mama! Es wäre schrecklich, wenn wir den Zug versäumten!«

»Ich will dir gern adieu sagen, Agnes!«

»Gleich, gleich – Trautchen, den Mantel! Meine liebe, gute Nelda!« Ein flüchtiges Umschließen, ein rascher Kuß. »Verzeih, ich bin so unruhig, so aufgeregt, mein Kopf ist – ah, es klopft! Herein!«

Herr und Frau Röder traten in die Stube.

»Mein teures Kind!« Die gute Mutter zerfloß in Tränen, auch in Papa Röders Augen schimmerte es feucht. »Nimm unseren Segen mit – komm gesund wieder – werde glücklich – laß dir's –,« die elterliche Rührung erstickte fernere Worte. Die Tochter tunkte aus einer Umarmung in die andere; jetzt kamen auch ihr die Tränen. »Da –« sie erhob horchend den Kopf von der Schulter der Mutter – »da ist er!«

Draußen wurden Schritte laut, es pochte leise; Ostens gedämpfte Stimme fragte:

»Bist du fertig? Der Wagen ist da! Geliebtes Herz, komm!«

»Ja, ja!« Agnes machte sich hastig los. »Adieu, adieu, ihr alle!« Sie riß die Tür aus. »Da bin ich!«

Er schlang seinen Arm um sie und trug sie, mehr als er sie führte, die Treppe hinunter. Die Eltern drängten sich hinterdrein, dann das Mädchen mit kleinen Gepäckstücken und Reisedekken. Zuletzt kam Nelda, sie folgte langsam.

Unten noch einmal Lebewohl. Agnes erwiderte mechanisch die Küsse, dann hob sie der Gatte in den Wagen.

»Adieu, adieu, geliebte Kinder! Glückliche Reise, kommt gesund wieder!«

»Adieu, adieu!«

Es klang wie ein Jubelruf, das junge Paar winkte noch, Kopf an Kopf geschmiegt, zum Fenster hinaus, lächelnd, glückstrahlend.

Nelda schaute dem Wagen nach, bis er um die Ecke verschwunden war. Wenn schon Agnes, die Liebenswürdige, Rücksichtsvolle, so ganz der andern vergaß, welch allgewaltige Macht mußte die Liebe sein!

* * *

›Dein Volk ist mein Volk, dein Gott mein Gott.‹ – – –

Es summte Nelda in den Ohren, es stieg ihr heiß zu Kopf; sie hatte hastig und viel getrunken, jetzt fühlte sie es.

Sie war mit der getreuen Laura auf dem Heimweg. Es war noch nicht ganz dunkel, als sie der Brücke zuschritten; die Frühlingsdämmerung währt lang. Laura rannte furchtbar.

»Wie geht es Papa?« fragte Nelda. »Hustet er noch so wie heut mittag?«

»O jemmich,« seufzte die biedre Magd, »ganz gräßlich! Ich bin als bang, mit unsem guten Herr Rat gibt et nochemal ebbes Schlimmes. Heut nachmittag war der Medezinrat da, un jetz muß ich noch nach der Apthek in Ehrenbreitstein!«

»Und was hat der Doktor gesagt?« Nelda war fast atemlos, es überfiel sie plötzlich eine große Angst. »Ist's was Schlimmes?« stieß sie hervor.

»O ne, ne, en Erkältung. Aber der Herr Rat soll sich schonen und nit so viel arbeiten. – Sagen Se mal, Fräuleinchen, nix for ungut,« fuhr die treue Seele vertraulich fort, »könnten Se sich nit bald einen anschaffen und sich verheiraten? Dann braucht der Herr Rat nit mehr so viel in die Aktens zu schreiben. Die Madam hat mer's erzählt, er tut et nur, bis Sie versorgt sind.«

»Laura!« Nelda hob abwehrend die Hand. »Was fällt Ihnen ein?!«

Der Ton war ungeduldig, schmerzlich und verletzt zugleich.

Erschrocken schwieg die Magd. Am Ende der Brücke fragte sie verlegen:

»Fräulein, Fräuleinchen, sind Se noch bös? Ich mein' es ja so gut, ich hab' Se doch gekannt, wie Se so klein waren!«

Sie wies einen Fuß hoch über den Boden.

»Nein, Laura, ich bin Ihnen nicht bös! Aber wissen Sie was? Gehen Sie jetzt nach der Apotheke in Ehrenbreitstein, ich laufe vor nach Haus. Ich kann ganz gut allein gehn, es ist noch nicht spät. Vor was sollte ich mich fürchten?«

* * *

Ferdinand von Ramer war in der Kirche gewesen; ganz an der Seite, von einem dicken Pfeiler gedeckt, hatte er der Trauung beigewohnt. Er hatte auch Nelda Dallmer gesehen. Gleich hinter der zierlichen, ganz in Duft und Schleier gehüllten Braut stand sie. Ihre schlanke, kräftige Gestalt überragte die meisten Damen. Sie trug dasselbe weiße Kleid wie damals auf dem Ball, er kannte es wieder an seiner Einfachheit; aber diesmal hatte sie Veilchen an der Brust, und der herbe Zug um ihren Mund fehlte.

Er mußte vor sich hinlächeln – wie genau er dieses Mädchengesicht kannte! Oft in der Nacht, wenn er wachend lag, sah er es aus dem Dunkel tauchen. Er wusste ganz genau, wie es in ihren Augen aufleuchtete, wenn er ihr begegnete; wie ihre Brauen sich zusammenschoben, wenn sie schieden. Er freute sich immer auf den Wechsel in ihren Mienen; ihr Gesicht war ihm wie ein liebes Buch, das man gern liest, das man gar nicht aus der Hand legen mag.

Ramer hörte herzlich wenig von der Traurede, er beobachtete Nelda Dallmer. Jetzt stand sie im vollen Sonnenflimmer, überstrahlt von Licht; ihr weißes Kleid leuchtete wie Schnee, ihr Haar schimmerte golden. Demütig hielt sie den Kopf gesenkt; das war ihm so neu an ihr, das rührte ihn. War sie nur andächtig, oder an was dachte sie? Da – jetzt hob sie den Kopf! Er erschrak fast. Sie drehte sich halb um, groß und suchend glitten ihre Augen durch die Kirche. Wen suchte sie – ihn?! Nur einen Augenblick, aber es hatte ihn durchfahren, unwillkürlich drückte er sich tiefer hinter die Säule. Er sah den Ausdruck der Enttäuschung auf ihrem Gesicht.

Den ganzen Nachmittag hatte er an diesen suchenden Blick denken müssen. Einsam saß er in seinem Zimmer und starrte durch's Fenster auf die Gasse. Hinaus mochte er nicht, in Scharen zogen die Spaziergänger vorüber. Mädchen, Arm in Arm, bebändert und geputzt; Mann und Weib, die Jüngsten am Rockschoß; Liebespaare, junge Burschen, Soldaten mit ihren Schätzen. Alles wallfahrtete ins Freie.

Da ist kein Weg unbelaufen. Die Täler hallen vom Schreien der Buben, aus jedem armseligen Wirtshaus dudelt Tanzmusik, über die einsameren Bergpfade wandeln Verliebte, oder Kinder suchen Himmelsschlüssel und frühe Maikräuter. Dazu Osterglocken überall! Nichts für ihn. Trübselig saß er in der Stube; er nahm ein Buch zur Hand, aber er stierte über die Seiten weg. Draußen lachende Menschen. Er fühlte sich grenzenlos allein.

Langsam, langsam stieg eine Sehnsucht in ihm auf. Er gedachte der Knabenzeit, in der ihm die Mutter bunte Ostereier versteckt und er sie jubelnd mit den Schwestern gesucht hatte. Alles vorüber – alle voneinander gerissen, die sich einst mitsammen gefreut! Gut, daß ihn niemand sah. In weicher, sehnsüchtiger Stimmung stützte er den Kopf und träumte mit offenen Augen. Bilder der Vergangenheit zogen an ihm vorüber, und in ihm wuchs ein Verlangen – ja doch, ein Verlangen – nach was?!

Mit einem Seufzer stand er endlich auf. Draußen war es still geworden, Nebelschleier webten schon über'm Rhein. Es war Zeit, sich aufzumachen, Xylanders hatten freundlich gebeten, den heutigen Abend bei ihnen zu verbringen. Wie eine leise Melodie summte es ihm in den Ohren: ›Du wirst dabei an Dallmers Haus vorübergehen – du wirst sehen, ob Licht in den Fenstern ist – vielleicht ist sie zurück vom Fest – vielleicht kommt sie gerade!‹ –

Träumerisch schritt Ramer dahin. Er hatte den schmalen kiesigen Weg unterhalb der Chaussee, den sogenannten Leinpfad, gewählt, der war ganz einsam; oben kam halbtrunknes Volk. Der Pfad ging dicht am Rhein, die Weidenbüsche hingen über, das Wasser plätscherte so eigen. Nichts war mehr klar zu erkennen, alles vom Abendduft bezogen, verschwommen in den Linien. Verschwiegen, geheimnisvoll.

Er ging sehr langsam. Mitunter schnellte sein Fuß einen kleinen Rheinkiesel vor sich her; er starrte gedankenlos nach, bis das Steinchen im großen Bogen ins Wasser hüpfte – das plätscherte auf, dann wieder gleich das stille, monotone Glucksen. Von der Chaussee herüber klang Gejohle und ein Kreischen von Weiberstimmen, hier unten war niemand – da – ein schneller Tritt! Hinter ihm kam jemand. Nun ein Hüpfen, ein Knirschen von Kies, ein hastiges Atmen. Er drehte sich um.

Durch die Dämmerung sah er ein Paar Augen strahlen – ein helles Gesicht, eine schlanke Gestalt im dunklen Mantel – ein großes Erfreutsein kam plötzlich über ihn.

»Fräulein Dallmer! Nelda, Fräulein Nelda?!«

»Ja,« antwortete ihre sonore Stimme merkwürdig gedämpft – eine scheue Beklommenheit kämpfte darin mit unterdrücktem Jubel – – »ich sah Sie vor mir gehen, ich habe Sie gleich erkannt. Guten Abend, wie geht es Ihnen? Fröhliche Ostern!« Impulsiv streckte sie ihm beide Hände entgegen. Eine wohlige Wärme rieselte in die seinen über und flutete mächtig von ihr zu ihm.

»Ich freue mich!« Er ließ ihre Hände nicht los. »Ich war sehr einsam heute!«

Es fiel ihm gar nicht ein zu fragen: so spät Sie hier allein? Er war zufrieden, daß sie da war; was ging ihn augenblicklich alles andre an?

»Ich komme von Agnes Röders Hochzeit, unser Mädchen ist in die Apotheke nach Ehrenbreitstein. Papa ist gar nicht wohl, ich laufe darum vor nach Haus!«

»Ich begleite Sie.«

»O, das ist schön!«

Sie paßte ihren raschen Schritt seinem langsamen an.

So gingen sie. Rund herum wurden die Nebel dichter, die Nacht war plötzlich da, über's Wasser kam fernes Läuten. Der Wind war still; kein Hauch, nur ein stockendes Atemholen Seite an Seite. Neldas Schläfen klopften, hämmerten; ihr war heiß, es drehte sich mit ihr im Wirbel, und innen an ihr riß etwas. Ein Bangen hielt sie zurück, ein mächtigeres Gefühl stieß sie vorwärts.

»Sie zittern, Fräulein Nelda, friert Sie?«

Er legte den Mantel fester um ihre Schultern. Es durchschauerte sie vor Glück bei seiner Sorgfalt; unwillkürlich drückte sie sich dichter neben ihn. Sie blickten sich an.

»Fräulein Nelda, ich habe Sie in der Kirche gesehen!«

»Ach – ich Sie nicht!«

»Ich habe nichts von der Rede gehört, ich habe nur Sie immer beobachtet!«

»Und ich habe Sie immer gesucht. Der Text war so wunderschön. ›Wo du hingehst, will auch ich hingehn; dein Volk sei mein Volk, dein Gott mein Gott!‹« Ihre Stimme war sicher geworden, ihre Brust dehnte sich unter einem tiefen Atemzug. »So muß es sein. Ich dachte –«

»Ich sah's, Sie dachten an etwas Besonderes. An was dachten Sie? An wen, Fräulein Nelda?«

Sie schüttelte den Kopf.

»An wen? Nelda!«

Er wußte nicht, daß er jetzt flüsterte, dringend und aufgeregt. Eine heimliche Hoffnung legte ihm die Worte in den Mund. Wie reizend, wenn sie sagen würde: ›an –‹

»An Sie!« sagte sie plötzlich laut und fest, daß es ihn doch durchschreckte. Sie hob die Augen zu ihm auf, ein glänzendes Licht brannte in ihnen. Es drang ihm in die Seele, es durchlief ihm die Adern und stieg ihm zu Kopf. Er breitete die Arme aus, ohne es eigentlich zu wollen.

»Nelda – –!«

Sie sah ihn einen Augenblick starr an, tief erbleicht; dann schoß ihr glühendes Rot in die Wangen und verdunkelnde Tränen in die Augen. Sie stammelte, sie taumelte und griff mit der Hand um sich.

Er wußte nicht, wie das so rasch geschehen konnte, er hielt sie in den Armen und drückte seine Lippen auf die ihren. Ein Rausch kam über ihn, als er ihren warmen Mund an dem seinen zucken fühlte.

»Nelda, gutes, teures Mädchen, an mich – an mich!«

Er küßte sie wieder und wieder, seine Arme umschlangen sie fester.

Sie sagte nichts, ihr kräftiger Körper lehnte hilflos wie der eines Kindes an seiner Brust; sie war willenlos und zitterte wie Laub, das der Sturmwind rüttelt.

»Nelda« – er legte flüsternd seinen Kopf auf den ihren – »liebst du mich wirklich so sehr?!«

Ihr Zittern hörte auf; sie schlang den linken Arm um seine Schulter, ihre Rechte umspannte mit dem alten kraftvollen Druck seine Hand. »Wo du hingehst, gehe auch ich hin; dein Volk ist mein Volk, dein Gott mein Gott!« Sie sprach dieselben Worte wie Agnes Röder zu ihrem Bräutigam; dort waren sie hingehaucht worden in verschwimmender Zärtlichkeit, hier klangen sie wie ein Schwur. »Ich lasse dich nie – nie!« Leidenschaftlich stärker klang jedes ›Nie‹. »Ich möchte sterben, ich bin zu überselig!«

»Nicht sterben, liebstes Mädchen! Leben, leben!«

»Ja, leben für dich!« Sie lächelte und schmiegte sich fester an ihn. »Für dich!«

Er zuckte zusammen und wurde blaß bis in die Lippen – – für dich – –! Vor seinen Augen zerriß jäh ein Nebel, der Wind der Wirklichkeit pfiff ihm um die Ohren; was hatte er getan?! Er unterdrückte einen Fluch und ein Stöhnen.

Sie sprach leise weiter, durch das Dunkel mit den treuen Blikken die seinen suchend.

»Ich hab Sie – ich hab dich lieb gehabt vom ersten Augenblick an. Du tatest mir so grenzenlos leid. Nun sollst du's aber gut haben, ich will dich so lieben! Du sollst froh werden.«

»Nelda« – er löste ihren Arm von seiner Schulter und schob sie von sich – »ich bin ein freudloser Mensch. Es ist – ich kann – – Nelda, laß mich!«

»Lassen?!« Sie lachte glückselig. »Ja, ja, ich weiß alles, was du sagen willst! Und wärst du arm wie eine Kirchenmaus, und hätte dein Vater was zehnmal Schlimmeres getan – zuck nur nicht zusammen, ich weiß alles ganz genau – was mach ich mir draus! Ich hab dich lieb – unsagbar, grenzenlos!« Sie warf von neuem die Arme um seinen Hals. »Du armer, geliebter, einziger Ferdinand von Ramer – Ramer – Ramer – Ramer – was mach ich mir draus?! Der liebe, schöne, gute Name! Er ist für mich der beste auf der Welt. Sei froh, ich liebe dich, ich liebe dich!«

Sie streichelte seine Hand, seine Wange. Das Übermaß ihrer Zärtlichkeit sprudelte um ihn wie ein schäumender, betäubender Quell. Eine wunderbare, labende Wärme drang durch die feuchten Rheinnebel und verscheuchte sie. Es war nicht Nacht, nein, süß lähmender Frühlingstag.

Jetzt war er der Willenlose; er gab sich kraftlos dem Zauber des Geliebtwerdens hin. Langsam, sich umschlungen haltend, gingen sie vorwärts.

IX.

Hauptmann Xylander war entschieden schlechter Laune. Man war's so wenig an ihm gewohnt, darum fiel es doppelt auf. Er saß an seinem Schreibtisch, aber zurückgelehnt in den Korbsessel, die Beine weit von sich gestreckt. War er müde? Heut in der Mittagsglut vom Schießplatz herunter zu kommen, war freilich keine Kleinigkeit. Rasender Staub – man hatte davon geschluckt zum Ersticken. Rasender Durst – auf den Geschützen prallte die Sonne, die Bedienungsmannschaft klebte auf den Protzkästen, matt wie die Fliegen – wie die Kerle von Schweiß troffen!

»Ä!« Er fuhr sich nach dem Hals und riß die Binde ab, die Uniform hatte er schon aufgeknöpft. »Blödsinnige Hitze heute!«

»Was hast du, Paul?« fragte Frau Elisabeth vom Fenster her. Sie hatte sich da mit Flickerei, Garnrollen und Nähmaschine etabliert. ›Rrrr‹ ging das Rad. Das war so gemütlich: den Mann in der Nähe, keine Arbeit versäumt und dabei immer den Blick auf die Kinder, die unten im Garten lärmten.

»Dir ist wohl nicht ganz recht? Wart, ich hole dir den andren Rock, jetzt kommt ja niemand!« Sie sprang auf und ließ rasselnd die Schere zur Erde fallen. »Pardon!« Wie der Wind war sie zur Stube hinaus und kehrte nach wenigen Minuten mit dem Drillichröckchen zurück, das sie an Tasche und Ellenbogen mit gelblichem Nessel ausgebessert hatte.

»Da, siehst du – so!«

»Danke!«

›Rrrrr‹ schnurrte die Nähmaschine. Frau Elisabeth hielt den blonden Kopf vornübergebeugt, der Schweiß perlte ihr auf der klaren Stirn, ihre Wangen waren hochgerötet vor Eifer – unangenehm hier das Dreieck in dem Kinderhemd, zu stopfen ging's nicht mehr, ein neues Stück mußte eingesetzt werden! So.

Man hörte nichts als das gleichmäßige Rasseln und ab und zu einen hellen Schrei vom Garten herauf; dann beugte die Mutter spähend den Kopf zum Fenster hinaus. Eine heiße Sommerluft strömte herein, der Julinachmittag machte sich breit; draußen und drinnen surrte jetzt ein ganzer Schwarm von blauen Fliegen, mit den dicken Köpfen stießen sie gegen die Scheiben.

›Sssss – s – s –‹

›Rrrrr –‹

»Verdammte Wirtschaft,« sagte der Hauptmann plötzlich und ließ die geballte Hand schwer auf den Schreibtisch fallen.

»Aber Paul!« Die junge Frau hob den Blick nicht von der Arbeit, alles Erstaunen legte sie in ihren Ton. »Was hast du denn nur? Kopfschmerzen?«

›Rrrrr –‹

»Sei so gut, höre jetzt mal mit dem Gerappel auf, es macht einen nervös!«

Er fuhr sich unwirsch durch die Haare.

»Aber Paul« – sie sah nun doch auf – »wie komisch du bist! Ich muß doch die Kinderwäsche in Ordnung bringen. Samstag wechseln sie alle; zerrissen können sie nicht gehen. Ich weiß gar nicht, sonst läßt du mich immer nähen, wenn du Kopfweh hast oder arbeitest; aber seit gestern abend bist du so verstimmt!«

Noch einen wehmütigen Blick auf die Maschine, dann begann sie emsig mit der Hand zu nähen.

Er sagte nichts, er schloß die Augen und suchte mit dem Kopf eine bequemere Stellung an der harten Lehne.

Jetzt war's ganz still, für fünf Minuten, für zehn Minuten; vom Korbsessel kamen gleichmäßige Atemzüge. Frau Elisabeth blickte lauschend hinüber, ein verschmitztes Lächeln spielte um ihren hübschen Mund.

»Er schläft!« Jetzt lachte sie leise und vergnügt: »Hi, hi, nun kann ich wieder. Er merkt's ja nicht!«

›Rrrrr‹ ging das Rad, etwas schüchtern und vorsichtig, aber doch eindringlich genug. Mit einem Seufzer fuhr der Schläfer auf. Wie eine ertappte Sünderin schreckte die Frau zusammen und ließ die Kurbel fahren.

»Ach, entschuldige, ich dachte, du schliefest!«

Sie sprang auf und näherte sich ihm mit reumütiger Miene.

»Laß nur, laß nur!« Er lächelte ein sarkastisch wehmütiges Lächeln. »Ich weiß ja, du kannst nicht ohne deine Maschine bestehen, geschweige denn ein paar Augenblicke müßig sitzen. Nähe nur weiter! Ich habe keine Kopfschmerzen mehr.«

»Also doch Kopfschmerzen! Siehst du, wie deine Frau dich kennt? Jedenfalls war die Bowle gestern abend in Gülz, gepantschtes Zeug. Nelda hatte auch ganz trübe Augen und Ramer sah so echauffiert aus. Natürlich, daher ist's!«

›Rrrrr –‹

»Sag' mal, Elisabeth, findest du nicht, daß Nelda Dallmer seit dem Frühjahr sehr verändert ist? Ob das die Sorge um den Vater macht? Ist dir nichts an ihr aufgefallen?«

Er blickte gespannt zu seiner Frau hinüber.

»Gott, ich habe darüber wirklich nicht nachgedacht, man hat so viel Wichtigeres im Kopf! Aber ja, ja, jetzt, wo du mich darauf aufmerksam machst, finde ich es auch. Sie war immer ein bißchen anders, als sonst die jungen Mädchen sind – aber abgesehen davon – sie hat jetzt so was – ich weiß nicht recht, wie ich mich ausdrücken soll – so was Gespanntes. Weißt du, sie hat am Ende Ramer gern? Es ist doch komisch, immer treffen die zwei hier bei uns zusammen; früher kam Nelda alle Jubeljahr, jetzt kommt sie zweimal die Woche. Du, es wäre eigentlich ganz nett, wenn die zwei sich heirateten, findest du nicht? Freilich, sie haben nichts. Und dann Ramer mit seinem Namen! Aber na, Nelda kann ja auch keine großen Ansprüche machen!«

»Warum nicht?«

»Aber Paul! Hübsch ist sie nicht, und Geld hat sie nicht, und riesig liebenswürdig ist sie auch nicht. Sie ist ja sehr nett, aber – ich glaube auch nicht, daß Ramer sich wirklich was aus ihr macht, der denkt zu viel an sich.« Die junge Frau reckte sich und warf sich in die Brust. »Für so was habe ich einen Blick! Der versinkt immer in seine alten Geschichten, der merkt gar nicht, wenn sich eine um ihn hat!«

»Schade, schade, ich wünschte, wir hätten die zwei nie miteinander bekannt gemacht! Auch auf die gestrige Partie hätten wir Nelda nicht mitnehmen sollen oder Ramer abwinken. Ich mache mir Vorwürfe.« Xylander seufzte. »Es ist ein Jammer, wenn dies Mädchen auch schon so früh angeknickt wird – gerade das Mädchen!«

»Liebe Zeit, aber Paul, was kannst du dafür? Fass' die Sache immer ein bißchen praktisch auf! Es ist doch besser, es bietet sich ihr überhaupt mal eine Chance als gar keine. Wer weiß, vielleicht wird's doch was – und wenigstens hat sie dann später mal Erinnerungen!«

»Nein, nein,« – sein Gesicht wurde finster – »du kennst Ramer nicht, wie ich ihn kenne. Eigensinnig, zäh an seinen fixen Ideen hängend; wie du richtig sagtest, ganz in sich versunken. Selbst wenn sie zusammenkämen, wäre das ein Glück für dies offne, hochherzige Geschöpf?! Aber es wird nichts, ich weiß es genau.«

»So?! Also du hast was gemerkt?! Erzähle doch, haben sie dir was gesagt? Woher weißt du das denn genau? Herzenspaul, so sag' doch, bei meinem Interesse für die beiden kannst du mir's, mußt du mir's verraten! Also sie haben sich gern – was? Ja? Wissen es schon andere Leute?«

»Das ist's ja eben!« Xylander wühlte sich in den Haaren und sprang heftig auf. »Muß ich mir heut morgen nach dem Dienst, als ich mir im Kasino einen Schoppen leiste, die Bemerkungen von den Bengels anhören! Osten sollte sich auch was schämen, sitzt ruhig dabei, wenn über die Freundin seiner Frau skandaliert wird! Dem Röntheim, seinem Intimus, hätte ich am liebsten in das malitiöse Gesicht geschlagen. Nelda soll sich Rendezvous geben – Nelda soll einsame Spaziergänge tief in den Wald, mit einem Herrn – man nennt Ramer – unternehmen! Nelda soll – ä, was rede ich davon! Es ist viel zu niedrig. Früher hat sich keiner von den Herren um das Mädchen gekümmert, jetzt, wo es an ihr zu mäkeln gilt, ist sie in ihren Mäulern, diesen ungewaschenen Mäulern, die viel zu schmutzig sind für ihren reinen Namen! Arme, arme Nelda!«

Er ließ sich schwer in den Korbstuhl fallen und beschattete das Gesicht mit der Hand.

Frau Elisabeth war glühend rot geworden.

»So heftig? Ich kenne dich gar nicht wieder! Du scheinst dich ja sehr für Fräulein Dallmer zu interessieren.«

»Gewiß, das tue ich auch!« Sein sonst so gemäßigter Ton war noch immer erregt. »Sie ist das beste, prächtigste Mädchen, das ich mir denken kann. Jeder Mann könnte Gott auf den Knieen danken, wenn er sie bekäme. Sie sind nur alle blind in ihren Ansichten, in den verrotteten Vorurteilen dieses erbärmlichen

Klatschnestes – mag sein, daß es überall so ist. Nun, ich habe ihnen heut energisch meine Meinung gesagt, beinah wären wir uns in die Haare geraten!«

»Um Gottes willen!« Die junge Frau stürzte auf ihn los und umschlang ihn mit beiden Armen. »Paul, mach dir doch keine Ungelegenheiten! Was gehen dich fremde Leute an? Laß Nelda Dallmer zusehen, wie sie fertig wird; was macht sie solche Geschichten! Aber ich sage dir, hierher braucht sie nicht mehr zu kommen!« Die Tränen schossen ihr in die Augen, sie stampfte mit dem Fuß auf. »Ich will keinen Ärger im Haus und keine Alteration; wir haben genug mit uns zu tun!«

»Rege dich nicht unnütz auf, nähe nur weiter,« sagte er und machte sich los.

›Rrrrr‹ – die Maschine sauste geradezu. ›Rrrr–r–‹ da, der Faden war gerissen.

Die Frau Hauptmann hob den Kopf.

»Die Hand zu küssen brauchst du ihr auch nicht mehr, Paul. Das ist überhaupt hier am Rhein gar nicht Sitte!«

* * *

›Arme, arme Nelda,‹ hatte Hauptmann Xylander gesagt. – war sie wirklich arm?

Sie saß in ihrer kleinen Giebelstube; es war drückend heiß hier, so nah unter'm Dach. Sie hockte auf dem Tritt am Fenster, arbeitete nicht, las auch nicht, hielt die Arme um's Knie geschlungen und sah in's Leere. Das Vierteljahr seit jenem Hochzeitsfeste hatte sie verändert. Ihre Augen waren größer geworden, ihre Wangen schmaler, ihre Gestalt magrer. Was am meisten fehlte, war der frische, gerade Ausdruck; ein gespannter, banger Zug lag um ihren Mund. Sie sah nicht glücklich aus.

Jetzt seufzte sie, veränderte ihre Stellung und stützte den Kopf zwischen beide Hände. So blieb sie still sitzen wie schon manchen Tag. Sie konnte jetzt gut still sitzen, das Vierteljahr hatte sie's gelehrt. Ihr war nicht mehr, als müsse sie vor Glück jubelnd in alle Welt stürmen, wie in den ersten Frühlingstagen ihrer Liebe; jetzt war ihr Herz oft schwer, sie glaubte, es nicht erschleppen zu können. Warum? War es die Heimlichkeit, die sie drückte? Die immer andauernde Kränklichkeit des Vaters? Was war es eigentlich? Es war etwas da, das lastete wie ein Alp auf ihr, der sich nicht wegrücken ließ. ›Nur in der Heimlichkeit liegt's,‹ sagte sich Nelda tröstend. ›Könnte ich frei vor meinen Eltern, vor allen Leuten sagen: wir lieben uns, wir sind verlobt – es wäre ganz anders. Aber Ferdinand will noch nicht, daß wir uns erklären. Erst muß er Hauptmann sein – natürlich, das ist auch richtig, wie kann er sonst bei den Eltern um mich anhalten?!‹ Allzulange konnte der Hauptmann nicht mehr auf sich warten lassen. Warum pochte ihr Herz nicht leichter bei der Aussicht? Nein, der alte Druck lag noch darauf. Warum nur? Nelda Dallmer blieb sich selbst die Antwort schuldig.

Was war das für ein heimliches Hin und Her gewesen, seit jenem Abend von Agnes Röders Hochzeit! Der Regierungsrat war damals lange krank an einer schweren Grippe. Die Tochter hatte ihn treulich gepflegt, sie hatte sich auch gesorgt – und doch, wenn sie still am Bett saß oder die Medizintropfen abzählte oder die Kissen lockerte oder mit eintöniger Stimme vorlas, immer war eine Seligkeit in ihr gewesen. Eine Seligkeit – –! Sie wußte ja, gegen Abend kam die Stunde, wo die Mutter mit der Häkelei im Krankenzimmer erschien und der Vater lächelnd sagte: »Lorchen, nicht wahr, jetzt soll Nelda an die Luft? Geh, mein Kind, geh!« Wie ein Vogel war sie hinausgeflattert; man merkte nicht, daß sie aus einem Krankenzimmer kam, ihr Gang so leicht, ihre Farben strahlend frisch.

In jenem kleinen Seitentälchen des Rheines trafen sie sich; das war recht ein Platz, um unbelauscht Hand in Hand zu gehn. Die grünen Büsche ringsum bauten eine Schutzmauer auf, steile Hänge an beiden Seiten, droben Weinstöcke in Reih und Glied, selten, daß ein Mensch dazwischen hantierte, und wenn auch? Sie konnten ihn sehen, wie seine dunkle Silhouette sich scharf gegen den lichten Frühlingshimmel abhob, er aber vermochte sie nicht zu entdecken auf dem verwachsenen Pfad neben dem murmelnden, glucksenden Bächlein.

Das Bienhorntälchen war kein beliebter Spaziergang, was sollten die Leute auch da? Selbst die flachssträhnigen Bauernkinder von Pfaffendorf spielten lieber auf der breiten Chaussee, oder ließen unten am Rhein flache Steine über's Wasser flitschen. Nelda wandelte in einer träumenden, wunschlosen Seligkeit, ihr sonst so kluger Kopf war leer, ihr Herz zum Überfließen voll. Jeden Abend lag sie lächelnd im Bett, faltete die Hände und betete wie ein Kind um den folgenden Tag. Sie dachte nicht daran, Ramer zu fragen: wann wirst du dich meinen Eltern erklären? Es wäre ihr unzart erschienen, daran zu rühren, der schönste Duft ihres Glücks war dann entflogen; auch mußte der Vater erst gesund sein, jetzt durfte ihm keinerlei Aufregung gebracht werden.

Nun war der Regierungsrat gesund, so gesund, wie er überhaupt noch werden konnte. Die Spaziergänge waren nicht mehr regelmäßig, seltener, abgehetzter. Meist sahen sie sich unter anderen, bei Xylanders – ein Blick, ein Händedruck waren dann alles. Nelda litt darunter, ihre Augen erhielten einen sehnenden, bangen Ausdruck. Sie weinte manchmal. Ramer hatte es zwar nicht gesagt, aber das liebende Mädchen wußte es auch unausgesprochen: er wartete auf den Hauptmann – eher nicht, eher nicht! Um Neldas Mund grub sich ein angstvoll harrender Zug ein; oft in schwer verträumten Nächten fuhr sie mit einem Schrei auf, ihr war bange. Sie saß dann aufrecht im Bett, fahler Sternenschein leuchtete durch's unverhängte Fenster; sie hörte von fern den Rhein rauschen und einen Vogel dem Morgen entgegenschluchzen. Heiße Tränen rannen ihr über's Gesicht.

Sie war zu stolz, sie konnte es ihm nicht sagen, wie sie sich quälte; früher hätte sie das fertig gebracht, jetzt nicht mehr. Sie hatte viel Unbefangenheit verloren. Und quälte er sich nicht auch? Oft, wenn sie allein waren, gruben sich finstere Falten in seine Stirn, all ihre Liebe vermochte sie nicht weg zu scheuchen; im Gegenteil, sie wurden noch finsterer, ein peinvoller Ausdruck kam in sein Gesicht. Dann zog er sie plötzlich an sich: »Liebe Nelda!« Er wollte etwas sagen, er holte einen zitternden Atemzug, jetzt – sie sah ihn erwartungsvoll an –? Nichts. Er fuhr sich mit der Hand über die Augen und ließ sie los.

Nun schon drei Monate! – – –

Nelda hob sich mit einem Seufzer aus ihrer zusammengekrümmten Stellung auf dem Trittbrett. Jetzt konnte man deutlich sehen, wie mager sie geworden war; ihre Gesichtsfarbe durchsichtig, die Lippen bleich. Mit unruhigen Augen blickte sie durch's Zimmer. »Ich will zu Agnes gehen; heut ist doch keine Aussicht, ihn zu sehen! Gott, wie ist mir so komisch, so angst!«

* * *

Freifrau von Osten, geborene Röder, lehnte im Schaukelstuhl in der Veranda der entzückenden Villa an der Mainzer Chaussee. Von dem hölzernen Schnitzwerk der Dachkante hing dicht grünes Gerank nieder, vor dem Ausschnitt der Fenster schaukelten Girlanden von großer blaublühender Clematis. Auf dem Rokokotischchen standen Rosen in der Kristallschale, Rosen überall in Vasen und Ampeln. Ein süß schläfriger Sommerduft lastete über den Polstersesselchen, über der seidnen Causeuse, über allen Zierlichkeiten, über der kleinen Frau im Schaukelstuhl.

»Du, Carlo –« Sie streichelte ihren Mann schmeichelnd – »mußt du denn heut abend wirklich fort? Bleib doch bei mir, bitte!«

»Ich muß.« Er gähnte. »Kameraden versprochen, sehr fatal, ich kann unmöglich anders!« Er gähnte wieder und rekelte sich ein bißchen. Sein hübscher Kopf lehnte an den Knieen seiner Frau, er saß auf dem türkischen Kissen ihr zu Füßen, aber er machte ein ziemlich unbehagliches Gesicht in dieser Position.

»Au, die Beine werden einem zu steif, das halte einer aus!« Er sprang auf und durchquerte die Veranda mit großen Schritten, immer hin und her, wie ein Löwe im Käfig.

»Carlo!« Die kleine Frau wiegte sich sacht und legte das Köpfchen auf die Seite. »Carlo, bitte, komm mal her!«

Sie schlang die Arme um seinen Hals und zog ihn so zu sich herunter. »Carlo, hast du mich auch lieb, sehr lieb? Bitte, gib mir einen Kuß!«

Er küßte sie, aber dann richtete er sich hastig auf. »Ha, die Hitze! Bin kolossal abgespannt heute!« Er wischte sich den Schweiß von der Stirn und begann wieder den Dauerlauf.

»Du solltest nicht so unruhig hin und her gehen, liebster Mann! Komm, setz dich still zu mir, das ist das beste.«

Er zog die Uhr und versteckte ein Gähnen. »Es ist jetzt Zeit, daß ich gehe – setzen lohnt sich nicht mehr!«

»Aber ich bitte dich, es kann erst halb sieben sein, vor acht ist doch kein Mensch da. Du hast noch lange Zeit!«

»Nein, nein, das denkst du so! Ehe ich fertig bin – Stall nachsehe – und – und« – er räusperte sich – »muß wirklich fort. Adieu, mein Engel!«

Sie war aufgesprungen und zu ihm getreten. »Also wirklich? Unser schönes Plauderstündchen schon zu Ende!« Sie umschlang ihn mit großer Zärtlichkeit und hob das betrübte Gesichtchen zu ihm auf wie ein Kind, das geliebkost sein will.

»Adieu, Kleine!« Herr von Osten legte den Finger unter ihr rosiges Kinn und sah ihr verlegen lächelnd in die Augen. »Aber, Kleine, nicht warten, bis ich wiederkomme! Hörst du! Kann lange dauern!«

»Ach – –!«

»Ja, fatal; ist mal nicht anders! Ich kann nicht zuerst zum Aufbruch blasen, kennst doch Röntheim, der würde schön spotten: stände unter'm Pantoffel et cetera. Und wenn das auch wirklich der Fall wäre,« – er küßte ihr galant die Hand – »vor den Kameraden kann man's doch nicht Wort haben! Nicht wahr, meine kleine, süße Frau?«

Sie nickte lachend. Nein, er war doch zu himmlisch gut!

Da ging er hin über den knirschenden Kies des Vorgartens; die Gardelitzen der Uniform blitzten in der Sonne. Er wiegte die geschmeidige Gestalt in den Hüften, fast wie ein Frauenzimmer; die Brust gewölbt, keine Falte im Rücken, die Mütze keck auf dem gescheitelten Haar. Nun wandte er sich noch einmal um und legte grüßend die wohlgepflegte Hand an die Mütze, sein ganzes hübsches Gesicht lachte, man sah die weißen Zähne blitzen. Die junge Frau beugte sich weit aus dem Verandafenster, die rosa Bänder an ihrem hellen Sommerkleid flatterten, die Blütenranken fielen ihr um den Kopf. Sie winkte und winkte und warf Kußhände.

Solch ein Mann! Agnes fühlte sich unbeschreiblich glücklich, ein Meer von süßen Träumen – unklar, aber wonnevoll – wogte in ihrer Seele. Mechanisch zerzupften ihre Finger eine Clematisblüte und noch eine; die schönen, blauen Blätter glitten an ihrem Kleid herunter und lagen verstreut am Boden. »Oh!« Sie bückte sich hastig und sammelte sie auf; Carlo mochte das zwar gar nicht leiden! ›Klingle doch, laß vom Diener aufheben, nicht immer selbst tun, das können kleine Bürgerfrauen, keine Freifrau von Osten!‹ Er war zu gut, er verwöhnte sie zu sehr, wie eine Prinzessin – – –! Agnes schreckte zusammen, von der Tür her kam eine Stimme.

»Guten Abend!«

»Ah, Nelda, du bist's! Wie lieb!« Sie flog der Freundin entgegen und umarmte sie.

Nelda lächelte, ein müdes, trauriges Lächeln. Sie sah nicht vorteilhaft aus, neben der reizenden Frau. Ob sie das selbst fand? Sie richtete einen vergleichenden Blick von sich auf jene, dann sagte sie ohne jede Bitterkeit, aber mit einem gewissen Schmerz im Ton: »Wie hübsch du bist, Agnes! Wer es doch auch einmal fertig kriegte, so auszusehen. Dir ist es so leicht gemacht, geliebt zu werden; dich müssen alle Menschen lieben,« – ihre Augen vergrößerten sich – »so, wie unsereins wenigstens einmal geliebt sein möchte!«

Agnes lachte hell. »Wie komisch du das sagst! Natürlich liebt mich mein Mann – ich sage dir, ganz schrecklich! Aber warte nur, das kommt bei dir auch noch! Du hast so viel inneren Wert,« setzte sie altklug hinzu. »Sag mal« – sie hängte sich vertraulich an der Freundin Arm und zog diese neben sich auf die Causeuse – »hast du mir denn gar nichts anzuvertrauen? Weißt du, ich komme ja wenig mit anderen zusammen, – Carlo und ich haben immer so viel zu tun, – aber Mama sagte neulich, in der Stadt munkelten sie von dir und Leutnant von Ramer. Auf einem Kaffee hat sie's gehört, sie brach aber dann ab. Jetzt eben fällt mir's erst wieder ein. Das wäre doch reizend! Erzähle! Nun?«

Nelda antwortete nicht.

»Es ist doch eigentlich unrecht, daß du mir nichts verraten hast. Sag' doch, liebt er dich?«

»Ich weiß es nicht.« Neldas Stimme war tonlos. Sie fühlte es wohl, sie hätte der Freundin mit einem Jubellaut um den Hals fallen, ihr sagen müssen: ›Ja, ja, er liebt mich!‹ Sie konnte das nicht. »Ich weiß nicht!«

Ich weiß nicht –! Aus allen Ecken der Veranda kicherte es höhnisch wie ein Chor spottender Geister. Agnes' Augen wurden groß und verwundert. Ein hilfloses Gefühl bemächtigte sich Neldas, ein Drang, endlich, endlich einmal das übervolle Herz auszuschütten kam über sie – da – helle Stimmen draußen im Vorgarten, ein Läuten an der Entreetür. Besuch!

Der Diener meldete: »Fräulein von Koch, Fräulein Röhling!«

Herein flatterten die beiden, hochgeschnürt, lockengekräuselt; sehr frisch, sehr elegant in gestickten Batistkleidern und großen Hüten mit wahren Rosengärten. Bei Lena Röhling hatte alles einen Stich in's Kostbare.

»Ah, wie lieb!« Agnes eilte ihnen entgegen. Dieselbe Freude, dieselben Umarmungen wie vorhin bei Nelda. Die beiden Rosenhüte wippten. Das war ein Geraschel, ein Geflatter, ein Gewirtschafte, bis sie endlich zum Sitzen kamen.

»Reizend hier,« sagte Anselma und ließ ihren stolzen Blick umherschweifen. »Ah, Fräulein Dallmer!« Sie reichte kühl die Fingerspitzen zum Gruß.

Die kleine Röhling fand gleich was zu lachen, sie prustete förmlich heraus: »Nein, Anselma, wie ich über dich lachen mußte, als uns eben die Offiziere begegneten! Dein Mann war auch drunter, Agnes! Sie machten schon von weitem Front wie vor ein paar Königinnen. Und Anselma – haha – hör nur, Agnes! Sie spannte rasch den Sonnenschirm auf und hielt ihn nach der Richtung hin. Sie konnten keinen Gruß anbringen. Es war zum Totlachen! Ich guckte mich mal rasch nach deinem Mann um, der machte aber ein enttäuschtes Gesicht. Haha, haha!«

Alle lachten, nur Nelda nicht; das Gesicht gefiel ihr nicht, mit dem die schöne Koch auf die junge Frau heruntersah.

»Warum wir kommen?« plauderte Lena Röhling weiter. »Ihr müßt Ende der Woche unbedingt an der großen Partie teilnehmen, es wird eine Monstrepartie, alles nur Passable kommt. Anselma und ich unterstützen das Vergnügungskomitee; wen wir besonders mögen, fordern wir persönlich auf, an alle übrigen sind schriftliche Einladungen schon ergangen!«

»Nelda, weißt du was« – Agnes lächelte die Freundin an – »deine Mutter wird gewiß deinen Papa nicht ganz allein lassen wollen, da kannst du dich uns« – sie stockte. Anselma zwinkerte ihr warnend zu, Lena trat sie unter'm Tisch auf den Fuß. »Aber was ist denn? Ich weiß gar nicht« – – –

Agnes sah dunkelrot und verlegen von einer zur andern. Die beiden in den Rosenhüten wechselten einen verständnisvollen Blick. Nelda starrte in ihren Schoß; es war klar, man wollte sie übergehen. In früherer Zeit hätte sie darüber gelacht, jetzt tat es ihr weh; sie war empfindlich geworden.

Anselmas Lippen kräuselten sich hochmütig. »Wir glaubten, Fräulein Dallmer sei zu sehr anderweitig in Anspruch genommen, durch« – eine vielsagende Pause – »nun eben durch die Pflege ihres Herrn Papa. Übrigens« – die schöne Koch lächelte grausam – »wenn Sie teil zu nehmen wünschen, Fräulein Dallmer, sehr angenehm!«

»Bedaure!« Nelda hob den Kopf, die alte kampflustige Stimmung kam über sie, ihre Augen blitzten. »Ich danke sehr, ich rechne es mir nicht als Ehre, in einer Gesellschaft zu sein, zu der, wie Sie sagen, alles nur Passable aufgefordert ist. Ich bleibe lieber zu Haus. Ich weiß dann wenigstens, in welcher Gesellschaft ich bin!« Da, da hatten sie's! Nelda fühlte sich ordentlich erleichtert, der Druck auf ihrer Brust war augenblicklich fort. Sie sah sich mit einem herausfordernden Blick um, ihre Nasenflügel zitterten leicht.

»Ganz wie Sie wünschen, Fräulein Dallmer!« Anselma von Koch neigte den schönen Kopf; sie war eine wohlgeschulte Dame, keine Muskel in ihrem Gesicht zuckte. »Apropos, Agnes, was ich dir sagen wollte« – sie legte der jungen Frau die Hand auf den Arm – »hat dein Mann dir nicht erzählt? Der Leutnant von Ramer – der mit der Vergangenheit, du weißt doch! – ist nach Mainz versetzt worden als Hauptmann. Gestern ist's herausgekommen. Papa sagt, sehr angenehm für die Achtundsechziger, daß er wegkommt; man sieht doch nicht gern solchen Namen im Regiment. Übrigens, er hat selbst seine Versetzung nachgesucht; er soll hier irgend eine Liaison haben, der er wohl gern ein Ende machen möchte.«

Log sie? War das wahr?! – Der letzte Ton der klingenden Stimme war verhallt. Neldas Ohren füllte ein gewaltiges Rauschen, ihr Herz pochte rasend. Wie leerer Schall glitt alles an ihr vorbei, nur deutlich war das eine: er geht fort, fort nach Mainz! Sie hätte aufschreien mögen vor Schmerz. Aber dann: Hauptmann – Hauptmann! Ihre Blicke verdunkelten sich. Und plötzlich ein blendendes Licht, eine paradiesische Seligkeit – – Hauptmann, Hauptmann! Nun war es Zeit, nun konnte er sprechen!

Ungestüm sprang sie auf. »Ich muß jetzt gehn, adieu, Agnes!«

»Adieu, Nelda!« Die junge Frau sagte nicht ›liebste Nelda‹, ihr Kuß war einigermaßen befangen, sie war zu befremdet. Was sollte dies alles?!

»Adieu!« Nelda nickte Lena Röhling zu, Anselma von Koch streckte sie die Hand hin. Aus einem plötzlichen Impuls hatte sie's getan: die war doch die erste, die ihr die Freudenbotschaft gebracht, was waren da all die kleinlichen Nadelstiche?!

Die andere nahm die Hand, ein leichtes Rot glitt dabei über ihr stolzes Gesicht; sie senkte den Blick.

* * *

›Bald Mitternacht.

Mein lieber, mein guter, mein geliebter Ferdinand!

Ich bin glückselig. Du bist Hauptmann geworden – gestern schon – ich gratuliere Dir viel, vieltausendmal! Könnten wir jetzt beieinander sein, nur eine einzige, kurze Minute. Heut bei Ostens erzählte es Anselma von Koch; ich glaube, ich habe mich sehr töricht benommen. Ich bin über die Schiffbrücke gestürzt, ich rannte an Deinem Haus vorbei – zwei-, dreimal – ich dachte, meine Liebe müßte Dich an's Fenster ziehn, Du müßtest mich sehen, Du müßtest herunterkommen. Nun bist Du froh, nicht wahr? Mein Herz pocht rasend, ich möchte immerfort weinen – aber vor lauter Jubel. Daß mir's die Leute nicht angesehen haben! Papa und Mama haben auch nichts gemerkt; es war alles wie gewöhnlich und doch nicht so. Jetzt, wo alles vorüber ist, kann ich Dir's ja gestehen, ich habe mich gräßlich gequält all die Zeit, die Heimlichkeit hat mich fast zu Boden gedrückt. Ich wurde ganz schlecht, ganz mißtrauisch – o verzeih mir, mein einzig geliebter Ferdinand! Ich glaubte sogar manchmal, Du hättest mich nicht so lieb. Jetzt kommt mir das alles ganz lächerlich vor. Was ist man doch für ein armselig kleinmütiges Geschöpf, wie gut ist Gott – nur vierundzwanzig Stunden, und alles schon anders geworden! Gestern abend weinte ich, und heut – o Ferdinand, es ist zu schön, nicht wahr?! Freilich, denk ich dran, daß Du bald fort sein wirst, will mir der Atem stocken. Aber nein, davon will ich gar nicht reden! Ich bin doch kein sentimentaler Backfisch, der sich wegen einer kurzen, räumlichen Trennung die Augen ausweint. ›Ich bin Dein – Du bist mein‹ – wenn auch eine ganze Strecke Wegs zwischen uns liegt.

Bitte, triff mich morgen zwischen fünf und sechs im Bienhorntälchen. Oder kommst Du her? Nein, noch nicht! Erst will ich Dich noch einmal ganz allein sehen, ich muß Dir soviel sagen. Morgen in aller Frühe stehe ich auf und schicke Dir diesen Brief mit unserm Milchmädchen. Leb wohl, gute Nacht! Fühlst Du's denn, wie ich Dich liebe?! Immer

Deine glückselige Nelda.‹

Die kleine Küchenlampe flackerte und beleuchtete matt das Tischchen in der Giebelstube, das Briefblatt mit den flüchtigen, großen Buchstaben: ›immer Deine glückselige Nelda‹ – ja, immer! Neldas Mund lächelte verklärt, sie faltete die Hände: O Gott im Himmel, wie konnte ich so verzagt sein? Was war ich schlecht, daß mir hier innen manchmal so ein häßliches Gefühl saß, so ein Druck – verzeih mir, Gott, ich bitte dich! Du bist so gut!

X.

Im Bienhorntälchen ist's gründämmrig und lauschig still. Auf den obersten Blättern der Haselnußbüsche spielt die Sonne, schon eine abendliche Sonne, die Strahlen dringen nicht mehr tief. Eintönig zirpen Heupferdchen; die Grasmücke, dort auf dem niederen Ast, lockt ihre Jungen zum Nest. Das zarte Vogelgezwitscher klingt wie ein Wiegenlied. Ganz verstohlen, ganz träumerisch gluckst der Bach; über die moosbewachsenen Steine hüpfen Bachstelzen und wippen mit den Schwänzen. Jetzt scheuen sie auf, ein hastiger Schritt kommt aus den Büschen.

Noch nicht hier?! Unruhig atmend strich sich Nelda Dallmer das wirre Haar aus dem erhitzten Gesicht. Wo er nur blieb? Sie sah prüfend zum Himmel auf – ja, die Sonne wollte scheiden, der Abend kam – eine Stunde wartete sie nun – ach nein, es war ja schon viel länger! Sie zog die Uhr aus dem Gürtel. Sieben vorbei, ist's möglich? Die Uhr geht falsch, es kann nicht sein! – – –

Wieder hastiges Hin- und Hergehen, auf und ab, immer auf und ab. Die Büsche schwanken vom rücksichtslosen Vorbeistreifen, die Äste schlagen in das erhitzte Gesicht; sie achtet es nicht. Er muß doch kommen!

Horch, ein Schritt! Ihr Gesicht strahlte auf, sie stürzte vorwärts, nun hielt sie inne wie gelähmt – ein Bauernjunge stand ihr gegenüber und starrte sie an. Mit blödem Gruß zog er die Mütze, seine nägelbeschlagenen Schuh trappsten vorbei. – Er kommt nicht! – – –

Mit einem Gefühl grenzenloser Enttäuschung ließ sich Nelda auf den bemoosten Stein am Bachrand nieder; wohin waren die jubelnde Erwartung, das selige Glücksgefühl, mit denen sie heut ins Bienhorntälchen geeilt? Er kommt nicht – warum nicht?! In düsterem Brüten starrte sie lange in das murmelnde Wasser. Mechanisch riß ihre Hand ein paar Blütendolden von den Krauseminzstauden am Ufer und warf sie hinab; die Wellen nahmen sie mit sich fort, neue Wellen kamen, die Blumen verschwanden. Trüber und trüber wurde der klare Bach, lange Schatten dunkelten drüber hin; in den Büschen kein Zirpen mehr, kein Geflatter. Alles still.

Ein Frösteln überlief die Einsame, der kühle Abendhauch bestrich ihr heißes Gesicht; langsam stand sie auf, die Kleider feucht vom Tau. Die Sonne war verschwunden. Mit schweren Füßen schlich sie zum Tälchen hinaus; was würden die Eltern sagen, wenn sie so spät kam? Ach, alles so gleichgültig, er war nicht gekommen! Plötzlich durchzuckte es sie wie ein erleuchtender Blitz, sie lachte auf – ja, ja, so und nicht nicht anders mußte es sein! Er war dienstlich verhindert gewesen, wie konnte sie dran zweifeln? Natürlich, sicher! Eine Versetzung bringt mancherlei mit sich. Er hatte nicht zur Zeit fortgehen können. Aber nun war er vielleicht schon bei den Eltern, sie sprachen und harrten ihrer ungeduldig! Oder ein Brief war da oder sonst etwas Schönes.

Die abenteuerlichsten Ideen schossen ihr durch den Kopf – so mußte es sein, er war da, nur rasch nach Haus! Sie lief, was sie konnte. Sie stürzte fast über Laura, die ihr die Tür öffnete.

»Laura, ist Besuch da?« Wie sie atemlos war!

»Ne, Fräulein!«

»Aber es ist jemand dagewesen?«

»Ne, Fräulein, auch nit!« Laura war sehr erstaunt über ihr Fräulein. »Wer soll denn heut bei uns auf Besuch kommen?! Machen Se, daß Se reingehen, Fräulein, de Eltern sitzen als schon beim Essen!«

»Laura« – das Mädchen griff krampfhaft nach dem Arm der Köchin – »aber ein Brief ist gekommen? An mich, an die Eltern – wo ist er – ein Brief?«

»Ne, Fräulein!«

Auch kein Brief – –?! Neldas Kniee zitterten, eine ungeheure Angst kroch ihr über den Leib. Lächerlich! Alles würde sich aufklären, morgen würde er kommen, mußte er kommen – morgen! Mit einem leidlich ruhigen ›Guten Abend‹ trat sie in's Zimmer der Eltern.

Herr und Frau Regierungsrat Dallmer saßen beim Abendbrot; einfach genug war's. Der Vater trank seine warme Milch, ein paar Eier und ein Tellerchen mit Schinken standen vor ihm. Schinken brauchte Frau Rätin nie zu kaufen, der Bürgermeister

Dallmer auf der Eifel schlachtete alle Winter ein paar selbstgezogene Schweine und schickte dem Bruder immer sein Teil.

»Der gute Konrad,« sagte der Rat eben, als ihm seine Frau ein saftiges Stückchen aufnötigte, »wenn ich nur mehr Appetit hätte! Ah, Nelda, da bist du ja endlich!«

»Mein Gott, so spät!« Frau Dallmers Stimme war ziemlich erregt. »Wo bleibst du denn so lang? Es ist nach neun. Wirklich rücksichtslos!«

»Neun –?« Nelda war wahrhaft erschrocken – so lange hatte sie gewartet? »Verzeiht,« bat sie gedrückt, »ich habe mich auf dem Spaziergang verspätet!«

»Ach was, verspätet! Wozu hast du denn deine Uhr, die wir dir zur Konfirmation gekauft haben? Da hätten wir uns das Geld sparen können, nicht wahr, Dallmer?«

Der Rat nickte; er hatte angefangen, sich um Nelda zu ängstigen.

»Und was man so alles hört!« fuhr die Mutter fort. »Rein gruselig, seit die vielen Fabriken am Rhein sind! Denk doch nur an die Frau Roth bei Oberkassel! Haben sie die arme Dame nicht ermordet, hundert Schritt von ihrer Villa im Park, und ihr die Ringe und die Uhr abgerissen? Die Haare können einem zu Berge stehen. Und du rennst bei Nacht und Nebel noch draußen 'rum – das hat ein Ende! Ich darf ja nie was sagen, immer unterbrecht ihr mich, aber jetzt mußt du doch selbst zugestehen, Dallmer, daß ich recht habe: gefährlich, unanständig, unschicklich! Was kann ihr nicht für ein Unglück zustoßen! – – – Was? Sagtest du was, Nelda?«

Die Tochter antwortete nicht. Mit einem unterdrückten Laut hatte sie plötzlich den Löffel fahren lassen, den sie, ohne zu essen, in ihrer dicken Milch herumgedreht. Sie legte den Kopf auf den Tisch und schluchzte laut.

»Nelda, Kind!«

»Mein Gott, Nelda, was fällt dir ein?«

Beide Eltern waren sehr erschrocken. Die Mutter sprang auf: »Bist du krank, fehlt dir was?«

Der Vater legte ängstlich die Hand auf den blonden zuckenden Scheitel:

»Kind, hat dir jemand was getan? Liebes Kind, was ist dir?«
Das Schluchzen wurde heftiger.

»Du hast sie aber auch gleich so angefahren!« Der Rat sah seine Frau vorwurfsvoll an. »Wirklich, Lorchen, das hättest du nicht gebraucht!«

»Ich? Ach du liebe Zeit! Ich habe ihr doch bloß die Geschichte von der Roth in Oberkassel erzählt; das ist doch kein Grund zum Weinen. Aber natürlich, ich muß an allem schuld sein!« Jetzt war es an der Frau Rätin, das Gesicht in weinerliche Falten zu legen.

Neldas Schultern zitterten, ein Krampf schien ihren Körper zu schütteln. Ohne den Kopf zu heben, tastete sie nach der Hand der Mutter. »Nein, nein, Mama, du hast mir nichts getan – es hat mir niemand was getan – ich bin so dumm, ich bin so kindisch. Ich schäme mich« – die Stimme erstickte ihr, undeutlich klang's – »vor mir selber!«

»Nelda ist nervös« sagte der Rat und sah sorgenvoll drein. »Ihr Armen habt so viel mit mir durchgemacht! Immer einen kranken Mann, einen kranken Vater, das knickt alle Elastizität. Komm zu mir, Nelda, weine nicht mehr! Gib deinem bösen Vater einen Kuß!«

»Papa!« Sie sprang auf, kniete neben seinem Stuhl nieder, schlang die Arme um seinen Hals und preßte ihr Gesicht fest an seine Brust. »Papa!«

»Ja, mein Kind, mein gutes Kind!« Er streichelte ihr Haar. »Du bist doch sonst so verständig, kein bißchen sentimental! Lorchen, wir werden Nelda zu Onkel Konrad schicken müssen. Du siehst es zwar nicht gern, und ich werde sie schwer entbehren, aber ihre Nerven müssen gekräftigt werden, und das tut die frische Eifelluft.« Er sah fragend seine Frau an.

»Papa, nein!« Nelda hob den Kopf und versuchte zu lächeln. »Du bist sehr lieb, aber schick mich nicht fort, bitte! Ich bleibe bei euch. Ich muß hier bleiben!«

Sie sah sehr bleich aus, doch ihre Tränen waren versiegt. Man merkte kaum, daß sie sich quälte; sie machte sich lustig über die eigne Schwachmütigkeit. »Siehst du, Papa, sonst hab ich immer über die hysterischen Frauenzimmer gespottet, nun werd ich am Ende noch selbst eins – brrr!« Sie schüttelte sich. –

Das war eine Nacht – das war ein Tag!

Wieder der Abend da und nichts, gar nichts von ihm!

Die Milchmarie hatte den Brief dem Herrn Offizier selbst abgegeben. »Er sagte danke und lachte ke bißche,« erzählte sie und zwinkerte Nelda vertraulich an. Diese sah gar nicht den verschmitzten Ausdruck in den durchtriebenen schwarzen Augen. Sie sah überhaupt nichts, sie war blind und taub gegen die ganze Welt. Sie wartete. Bei jedem Klingeln schreckte sie zusammen und fuhr in die Höhe; bei jedem Fußtritt draußen hämmerte ihr Herz – wild, rasend – immer wieder mußte sie die Augen mit kaltem Wasser kühlen, sie brannten wie Höllenfeuer. Und in den Adern eine Glut, in den Fingerspitzen ein Prickeln, an den Schläfen zwei eiserne Klammern. O dieses Warten! Und dabei Gleichgültiges sprechen. Gleichgültiges tun, essen, trinken, freundlich scheinen! Nelda drückte sich in qualvoller Ungeduld die Nägel der verschlungenen Finger in's Fleisch. Endlich der Abend da, aber auch er brachte keine Erlösung!

Die kahlen Wände ihrer Giebelstube grinsten sie an, aus dem Spiegel starrte ein gespenstisches Gesicht mit hohlen, tief umränderten Augen; eine beklommene Luft erstickte den Atem. Nein, es war unerträglich! War er krank? Ja, krank, vielleicht am Tode – lieber das Schlimmste, nur nicht so vor Angst vergehen!

Sie band einen kleinen Schal über's Haar und hing ein Tuch um die Schultern; leise öffnete sie die Stubentür. Die Treppe knarrte kaum; im Schlafzimmer sprachen die Eltern. Es war ja noch früh, nicht zehn; aus Rücksicht gegen Nelda, die etwas angegriffen schien, war man so zeitig zu Bett gegangen. In ihrer Kammer sang Laura halblaut:

»Er sagt, er wollt mich nehme, hm –
Und wenn der Sommer käme –
Valladeriladerada –«

Nelda schlich sich über den Flur, sie hielt den Atem an. Jetzt zeterte die Magd, das Schlußwort jeder Zeile endlos in die Länge ziehend:

»Der Sommer ist geko–o–mmen, hm!
Er hat mich nicht geno–o–mmen –
Valladeriladerada!«

Der Schlüssel drehte sich in Neldas Händen. ›Valladeriladerada‹ – jetzt schloß sie die Haustür von außen zu und ließ den Schlüssel in ihre Tasche gleiten; sie war fieberhaft erregt, aber mit peinlicher Sorgfalt beobachtete sie jede Kleinigkeit. Als seien zwei Seelen in ihr, eine, die nüchtern erwägte, öffnete und schloß – und eine, die da brannte und verlangte ›zu ihm!‹ Es war ein zweites Ich, das handelte; sie selbst, Nelda, ging willenlos, eine Nachtwandlerin.

Dunkel glitten die Chausseebäume an ihr vorüber. Um sie eine warme, wundervolle Nacht. Im Straßengraben zirpten Grillen; vom Rhein her kam Gesang, ein paar Nachen mit bunten Lampions schwammen auf dem glatten Wasser. Über dem Ehrenbreitstein, zwischen anderm Sterngewimmel, ein einzelner großblauleuchtender Stern. Unverwandt hielt Nelda den Blick auf ihn gerichtet. Niemand begegnete ihr. Sie ging immer rascher und rascher – da waren die Häuser von Ehrenbreitstein, Licht drinnen, Menschen, geöffnete Fenster, vor den Türen verliebte Pärchen, sich umschlungen haltend. Da war sein Haus!

* * *

Ferdinand von Ramer beugte sich über den geöffneten Koffer, er packte. Im Zimmer sah's unordentlich aus, wie es vor der Abreise zu sein pflegt. Auf dem Tisch hatte Gottlieb Schmitz die Wäsche zusammengetragen, immer hübsch sortiert: da die Hemden und Unterhosen, hier die Socken und Taschentücher. Über dem einen Sessel hing die beste Montur, im andern lehnte die Helmschachtel. Die wenigen Photographien und Erinnerungen waren schon von den Wänden genommen; bald war nichts mehr übrig als die kalte leere Einrichtung der Chambre garnie.

»So!« Ramer richtete sich aus der gebeugten Stellung auf und ließ einen zerstreuten Blick durch's Zimmer schweifen. Mit einer Miene grenzenloser Abspannung strich er sich über die Stirn. Wenn sich doch alles da so wegwischen ließe wie der Schweiß, der jetzt darauf perlte!

»Ich muß ihr schreiben,« murmelte er, »ich kann nicht länger warten.« Er stand still und starrte vor sich nieder, er biß sich auf die nervös zuckenden Lippen und schlang dann die heißen Hände ineinander, daß die Gelenke knackten. Er sah elend aus; die letzten, schlaflos vergrübelten Nächte hatten die Falten in seiner Stirn vertieft und sich um die Mundwinkel eingegraben mit einem müden, nervösen Zug. Er sah nicht aus wie ein Leutnant, der eben Hauptmann geworden ist.

»Ich muß ein Ende machen!«

Er trat an den Schreibtisch und riß Papier und Feder hervor. »Ich muß! Ich muß ihr weh tun, es hilft nichts – ein Ende – morgen bin ich fort!« Er seufzte, dann begann er in Hast zu schreiben.

›Liebe Nelda!

Du wirst Dich gewundert haben, daß kein Lebenszeichen von mir zu Dir gedrungen ist; ich habe Deinen Brief erhalten, aber es war mir nicht möglich, Deiner –‹

Halt, es klopfte! Wer war da?

»Herein!« Ramer legte die Feder hin und hob verwundert den Kopf. Nochmals: »Herein!«

Langsam öffnete sich die Tür. Wer – wer?! Er sprang auf, daß der Stuhl hinter ihm zur Erde polterte. »Nelda – du?!«

Sie zögerte einen Moment, dann stürzte sie auf ihn zu und umschlang ihn mit beiden Armen. »Ferdinand! Ich bin ja so glücklich, daß ich jetzt bei dir bin – o, wenn du wüßtest! Mein Gott, wie habe ich mich nach dir gesehnt! Ich habe mich so geängstigt. Du bist doch nicht krank? Fehlt dir was?« Sie betastete ihn ängstlich.

Er sagte kein Wort, er stand wie gelähmt.

Sie streichelte seine Hände und küßte ihn. »Was sagst du,« lachte sie leise, »bei Nacht und Nebel komm ich zu dir gelaufen – gleich muß ich wieder gehen – aber ich hielt's nicht aus! Ich mußte dich sehen. Warum kamst du nicht?!« Ihr Lachen verschwand, es klang wie Angst: »Was ist dir?«

Er blieb stumm, er erwiderte nicht ihren Kuß.

»Sag! Ferdinand – Ferdinand!« Sie rüttelte ihn, dann wich sie langsam zurück.

Mit einem Stöhnen griff er nach ihrer Hand. »Komm, Nelda, hör' mich an!« Er zog sie zum Sofa. Mit zitternden Knieen folgte sie, es schwindelte ihr. Was war das?! Sie konnte nichts denken, gar nichts; schwer sank ihr Kopf an seine Schulter.

»Ferdinand, was ist dir?«

»Nelda, liebe Nelda,« – er legte sacht den Arm um ihre Schultern – »du bist ja so verständig – es tut mir unsäglich leid!« Er stockte, die Worte wollten ihm nicht aus der Kehle. »Ich muß dir sagen« – er konnte nicht weiter, ein Schluchzen kam ihm.

Mit einem unterdrückten Aufschrei umschlang sie ihn wieder. »Du bist unglücklich! Ja, nun weiß ich's, das war die Angst, die auf mir lag! Ferdinand, was ist's? Du kannst mir alles sagen. O mein Gott, du bist unglücklich, und ich weiß es nicht!«

»Unglücklich,« wiederholte er. Er machte sich aus ihren Armen los und vergrub das Gesicht in den Händen. »Laß mich, ich bin unglücklich; ich bringe Unglück, wohin ich komme!«

»Mir nicht! Ferdinand, mein armer, lieber Ferdinand, was hast du? Sag' mir's! Ich will alles mit dir tragen.« Zärtlich rieb sie die Wange an seiner Schulter. »Wir beide gehören zueinander, nichts kann uns trennen. Ist's etwas mit deiner armen Mutter? Gewiß, du hast wieder Schreckliches erlebt – warst du da? Du sollst jetzt nicht mehr allein hin, ich will dich begleiten, immer – ich bin stark, ich bin kräftig – mein armer, geliebter Ferdinand, was war mit deiner Mutter?«

Er schüttelte verneinend den Kopf. »Das ist es nicht – viel schrecklicher!«

»Sag' mir's doch! Ich liebe dich, ich liebe dich unendlich, ich kann alles hören. Und hättest du jemand totgeschlagen, ja, ich hielte doch zu dir, ich –«

»So sehr liebst du mich?«

»Ja!«

»Nelda!« Er hob mit einem Ruck das verstörte Gesicht aus den Händen und sah sie starr an. »Nelda, zwischen uns kann nie etwas werden – nie!«

Sie zuckte zusammen, aber sie sagte weiter nichts.

Hastig, sich überstürzend, mit tonloser Stimme leierte er die Worte herunter: »Du weißt, was mir geschehen ist. – Vater –

Mutter – ich bin so belastet mit Schande und Elend, ich darf, ich kann nicht dran denken, noch ein Leben an mich zu fesseln. Ich bin arm; ich werde alt, bis die pekuniären Sorgen ein Ende haben. Es darbt sich immer noch besser allein, als zu zweien – ich kann nicht heiraten, ich kann nicht. Ich habe es dir längst sagen wollen, ich habe hundert Mal schon dazu den Mund aufgemacht, ich konnte nicht, es war mir zu schrecklich. Herr des Himmels, Nelda, du ahnst nicht, was ich gelitten habe! Welche Folterqualen! Keine Nacht mehr Schlaf. Ich habe mich gewälzt hin und her, ich habe die Stunde verflucht, die mich nach Koblenz gebracht hat. Deine Liebe wurde mir zur Pein. Wenn du schreibst, du hast dich gequält, was war deine Qual gegen meine?! Ich fühlte, ich würde darüber verrückt, ich bat um Versetzung. Nun hab' ich sie – wir müssen scheiden, Nelda!« Er hielt ihr die Hand hin. »Nelda, leb wohl! Und wenn du kannst, denk ohne Groll an mich! Vergib, es war unrecht, so lange zu schweigen, ich hätte eher sprechen müssen, ich werde mir das nie verzeihen – es wurde mir zu schwer, es tat mir so leid! Vergib mir! Du wirst bald jemanden finden, der deiner Liebe würdiger ist; und wenn du glücklich bist, dann denke mild an den Unglücklichen. Ich werde an dich denken wie an einen Engel – Nelda, liebe Nelda, des kannst du sicher sein!«

Sie hatte ihn angehört, ohne ihn mit einem Laut zu unterbrechen; jetzt wurde ihr todblasses Gesicht von einer leisen Röte angehaucht. »Und du denkst, ich werde dich so lassen?« sagte sie fest. »Deiner Hirngespinste und äußerer Verhältnisse wegen aufgeben? Nein, nein!« Sie schüttelte fast lächelnd den Kopf. »Wenn wir arm sind, was schadet das? Und sind wir beide nicht jung? Wir warten eben ruhig noch ein paar Jahr, und dann und dann –« sie sprang auf und suchte ihn mit sich in die Höhe zu ziehen – »werden wir doch glücklich sein! Mut!« Ihre Augen strahlten Glanz aus, die schlanke Gestalt hob sich und schien größer. »Mut, Ferdinand!«

Er widerstrebte ihrer Hand, drehte den Kopf nach der Sofalehne und drückte stöhnend das Gesicht in's Polster. »Laß mich, martre mich nicht so! Ich kann nicht, ich kann nicht! Wenn du wüßtest, ich –«

»Was weiß ich nicht? Sag's!«

»Ich kann nicht! Oh – – –«

»Sag's, sag's, ich zucke nicht mit der Wimper! Sag's, wenn du mich liebst!«

»Ich –« eine angstvolle Pause. »Ich –« er holte zitternden Atem, nahm einen Anlauf und stieß rauh hervor: »Ich liebe – dich nicht!«

Sie zuckte nun doch zusammen. Mit einem Wehlaut sank sie auf's Sofa zurück, die Augen geschlossen wie eine Tote. Totenstill war's auch im Zimmer; keine Regung, kein Laut – alles gestorben. Wie im Grab.

Minuten verstrichen – Ewigkeiten.

Endlich stand sie auf, ohne Tränen; mit bebenden Händen strich sie die wilden Haare aus der Stirn. Ihre Stimme klang gebrochen. »Leb wohl!« flüsterte sie kaum hörbar. »Adieu!«

Sie raffte ihr Tuch vom Boden und zerrte den in den Nacken geglittnen Schal herauf. Schritt für Schritt machte sie zur Tür, mühsam wie eine Greisin. Nun stand sie auf der Schwelle, wandte sich noch einmal um.

»Nelda!« Er sprang auf und breitete die Arme nach ihr aus. »Noch einmal, zum letzten Mal!«

Er kam auf sie zu.

»Nein!« Sie wich zurück. »Nie mehr! Ich –« sie konnte nicht weitersprechen, stumm schüttelte sie den Kopf und hob abwehrend die Hände. Sie taumelte, er wollte sie umfassen, sanft stieß sie ihn von sich. »Vergiß mich – ich bin tot – für dich!«

Die Tür fiel in's Schloß, langsam hörte er ihre Tritte auf der Treppe.

Aus – vorbei – frei gemacht! Er stand und stand und starrte ins Leere: warum fühlte er sich denn nicht erleichtert? Er versuchte aufzuatmen, es ging nicht; ein Bleiklotz lag ihm auf der Brust. Verstört sah er um sich. Da hatte sie eben noch gestanden, sie, die ihn liebte! Da – auf einmal fiel's ihm ein, wie kam sie aus dem Haus? Es war ja schon geschlossen. Wenn jemand sie von ihm herunterkommen sah?!

Er hastete nach der Treppe, leise rief er: »Nelda! Nelda!« Im Dunklen tappte er hinab – keine Antwort, sie war schon fort.

Jetzt öffnete sich unten im Parterre links die Tür, eine gräuliche alte Hexe leuchtete heraus. »Ich hab das Fräulein schon herausgelassen,« grinste sie.

Und Hauptmann von Ramer zog sich auf sein Zimmer zurück. Es war seine letzte Nacht in Koblenz, aber er ging nicht zu Bett; er packte erst seinen Koffer fertig, dann saß er auf dem Sofa, auf derselben Stelle, wo Nelda gesessen, drückte den Kopf in die Polster und weinte. Er beweinte sein Unglück.

XI.

Im Kasino war Herrenfest vom Garderegiment Königin. Anfang Winters. Man hatte sich Gäste eingeladen; die verschiedenen Waffengattungen waren vertreten, auch ein paar Zivilisten darunter. Das Diner war vorüber. Man war beim Roquefort angelangt und sehr animiert. Ganze Batterien von Flaschen aufgefahren, Sektkühler immer von neuem gefüllt; der Kasinokeller wurde durchprobiert. Die Herren hatten rote Köpfe, eben jetzt sprach jemand von Cognac Mousseux und Schwedischem Punsch. Kein schlechter Stoff, allgemeines Hallo die Antwort.

Hübsch unter sich zu sein und keine Redensarten drechseln zu müssen! Es sprach sich famos von der Leber weg, man brauchte nicht in Sorge zu sein, gleich festgenagelt zu werden. Man hatte nach althergebrachter Sitte den General Knusemong leben lassen, damit war's aber auch abgetan. Angenehm, die Beine so ungeniert von sich strecken zu können! Ein paar Knöpfe am Waffenrock standen offen, die Zivilisten lockerten die Weste; es herrschte eine entschiedene Familienähnlichkeit unter sämtlichen Teilnehmern des Banketts – die Familienähnlichkeit der trunkenen Menschheit. Diese geschwollenen Stirnadern, diese erhitzten Gesichter, diese wässrig-verschwommenen Augen.

Unter'm Tisch saß der Sekonde von Strehlenheimb und quakte; mitunter hob er das Tafeltuch, streckte den Kopf vor, sah sich mit vorquellenden Augen um und duckte sich dann wieder nieder. Ein stürmisches Froschliebeskonzert erhob sich unten, schallende Lachsalven antworteten oben.

Der dicke Major Aus der Hoh, noch mit der Serviette über der mächtigen Brustwölbung, war nicht zu dämpfen; er erzählte Geschichten ohne Ende. »Es war einmal ein Mann, der war so stark, daß er zwoon Eisenbahnzüge hätte aufhalten können; dieses tat er aber nicht, sondern er kaufte sich ein Monokel. Dieses zersprang vor der Kraft seines Auges, und ein Splitter kam ihm in's Auge. Diesen hätte er hinausziehen sollen. Dieses tat er aber nicht« –

»Still, Majörchen! Aus der Hoh, still! Silentium!«

»Dieses tat er aber nicht, sondern er zog die Balken aus den Augen seiner Nächsten und gründete« –

»Ja, ja, wir wissen schon! Ruhe!«

»Und gründete damit ein Holzgeschäft. Er wurde ein reicher Mann und hatte einen Sohn, der war so stark, daß er zwoon Eisenbahnzüge hätte aufhalten können; dieses tat er aber nicht –«

»Um Gottes willen, der Mensch macht einen taub! Stopfen wir ihm den Mund. Prosit Majörchen, prosit! Heil, heil!« Ein halbes Dutzend Champagnergläser erhob sich. Mit zitternder Hand langte Aus der Hoh nach dem seinen: »Pro–ost, mei – eine Herren!«

»Er setzt' ihn an, er trank ihn aus,« zitierte der literarisch gebildete Willibald Kalbshorn, besonderer Klassikerschwärmer und überzähliger Hauptmann bei den Pionieren. Er galt nicht viel bei den Kameraden, eben dieser literarischen Bildung wegen; bei Damen in einem gewissen Alter, die für's Platonische schwärmten, desto mehr. Er warf mit Zitaten um sich, er deklamierte, er melodramte, er huldigte in Gelegenheitsgedichten; er verehrte das schöne Geschlecht mit jener, ach längst ausgestorbenen, ritterlichen Minne; er hatte was vom Toggenburger an sich, der aus der Ferne himmelt. Diese Ballade gab er auch, wenn gereizt, am liebsten von sich.

»Heiliges Kanonenrohr, jetzt fängt der an zu deklamieren,« flüsterte der kleine Röntheim seinem Intimus Osten zu, mit einem furchtbaren Seitenblick auf den Literarischen. »Er wird doch nicht?!«

Allgemeines Entsetzen. »Schreien wir ihn tot!«

»Ho – holla – ha – ha!« Die weinrauhen Kehlen brachten ein ohrenzerreißendes Getöse hervor.

»Ritter, treue Schwesterliebe,« klang's dumpf dazwischen.

»Schreit ihn tot!«

»Haha – ho – prost – haha, haha!«

»Fordert keine andere Liebe –«

»Quak, quak,« ging's unter dem Tisch, ein ganzer Froschchorus fiel ein. Beleidigt schwieg der Literarische.

Immer heißer wurde die Luft im Saal, während draußen der Novemberwind Schnee an die Scheiben fegte.

»Du, Osten,« Röntheim stieß den Freund in die Seite, »übermorgen mit nach Köln, was? Die kleine Nina Smettana vom Skalatheater – in Zivil: Finchen Schmitz – erwartet mich. Deine Freundin, wie heißt sie doch? Anna, Susanna, Marianna – na, du weißt schon, die hübsche Schneiderseele, auch zu erlangen. Erst amüsanter Bummel, dann Souper bei Bettger, kleine Budengasse – Wunder sehen, wie süffig die kleinen Mädchen sind – was? Famos, haha!«

»St, nicht so laut!« Der andere fuhr sich mit den gespreizten Fingern durch's Haar und ruinierte seinen Scheitel. »Famose Aussicht!« Er verzog kläglich sein hübsches Gesicht. »Aber Benno, meine Frau – du weißt doch! Freiherr und doch keiner mehr – ä!« Er zuckte ärgerlich mit den Schultern.

Röntheim lachte laut auf und trällerte dann:

»La donna è mobile – lala – lieber Sohn, gar nichts zu sagen! Was sie nicht weiß, macht sie nicht heiß. Wir fahren, abgemacht, bon!«

Die beiden Freunde vertieften sich angelegentlich in die Details der Vergnügungsreise, plötzlich wurde ein Name genannt. Wer hatte ihn zuerst ausgesprochen? Niemand konnte es sagen. Nun, er war da, die beiden horchten, und Röntheim machte sofort Jagd auf ihn.

»Aha, Ramer, Ramer – sagten Sie nicht Ramer? Gut, daß der jetzt die Mainzer beglückt! Fatale Visage! Übrigens – haha – feudaler Spaß mit Ramer diesen Sommer – weiter nichts als ausgekniffen – haha!«

»So? Inwiefern? Was ist los?« Ein Dutzend Stimmen stürmten auf Röntheim ein; der war groß im Erzählen von Skandalosa. »Was Pikantes, ja?«

»Na und ob!« Benno von Röntheim schnalzte mit der Zunge und verdrehte funkelnd die Augen. »Sollten Sie nicht wissen? Unglaubliche Geschichte! Die Dallmer –«

»Laß doch, Benno!« Osten zupfte ihn verlegen.

»Nicht dreinreden! Osten still! Erzählen, Röntheim, erzählen Sie los!«

»Na, man sieht, nicht alle der Herren haben Mütter, Frauen, Bräute hier – Liaison von Ramer mit Fräulein Dallmer ist doch stadtbekannt!«

»Oho, kommt der jetzt mit der alten Geschichte! Natürlich, wissen wir längst!«

»Aber weiter!« Der Erzähler lächelte selbstbewußt und strich sich den Magen. »Der Röntheim, fixer Knabe, was? Kriegt alles raus. Habe da in Ehrenbreitstein 'ne kleine Mamsell, bei der ich Monogramm sticken lasse, wohnt bei alter gräulicher Tante, die möbliert vermietet. Ramer hat da gewohnt. Höre nun – noch nicht lange her – ganz zufällig, daß am späten Abend, sagen wir Nacht vor der Abreise, Besuch bei bewußtem Herrn gewesen – wer –? Tableau – Fräulein Nelda Dallmer!«

Ein allgemeines: »Ah!«

»Soll sehr erregte Unterhaltung geführt haben – Vorwürfe – Ansprüche geltend gemacht – Hauptspektakel. Alte natürlich am Schlüsselloch gehorcht. Junge Dame sehr streitbar, dem Galan tüchtig die Meinung gesagt. Ramer in Mauseloch gekrochen; dann Abgang der beleidigten Unschuld – voilà tout!«

»Haha, ist's möglich? Donnerwetter, hätte ich nicht von der Dallmer gedacht, hatte so was von absolut spröder Reinheit,« meinte einer der Zuhörer.

»Weniger rein wäre angenehmer gewesen,« warf man dazwischen. »Riesige Kratzbürste!«

»Täuscht,« lächelte ein dritter, »so sind sie alle. Rein, haha, bis auf einen Punkt – na!« Ein vielsagendes Achselziehen war der Schluß.

»Wird wohl bald von Bildfläche verschwinden müssen!« Röntheim zwinkerte verschmitzt; er konnte mit dem Effekt seiner Geschichte zufrieden sein, die Nächstsitzenden waren Feuer und Flamme, der Name Nelda Dallmer ging von Mund zu Mund.

Unglaublich, unerhört! Man wurde etwas laut.

Osten war die Situation unbehaglich; er schaute vor sich nieder und knetete Brotkügelchen. Mochte nun die Geschichte wirklich passiert sein oder nicht – Röntheim schnitt bekanntlich sehr auf – jetzt war sie publik, Agnes konnte unmöglich mehr mit der Dallmer verkehren. Es würde Tranen geben, aber – er schreckte zusammen.

Unten, vom andern Ende der langen Tafel, kam eine Stimme her, die Stimme des Hauptmanns Xylander.

»Von wem reden die Herren so eifrig, wenn ich fragen darf? Irre ich nicht, von Fräulein Dallmer?«

»Ja, jawohl – schneidige junge Dame, wenn auch ein bißchen –« Der eine schnupperte vielsagend in der Luft, die andern lachten.

»Ich muß doch sehr bitten!« Die lange Gestalt des Hauptmanns reckte sich. Er war aufgestanden und stemmte die Hand auf den Tisch, seine Augen funkelten hinter den Gläsern des Kneifers, als wollten sie die Gesellschaft durchbohren. »Ich habe schon eine Weile zugehört. Herr von Röntheim, ich glaube Sie bereits einmal gebeten zu haben, unzeitige Scherze über genannte junge Dame zu unterlassen. Was ist's mit Fräulein Dallmer?«

Allgemeines Stimmengewirr die Antwort, dazwischen die krähenden Töne des kleinen Röntheim: »Nächtlicher Besuch bei Hauptmann von Ramer – Ansprüche geltend gemacht – große Szene et cetera!«

»Das ist nicht wahr!« Xylander stieß die Faust auf den Tisch, daß die Gläser klirrten.

»Oho –« Leutnant von Röntheims lachendes Gamingesicht zog sich in ernste Falten – »Herr Hauptmann, wie können Sie sich erlauben, mir das ins Gesicht zu sagen?! Mit welchem Recht?«

»Mit dem Recht der Wahrheit. Es gibt Situationen, die Sie mit Ihrer Moral ebensowenig begreifen können, wie die meisten der

Herren hier. Ein Mädchen kann einen Schritt über's Hergebrachte tun und doch so rein sein wie – wie –« Er suchte nach einem Vergleich.

»Quak, quak,« ging's unter dem Tisch!«

»Still, Strehlenheimb. Mund halten!«

»Da höre einer den Hauptmann! Donnerwetter, ist der stramm!«

»Er hat einen sitzen und sucht Krakeel!«

Xylander war sehr beliebt, aber heut hatte er ausnahmsweise wenige auf seiner Seite. Was fiel ihm denn ein, Röntheim zur Rede zu stellen? Der hatte nun mal die lose Schnauze, das war sein Privilegium und höchst amüsant; das hatte der andere doch zu respektieren.

»Seien Sie ruhig, Xylander, machen Sie doch der Dallmer wegen keine unbehagliche Stimmung! Was geht Sie's denn an?«

»Viel, sehr viel! Fräulein Dallmer ist die Freundin meines Hauses. Andre« – ein Seitenblick streifte den Leutnant von Osten, der ganz in seine Brotkneterei versunken schien, – »sollten das ebenfalls berücksichtigen! Wer in meinem Hause intim verkehrt, dessen Ehre ist auch die meine. Ich bin durch einen Angriff derselben ebenfalls beleidigt. Zweitens finde ich es unwürdig, keinen stärkeren Ausdruck zu gebrauchen, ein wehrloses Mädchen mit Schmutz zu bewerfen, ihm sozusagen die Ehre abzuschneiden. Pfui!«

Xylander hatte ruhig begonnen, mit jedem Satz war seine Stimme gewachsen, das ›Pfui‹ donnerte er nur so über den Tisch. Unwillig stieß er seinen Stuhl zurück und ging mit starken Schritten auf Röntheim zu. Er pflanzte sich ihm gegenüber.

Der andre war gleichfalls aufgesprungen. Zwischen beiden war nur der Tisch mit dem verzognen Tafeltuch, dem verkrümelten Brot, den Weinflecken. Eine beklommene Pause. Man räusperte sich verlegen, man wechselte Blicke und zuckte die Achseln. Die beiden starrten sich an.

Endlich:

»Ich ersuche Sie, Herr von Röntheim, die Beleidigungen gegen Fräulein Dallmer zurückzunehmen. Und zwar hier – sofort!«

»Fällt mir gar nicht ein!« Des Leutnants verschwiemelte Augen verloren den wässrigen Blick. »Auf diesen Ton hin schon ganz und gar nicht. Übrigens« – eine spöttische Verbeugung – »Sie echauffieren sich unnütz, Sache verhält sich so. Auf Ehrenwort!«

»Da hören Sie's, Xylander, sehen Sie!«

»Nur still, um Gottes willen, machen Sie doch keinen Krakeel!«

Man drängte heran, man redete in Xylander hinein, man klopfte ihm auf die Schulter. Die Zivilisten hielten sich im Hintergrund – was verstanden die von Offiziersehre?!

»Ruhig, Xylander, verderben Sie den Spaß nicht!«

»Beileibe nicht,« schrie der dicke Aus der Hoh ängstlich, »beileibe nicht. Werde Ihnen eine Geschichte erzählen: Es war einmal ein Mann, der war so stark« – – –

Osten tuschelte Röntheim in die Ohren, dieser ließ sich widerwillig auf den Stuhl ziehen.

›Ehrenwort – Ehrenwort‹ – wie Hohngelächter klang's vor Xylanders Ohren. Durch einen Nebel sah er Neldas Gestalt auftauchen; sie sah ihn an mit bittenden, tränenvollen Augen, sie rang die Hände. Infamie, Lügen! Unsanft machte er sich von den Umstehenden frei, mit einer gewaltsamen Anstrengung, ruhig zu bleiben. »Fräulein Dallmers Ehre ist rein wie der Schnee, der frisch vom Himmel gefallen ist. Ich gebe dafür ebenfalls mein Ehrenwort. Wählen die Herren, welchem Ehrenwort sie mehr Glauben schenken wollen. Empfehle mich, ich bin nicht gewillt an einem Tisch mit jemandem zu sitzen, der sein Ehrenwort für Lügen verpfändet. Adieu!«

Lügen – – –!

Totenstille, kein Mensch rührte sich. Der kleine Röntheim war kreidebleich geworden, er schüttelte Osten von sich ab, mit wenigen geschmeidigen Sätzen hatte er den Davoneilenden erreicht; er vertrat ihm den Weg.

»Sie werden das zurücknehmen, Hauptmann Xylander!« Er stieß die Worte zwischen zusammengebissenen Zähnen hervor. »Nehmen Sie das zurück!«

»Fällt mir nicht ein, auf diesen Ton schon ganz und gar nicht!«

»Sie – Sie sind –«

»Noch lange nicht so betrunken wie Sie. Adieu!« Mit einem kalten Lächeln hatte der Ältere sich verneigt; die Tür fiel hinter ihm in's Schloß. Wütend wollte der Jüngere nach, aber fünf, sechs Arme umschlangen ihn, man ließ ihn nicht los, man zerrte ihn in den Saal zurück.

»Röntheim, Ruhe! Er hat stark getrunken, Sie haben stark getrunken, morgen macht sich das alles. Jetzt nur nicht nach, um Himmels willen!«

»Ich fordre ihn – fordre ihn,« keuchte der Kleine. »Schieß ihn nieder – lassen Sie mich – los!« Er schlug um sich, sein sonst ewig lachendes Gesicht war verzerrt. »Meine Ehre – Lügen – Lügen – meine Ehre!« Er weinte fast vor Wut und strampelte mit Händen und Füßen wie ein ungebärdiger Junge.

Das war ernst; die andren machten große Augen und setzten eine feierliche Miene auf.

»Ja, Sie werden wohl nicht umhin können; das ging über die Hutschnur,« meinte einer.

Der junge Strehlenheimb drängte sich heran. »Röntheim, wenn Sie einen Sekundanten brauchen!«

Osten war die Sache höchst unbehaglich; er wußte selbst nicht wieso, aber er fühlte sich etwas getroffen: jener Blick von Xylander hatte ihm gegolten. Verteufelt unangenehm! Er blickte um sich: die Physiognomie des Saals so gänzlich verändert – der abgegessene Tisch, die zusammengeknüllten Servietten am Boden, verschobne Stühle, Speisengeruch, Zigarrenrauch – der Weindunst verflog ihm, er fühlte sich schwer im Magen, gottsjämmerlich im Kopf. Es flog etwas Zerrissenes, Zerfetztes durch die Luft – die letzten Stücke einer Mädchenehre. Auch eine Ehre, so gut wie die eines Mannes, nur zarter, spinnwebfeiner! Ä, zum Teufel, was würde Agnes sagen?!

»Osten,« – er fühlte Röntheims Hand auf seinem Arm und schrak fast zusammen – »Osten, morgen – nein, abend noch Ehrengericht anzeigen – fordre ihn in meinem Namen – den – den –!« Der Wütende schnappte nach Luft.

Allgemeiner Tumult, Ratschläge jeglicher Art, man drängte sich um den Löwen des Tages; nur Kalbshorn schlich zur Tür hinaus. In der Garderobe war niemand mehr; er lief hinter Xylander drein. An der Schiffbrücke erreichte er ihn. Es war dunkel, der Schnee fiel dicht und legte sich wie ein Pelz auf Schultern und Mützen der Offiziere.

»Xylander,« sagte Kalbshorn und stimmte den Ton auf das gedämpft Düstre unheilvoller Prophezeiungen. »Sie werden sich schlagen müssen, es kommt zum Duell; darf ich mich Ihnen anbieten?« Er fühlte sich vollständig als aufopfernder Freund und Vertrauter. »Rechnen Sie auf mich, ganz der Ihre!«

»Wie – was meinen Sie?« Xylander war in tiefen Gedanken gegangen, jetzt fuhr er auf.

Der Arme! Mitleidig sah ihn Kalbshorn von der Seite an – sobald zu scheiden von der schönen freundlichen Gewohnheit des Daseins und Wirkens! Er drückte ihm die Hand. »›Du hast als Held getan! Der Mut ist's, der den Ritter ehret, du hast den kühnen Geist bewähret!‹ Verehrter Freund, gestatten Sie, daß ich Ihnen meine Bewunderung ausspreche; Sie haben sich in einer Weise benommen – alle Achtung! Verfügen Sie ganz über mich. Sollten Sie Bestimmungen im Fall Ihres Todes treffen wollen, seien Sie versichert« – er drückte ihm wieder die Hand.

»Ihre Familie findet in mir einen treuen Berater, Ihre Kinder, Ihre Frau Gemahlin!«

Xylander zuckte zusammen – was würde Elisabeth sagen?! Kein Gedanke war zu ihr geflogen. Er stöhnte und scheuchte mit der Hand durch die Luft, als wolle er ein Bild verjagen, das immer und immer wieder sich vor ihn drängte: da stand es im Schnee der Brücke. – – – –

»Es ist hart« – er legte die Hand auf den Arm des neben ihm Schreitenden – »kein Blut wird die Flecken vom Namen jenes armen Mädchens wegwaschen. Schmach über eine Welt, in der die Ehre schutzlos jedem Hauch des Verleumders preisgegeben ist!« Er schluckte ein paar Mal, als ob er etwas Widriges hinunterwürge. »Schweigen wir lieber davon! Wir leben ja bloß in Einbildungen; bilden wir uns ein, es sei so in der Ordnung. Nur daß kein Blut, weder seins noch meins, den Makel von ihr nimmt, das ist furchtbar!« Er drückte die Augen für einen Moment zu, ein schmerzlicher Ausdruck glitt über sein Gesicht.

»Ja, im Gegenteil« – Kalbshorn zog die Brauen in die Höh – »man wird noch sagen, Sie hätten ein ganz besondres Interesse für Fräulein Dallmer.«

»Ich –?!« Glühend schoß es Xylander über die Stirn; die Schneeflocken stachen ihn wie spitzige Nadeln.

»›Gefährlich ist's, den Leu zu wecken, verderblich ist des Tigers Zahn, jedoch der Schrecklichste der Schrecken, das ist der Mensch in seinem Wahn!‹ Paßt wirklich ausgezeichnet hierher. Wahn! – Wahn! – Sie sollen sehen, lieber Freund, ja, ja, man wird schon so sagen! Aber hören Sie, Xylander, sind Sie wirklich ganz von Fräulein Dallmers Unschuld überzeugt, oder tun Sie nur so?«

»Meine Hand lege ich dafür in's Feuer. Würde ich mich sonst schießen? Meine Ehre ist beleidigt in der angegriffenen Ehre einer reinen Seele. Und nun guten Abend! Haben Sie die Güte, mit den Herren das Weitere zu besprechen; ich danke Ihnen im voraus.«

»Morgen mit dem Frühesten bin ich bei Ihnen!« Kalbshorn war Feuer und Flamme, er sprudelte vor Eifer. »Ganz zeitig, ja ja, ganz zeitig – rechnen Sie auf mich, werde alles in Gang bringen – unentwegt der Ihre, der Ihre!«

XII.

Langsam fallen die Schneeflocken. Wie sie wirbeln, wie sie sinken. Weiß und duftig kommen sie herab, ahnungslos ihres Geschicks; dann liegen sie unten im Kot. Sie sind vergangen.

Auf dem Stuhl am Fenster, im Zimmer zu ebener Erde, kniet Nelda Dallmer, drückt das Gesicht an die Scheiben und starrt auf die schmutzige Chaussee. Nebel draußen, trostloses Novemberlicht; an den schwarzen Ästen der Bäume klammern sich die Flocken fest, die Büsche im Vorgarten hängen tief nieder. Kein Fußtritt, kein Wagengerassel.

Unter dem glühenden Hauch aus Neldas Mund liefen die Scheiben an, sie konnte nicht mehr hinaussehen; oder war es der Flor, der ihr vor den Augen hing? Sie rutschte vom Stuhl, stand einen Augenblick mit krummem Rücken und hängenden Armen, dann sank sie auf dem Sitz in sich zusammen. Die Näharbeit lag am Boden, die Garnrolle unter'm Sofa, die Schere in die Diele gespießt. Sie war allein, der Vater auf der Regierung, die Mutter mit der Magd zur Stadt gegangen; man machte da gleich Einkäufe für die ganze Woche.

Scheu sah sie sich um – niemand! Mit zitternden Fingern fuhr sie in die Tasche; ein Papier knisterte, nun hielt sie's in den Händen, ein kleines dünnes Briefblatt. Sie weinte. Unaufhaltsam rannen ihre Tränen auf die halbverlöschten Schriftzüge; es tat nichts, sie kannte sie auswendig.

Wie oft schon gelesen! Ach Gott, seitdem sie im Sommer den Brief empfangen, schon viele, viele hundert Mal! Des Abends beim Schlafengehen, des Morgens beim Aufstehen, am Tag, wenn sie allein war. Ihre Blicke bohrten sich immer wieder in die Schriftzüge, da standen sie schwarz auf weiß – irrte sie sich denn nicht?! War's möglich, wirklich wahr, er, dem sie am Halse gehangen, den sie geliebt mit der ganzen Kraft ihrer Seele, von dem – oh, sie mußte aufstöhnend das Gesicht verbergen – sie sich wieder geliebt glaubte, er schrieb ihr das?!

Jener Abschiedsabend in Ramers Wohnung war nicht das Schlimmste gewesen; der Schlag war zu plötzlich gekommen, sie hatte seine volle Wucht nicht empfunden vor lauter Betäubung. Gleich einer Nachtwandelnden war sie die ersten Tage darnach in's Bienhorntälchen geschlichen, wo sie so oft mit ihm gewandert; dort saß sie allein auf dem Stein am Bach, stierte vor sich nieder und sagte sich mit krankhafter Zähigkeit vor: »Es kann nicht sein, es darf nicht sein! Nein, es kann, es kann nicht sein! Er liebt dich doch. Wach auf, Nelda, du träumst! Er muß dich lieben, du liebst ihn ja so sehr!«

Inbrünstig blickte sie zum Himmel empor mit übergroßen, heißen Augen. Gott mußte ein Wunder tun, er mußte! Ihre erregten Nerven ließen sie im Wispern des Gesträuches eine Stimme vernehmen – es war die Stimme des eignen sehnenden Wunsches – »Geduld, es klärt sich alles auf! Wer weiß, warum er so zu dir gesprochen hat. Halte du nur aus!« – – – Dazumal war sie noch verhältnismäßig glücklich gewesen; sie träumte mit wachen Augen, über ihrem Bewußtsein lag ein Schleier. Aber dann?! Dann kam sein Brief. Sie hielt ihn in den zitternden Händen, sie riß ihn auf, sie las – halt, das war der Ruf, der Nachtwandler erschreckt! Sie fühlte, daß sie stürzte, abgrundtief. O, jene Tage der größten Pein, des Ringens mit der Verzweiflung, mit dem Gefühl, wahnsinnig zu werden!

Alle Frauen sind geborene Schauspielerinnen, und sind sie noch nicht vollkommene, so werden sie's, wenn sie lieben; die größten aber sind sie, wenn der Geliebte sie verschmäht.

Nelda hielt sich äußerlich aufrecht, sie brach nicht zusammen; mit wankenden Knieen stand sie vor den Eltern, aber sie lächelte.

»Gott sei Dank, Lorchen,« sagte Dallmer zu seiner Frau, »ich habe mich getäuscht. Ich fürchtete immer, unsre Nelda interessierte sich doch am Ende für Ramer. Sie sieht ja merkwürdig angegriffen aus, aber sie ist ganz vergnügt. Was meinst du?«

Da kam er schön an!

Frau Rätin erhob eine Klagelitanei über Nelda, die mit Vorwürfen gegen Mann und Tochter endete.

»Hab ich's nicht gesagt? Aber ich habe immer unrecht, nie laßt ihr mich ausreden. Was ist das überhaupt für ein Leben?! Eine traurige Existenz, ganz und gar kein Glück! Und die Zänglein, die Schmidt und die anderen sind auch lange nicht mehr so freundlich; sie haben was gegen uns. Die Xylander ist bekniffen, und Agnes ist ewig nicht hier gewesen!« Und sie rang die Hände.

Der Rat sprach nicht mehr von seiner Besorgnis, er fragte die Tochter selbst nicht, eine zarte Scheu hielt ihn zurück; sie hätte doch auch nichts gesagt, die vertraulichen Dämmerstunden fanden nicht mehr statt. Zuzeiten war sie von einer so munteren, fast übertriebenen Lebhaftigkeit, daß der kranke Mann sich beruhigt einen Narren schalt.

Ja, Nelda konnte lachen. Den Klang der zersprungenen Saite hörten die anderen nicht heraus; erst in der Nacht lag sie vor ihrem schmalen Bette und rang wild die Hände. Brennend flossen die Tränen auch heut in der Morgenstunde im einsamen Haus.

Draußen fiel der Schnee, langsam und kalt; drinnen fielen die Tropfen, rasch, heiß. Mit einem Stöhnen hob sie das Briefblatt näher zum Gesicht – da stand's unwiderruflich, oft gelesen, in den zierlichen, gleichmäßigen Buchstaben seiner Hand:

›Mainz, 9. August.

Hochverehrtes Fräulein!

Acht Tage sind seit unserem traurigen Abschied verstrichen. Ich fürchte, und doch hoffe ich auch wieder, Sie denken meiner in Groll; das letztere wäre das beste. Sie würden leichter über die Enttäuschung hinwegkommen, die ich leider gezwungen war, Ihnen zu bereiten. Ich würde nicht gewagt haben, nochmals an Sie zu schreiben, wäre ich mir selber nicht eine Rechtfertigung schuldig; diese erst wird mich beruhigen. Ich bin kein leichtsinniger, kein undankbarer, aber ein unglücklicher Mensch.

Lassen Sie mich weit ausholen. Sie wissen, welch traurige Familienverhältnisse mich niederdrücken; ich habe Ihnen von Anfang an kein Hehl daraus gemacht, daß ich auf jede Freude im Leben zu verzichten habe, verzichten muß. Trotzdem kamen Sie mir so freundlich entgegen mit der großen offnen Liebenswürdigkeit Ihres Charakters, daß es mir wohl nicht zu verdenken war, wenn ich den Wunsch hatte, als ein im tiefsten Schatten Wohnender, auch ein wenig dieses Sonnenscheines zu geniessen. Hätte ich geahnt, daß Ihr gütiges Interesse an mir ein tieferes sei – mein Ehrenwort – ich hätte auch hierauf verzichtet; ich hätte mich zurückgezogen.

Sie wissen selbst, wie es kam. Als Sie an jenem unglückseligen Osterabend in der Dämmerstunde am Rhein unerwartet vor mich traten, als ich in meiner grenzenlosen Vereinsamung Ihre wohltuend warmen Worte hörte, der Strahl der Liebe aus Ihren Augen leuchtete, da – Gott im Himmel ist mein Zeuge, ich werde in meinem Leben nichts schmerzlicher bereuen, als diese Stunde! Sie mögen unglücklich sein; aber was sind Ihre Tränen gegen die Nächte, die ich in Gewissenspein verwachte, da doch niemals von intimeren Beziehungen zwischen uns die Rede sein konnte! Ein Mädchen ist anders organisiert als ein Mann; Sie werden es nicht begreifen können, daß man Zärtlichkeiten bezeigt, wo man doch nicht liebt.

Ich habe die tiefste, die lebhafteste Verehrung für Sie, eine Schwester kann mir nicht teurer, nicht heiliger sein; gerade darum wurde es mir unsäglich schwer, Ihnen die Wahrheit zu eröffnen. Ich verschob das Geständnis – sei es Feigheit, sei es Rücksichtnahme – von Tag zu Tag. Meine Versetzung traf ein; der Abend kam, der Sie in meine Wohnung führte, gerade als ich an Sie schreiben wollte; ich war gezwungen, Ihnen einen Schmerz zuzufügen, der – glauben Sie es mir, hochverehrtes Fräulein – bitterer war zu bereiten, als zu empfangen.

Sie werden mich nach Jahren vielleicht milder beurteilen. Sie werden sich dann eines Menschen erinnern, dessen Herz unter den Wunden des Daseins verblutet; der nicht Muße hat, an Liebe und Glück zu denken, dem es nur gegeben ist, sein schweres Schicksal, seine geknickte Ehre zu betrauern.

Haben Sie Dank für alle Ihre Freundlichkeit, und seien Sie versichert, daß in steter Verehrung Ihnen ergeben bleibt

Ferdinand von Ramer.‹

War's möglich? Da stand es, heut wie gestern und all' die Tage! All' die Worte drum und dran so unnötig! Brutal, nackt, überlaut schrie es aus jeder Zeile: ›nicht geliebt – nicht geliebt!‹ War sie denn blind gewesen? Er hatte sie los sein wollen – längst – und sie hatte nichts gemerkt!

Mit einem dumpfen Wimmern schlug sie die Hände vor's Gesicht. Ein schneidender Schmerz im Herzen, eine große körperliche Qual preßte ihr das Wimmern aus – und dazu die Scham, die furchtbare Scham! Die war noch frisch wie am ersten Tage; nein, sie verschärfte sich mehr und mehr.

Nelda krümmte sich, sie bückte den Kopf tiefer und tiefer, bis er auf ihren Knieen lag. Wo war ein Ort, an den sie sich verkriechen konnte gleich dem todwunden Tier – wo – wo –?!

Regungslos blieb sie zusammengekauert. Der Zeiger auf der Uhr rückte langsam vor, Minute um Minute; eine Viertelstunde verging, und noch eine. Von der Küche kam Geräusch. Der Suppentopf brodelte über, die Brühe zischte auf der Herdplatte. Nelda fuhr in die Höhe. In allem Elend empfand sie's doch noch wie einen Schrecken: die Suppe kochte über, sie sollte ja Acht geben! Die platteste Wirklichkeit rief sie zu sich selber zurück.

Sie stürzte hinaus, als sei Gefahr im Verzuge; sie riß den Topf vom offenen Feuer.

Es qualmte in der Küche und roch häßlich. Eben jetzt kam Frau Rätin mit der Magd vom Einkauf zurück – wie würde sie schelten! Aber sie hatte keinen Blick für der Tochter Unachtsamkeit. Einer Ohnmächtigen gleich schwankte sie in die Stube und ließ sich in die Sofaecke fallen. Ihr Mantel hatte sich verschoben, der Hut saß ihr im Genick, die Ledertasche hatte sie auf den Tisch geworfen; die Tüte darin war aufgegangen, die Kaffeebohnen quollen heraus.

»Mein Gott, mein Gott, wie schrecklich!« Sie jammerte laut. »Wie schrecklich!«

»Was ist dir? Was ist passiert?« Nelda wunderte sich selbst, daß der Mutter Gebaren sie nicht mehr erschreckte.

Es war traurig mitanzusehen, die kleine Frau Rätin war ganz außer sich. »Mein Gott, mein Gott!«

»Mama, was ist dir?« Nelda neigte den müden Kopf zu dem der Mutter und legte ihr die Hand schlaff auf die Schulter.

»Geh nur, geh, du ungeratenes Kind!« Frau Rätin Dallmer sprang auf und stieß die Tochter heftig zurück. »O die Schande, die Schande! Nichts wie Schande bringst du über uns! Was wird der Vater sagen? O mein Gott, mein Gott, was hab ich mich vor der Zänglein geschämt! Auf dem Markt hat sie mich gestellt, die Schmidt kam auch gerade dazu, die hatte eine Gans gekauft – der arme Dallmer, es ist sein Tod! Die ganze Stadt weiß es, mit Fingern zeigen sie auf uns. Ich habe mich so geschämt, ich bin gerannt wie eine Diebin, die Eier im Korb sind uns zerbrochen. Muß ich das erleben, ach, ach!« Sie rang die Hände.

»Mama, was ist denn?« Die Stimme der Tochter war noch ruhig, aber auf ihrem Gesicht malte sich eine unbestimmte Angst; unwillkürlich griff sie in die Tasche – das Briefblatt knisterte unter ihren Fingern. »Was ist denn?«

»Und du fragst noch? Hast noch das Herz zu fragen? Haben wir das um dich verdient, daß du uns hintergehst mit diesem Menschen aus der heruntergekommenen Familie, dem Ramer, dem ehrlosen Lump, dem –«

»Mutter!« Ein einziger halbflehender, halbdrohender Blick. Neldas Hand spannte sich fest um das Handgelenk der Rätin.

»Ja, das soll ich nicht sagen, du nimmst natürlich seine Partei – ha ha!« Die arme Frau lachte bitter. »Und dabei zeigt er's dir doch deutlich genug, daß er dich nicht will! Reist ab, ohne adieu zu sagen! Mußte er sich nicht vorher erklären? Da wäre doch noch zu sprechen gewesen, es hätte sich alles nett machen können – aber heidi fort, läßt nichts mehr von sich hören! Die Leute lachen dich ja aus. Du, sonst immer so hochfahrend, bist dem Kerl nachgerannt – ja ja, die Zänglein weiß es genau – o die Schande, die Schande, ich überlebe sie nicht! Du abscheuliches, pflichtvergessenes Kind – deine armen Eltern – und noch dazu so dumm! Aber ich hab's ja immer gesagt, auf mich wurde nie gehört, das hat man davon! Er mag dich ja gar nicht, er will dich ja gar nicht – dein Mädchenstolz hätte dir das sagen müssen – aber ich hab's ja immer gesagt, du bist nicht wie andre Mädchen, keine Spur von Weiblichkeit, von Zartgefühl. Was soll aus dir werden?!« Sie schlug jammernd die Hände zusammen und sank wieder in die Sofaecke zurück.

Nelda stand dabei ohne einen Laut, ohne ein Wort der Verteidigung. Ihr Kopf neigte sich tiefer und tiefer, als ob ihr einer mit der Faust ins Genick schlüge.

»Und die armen Kinder, die kleinen Würmer,« jammerte die Rätin weiter, »wenn sie nun keinen Vater mehr haben! Und die arme Frau! Was soll daraus werden, wenn er ihn totschießt?!«

»Totschießt? – Wen? – Wer?!« Eine namenlose Angst spiegelte sich in Neldas Zügen, sie beugte sich weit vor, ihre Augen hatten ein wildes, irres Flackern. »Sag, wer schießt ihn tot – wen? Um Gottes willen, sag' doch!« Sie rüttelte die Mutter.

»Laß mich los,« ächzte die kleine Frau. »Ja, jetzt hast du Angst, aber dich beizeiten anständig betragen, das kannst du nicht! Du bist es nicht wert, daß ein Mann wie Xylander sich deinetwegen totschießen lässt. Es wäre lächerlich von ihm, sich zu deinem Ritter aufzuspielen, er wäre ein Phantast, ein überspannter Narr, sagt die Zänglein. Aber das ist nur Gerede, sie neidet es dir bei alledem, und ich glaube auch nicht, daß für Milchen und Tonchen –«

»Sag', mit wem er sich schießt! Um Gottes willen, mach doch, gib doch Antwort!« Verzweifelnd hob Nelda die Hände.

»Gestern – beim Herrenfest im Kasino« – ächzte die Mutter weiter. »Sie haben sich über dich lustig gemacht, da – ach, wenn ich mir's überlege, ich möchte in den Boden sinken, es ist um den Verstand zu verlieren! Dazu zieht man eine Tochter auf mit so viel Liebe, mit so viel Kosten! Man spart sich's ab, damit sie standesgemäß erscheint, man macht alles mit, Bälle, Gesellschaften – und sie geht hinterm Rücken und betrügt einen! Mir ist, weiß Gott, oft genug nicht nach Vergnügungen zu Mut gewesen, aber –«

»Weiter, weiter! Rasch, was war beim Herrenfest? Sie machten sich über mich lustig, und da –?!«

»Da – ja, da – nein, besonders Leutnant von Röntheim – du weißt doch, der flotte kleine Röntheim von der Garde – erzählte schreckliche Geschichten von dir. Da – es ist nicht auszudenken! Was fangen wir an? Die ganze Stadt spricht über uns, wir sind einfach unten durch, wir –«

»Da« – Nelda packte mit eisernem Griff wieder das Handgelenk der Mutter – »besonders Röntheim, da –«

»So laß mich doch aussprechen! Da, ja, da schlug Xylander einfach dem Röntheim in's Gesicht und schrie: ›Das ist eine infame Lüge! Fräulein Dallmer ist unschuldig, sie ist ein Engel!‹ Und wenn die andren nicht dazwischen gesprungen wären, wer weiß, was da geschehen wäre gleich auf der Stelle. Es soll grausig gewesen sein. Und nun haben sie sich gefordert, schärfste Forderung. Einer bleibt tot am Platz. Und Xylander wird gewiß tot bleiben, Röntheim ist der beste Schütze in der Garnison. Und wenn der Hauptmann auch den andren totschösse, was hat er davon? Er kriegt Festung. Und mit der Karriere, na! Man weiß wirklich nicht, was man wünschen soll. O Gott, o Gott, daß ich das noch erleben muß!«

»Das darf nicht sein!« Nelda richtete sich grade auf, die alte Entschlossenheit erschien für einen Augenblick auf ihrem Gesicht. »Er hat an mich geglaubt, er hat« – ein krampfhaftes Schluchzen brach ihr die Stimme, sie unterdrückte es mit gewaltsamer Anstrengung – »mich nicht verlassen. Ich gehe hin, er darf sich nicht schießen. Er irrt sich, ich bin nicht unschuldig!« – –

In der Xylanderschen Wohnung war es totenstill. Die Kinder saßen verschüchtert um ihren Spieltisch, sie lärmten nicht wie sonst; sie duckten sich wie die kleinen Vögel beim Gewitter, die auch nicht wissen, warum es donnert und blitzt.

Buschmann und Settchen hatten nicht enden wollende Flüsterunterhaltungen. Der Herr Hauptmann war fort, schon am Morgen mit Hauptmann Kalbshorn weggegangen; Frau Hauptmann nicht wohl, wollte keinen Menschen sehen, hatte sich in's Schlafzimmer eingeschlossen. Dort lag sie auf dem breiten Ehebett, wühlte den blonden Kopf in die Kissen und schluchzte wie eine Verzweifelte.

Zweimal war Fräulein Dallmer schon dagewesen, einmal am Vormittag, das andre Mal am Mittag; man hatte sie abgewiesen, aber sie wollte gar nicht weggehen. Mit ängstlicher Dringlichkeit hatte sie gefragt, wann der Herr Hauptmann zurückkäme, und ob niemand wisse, wo er sei? Ob denn nicht wenigstens die Frau Hauptmann einen einzigen Augenblick zu sprechen wäre?

Settchen ließ sich erweichen und klopfte an die Tür des Schlafzimmers: »Frau Hauptmann, Fräulein Dallmer möcht Sie so gern sprechen – ein Augenblick!«

Drinnen ein unterdrückter Aufschrei, dann: »Ich bin nicht zu sprechen, ich bin krank!«

Settchen war es ordentlich gruselig geworden bei den Augen, die Fräulein Dallmer machte, als sie nach diesem Bescheid langsam, ganz lahm, die Treppe hinunterstieg.

»Ne, so ebbes!« sagte Settchen zu ihrem Vertrauten Buschmann. »Jesses, wat die nur hat! Un se will widderkommen!«

Richtig, es war Nachmittag, draußen klingelte es schon wieder! Vor der Tür stand Fräulein Dallmer. Verlegen gab ihr das Mädchen Bescheid: der Herr Hauptmann noch nicht zu Haus, die Frau Hauptmann noch krank und nicht zu sprechen.

»So – ich muß sie aber sprechen!«

Settchen fühlte sich beiseite geschoben; verdutzt stand sie da, in der Wohnstubentür verschwand eben die schlanke Gestalt.

Nelda schritt hastig an den Kindern vorbei, erstaunt sahen diese sie an – heute gar keinen Blick? Der Älteste, Wilhelm, haschte nach ihrem Kleid. »Du darfst nicht zu Mama, du sollst überhaupt nicht bei uns kommen; heut morgen hat's die Mama gesagt. Ich hab es ganz genau gehört, du sollst nicht!«

»Laß!« Nelda riß ihr Kleid los, sie achtete nicht auf das Geschrei des Knaben. Nun stand sie an der Schlafstubentür, nun klopfte sie – kein: Herein. Noch einmal und noch einmal kräftiger.

»Wer ist da?«

Sie gab keine Antwort; die Kniee zitterten ihr, sie lehnte sich schwer gegen den Pfosten. Da – die Tür ging auf. Frau Elisabeth streckte ihr verstörtes, rotgedunsenes Gesicht heraus, fuhr mit einem Aufschrei zurück und suchte hastig wieder zu schließen. Nelda drückte mit aller Kraft gegen, jetzt drängte sie sich hinein.

Sie standen sich gegenüber in dem verdunkelten Raum, keine fünf Schritt von einander. Mit tiefem Mitleid sah Nelda die dick verweinten Augen der jungen Frau, es gab ihr einen Stich durch's Herz, sie stammelte: »Verzeihen Sie, o, verzeihen Sie mir! Um Gottes willen, sagen Sie, wo ist Ihr Mann? Ich muß ihn sprechen, er darf sich nicht duellieren meinetwegen!« Sie hatte leise begonnen, jetzt hob sich ihre Stimme laut und angstvoll. »Ich muß ihn sprechen, es darf nicht sein, es kann nicht sein! Ich will's ihm ja sagen, ich will's ihm ja sagen, ich bin nicht unschuldig. Röntheim hat recht, sie haben alle recht. Sagen Sie mir, wo Ihr Mann ist, rasch, rasch, ich habe Eile, es ist höchste Zeit – o bitte, sagen Sie mir, wo kann ich ihn sprechen?«

»Das ist alles zu spät,« sagte die junge Frau finster. Sie lehnte gegen den Bettrand, die Arme über der Brust gekreuzt. »Er muß sich nun schießen, er soll sich nun auch schießen – und wenn sie ihn mir tot nach Hause bringen, das ist das Schlimmste nicht!« Sie unterdrückte das Schluchzen, das ihr laut aufstieg. »Nein, ich will nicht weinen, er ist es nicht wert! Für eine Fremde setzt er sein Leben auf's Spiel, vergißt er uns! Zieht ein leichtsinniges Mädchen der Frau vor, die ihm immer, ja immer treu war, die ihm fünf Kinder geboren hat, die –.« Die Tränen kamen ihr doch, sie weinte laut heraus. »Ich habe so gespart, ich habe mich immer so gefreut, wenn ihm was recht war!« Sie konnte nicht weitersprechen, sie hielt sich das Taschentuch vor's Gesicht und rannte wie eine Wilde im Zimmer auf und ab.

»Frau Elisabeth, wo ist Ihr Mann? Ich bin in Todesangst – erbarmen Sie sich, sagen Sie rasch, wo er ist? Ich will zu ihm. Hören Sie, hören Sie doch, es darf kein Duell stattfinden! Wo ist er? Haben Sie Mitleid!« Nelda streckte flehend die Hände aus. »Ich bin so unglücklich!«

»Unglücklich?!« Gereizt ließ die junge Frau das Taschentuch fahren, ihre Augen blitzten zornig. »Sie und unglücklich?! Angst haben Sie vor allem, was Sie angerichtet haben. Sie haben mir meinen Mann genommen, den Kindern ihren Vater! Meinetwegen sollen sie ihn totschießen; für mich ist er doch hin! Mag er tot sein oder nicht, ich gehe fort von ihm. Mit den Kindern will ich mich in irgend einen Winkel verkriechen, da will ich drüber nachdenken, wie glücklich ich war und wie unglücklich ich jetzt bin. Er hat mich betrogen, hundertfältig, tausendfältig. Hier,« – sie stieß mit dem Fuß gegen die Bettstatt, daß sie krachte – »hier bin ich glücklich gewesen! Was habe ich für ihn getan! Und er wirft das alles weg wie gar nichts, wegen einer verrückten Idee, wegen einer fremden Person! Ich – ich werde hintenan gesetzt!« Sie griff sich mit beiden Händen in die blonden Haare und wühlte darin, in wildem Schmerz warf sie sich fast schreiend über das Bett.

Nelda stand wie erstarrt, sie wollte sprechen und konnte nicht. Instinktiv fühlte sie, da war kein Wort des Verständnisses möglich zwischen ihr und der da; ein brennender Schmerz um den Mann durchzuckte sie. Langsam schlich sie dem Bett näher, wie geknickt, und strich mit zitternden Fingern den Rücken der Weinenden. »Sie tun ihm unrecht – wo ist er?« In Verzweiflung bebte ihre Stimme. »Ich will ihm sagen, daß –«

»Unterstehen Sie sich!« Die Liegende schnellte auf und starrte sie angsterfüllt an. »Sie haben ihm nichts zu sagen, gar nichts, er ist mein Mann, er geht Sie nichts an! Was wollen Sie hier?« Sie packte Nelda bei den Schultern und rüttelte sie. »Gehen Sie, machen Sie, daß Sie fortkommen!« Sie stieß das Mädchen vor sich her. »Ich will allein sein – hören Sie?« Ihre Füße stampften den Boden. »Allein sein!« Ein Ruck – Nelda stand draußen, krachend flog die Tür zu, der Schlüssel wurde umgedreht. Drinnen wieder das schreiende Schluchzen.

Keine Hilfe! Nelda wankte an den erschrockenen Kindern vorbei; alle drückten sich auf ein Häufchen. Langsam, sich an's Geländer klammernd, tastete sie die Treppe hinunter.

Nun stand sie auf der Straße, ein scharfer Nordost schnob ihr entgegen. Wohin? Nach Hause – –? »Nein!« Sie schauderte und biß die Zähne aufeinander. Die Mutter, anders als Frau Xylander und doch wie eine Rasende. Der Vater, ganz zusammengebrochen; er hatte kein Wort des Vorwurfs, nur bittere Tränen, die ihm über die Wangen flossen. Zum ersten Mal, daß ihn sein Kind weinen sah. Eine wahnsinnige Verzweiflung überkam das Mädchen – nur nicht nach Haus! Aber wohin – – –?!

Wie eine Irre sah sie um sich. Da war die Chaussee mit den einzelnen Häusern in den verschneiten Gärten, der Himmel grau, schwer. Und hier, hier auf der Brust ein gräßlicher Druck. Er spannte sich ihr um die Mitte wie ein eiserner Reif; kein Atemzug mehr frei und leicht, kein Gedanke mehr, kein besondrer Schmerz mehr, auch keine Tränen mehr. Eine dumpfe Stumpfheit.

Der Wind fegte ihr die Haare in's Gesicht und riß an ihren Kleidern; sie schwankte, taumelte und torkelte dann weiter. Ihre Füße glitten aus im weichen Schnee. Nun stand sie oben auf der Böschung. So weit war sie schon gegangen?! Ihre seltsam starren Augen blickten zurück: ganz hinten lagen die Häuser. Kein Mensch – sie war so allein – eine weite, stille Schneefläche, der schwere Himmel darüber. Und unten der Rhein. Ihr ward so heiß auf einmal, glühend! Da war es kühl!

Vorsichtig, halb kletternd, halb rutschend, kam sie die Böschung hinab; sie stand am Ufer neben den Weidenbüschen, die waren jetzt starr und tot. Ihre Zweige hingen hinab auf die dünne Eiskruste, auf der Schnee lag, den das nagende Wasser schmutzig gefärbt. Der Wind stöhnte über den Strom, er blies ihr in's Gesicht und knisterte in den Eisschollen; leise schoben sie hin und her. Regungslos stand Nelda, die Hände krampfhaft gefaltet. Es kam ihr plötzlich in den Sinn:

›Packt Sie da nicht auch die Lust, hinab zu springen und sich im Untergehen willenlos treiben zu lassen, Gott weiß wohin?‹ Er hatte das gesagt am Ballabend auf der Brücke.

›Da müßt' ich sehr unglücklich sein, so unglücklich, wie ich's mir gar nicht denken kann!‹ War sie es, die das erwidert hatte? – – – –

»Ich muß sterben!«

Nelda sagte es so laut, daß es in den Wind hineinschallte. Und dann kam's über sie wie ein großes Erfreutsein: jetzt wußte sie, wohin. Sie drückte die Augen zu und tappte blind vorwärts. Das Eis knackte und spritzte ihr in's Gesicht. Sie fühlte mit wilder Lust, wie ihr die kalte Lache über die Füße schlug.

* * *

Dreimaliger Kugelwechsel – zehn Schritt Distanz.

Paul Xylander wußte ganz genau, was er tat, als er sich mit dieser Forderung einverstanden erklärte; Premierleutnant Freiherr von Osten hatte sie in aller Morgenfrühe Hauptmann Kalbshorn überbracht. Der Überzählige fühlte sich sehr gehoben, er war unentbehrlich – seliges Empfinden! Er wich Xylander nicht von der Seite, er behütete ihn wie eine Kinderfrau das anvertraute Wickelkind; sie aßen miteinander zu Mittag, dann bereitete er glückstrahlend in seiner Garçonwohnung den Kaffee, er litt nicht, daß der Bursche eine Handreichung tat. »Pst, pst!« Er schlich auf den Zehen um den andern herum, der in der Sofaecke saß und düster vor sich hinbrütete. Endlich brach Xylander auf; es schien ihn wenig nach Hause zu ziehn. Bis an die Brücke gab ihm Kalbshorn das Geleit – ein letzter bedeutungsvoller Händedruck, ein dramatisches Augenrollen des Literarischen, ein geheimnisvolles Flüstern: »Leben Sie wohl, lieber Freund! Morgen Punkt sieben bin ich mit dem Wagen vor Ihrer Tür! Leben Sie wohl!«

Xylander war allein. Langsam schritt er seines Wegs. Er sah sehr bleich aus, tiefe Falten waren in seine Stirn gegraben, ein bittres Lächeln zuckte um seinen Mund. Das also war das Ende! Zehn Jahre lebte die blonde Frau schon an seiner Seite, und so wenig verstand sie ihn?! »O Elisabeth!« Er stöhnte auf und rieb sich mit der Hand die schmerzende Stirn – was war das für eine Nacht gewesen, welch ein Morgen! Diese Tränen, dieses Geschrei, diese Szene! Mit sinnlosen Vorwürfen überhäuft, mit kindischen Anklagen. Er war aus dem Hause geflohen, er hatte Gott gedankt, fortbleiben zu können. Nun schloß er die Augen und schauderte – er mußte doch einmal wieder heim!

Eine unsagbare Traurigkeit war in ihm; keine Angst – wovor denn? Das Duell schreckte ihn nicht – war es das Schlimmste, wenn ihn eine Kugel traf und der schmerzlichen Enttäuschung ein Ende machte? Er dachte an seine Kinder: wenn er fiel, was sollte aus ihnen werden? Er sah die blonden unschuldigen Gesichter vor sich, und die Tränen kamen ihm in die Augen. Gewiß liebte er sie zärtlich. ›Du willst sie aufs Spiel setzen eines Ehrbegriffs wegen? Nicht einmal deiner Ehre, nein, der eines fremden Mädchens wegen!‹ – Hatte nicht so ähnlich Elisabeth gesagt? Nein, viel schroffer, in häßlichen Worten, unverständig, laut. Er glaubte wieder die grelle Stimme zu hören und fuhr zusammen.

Aber niemand war da, die Chaussee menschenleer. Morgen um diese Zeit, wo würde er da sein? Vielleicht war er tot. Und Nelda? Ihr war in keinem Fall geholfen. Nein! Wenn vergossnes Blut auch nicht den kleinsten Makel abwaschen kann, wozu die Komödie? Warum stellt man sich einander gegenüber, knallt die Pistolen los und späht durch den Pulverdampf wie ein wildes Tier, ob der Gegner gefallen? Warum zerhaut man sich mit dem Säbel? Nicht im Krieg, im männlichen Kampf für das bedrohte Heiligtum des Vaterlandes, bewahre, im tiefsten Frieden, Kamerad gegen Kamerad mit barbarischem Zynismus. Offiziersehre! – war das wirklich ihrer würdig?!

Ein bittrer, beklemmender Zweifel stieg in Xylander auf, zum ersten Mal in seinem ganzen Leben; er war ja großgezogen, aufgepäppelt mit dem Surrogat ›Ehre‹, eingelullt vom alten Ammenmärchen ›Ehrbegriff‹. Faxen, nichts als Faxen! Das war keine Ehrenrettung, keine Wiederherstellung! Armes, reines Mädchen, deine heimliche Neigung bleibt an's Licht gezerrt, dein Name ist mit Schmutz beworfen – wer, was hilft dir?

Eine edlere Empörung wallte in Xylander auf; mit großen Schritten stürmte er vorwärts, sein Gesicht wurde rot und heiß. Am eignen Haus lief er vorbei, er beachtete es nicht in seinen Gedanken. Er lief sich müde gegen den sausenden Wind; der tat ihm ordentlich wohl. Tiefatmend hielt er endlich ein. Er stand oben auf der Böschung des Damms, der sich zum Schutz gegen den Rhein hinzieht. Unten das Wasser, halb vereist, in grauweißen Dunst gehüllt; ringsum winterliche Öde – keine Ahnung besserer Zeit.

Jetzt fröstelte ihn. Er wollte umkehren, und doch hielt's ihn fest hier: am Ufer zwischen den Weiden bewegte sich was – ein Mensch, ein Tier? Das konnte ihm gleichgültig sein, und doch blickte er hinab und suchte es zu erkennen; die Gläser des Kneifers liefen an, er wischte und wischte. Ein Mensch, eine Frau! Herr des Himmels, ist das nicht Neldas Pelzmütze, ihr grünes Kleid?! Jetzt bläht es sich auf wie ein Segel. War sie von Sinnen, was tat sie da? – – Jetzt bückt sie sich – jetzt geht sie vorwärts – ihre Gestalt wird kleiner, scheint einzusinken. – Jetzt –

Kein Laut. Zwei, drei Sätze genügen, er steht unten neben ihr im zerbröckelten Eis, im kalten Wasser und hält sie gepackt.

»Nelda!«

Sie schreit nicht, sie zuckt nur zusammen und reißt die geschlossenen Augenlider weit auf. Ein jammervolles Flehen ist auf ihrem Gesicht, gleich darauf ein wilder Trotz.

»Sie stören mich – gehen Sie – was wollen Sie –?!«

Sie sträubt sich; er umklammert ihre beiden Handgelenke und zerrt sie gewaltsam zurück. Mit aller Kraft leistet sie Widerstand; er muß sich anstrengen, ihr Körper biegt sich wie eine Gerte. Sie ringen miteinander – das dünne Eis bröckelt, das Wasser spritzt – sie keucht, ihre Zähne beißen sich in die Lippen. Den Blick hält sie unverwandt hinaus auf den Strom gerichtet mit einem düstren Verlangen.

»Ich will sterben – ich muß!«

»Nein!« Er hebt sie kraftvoll in die Höhe und setzt sie am Ufer nieder. »Nelda – Nelda!«

Von Angst und Entsetzen geschüttelt, umschlingt er sie mit beiden Armen. Sie starrt ihn an – jetzt plötzlich ein Zwinkern der starren Augen, ein Zittern, sie fällt in sich zusammen. Ihr Kopf liegt matt an seiner Brust, sie gleitet schwer an ihm nieder.

»Hauptmann Xylander, Sie – Sie – jetzt erkenn' ich Sie! Ich wußte nicht mehr wohin. – Sie werden sich nicht duellieren, Sie dürfen nicht!« Ihre zitternden Finger krallen sich in seinen Rock. »Ich hab Sie gesucht – ich bin nicht, wie Sie denken, ich bin nicht schuldlos – hier, hier, lesen Sie!«

Sie zerrt ein Papier aus der Tasche; zerknittert, die Schrift halbverlöscht. Er liest es beim grauen Licht des scheidenden Tages. ›Hochverehrtes Fräulein‹ und so weiter. Mit funkelnden Augen zerreißt er das Blatt in Fetzen; der Wind fegt sie fort. »Feigling! Erbärmlicher Egoist!«

»Nicht – nicht!« Aufspringend umklammert Nelda seine Hände. »Schelten Sie ihn nicht, ich kann's, ich kann's nicht hören!« Sie bricht in jammervolles Weinen aus. »Ich allein trage die Schuld!« – – – – – – – – – – –

Langsam, mühselig gingen sie nach Hause zurück durch den tiefen Schnee. Sie gingen am einsamen Uferrand, nicht über die gebahnte Chaussee, aus Scheu vor Menschen. Die Röcke, naß bis zum Knie, klatschten dem Mädchen um die Glieder; eine tiefe Erschöpfung machte sie taumeln. Er führte sie sorgsam, mit seiner Gestalt den Nordost auffangend. Der Wind war Sturm geworden.

Sie stammelte unter Tränen, in abgebrochenen Lauten die ganze Geschichte ihrer Liebe, ihres Elends; und dazwischen griff sie immer wieder nach seiner Hand. »Sie schießen sich nicht – ich bin es nicht wert – versprechen Sie mir das eine – aus Barmherzigkeit!« In atemloser Angst starrte sie in sein Gesicht.

Langsam, sehr ernst schüttelte er den Kopf. »Ich werde mein Möglichstes tun, das Duell zu verhindern. Ich werde« – er biß sich auf die blaßgewordenen Lippen – »Röntheim entgegenkommen. Ich verspreche es Ihnen, Nelda. Sie stehen mir zu hoch!« Er sah ihr tief in die Augen, in diese armen verweinten Augen; ein Zittern lief ihm durch's Herz. Jetzt wußte er, was in ihm war, was in ihm sprach, laut, unwiderruflich: dieses Mädchen könntest du lieben mit der großen, wahrhaften Liebe! Armer, verloren für dich! – – – – – Mit leisem Druck gab er ungern ihre Hand frei. Sie standen am Dallmerschen Haus.

»Mut, Nelda,« sagte er herzlich. »Armes Kind! Ich gehe sofort zu meinem Sekundanten.«

Er beugte sich über sie und küßte ihre Stirn. Es war wie ein Hauch, sie fühlte es kaum.

»Danke,« murmelte sie. »Danke!«

XIII.

So viele Kaffees waren lange nicht gegeben worden; sonst ruhten sie etwas in der Zeit vor Weihnachten, man war da zu stark durch die Wohltätigkeit in Anspruch genommen. Heuer war's anders. Die dicken Nadeln in den Armenstrümpfen klapperten, Kinderhemden, Kinderröckchen brachte man mit zu den freundschaftlichen Vereinigungen. Bekamen die im Eifer des Gesprächs auch eine etwas merkwürdige Fasson, das schadete nichts, arme Leute können alles brauchen.

Man kam angestürzt aus der Suppenanstalt, dem Kindergarten, der Mägdeherberge, aus dem Verein für verschämte Arme und aus dem zur Hebung der Sittlichkeit. Erschöpft sank man an den Kaffeetisch, nach und nach erst kam man wieder zu sich und das Gespräch geriet in Fluß.

Über der Angelegenheit Xylander-Röntheim schwebte ein mystisches Dunkel. Hatten sie sich geschossen – hatten sie sich nicht geschossen – –? Die Meinungen schwankten. Soviel nur war gewiß: an einem grauenden Novembermorgen waren zwei wohlverschlossene Wagen hinaus zum Mainzer Tor nach jenem einsamen Wäldchen hinter den Schießständen gefahren. Wer sie gesehen hatte, wußte man freilich nicht genau. Aber Xylander und Röntheim lebten doch beide, wie ging das zu? Wunderbar, höchst wunderbar!

Die Beteiligten schwiegen. Xylander allein wußte, was es ihn gekostet hatte, bei den Sühneversuchen des Unparteiischen der erste zu sein, der die Hand bot. Bei einer so ernsten Beleidigung, wie sie hier vorlag, waren solche Versuche nur Form; doch kam die Versöhnung wirklich zustande. Röntheim war kein Unmensch, im Grunde froh, die ganze Geschichte los zu sein. Mit dem Rausch war auch der Hauptzorn verflogen, er wußte nicht mehr recht, was eigentlich geredet worden war. Wäre auch höchst fatal gewesen, nicht nach Köln fahren zu können! Seiner Ehre war ja Genüge geschehen. Xylander hatte sich bereit erklärt, in Gegenwart mehrerer Kameraden die Beleidigung zurückzunehmen und seine Erregung mit starker Bezechtheit entschuldigt. Immerhin stand Röntheim glänzend da – und Xylander?

Nun, die Kameraden hatten die Liebenswürdigkeit, über die Sache reinen Mund zu halten, aber sie gereichte dem Hauptmann nicht gerade zur Ehre. Ä was, Pistole in die Hand – eins, zwei, drei – losgeknallt – das hieß Schneid! Er war der Blamierte. Man zuckte die Achseln, man murmelte etwas von ›Unmöglichkeit‹. Was machte er sich daraus.

Xylander war traurig, müde – ja, müde, das war der richtige Ausdruck. Hätte er nicht Neldas Augen mit dem angstvollen Ausdruck unablässig vor sich gesehen, noch am letzten Morgen wäre er seinem Versprechen untreu geworden. Statt die üblichen Faxen der Versöhnung durchzumachen, hätte er lieber geschrieen: ›Eins, zwei, drei – zählt doch! Eins, zwei, drei, los! Schießt mich nieder, mir ist's recht, im weißen Schnee zu liegen!‹ Statt dessen hatte sein Mund Worte der Entschuldigung gemurmelt, er verbeugte sich, reichte mechanisch die Hand. Welch hundsföttisch lächerliche Situation, die beiden da im Schnee – er, der Lange, dem Kleinen gegenüber – Sekundanten, Arzt, Pistolenkasten, Verbandszeug, hinter'm Gebüsch die beiden Wagen! Die Komödie war gut in Szene gesetzt, ha ha!

Schwer wie im Traum stieg er wieder die Treppen zu seiner Wohnung hinan. Seine Frau hatte er nicht gesprochen seit der gestrigen Morgenszene, nicht einmal Adieu hatte er ihr heute gesagt; eigensinnig hielt sie sich vor ihm verschlossen. Nun kehrte er zurück – tapp, tapp – wie langsam sein Schritt war. Da – ein Schrei! Die Glastür wurde aufgerissen, sie stürzte ihm entgegen, die Stufen hinunter, verweint, aufgelöst. Sie umschlang ihn schluchzend.

»Paul, Paul!«

Erschrocken zuckte er zusammen – wie laut ihr Schluchzen im Hause widerhallte!

»Ruhig!« Er zog sie in den Flur und hinein in die Stube.

Wie eine Sinnlose klammerte sie sich an ihn; sie weinte, sie lachte, sie streichelte seinen Rock. »Du bist da, du bist nicht tot! Ach Gott, ach Gott! Ist er verwundet, ist er tot, mußt du nun auf Festung? Paul, Paul, bist du noch böse? Sag' doch ein Wort!«

»Niemand ist verwundet, wir haben uns ausgesöhnt.«

»Ach!« Sie sank auf den nächsten Stuhl und schlug die Hände zusammen. »Und all die Angst! Ah!« Sie schöpfte tief Atem.

Er stand mit finsterm Gesicht inmitten der Stube, im Mantel, die Mütze noch auf dem Kopf. Jetzt sprang sie wieder zu ihm und legte beide Arme um seinen Hals. »Ist es wirklich wahr, Paul? Wahrhaftig ausgesöhnt?«

Er nickte.

»O du goldener, einziger Mann!« Stürmische Küsse brannten auf seinen Lippen, seinen Augen, seinen Wangen. »O du! Haben dich meine Bitten, meine Tränen doch gerührt? Du hast's nicht über's Herz gebracht, uns zu verlassen! Meinetwegen, meinetwegen – nicht wahr, Paul, mir zuliebe! Du hast dich nicht duelliert mir zuliebe!« Ihre verweinten Augen füllten sich rasch auf's neue mit Tränen. »Was habe ich durchgemacht! Sag', Paul, du hast mich am liebsten, meinetwegen hast du dich nicht geschossen? Sag!« Flehend drängte sie.

»Jawohl.« Er nickte wieder, gar keine Herzlichkeit war in seinem Ton. Es fuhr ihm durch den Kopf: Komödie, alles Komödie!

»Nicht wahr, Paul, meinetwegen? Sag!«

»Hm.«

»Mir zuliebe?«

»Dir zuliebe!«

Mit einem Jubelruf umschlang sie ihn, sie preßte ihn, daß er fast erstickte. »Mein Paul, mein guter Mann! Ich bin ja auch gar nicht mehr böse. Ach, was war ich außer mir. Und Nelda Dallmer kann sich auch gratulieren; die hatte schöne Angst! Sehen mag ich sie aber nicht mehr – nein, das kann mir kein Mensch zumuten! Aber Paul, zieh' doch den Mantel aus! Die Mütze ab! Du stehst ja, als wärst du fremd hier und nicht zu Haus. Ach, bist du blaß und kalt – du armer Paul!« Sie rieb seine Finger, sie hauchte darauf und küßte sie verstohlen; sie drückte ihn in den Stuhl am Ofen und setzte sich auf seine Kniee, ihren vollen weichen Arm schlang sie um seine Schulter.

Ihr Gesicht strahlte. »Meinetwegen! O du guter Mann, ich bin ganz närrisch vor Freude! Was kann ich dir zuliebe tun? Wart, ich hol dir deine Morgenschuh, meinen Plaid will ich dir über die Kniee decken! Weißt du, ich werde dir jetzt Kakao kochen. Kinder« – sie riß die Tür zum Nebenzimmer auf – »kommt herein, rasch, rasch, der Papa ist da!«

Aufjauchzend kam die Schar angestürzt. Frau Elisabeth trug den Jüngsten; sie kniete vor ihrem Mann nieder und hielt ihm das Kind zum Kuß hin. Die anderen klammerten sich rechts und links an den Vater und überschütteten ihn mit Liebkosungen.

Auf Frau Elisabeths Wangen erschienen die Grübchen, dabei liefen ihr die Tränen aus den Augen; sie legte den Kopf auf Xylanders Kniee. »Paul, wir sind so glücklich!«

Der gespannte Ausdruck seiner Züge ließ nach. Mit einem wehmütigen Lächeln sah er die Kinder der Reihe nach an, dann hob er den Kopf seiner Frau auf und strich ihr über die Wangen. Ihre Freude rührte ihn doch.

* * *

Bei Dallmers im Hause war's, als ob ein Toter darin läge. Frau Rätin ging herum, ewig weinend; es war ein Jammer. Der Rat sah sehr elend und bekümmert aus; er hatte einen langen Brief an seinen Bruder in die Eifel geschrieben und ihm Neldas Kommen demnächst angekündigt.

»Sie muß fort,« sagte er zu seiner Frau, »und zwar auf lange. Erst wenn sich die Sache etwas verblutet hat, darf sie wiederkommen. Unser armes Kind!« seufzte er und stützte den Kopf sorgenvoll in die Hand.

»Das fehlt noch, daß du sie bedauerst, sie trägt die gerechte Strafe. Ich meine doch, da sind andere Leute mehr zu beklagen. Nein, uns so was anzutun! Ich sag's ihr aber auch alle Tage gründlich; sie fühlt's auch, mucksmäuschenstill sitzt sie da. Auf die Straße traut sie sich gar nicht und ich traue mich auch nicht.

Mein Gott, man sitzt hier wie auf 'ner wüsten Insel, kein Mensch läßt sich sehen!«

Frau Rätin hatte ganz recht, das kleine Haus auf der Chaussee lag wie gemieden; allzu lebhaft war ja der Verkehr nie gewesen. Und Nelda traute sich nicht auf die Straße; sie konnte auch nicht, sie war wie gelähmt an Geist und Körper. Krank war sie nicht. Es wäre eine Wohltat für sie gewesen, in einem heftigen Fieber sinnlos zu liegen, aber die Natur war nicht so barmherzig. Ihre nassen Kleider hatte sie noch heimlich zum Trocknen auf den Boden geschleppt – daß nur die Eltern nichts merkten! Dann war's über sie gekommen – eine vollständige Lethargie.

Sie weinte nicht. Sie saß den ganzen Tag auf einem Fleck und stickte und stickte, endlos langweilige Muster in eine Kanevasdecke; die blauen und roten Fäden schienen ihr ganzes Denken in Anspruch zu nehmen. Sie hob nicht den Blick, wenn jemand eintrat; sie rührte sich nicht, wenn die Mutter mit Tränen und unglaublicher Zungenfertigkeit ihr all ihre Sünden vorwarf. Selbst für den Vater hatte sie kein Lächeln. Als er ihr, ohne Vorwurf, aber mit tieftraurigem Gesicht, sagte: »Ich habe an Onkel Konrad geschrieben, nach dem Vorgefallnen ist es besser, du bist für einige Zeit fort,« nickte sie nur gleichgültig.

Sie packte dann ihre Sachen. Mit Jammern und Schelten legte die Mutter ein paar wärmere Unterröcke in den Koffer. »Es ist da oben kalt. Ach, du mein Gott, so ein Kind, so eine Rute, die man sich selber gebunden hat! Hol dir da oben nur nichts!«

Der letzte Tag daheim kam. Es ging auf den Abend. Nelda saß allein in der Stube zu ebner Erde. Sie saß nicht wie früher am Tisch, unterm Licht der Hängelampe, sie hatte sich in den dunkelsten Winkel verkrochen; da kauerte sie im alten Lehnstuhl und hatte den Kopf hintenüber an die kalte Wand gelegt. Er war ihr bleischwer. Immer dies eine Gefühl: ›Ach, hätte er dich nicht festgehalten, da lägst du nun im Rhein und triebst mit den eisigen Wellen, wer weiß wohin – immer weiter, weit über Köln hinaus nach Holland zu – was die Mynheers und Mynfrouws wohl für Gesichter machen würden, wenn man da ein junges Mädchen auffischte mit langen blonden Zöpfen?‹ – Was für

Gedanken! Mit einer Art Beschämung schüttelte sie sich, die Zähne schlugen ihr aufeinander; sie fror jetzt immer.

Draußen tönte die Klingel; gedämpftes Sprechen klang im Flur, dann öffnete die Mutter die Tür und schob eine vermummte Gestalt herein. »Hier, Nelda, die liebe Frau von Osten! Steh mal auf! Das kannst du dir hoch anrechnen – nein, wie reizend, wie liebenswürdig!«

Agnes kam mit raschen Schritten auf Nelda zu; diese war aufgestanden und stemmte die Hand auf die Stuhllehne. Frau Rätin ging geräuschlos hinaus.

»Was willst du?« sagte Nelda. Sie zog sich förmlich in sich zusammen; die Gestalt der Freundin war ihr fremd geworden, dies rosige Gesicht tat ihr weh. Sie sagte nicht: ›Setz' dich!‹

»Was ich will?« Die junge Frau war sehr verlegen, sie knöpfte an ihrem Pelzmantel. »Mein Gott, Nelda, wie komisch du bist! Ich – ich, ach Nelda!« Sie fing plötzlich an zu weinen. »Du tust mir so schrecklich leid! Ich wollte schon immer gern zu dir, aber Carlo sagte – Heut hat er in Köln zu tun, und da hab ich mich doch aufgemacht. Wie es dunkel wurde, bin ich aus dem Haus geschlichen, meinen alten Mantel und die Kapuze, die ich der Waschfrau zu Weihnachten schenken will, habe ich angezogen; da kennt mich keiner!« Sie lachte wie ein Kind, das einen gelungenen Streich ausgeführt hat. »Ich habe mir eine Droschke bis Ehrenbreitstein genommen, dann bin ich zu Fuß gelaufen. O, Nelda, sie sind alle so böse auf dich! Aber ich nicht, ich ganz gewiß nicht!«

»Weißt du denn, was ich getan habe? Dann wirst du's auch sein.«

»Ja, ich weiß es.« Agnes nickte und wurde dunkelrot.

»Früher, freilich, da hätt' ich dich auch verdammt – nein,« verbesserte sie sich rasch, »da hätt' ich drüber gesprochen. Aber jetzt! Weißt du, Nelda« – sie rückte sich zutraulich einen Stuhl heran und suchte die kalte Hand der Freundin zu fassen – »seit ich meinen Carlo habe, bin ich ganz anders geworden. Nun weiß ich, was Liebe ist. So ein Glück, wie man sich's als Braut denkt, ist es ja nicht, wenn man verheiratet ist; es ist ganz anders, man muß sich doch in manches hineinfinden. Aber man lernt Fehler besser entschuldigen; man wird so viel milder, wenn man recht liebt. Ach, meine arme Nelda –« sie streichelte ihr die Hand – »du mußt doch Ramer sehr geliebt haben, sonst hättest du dich – sonst wärst du nicht so weit gegangen! Carlo hat mir die ganze Geschichte erzählt; er war sehr böse, er sagte, ich dürfte nicht – ach, du glaubst gar nicht, wie komisch die Männer in diesem Punkt sind, gerade bei Frauen! Was guten Ruf anbelangt, wirklich überempfindlich! Ich freue mich ja, daß Carlo so ist, eigentlich ist es doch ein gutes Zeichen für seinen Charakter; ich wollte aber doch zu gern zu dir! Willst du dich nicht aussprechen? Sei nicht so starr und kalt, liebe Nelda!«

»Ich kann mich nicht aussprechen.« Nelda schüttelte den Kopf. »Laß mich gehen!«

»Nein, nein –« die junge Frau beugte sich vor und legte ihre blühende Wange schmeichelnd an des Mädchens Schulter – »ich lasse dich nicht, du sollst, du mußt mir alles erzählen! Paß mal auf, dir wird dann viel leichter. Nun?«

Sie lauschte – keine Antwort. Dann flüsterte sie: »Ich will dir auch was erzählen, was außer Carlo und Papa und Mama noch kein Mensch weiß. Denke mal, Nelda –« sie errötete und lächelte – »ich soll ein Baby bekommen! Es dauert ja noch eine Weile, aber Papa und Mama sind schon sehr ängstlich; ich fürchte mich gar nicht, ich freue mich grenzenlos. Denke, ich bin dann nicht so viel allein – zu Papa und Mama kann ich doch nicht immer laufen – ich habe dann immer jemand bei mir, der mir ganz und gar gehört, der nichts will und fühlt, was ich nicht auch will und fühle. Lieber Gott« – sie faltete die Hände und sah Nelda mitleidig freundlich an – »ich glaube, dann kann man nie ganz unglücklich sein. Du Arme!«

Nelda zuckte zusammen, in ihr bleiches Gesicht stieg langsam ein wenig Röte. »Du hast recht. Du Glückliche!«

»Und nun erzähl' du mir auch, ja? Ich möchte von dir selbst alles hören, die Leute lügen ja so viel!«

»Ich kann nicht!« Das Mädchen bäumte sich förmlich auf. »Ich kann nicht, laß mich!« Der Kopf sank ihr vornüber, ein Stöhnen kam aus ihrer Brust.

So blieb sie unbeweglich. Auch Agnes rührte sich nicht. Sie wagte nicht mehr zu fragen; sie wußte nicht, sollte sie bleiben oder gehen? Die Gedanken schossen ihr hin und her – hatte sie am Ende doch nicht ganz den richtigen Ton getroffen, es war gewiß taktlos, von ihrem Glück zu sprechen, während die andre litt?! Leise und zaghaft strichen ihre Finger über Neldas Kleid. Diese gab kein Zeichen der Erwiderung von sich. Es war peinlich.

Da öffnete sich die Türe, die Rätin kam wieder herein; wie erlöst sprang die junge Frau auf.

»Ach, Sie liebe, gute Frau von Osten!« Die Rätin drückte dem Gast beide Hände. »Zu lieb, daß Sie uns besuchen! Ach ja, im Unglück erkennt man seine wahren Freunde!« Sie schluchzte laut auf: »Wir sind wirklich geschlagen! O mein Gott, zu schrecklich!«

Hier fand Agnes den richtigen Ton. Die Unterhaltung der beiden Frauen wurde sehr lebhaft; man führte sie halb flüsternd, ab und zu schoß ein verstohlener Blick zu Nelda hin. Diese nahm gar nicht teil, die saß in ihrer Ecke, als ginge sie das alles nichts an.

Endlich brach Agnes auf; sie küßte Nelda. »Deine Mama sagt, du gehst morgen fort, ich wünsche dir glückliche Reise! Es ist gewiß jetzt auch sehr hübsch in der Eifel. Und wenn du wiederkommst« – sie drückte der Freundin bedeutungsvoll die Hand und lispelte ihr in's Ohr – »dann zeige ich dir mein Baby!« Sie wußte der anderen nichts Schöneres zum Trost zu sagen. »Adieu, Nelda, adieu!«

»Adieu.« Nelda stand auf und ging mit bis zum Tisch; hier blieb sie stehen und starrte mit den weiten Augen nach der Tür, bis die sich hinter Agnes geschlossen hatte. Die Mutter gab dem Besuch noch das Geleit. Jetzt trat sie schon wieder ein. Unruhig sah sie die Tochter an; neben Frau von Ostens blühenden Farben war ihr deren Blässe doppelt aufgefallen. Nelda stand noch am Tisch, die Rechte auf die Platte gestemmt, mit der Linken das Kleid über der Brust zusammenkrampfend; ein wilder Schmerzenszug war auf ihrem Gesicht. Sie hielt sich gebückt. So gebrochen – so alt.

Frau Rätin entsetzte sich: war das ihr Kind?! Schön war Nelda nie gewesen, aber so frisch – und jetzt?

In der Rätin Gedanken tauchte mit Blitzschnelle ein Sommermorgen auf – sie sah sich draußen im Gärtchen stehen, ein Gewittersturm hatte in der Nacht dem einzigen blühenden Rosenstock die Krone abgebrochen.

Sie breitete die Arme aus: »Mein liebes Kind!«

Sie konnte nicht anders, so böse sie auch war. Sie war ja doch die Mutter und die dort – der einzige Rosenstock in ihrem Garten.

Nelda stand starr, zweifelnd sah sie der Mutter in's Gesicht; noch rührte sie sich nicht.

»Mein liebes Kind!«

Da, ein Ton wie ein Erlösungsschrei! Zitternd fiel das Mädchen in die geöffneten Arme.

Sie hielten sich umschlungen. Eine Flut von Tränen strömte aus Neldas Augen, zum ersten Mal seit langen Tagen: Regen, der Eis schmilzt. Wie ein Kind duckte sich die große Tochter an die Brust der kleinen Mutter. Da war viel Unverstandenes zwischen beiden, wenig Gemeinsames, und doch ein mächtiges Band des Blutes, das sich nicht verleugnet.

Zweites Buch

I.

Unruhig ging Bürgermeister Dallmer die Straße im Dorf auf und nieder, die Hände auf den Rücken gelegt; sein mächtiges Genick war von grauen Haaren umflattert, schwer stampften seine Tritte. Jetzt sah er nach der Uhr. »Halb vier, die Post muß gleich kommen!«

Der Gehilfe trat schon mit dem Briefsack vor das Postgebäude; dies war das einzige größere Haus in der ganzen Straße, zugleich Steueramt und Kreiskasse. Sonst nur niedere Hütten mit Dunghaufen vor der Tür; einzig jene Gastwirtschaft drüben konnte sich noch sehen lassen. Ein junger Mann trat gerade in die Tür und grüßte respektvoll herüber: »Guten Tag, Herr Bürgermeister!«

Dallmer faßte an die Pelzmütze.

»Herr Bürgermeister, ich hab Schnee schippen lassen auf dem Weg zum Tempelchen. Fräulein Nelda kann als heut noch nach der Aussicht gehen. Ich weiß, wie wir noch Kinder waren, liefen wir da immer zuerst hin!«

Schnedderedengdeng! Eben bog die Post um die Ecke; langsam kam sie die Straße herauf. Der Postillon versuchte eine Melodie, die Töne blieben im Horn stecken; es war zu windig. Aus allen Fenstern fuhren Köpfe, Kinder eilten vor die Tür. ›Die Post, die Post!‹ Auch ein paar Männer standen neugierig herum; sie grüßten faul.

Jetzt hielt der gelbe Kasten. Mit starker Hand riß Dallmer den Schlag auf, ein einziger Passagier darinnen – Nelda.

»Heiho, willkommen, Kind, in der Eifel! Gut, daß du wieder da bist!«

»Onkel Konrad!« Sie versuchte zu lächeln, stieg wie im Traum aus und schaute verwundert um sich. Noch alles, wie das letzte Mal, ganz so; die Hütten, die Dunghaufen, und da schaute trotzig ein Berg in die Gasse. »Ah!« Sie atmete tief, wie erleichtert, dann gab's ihr einen Stich durch's Herz – alles so wie früher, nur sie selbst nicht.

»Du siehst blaß aus, Kind!« Der große Mann beugte sich und küßte sie. »Was machen sie zu Hause? Na ja, ich weiß schon, der

Vater immer krank und Lorchen klagt ewig; sie ist natürlich sehr dagegen, daß du zu mir kommst. Schadet nichts, tut dir sehr gut! Na, hast du mich denn noch nicht vergessen?« Er legte ihren Arm in den seinen und zog sie an sich. »Was? Nun wollen wir aber gehen. Potz Kukuck, ist denn keiner hier, der uns den Koffer tragen kann?« Er sah suchend umher, die feurigen, blauen Augen rollend. Von den Männern rührte sich keiner. Nur der junge Mensch drüben aus der Wirtsstube sprang schnell herbei.

Er grüßte Nelda mit einer Verbeugung. »Lassen Sie mich dafür sorgen, Herr Bürgermeister, Sie sollen ihn gleich haben!«

»Danke!« Mit einem kurzen Nicken drehte sich der Bürgermeister ab und ging mit Nelda weiter. Seine breite Stirn hatte sich gekraust, er brummte vor sich hin: »Schafsköpfe! Rührt sich wieder keiner, wollen mit mir maulen!« Er sah finster aus, sein Gesicht trug keine Spur der Freude mehr, mit der er die Nichte begrüßt hatte. Er sprach nicht.

Sie bogen links ab in die zweite und letzte Straße des Dorfes. Dieselben Hütten, dieselben Dunghaufen, nur stand hier die Kirche, merkwürdig groß und stattlich; links die Pfarrwohnung, rechts die Bürgermeisterei.

»Da sind wir!«

Hinter ihnen trappsten kräftige Schritte; Nelda sah sich um. Der junge Mann von der Post kam eilig heran, er trug ihren schweren Koffer, als sei das gar nichts. Keine Muskel war angespannt, das gleiche bräunliche Rot deckte die Wangen und die Stirn unter den Haarringeln. Über das ganze Gesicht lachend, ließ er das Gepäckstück vor der Tür niedergleiten. »So, nu hat das Fräulein den Koffer!«

»Aber, Heinrich, jetzt haben Sie selbst den Koffer getragen, das war doch nicht nötig! Danke!« Der Bürgermeister klopfte dem jungen Menschen auf die Schulter. »Das ist auch einer von den wenigen Getreuen, hat sich schon draußen in der Welt umgesehen und ein Quentchen Aufklärung mitgebracht. Danke sehr, Heinrich!«

»Nix zu danken, Herr Bürgermeister, gern geschehen. Das Fräulein kennt mich wohl net mehr?« Er blinzelte Nelda mit den hübschen Augen erwartungsvoll an. Sie wurde aufmerksam, dunkel stieg die Erinnerung an einen Knaben auf, mit dem sie in der Kinderzeit hier viel gespielt hatte. Ein paar Jahre älter als sie, hatte er sie allezeit beschützt. Dann kamen Jahre, in denen sie nichts mehr von ihm gesehen, er war ihr gänzlich entschwunden. Sollte dieser stattliche Mensch der Junge von damals sein? Sie hob die müden Augen und sah ihn an; es war ihr eigentlich recht gleichgültig, wer da vor ihr stand.

»Es ist Heinrich Hommes, Nelda,« sagte der Onkel. »Kennst ihn wohl gar nicht mehr? Hat sich inzwischen draußen umgesehen, war erst in Trier, dann in Belgien. Jetzt hat er die Wirtschaft von seinem Vater übernommen. Ein ganzer Kerl, verblendet den Manderscheider Mädchen die Augen. Haha!« Er lachte dröhnend. »Wollen Sie nicht eintreten, Hommes?« Er stieß die Tür auf und rief laut: »Vefa, Vefa!«

Hommes schüttelte treuherzig Neldas Hand. »Adieu, Fräulein Nelda! Ne, ich will net erein kommen, Sie sehen müd' aus; aber ich komme gern en andermal. Gehen Sie erein, Sie werden kalt. Sie müssen sich erst wieder bei uns gewöhnen; geben Sie Obacht«

Nelda konnte nicht umhin, zu lächeln; der Mensch redete väterlich besorgt, und sie kannte ihn doch eigentlich gar nicht. Sie sagte freundlicher: »Ich danke,« und nickte dazu.

Im Hausflur roch es nach frischem Kuchen. Ach, auch eine Kindheitserinnerung, immer roch es so, wenn man beim Onkel ankam! Aber jetzt war ihr der Geruch ordentlich peinvoll, sie war so übersatt und hatte heute doch kaum etwas gegessen. Am liebsten hätte sie geweint. Hier war noch alles wie früher, sie fühlte sich geborgen und doch fremd. Da war der schmale Ziegelflur, die niedrige Stubentür, die hölzerne Stiege, das Madönnchen in der Nische; alles wie immer.

»Guden Dag, Fräulein, sein Se willkommen in der Eifel!«

Nelda schreckte ordentlich zusammen. Vor ihr stand ein üppiges Mädchen mit einem bräunlichen Gesicht und dunklen Augen, aus denen unverhohlene Lebenslust sprühte.

»Das ist meine Vefa!«

Des braunen Mädchens Lippen teilten sich über blitzenden Zähnen, die Augen lachten mit, sie strahlten den Bürgermeister an.

Dieser nickte ihr zu, nahm dann der Nichte Hand und zog sie in die Stube. »Komm, trink' jetzt Kaffee, Kind, und ruh' dich was aus! Die Vefa ist ein Schatz, alles kann sie. Du mußt sie nicht grad' wie eine Magd behandeln, sie ist doch mehr. Sie hat nicht Vater und Mutter; drüben aus Meerfeld ist sie, wild aufgeschossen, ein Gemeindkind – nun ist sie bei mir fast wie zu Haus. Wenn man alt ist und so viel allein wie ich, muß man was Lebendiges um sich haben. So, nun setz' dich hierher an den Ofen und probier' mal den Kuchen, die Vefa hat ihn gebacken. – Ja, weißt du, die ist so eine Urnatur, das tut wahrhaftig wohl; ich hab sie mir eingezähmt. Hör' nur, wie sie singt!«

Aus der Küche drang eine helle Stimme.

»Aber du bist kalt, Nelda! Und du ißt nicht?«

Nelda hatte erschöpft den Kopf an die Stuhllehne sinken lassen, sie schloß die Augen; sie mochte nicht essen noch trinken, sie fühlte sich sehr angegriffen.

Der Gesang draußen in der Küche tat ihr weh. Es wirrte ihr alles durcheinander, sie stieß einen lauten Seufzer aus und wurde totenbleich.

Der Bürgermeister beugte sich erschrocken über sie, dann riß er die Tür auf. »Vefa, Vefa, schnell!«

Wie der Blitz war das Mädchen da; ein Blick genügte, ein Wink. Ohne viel zu fragen, nahm sie Neldas Kopf in die Arme. »Schnaps,« sagte sie kurz. Gehorsam tastete Dallmer zum Wandschrank und brachte ein Gläschen voll Kirschbranntwein. Vefa goß der Ohnmächtigen einen Teil hinunter, mit dem Rest rieb sie ihr die Schläfen. Langsam fühlte Nelda die tödliche Erstarrung von sich weichen, mit Gewalt richtete sie sich auf.

»Verzeih, Onkel – so was – ist mir – noch nie – passiert –!« Ihre blassen Lippen konnten kaum die Worte formen.

Dallmer war sehr besorgt. Das war ja ein hübscher Zustand! Also so weit hatten sie das frische Mädchen gebracht?! Ein wütender Zorn überkam ihn, er hätte am liebsten auf den Tisch geschlagen – diese vermaledeite Geschichte, von der Joseph geschrieben! Das kam alles von der verkehrten Erziehung; wenn man den Gaul ewig eingespannt hält, schlägt er mal über die Stränge, und dann ist das Unglück fertig.

Mitleidig ruhte sein Blick auf Nelda. Sie hatte die Augen jetzt geöffnet, aber mit einem starren, abwesenden Ausdruck. Vefa kniete vor ihr am Boden, hatte ihr die Schuhe abgestreift und rieb die eiskalten Füße. Den Spann, die Spitzen, die Sohlen. Immer auf und nieder. Ein wunderbares Fluidum schien von den warmen, festen Händen auszugehen. Es rieselte Nelda belebend durch alle Glieder herauf bis zum Herzen; ein neuer Strom von Blut. Eine köstliche Mattigkeit kam über sie; sie versuchte klar zu denken, es ging nicht, nur ein brennender Wunsch war in ihr:

Schlafen, wenn ich jetzt schlafen könnte!

Sie richtete sich auf und versuchte zu gehen; die Füße schlorrten, schwer fiel sie gegen Vefas Schulter. Es war alles wie im Traum. Dumpf, wie durch eine dicke Wand hörte sie den Onkel sprechen: »Sie muß zu Bett« – und des Mädchens Stimme: »Soll se eweil nebenan in meiner Kammer liegen? De Trepp is e so steil!« Sie fühlte sich an beiden Armen gefaßt und fortgeschleppt, mehr getragen als geführt. Sie saß jetzt auf dem Lager, das Kleid wurde ihr abgestreift, willenlos ließ sie alles geschehen. Nun lag sie in den Kissen, Vefa kniete am Bett und rieb ihr die Füße. Immer auf und nieder. Den Spann, die Spitzen, die Sohlen. Ihr wurde so wohl, ein himmlisches Sichvergessen kam, zufrieden seufzte sie. Vefa beugte sich über sie und machte ihr das Zeichen des Kreuzes auf Stirn und Brust.

»Heiliger Schutzengel mein,
Laß mich dir befohlen sein!
In Mariä Herz und Jesu Wunden
Befehl' ich mich jetzt und alle Stunden!
Amen!«

Nelda schlief.

Es war mitten in der Nacht, als sie erwachte. Wo war sie? Zu Hause in der Giebelstube? Sie drehte sich auf die andere Seite, der Strohsack raschelte unter ihr. Ah, bei Onkel Konrad in der Eifel! So herrlich hatte sie lange nicht geschlafen. Sie umfaßte das Kopfkissen mit beiden Armen und drückte ihr Gesicht hinein – das war ja nicht das Bett oben in der Fremdenstube, nein, das der Magd! Der Strohsack hatte geraschelt, der Bezug war grob. Sie hatte nicht die Spur eines unangenehmen Gefühls, in dem fremden Bett zu liegen; es roch so frisch nach einem reinen, gesunden Körper. Sie reckte und dehnte sich, es war, als ströme von der Lebensfülle, die hier geruht, auch etwas wieder in sie über. Halb richtete sie sich jetzt auf: wie spät mochte es wohl sein? Der Kopf war ihr nicht mehr so schwer wie seit Monaten; die Kammer war ungeheizt, und doch fror sie nicht.

Draußen war klarer Sternenhimmel, der Schein blinzelte hinter dem Gardinchen des schmalen Fensters bis auf's Bett; der Laden war nicht geschlossen. Kein Wind heulte, kein Laut vernehmbar, nur das eigene Atmen. Ein solcher Friede! Sie legte sich in das Kissen zurück, der Schlaf kam schon wieder. Die Gedanken irrten noch einen Augenblick umher, zu den Eltern – zu Xylander – zu ihm – aber nicht mehr mit dem furchtbaren Schmerzgefühl; es lag alles entfernter, ein Berg dazwischen. Die schweren Lider senkten sich beruhigt. Sie atmete gleichmäßig – jetzt, zwischen Wachen und Träumen hörte sie etwas am Fenster klopfen. Ganz leise. Nun wieder! – – – Das war ein lebhafter Traum! Draußen flüsterte es: »Mach auf, Vefa! Vefa, schläfst du? Mach auf!«

Wer rief da? Ach einer, der tot für sie sein mußte! Und warum Vefa? Sie hieß doch Nelda? Komisch! Vefa – Nelda – sie konnte nichts mehr unterscheiden, gar nichts verstehen; auch nicht hören, wie die Kirchenuhr zwölf schlug mit dumpfen dicken Schlägen. – – – – – – – – – –

War es schon Morgen?

Ein rundwangiges bräunliches Gesicht beugte sich über sie, ein warmer Finger tupfte auf ihren Arm. »Fräulein, sind Se als wach?«

Schlaftrunken richtete sich Nelda auf. Weiße getünchte Wände blickten sie an, zwei, drei grellbunte Heiligenbilder. Unter dem handhohen Spiegelchen ein porzellanenes Weihwasserbecken, ein paar geweihte Palmen dahinter. Dort hingen derbe Röcke, und da, über dem kleinen Tisch, eine weiße Schürze und ein langes, buntes Band. Am Fenster Eisblumen, heller Sonnenschein glitzerte darauf. Die enge Kammer so fröhlich, und jetzt Kirchenglocken in nächster Nähe. Sie läuteten und läuteten.

»Et is Ṣonntag, Fräulein, ich kommen schon aus der heiligen Meß!«

Die Vefa sah hübsch aus; das Sonntagskleid saß ihr prall, der silberne Pfeil im dunkeln Haar blitzte. Die herbe und doch blendende Wintersonne warf einen gebrochnen Strahl durch das beeiste Fenster, er lag gerade auf ihrer Stirn, die heiter war wie die eines Kindes.

Nelda streckte die Hand nach dem Mädchen aus. »Ich danke Ihnen, Vefa, Sie haben mir gestern geholfen!«

»Sie, Sie? Och ne, Fräulein, Se können ruhig ›du‹ for mich sagen, den Herr Bürgermeister sagt eso un alle annern auch. Jeß, bin ich vergnügt, nu simmer zwei Mädercher im Haus! Nu han de Burschen zu Manderscheid de schwere Wahl!«

Sie wiegte sich lachend in den Hüften und nickte Nelda vertraulich zu. »Gelten Se? Passen Se auf, Fräulein, hier werden Se ganz gesund! Geschlafen haben Se als wie en Ratz, zweimal waren ich hier drinn und han mer mein Sachen eraus geholt!«

»Ach ja, es ist Ihre – deine Kammer! Wo hast du denn die Nacht geschlafen?«

»No da drin, auf em Stuhl!« Sie wies nach der Wohnstube. »So gut wie im Bett!«

Sie hatte recht, so sah nur jemand aus, der nicht eine Minute gesunden, traumlosen Schlafes entbehrt hatte. Plötzlich fiel es Nelda ein: »Mir war heut nacht, als hätt's ans Fenster geklopft, es rief auch jemand. Du hast wohl nichts gehört?«

»Ich?« Vefa drehte sich schnell auf dem Absatz um und schlug sich mit der Hand auf den Mund, um nicht laut zu lachen. »Ne, Fräulein. Aber nu stehn Se auf!«

Sie ging aus der Kammer und kicherte in sich hinein: »Dat war an de falsche Adreß geraten. Eweil möchten ich wissen, wen et war? Sicher den Heinrich!«

* * *

In dem kleinen Tempelchen, dem Aussichtspunkt auf schroff vorspringendem Felsen, stand Nelda. Es schwindelte ihr, als sie hinunterblickte in die tiefe Schlucht zu ihren Füßen. Schnee, Schnee überall. Jenseits die rundrückigen Waldhöhen, auf deren Kuppen der Himmel lastet. Unten in der Schlucht die beiden Burgruinen auf trotzigen Felskegeln. Kaum eine Stelle des grauen Mauerwerks zu sehen, alles war weiß angeweht, jeder Vorsprung, jede Zinne besetzt mit einer fleckenlosen Schneehaube. Die beiden Bäche unten, deren wasserfallähnliches Geplätscher im Sommer weithin hörbar rauscht, waren jetzt ganz still; vereist hängen die lustigen Wellen zwischen beschneitem Gestein. Und auf jedem Tannenzweig eine Schneelast, an jeder Nadel ein diamantenes Eisperlchen; ein unbegrenztes Weiß, eine unbeschreibliche Reinheit.

Neldas Augen flimmerten, mit einem zitternden Atemzug sah sie sich um und dann hinab in die tiefe Schlucht. Huh, wie steil, wie jäh! Wenn man da hinuntersprang, war man tot – – –!

Sie drückte die Augen zu; ihr war fast ängstlich zumut, die hehre Stille so groß. Ein Hauch der Gottheit schien über Berge und Schründe zu streichen, ein Hauch, der da flüstert: ›Rühre mich nicht an, ich bin zu rein!‹

Sie schauerte und schlug fröstelnd den Mantelkragen höher, die kristallene Luft ging ihr durch Mark und Bein. Es war ihr, als starre sie ein großes Auge an, ernst, ohne mit der Wimper zu zucken, mit alles durchdringender Klarheit. Ihr eignes Innere dagegen so wirr und dumpf wie die unaufgeräumte Kammer armer Leute, in die ein hoher Herr tritt. Mit einem heißen Angstgefühl preßte sie die Hände in einander, die Natur tat ihr jetzt weh. Diese Ruhe, diese Klarheit – herrlich! Und doch schmerzlich unerreichbar!

Ein bittres Gefühl stieg in Nelda auf; sie klammerte sich an die Brüstung des Tempelchens und spähte, sich überbeugend, hinab in den Talschlund und nach rechts und nach links. Was, wen suchte sie? Sie wußte es selbst nicht. So stand sie lange. Ein ›Guten Tag‹ ließ sie zusammenfahren.

»Hab' ich Sie erschreckt, Fräulein Nelda?« Heinrich Hommes stand da in hohen Stiefeln und Jagdjoppe, das Gewehr am Riemen über der Schulter. Er schüttelte ihr kräftig die Hand. Nelda war groß, und doch überragte seine Gestalt sie bedeutend, sie mußte zu ihm aufblicken. Selten hatte sie eine so ebenmäßige Figur gesehen.

»Ich komm' von der Jagd!«

»Und haben Sie was geschossen?«

Er öffnete seinen Jagdranzen und warf ihr ein paar Vögel vor die Füße; mit geschlossenen Augen und gespreizten Flügeln lagen die hübschen Tiere im Schnee. Es waren Eichelhäher, die leuchtend blauen Flügelbinden von geronnenem Blut verklebt.

»Aber warum, aber warum?« Nelda sagte es vorwurfsvoll, kauerte sich nieder und hob die toten Vögel auf ihren Schoß. »Was taten sie Ihnen?«

Er lachte sorglos. »Och, Fräulein, das müssen Sie sich hier abgewöhnen! Wenn mer keinen Has trifft, schießt mer eben so en paar Biester; brauchen kann man sie ja nett, aber sein Pläsier will man doch haben. Und dann, dem Viehzeug schad' et doch nix, die wissen ja nix vorher. Piff, paff, weg sind se! Wenn wir emal so abfahren täten, könnten mir froh sein!«

Sie ließ die Vögel vom Schoß gleiten. »Sie haben eigentlich recht,« sagte sie langsam. »Aber ich möchte doch nicht, daß Sie die Tiere nur zum Pläsier schießen.«

»No, dann net!« Er sah sie gutmütig an. »Ich tu Ihnen ganz gern en Gefallen, Fräulein. Wie Sie noch klein waren, hab' ich das auch schon getan. Gefällt es Ihnen wieder hier?«

»Ich bin erst ein paar Tage da; der Onkel ist verändert, fast betrübt, verstimmt. Nicht gegen mich, o nein! Aber so im allgemeinen.«

»Ja – haha – der hat auch seinen Ärger! Sehn Sie, Fräulein Nelda« – sie traten langsam den Rückweg an, er reichte ihr die Hand, um ihr über eine Schneewehe fortzuhelfen – »unser Herr Bürgermeister is eben für die Neuerungen, un die Leut hier net. Un dann mit der Kirch is das auch so en Sach! Den Herr Kaplan ärgert sich, daß unser Bürgermeister en Freigeist is, er geht viel zu selten zur Beicht un redt über die Prozessionen. So war er ja aber immer, nur sind jetzt noch die andern Sachen; und dat is schlimm!«

»Was für Sachen?« Nelda hörte mit großen Augen zu; erst waren ihre Gedanken abgeglitten, aber nun lauschte sie.

»No« – der junge Mann nahm die Mütze ab und fuhr sich durch das krause Haar – »Sie kennen doch Meerfeld, Fräulein Nelda? Das ärmste Dorf in der Bürgermeisterei; mer sagt, in der ganzen Eifel. En elender Ort! Immer haben die Meerfelder geklagt und gejammert, se hätten keinen Acker und gar nix; wenn nur das Maar net wär', das nähm den besten Platz im Tal weg un Fisch' wären auch net drin. Et wär' rein zum Malör da. Da hat denn uns' Bürgemeister eine Eingab' an die Regierung gemacht und vorgeschlagen, sie möchten das Meerfelder Maar tiefer legen, damit Land gewonnen würd'; das müßt ja sehr fruchtbar sein. Das hat natürlich mächtig viel Geld gekost', un de Regierung hat kein Lust gehabt. Aber der Bürgermeister hat net nachgelassen, immer wieder hat er geschrieben – no, un das versteht er! Er hat den Notstand so dringend geschildert und alles so ausgemalt, daß die Herren selbst gekommen sind und haben sich't angesehn. Sie haben auch alles so gefunden. Un Geld is bewilligt worden, massig; un nu fingen auch gleich die Arbeiten an.

»Sie hätten den Bürgemeister nur seh'n sollen, Fräulein! Ich kam grad aus der Fremde, zwei Jahre sind et als her. Alle Tag war er in Meerfeld un hat nachgeguckt; et war ihm ganz egal, ob die Sonn' stach oder der Regen platschte. Manchmal hab' ich ihn stehn sehen, daß das Wasser ihm vom Rock trippte un der Wind ihm die grauen Haare bald vom Kopf riß. Er hat drauf bestanden, daß die Meerfelder Männer die meiste Arbeit taten, sie schippten und karrten Erde weg, da hatten se doch Verdienst. Erst waren se e so froh! Aber die Arbeit war was ungesund, immer im Modder stehn un buddeln – se kriegten Fieber, un noch derzu stach das an. Typhus war schon früher in Meerfeld gewesen. Das halbe Dorf war krank. Nu wurd' dat en Hauptspektakel! Die Männer wollten net mehr arbeiten, die Weiber rückten dem Bürgemeister auf den Hals un lamentierten; er ließ den Doktor kommen un hat den bezahlt, alles auf eigne Rechnung.

»Endlich war doch de Arbeit fertig. Im vorigen Sommer haben se zum ersten Mal das Land bebaut. Der Bürgemeister hat gesagt, erst müßt es Wiese sein. Aber ne, sie fingen gleich an mit Hafer un Gerste un Roggen un Kartoffeln, jeder was anders; un aus nix wurde was. Jesses, waren die Meerfelder falsch! All die Arbeit umsonst un nu gar nix, gar nix davor gewonnen! Sie dachten schon, sie säßen wie die Maus im Speck, un eweil müssen se doch hungern wie früher. Jetzt möchten se ihr Maar wiederhaben – ›da hatten mer wenigstens Fisch‹, sagen sie! Die waren all krepiert von der Buddelei. Sie schimpfen auf den Bürgemeister; net bloß im geheimen, ich hab' selber gesehn, wie sie en Faust hinter ihm drein machen und die Kinder die Zung eraus strekken!«

»Ist es möglich?« Nelda hatte bis dahin mit keinem Laut die Erzählung unterbrochen; jetzt legte sie ihre Hand auf den Arm des jungen Mannes. »Mein armer Onkel!« Etwas von der alten Natur kam über sie, ihr matter Blick blitzte unwillig auf. »Die Esel! Ich würde über sie lachen!«

»Och ne, das würden Sie net, Fräulein. Gehn Se mal hin un gucken Se sich das Elend an! So was sticht an, die Manderscheider sind auch als ganz rappelig. Se flicken ihm auch am Zeug, wo sie können. Un dann die andre Geschicht!«

»Was denn noch?« In Neldas Wangen war ein ungeduldiges Rot gestiegen. »Das undankbare Volk! Was noch?«

Der junge Mann sah sich scheu um, niemand in Sicht; nur der Himmel, der Schnee und sie beide. Jetzt, an der Biegung des Weges, tauchten plötzlich die Häuser des Dorfes auf. Er blieb stehen und wies mit dem Finger hin. »Die da drin werden et Ihnen schon bald klatschen, Fräulein Nelda; ich net! Ich sag nix Schlechtes von unsem Bürgemeister, un hör' ich't von einem« – seine Augen sprühten, er reckte die kräftige Gestalt und warf den Kopf hintenüber – »dem schlag ich alle Knochen im Leib kaputt!«

Er kam Nelda noch einmal so groß vor. Sie reichte ihm die Hand. »Das ist nett von Ihnen, Herr Hommes, daß Sie zu meinem Onkel halten! Ich wundre mich, daß er gar nichts an uns geschrieben hat.«

»O, das tut er net! Im Grund is er verliebt in seine Eifel wie einer in seinen Schatz. Liebesleut verstehn sich ja auch emal net. Sagen Sie nix, Fräulein Nelda, daß ich Ihnen was erzählt hab'! Sie werden et eso bald genug merken. Un nu adieu!« Er zog die Mütze und stellte sich stramm wie vor den militärischen Vorgesetzten: »Sie sind nu als gleich zu Haus, ich muß noch auf die Oberburg, da hat der Förster Fuchsfallen, die wollen mer revidieren!«

»Adieu!« Sie ging dem Dorf zu, dann fiel ihr plötzlich ein: wie kam er auf die Oberburg? Kein Schnee war geschippt; ein schmaler, geländerloser Pfad über nackte Felszacken führte nur dorthin, selbst in besserer Jahreszeit schwindelerregend beim Blick in den Abgrund zu beiden Seiten. Welche Tollkühnheit! Unwillkürlich blieb sie stehen und sah sich um – da, weit drüben stampfte schon seine dunkle Gestalt durch den weißen Schnee. Nun kam die schlimmste Stelle, die kannte sie wohl, die wurde in der Kinderzeit mit seligem Grausen passiert. Da war schon einer abgestürzt und hatte unten in der Schlucht mit zerschmetterten Gliedern gelegen. Sie öffnete die die Lippen: »Halt, Vorsicht!« Es war noch nicht gerufen, da drehte er sich um, als habe er ihren Blick gefühlt.

Er riß die Mütze vom Kopf, schwang sich mit einem kühnen Satz auf den äußersten Vorsprung der Felszacke und winkte. »Hallo – ho – ho, Fräulein Nelda!«

Die Berge hallten wider; wie ein Posaunenstoß drang die kräftige Stimme hinunter in die Schlucht, Schnee löste sich und polterte abwärts. Der kecke Mensch sprang mit gleichen Füßen in die Höhe und stieß einen zweiten Ruf aus. Ein Jauchzen war's.

›Alle Knochen im Leib schlag' ich dem kaputt‹ – Nelda glaubte wohl, daß er dazu fähig wäre. Sie lächelte wehmütig – merkwürdig, daß sie schon an etwas andres denken konnte! Seit sie hier war, war es nicht mehr nur das eigne Geschick, das sie ganz und gar in Anspruch nahm. Die furchtbare letzte Zeit trat etwas zurück, wohl dachte sie daran in jedem einzigen Augenblick, aber eine Entfernung war dazwischen. Die armen Eltern! Die Tochter war entflohen, und die beiden saßen nun so allein, die hatten gar nichts, was sie ablenkte.

Neldas Augen füllten sich mit Tränen, des Vaters Gesicht stand greifbar deutlich vor ihr, bleich und verfallen am Abschiedsmorgen; gesprochen hatte er nicht viel, sie auch nicht geküßt, aber mit einem tiefen Blick ihr in die Augen gesehen. Den Blick würde sie nie vergessen; er war vorwurfsvoll und entschuldigend zugleich. Und bei Xylanders, wie würde es da sein? Nelda preßte die Augen zu. O, keine Zeit, kein Ort, kein Mensch konnte das schwere Gefühl fortnehmen, das auf ihr lastete! Sie griff mit den Händen um sich, wie ein Stürzender, der einen Halt sucht. Wo war eine Hilfe?! Keine – keine – nirgend! – – –

Wie oft sie hier in dem Manderscheid läuteten! Es war Mittag, die Kinder kamen aus der Schule, mit offnem Mund starrten sie dem fremden Fräulein nach. Sie grüßten nicht, sie waren zu blöde; nur ein Größerer sagte recht laut, stolz auf seinen Mut: »Gelobt sei Jesus Christus!«

Und Nelda antwortete mechanisch: »In Ewigkeit Amen!«

II.

Im Innenraum der Kirche geheimnisvolles mystisches Halbdunkel; es leiht dem Nüchternsten Poesie. Durch die bunten Fenster fällt kein Tageslicht mehr, nur ein mattes Schimmern. Es duftet nach Weihrauch und legt sich schwer auf Sinne und Gedanken. Im Beichtstuhl ein monotones unverständliches Murmeln. Dort vor dem Seitenaltar kniet noch einer, bewegt die Lippen und kreuzt sich wieder und wieder. Die Himmelskönigin scheint niederzulächeln; die weißen Lilienstengel in altmodisch porzellanenen Vasen knistern leise im Zugwind, der fein und dringlich durch die Fensterritze fährt. Die Flamme der geweihten Kerze flackert höher, die papiernen Blätter der weißen Blumen sind wie lebend. Aus geschwärzten Rahmen schauen alte Heiligenbilder. Nun neigt der Betende die Stirn bis auf die Fliesen; jetzt erhebt er sich, ein stumpfer Alter, wie mit aus Holz geschnitztem Gesicht. Er schlorrt hinaus und taucht die Finger in's Weihwasserbecken; er nimmt den Segen mit.

›So ruhig, so befriedigt nach erhörtem Gebet‹, dachte Nelda. Sie saß in der hintersten Kirchenbank, ganz allein. Warum war sie hereingekommen? Sie beantwortete sich das selbst nicht. In ihr war eine treibende Unruhe, eine mächtige Sehnsucht. Die Veränderung des Ortes machte jetzt keinen Eindruck mehr auf sie; alles Alte war wiedergekommen und quälte sie. Sie hatte ein unbezwingliches Verlangen, sich anzulehnen, die Hände um etwas zu legen, zu sprechen: ›Hier bin ich, birg mich, gib mir Ruh!‹

Sie preßte die Finger in ihrem kleinen Muff wie zum Gebet ineinander. Nun legte sie die Stirn auf die harte Holzlehne vor sich. O, dieses wehe Gefühl im Herzen, wann ging das weg? ›Nie, nie,‹ klang es ihr in den Ohren. So klang es alle Tage, was sie auch tat, wo sie auch war; es wurde zur Pein, kaum erträglich. Sie rannte sich todmüde in Schnee und Eis, etwas in ihr jagte sie – ›wenn ich müde bin, werde ich Ruhe finden!‹ Sie kletterte die steilsten Wege hinauf und rutschie sie wieder herab. In Schweiß gebadet, trotz der bittren Kälte, kam sie nach Haus; ihre Wangen waren rot, ihre Lippen glühten, ihre Augen bekamen wieder Glanz, aber keinen Glanz, der wohltut. Sie hatten ein unstetes Umherflackern, wie bei einem, der den richtigen Weg nicht findet.

Bürgermeister Dallmer war stolz auf die Resultate seiner Behandlung. ›Sie wird frisch,‹ schrieb er nach Koblenz, ›braucht Euch nicht zu sorgen, bekommt Backen wie ein Posaunenengel. Schlaf, Appetit vorzüglich. Ist Kern in dem Mädchen, beißt sich durch. Könnt' ich dem vermaledeiten Kerl nur mal begegnen. Möcht' ihm gern meine Meinung auf gut Eiflerisch sagen.‹

Zehn Wochen war Nelda jetzt in Manderscheid. Der Onkel hatte recht, sie sah wieder anders aus, das sagte ihr der Spiegel. Sie konnte auch lachen; ja, sie hatte schon gelächelt, als Heinrich Hommes zum Weihnachtsabend eine grüne, duftende Tanne aus dem Wald brachte, und Vefa mit kindischem Eifer bunte Papierketten schnitt, sang und schwatzte. Ja, die konnte lachen! Nelda empfand es fast mit Neid. Über diese glatte Stirn schien nie ein Kummer geglitten, nicht einmal ein trüber Gedanke; der braunbezopfte Kopf war lachend unter jeder Wolke durchgeschlüpft.

Wie machte die's nur?! Arm – eine Magd – die konnte nicht zwanzig Jahre gelebt haben ohne jede Bitternis!

»Vefa, bist du nie betrübt?« hatte Nelda eines Abends gefragt, als sie am Küchentisch lehnte, und die andre am Herd mit den Töpfen rasselte. »Bist du nie betrübt?«

»Ne – haha – nie!«

»Aber du warst schon betrübt?«

»O Jeß!« Das Mädchen zuckte die runden Schultern und lachte, daß man den letzten blitzenden Zahn sah. »Dat sollt' mer fehlen! Emal, als mein erster Schatz untreu war, sein ech bald e so dumm gewest; aber eweil nimmeh! Ha ha, warum sollen ech betrübt sein? Wie et is, so is et; wann't Winter is, kann de Sonn net immer scheinen, aber se kömmt ja widder. Un denn un denn« – sie tat einen Atemzug, daß sich die volle Brust spannte, und schlug sich darauf – »hier drinn sitzt ebbes, dat macht mich eso froh! Fräulein« – sie wandte Nelda das vom Herdfeuer angeglühte Gesicht zu – »ech han alleweil en Schatz. Ha ha ha ha ha! Is et net dän, dann is et dän; mer muß nehmen, wat sich biet! Mannsleut gibt et ja genug. Un wofor sein dann die Mädercher da?!«

»Aber, Vefa!«

»Jesses, wat dann, Fräulein? Sünd' is et net. Un wenn et Sünd' wär, schön is et doch! Ei, un dann gehn ech in de Kirch un beichten, un den Herr Kaplan gibt mer Gebetcher auf, den Rosenkranz un die Litanei oder so ebbes, die beten ech, un dann is et all gut. Un dann bin ech froh un gesund wie die Forellcher unnen im Bach, un wat de Leut sagen« – sie spreizte die Finger an die Nase und wirbelte sich auf dem Absatz herum – »unsen Herr Bürgemeister sagt, dadran muß mer sich net kehren. Un selig werden ech doch!«

War sie nicht schon selig? Die blühende Gestalt in dem einfachen Rock predigte Nelda eine Moral, die mit der angelernten nicht in Einklang stand. Und dazu die starke Natur ringsum, das Fernsein von der Welt, die Stimme im eignen Herzen, die nach Erlösung schrie! Wie in Angst konnte Nelda mit beiden Händen um sich schlagen – »nur nicht, nur nicht!«

Es war etwas in ihr aufgewacht, was bis dahin geschlafen hatte: selbst die Küsse des Geliebten hatten das noch nicht geweckt. Unter denen war sie geblieben wie der unbetretene Schnee; vielleicht weil ihnen jenes Unbeschreibliche fehlte, was den Kuß zur intimsten Berührung, was den Mann zum Gatten macht, wenn er es auch noch nicht ist. Zum ersten Mal hatte dies seltsame Gefühl bei ihr angeklopft, als sie an jenem Abend zu Ramer eilte; als sie den Raum betrat, den er bewohnte, als sie in zitternder Erregung die Arme um ihn schlang, aufgelöst in Bangen, Freude, Schmerz. Aber es hatte nur angeklopft. Stolz und Verzweiflung hatten das Gefühl erstickt, es war fortgeschwemmt worden von ihren Tränen.

Manchen Abend lag Nelda wachend in ihrem Bett, draußen heulten die Eifelwinde um's Haus und rüttelten am Fenster; die Einsame zog schaudernd die Decke fester um ihre Glieder. Sie fürchtete sich; wovor? Nicht vor dem Sturm, der die Dachziegel klappernd herunterwarf und die Straße entlangfauchte. Ihr wallte das Blut in den Adern, ihr Herz hatte ein wildes Klopfen. Sie drückte die Augen zu und dachte an seine Küsse – nein, nicht an seine Küsse – nein, nicht an die seinen, an Küsse überhaupt! Sie hob die Arme und streckte sie im Dunkel verlangend aus. Nicht nach ihm – nach einem überhaupt! Ihr Herz klopfte wilder, das Blut wallte stürmischer, eine brennende Röte stieg in ihr Gesicht. Mit halbgeöffneten Lippen lag sie, Tränen der Sehnsucht tropften aus ihren Augen.

So schlief sie ein. Und am Morgen nach wirren Träumen kam die Scham, eine andre Scham, als die sie empfunden hatte nach ihrer Verschmähung durch den Geliebten; damals war's noch eine stolze Scham, jetzt eine tief erniedrigende. In banger Scheu faltete Nelda die Hände und betete, betete mit heißer Inbrunst auf der Flucht vor sich selber.

Es war im Dallmerschen Haus nicht Mode, von Religion zu sprechen. Frau Zänglein hatte ganz recht, bei gemischten Ehen zerrt immer ein Teil den andren herum, oder beide sind lau; hier war das Letztere der Fall. Er, der Regierungsrat, war weder Katholik noch Protestant, er hatte sich eine eigne Religion zurechtgezimmert. Und die gute Rätin ging unter in den vielen kleinen Sorgen des Tages, sie hatte nicht Zeit, himmlische Betrachtungen anzustellen, sie rief den lieben Gott nur an, weil's doch mal Sitte war. Nelda lernte erst mit der Liebe beten. Da schmeichelte sie um Gott herum wie ein Kind um den Vater, sie wollte ihm was abbetteln; im höchsten Glücksgefühl hatte sie die Hände gefaltet: »Gott, du bist so gut!« – nun, in tiefster Bedrängnis umherirrend, rang sie die Hände: »Gott, wo bist du?«

Sie suchte, aber nicht in der nüchtern verständigen Formel des Protestantismus. Um die Kirche mit der Weihrauchsluft und der mystischen Dämmerung schwirrten ihre Gedanken wie Falter um die Lampe im Dunkeln. ›Da beten ech meine Gebetcher, den Rosenkranz un die Litanei, dann is et all gut. Un selig werden ech doch,‹ sagte die Vefa.

Es war nicht das erste Mal, daß Nelda wie heut in der Kirche zu Manderscheid saß. Der Onkel legte ihrem Gehen dorthin nichts in den Weg. »Bin ja selber Katholik, mein Vater und Mutter waren eifrig genug, 's ist nicht ihre Schuld, wenn der Joseph und ich, jeder so auf seine Weise modelt. 's ist was mit der Weihrauchluft, die wirkt auf die Jugend wie das Federweiß vom jungen Wein. Geh du nur, Kind, wenn dein protestantisches Gewissen sich nicht sträubt; sieh zu, was du findest! Nur durch eignes Probieren lernt man, wie gekocht sein muß!«

Da saß nun Nelda in der Kirchenbank. Heute war sie mit Vefa hier, die kniete jetzt drinnen im Beichtstuhl. 's war niemand sonst mehr da, alle waren sie nach und nach gegangen mit Schnäuzen und Scharren und Räuspern. Sie hatte jeden beneidet, jeden einzelnen. Wer doch auch seine Sünden so hintragen könnte vor das süß lächelnde Madonnenbild! Oder in dem braunen Beichtstuhl hinter dem grünen Gardinchen zum Ohr des Geistlichen flüstern und dann aufstehen und heimgehen frei von Qual, ohne Schuld!

Langsam dämmerte die eingeschlossene Luft sie ein, verträumt glitten ihre Blicke die Wände entlang. Wie Sterne funkelten die Lichter am Altar, ein flimmernder Schleier wob sich von dort her, goldene Pünktchen tanzten im Halbdunkel; mit rotem geheimnisvollem Schimmer schaukelte die ewige Lampe – winkte sie nicht? Nickten nicht alle Heiligenbilder, neigten sich nicht die Lilienstengel? Ging nicht ein himmlisches Säuseln durch das Kreuzgewölbe und lullte das aufgeregte Denken zur Ruh?!

Sie wagte sich nicht zu rühren, wie gebannt saß sie still. Vergangenheit und Gegenwart verschwammen, nur ein süß traumhaftes Bewußtsein blieb, ein Mittelding zwischen Schlaf und Wachen. Nelda hätte sich nicht gewundert, wäre die Orgel von selbst erklungen, hätten Engelsstimmen vom Chor gesungen. Es war ihr, als müsse sie aufspringen, dort vor den Altar unter's Marienbild eilen, die Hände erheben und dann die Stirn zu den Fliesen neigen. Die Erhörung war gewiß. Ein heiliger Schauer lief ihr über den Rücken – da – ein Schritt! Der Sand des Steinbodens knirschte.

Vefa trat auf sie zu, das Gebetbuch mit dem darumgeschlungenen Rosenkranz fest an die Brust gedrückt. Ein Abglanz himmlischer Seligkeit lag auf des Mädchens Zügen, so schien es Nelda; nie war ihr das bräunliche Gesicht mit den lustigen Augen und dem derben Mund edel vorgekommen. Jetzt deuchte sie's so.

»Fertig,« sagte Vefa. »Nu gehn mer!«

Sie gingen. Vefa tunkte knixend in's Weihwasserbecken; Nelda tat ihr's verstohlen nach, sie zuckte zusammen, als der eigene nasse Finger die Stirn berührte. Nun standen sie draußen, lautlos glitt hinter ihnen die Kirchtür in's Schloß.

War der Himmel der Erde näher? Myriaden von Sternen, groß und leuchtend, blitzten über der Gasse. Der Himmel schien nicht hochgewölbt; flach, sich auf die Berge stützend, lag er über'm Dorf. Man brauchte nur die Hand auszustrecken und zuzugreifen, da hatte man ihn. Nelda mochte nicht sprechen, jeder Laut dünkte ihr eine Entweihung; am liebsten wäre sie auf den Kirchenstufen niedergesunken: laßt mich hier liegen, hier allein finde ich Ruh! –

Aus dem Pförtchen der Sakristei trat der Kaplan; er trug die lange, schwarze Soutane und den breitkrempigen Filzhut. Recht irdisch und wohlgenährt ging er an den Mädchen vorüber; Nelda sah nur sein weißes Haar ehrwürdig unter der Krempe flattern. Jetzt fiel der Sternenschein hell auf seine breiten Züge, die verschwommenen, gutmütigen Äuglein richteten sich auf Vefa.

Diese knixte. Der geistliche Herr hielt an, ließ sich die Hand küssen und strich dann dem Beichtkind über die gerötete Wange.

Er schmunzelte. »Nun, du schlimme Sünderin, geh' heim, bet' fleißig!«

Sie kicherte, haschte wieder nach seiner Hand und führte sie mit einem Schelmenblick an die Lippen.

»Nun ja, ja, ich weiß, du bist ein gutes Kind!« Er wendete den wohlgefälligen Blick nicht von ihr und lachte gemütlich. »Hör', Vefa, du verstehst dich ja am besten auf die Hühnerzucht im ganzen Dorf; wann sie wieder legen, krieg' ich die ersten Eier, gelt? Ich hab' schöne Bildchen dafür und ein geweihtes Zweiglein vom Altar der Hochheiligen zu Buchholz. Brauchst dem Burgemeister nix zu sagen, er« –

Jetzt bemerkte der geistliche Herr erst Nelda; sie hatte zur Seite gestanden. Sein behagliches Lächeln verschwand, er hob würdevoll die fleischige Hand zum Gruß und schritt dann, die Soutane straff um das Bäuchlein ziehend, gemessen zur Pfarrwohnung hinüber.

Nelda stand und sah ihm nach, bis der letzte Zipfel in Wind und Dämmerung verflattert war.

»E so en guter Herr,« kicherte Vefa, »eso kommod! Alle Tag' einen Rosenkranz, damit is't gut!« Sie machte einen kleinen Hopser vor innerem Vergnügen.

»Kommen Se, Fräulein Nelda!« Sie griff vertraulich nach Neldas Arm. Diese wehrte sie ab.

»Geh' nur voran, ich komme nach!« Ohne Gruß mit einer raschen Wendung drehte sie sich ab und schritt die Gasse in's Dorf hinein.

Sie mochte noch nicht nach Haus. Eine unsichtbare Hand hatte ihr einen Schlag in's Gesicht gegeben, als der geistliche Herr so schmunzelte und Vefa in die Backe kniff. Und diese selbst, war sie dumm, leichtsinnig?! – Eine Ernüchterung war mit ungeheurer Schnelligkeit gekommen; in der kalten Winterluft verlor sich der Weihrauchdunst. Sie hob die Augen zum Himmel und sah, daß der doch hoch gewölbt über'm Dorf stand – hier wie anderswo, überall fern! Und die Sterne glitzernd, und kalt wie neugierige Augen. Sie zog die Kapuze tiefer in die Stirn. Was fragten die da oben nach Menschenleid, nach der Qual eines Mädchenherzens? – – ›Mer muß nehmen, wat sich biet, is et net dän, dann is et dän, ech sein alleweil froh‹. Es war Vefas Stimme, die ihr das in's Ohr schrie, und doch war's wieder das eigene Herz, das die Worte rief. Ja, froh sein um jeden Preis! Nicht darben und sich zerquälen um das, was geschehen und nicht mehr zu ändern ist!

Nelda erinnerte sich genau eines Gesprächs, das sie einst mit Agnes Röder geführt, als diese noch Braut war. Ja, Durst hatte sie immer gehabt, aus der Quelle alles Lebens zu trinken, aber jetzt war der Durst ein anderer. Man hatte ihr den Becher an die Lippen geführt und dann weggerissen, als sie kaum die Zunge genetzt; eine brennende Gier war geblieben. Jetzt war es gleich, in welchem Gefäß der Trank gereicht ward – nur trinken, sich satt trinken und dabei vergessen!

Sie strich die Hütten entlang wie ein Schatten. Rund um sie die Stille des Dorfes und des Abends. Dunkelheit. Aus den niederen Fenstern trüber Lichtschein, schwarz blickten die Berge herein. Ein Hund schlug an, verschlafen kläffte ein anderer Antwort. Sie dachte nicht an Vater und Mutter, die daheim im einsamen Haus an der Chaussee saßen, auch nicht an Xylander, den einzigen Freund – an diese drei zu denken war ihr peinlich, sie schämte sich dann jener Regung, die immer und immer unabweisbarer wiederkam. Sie dachte an Ramer. Nicht in gekränktem Stolz, im Schmerz des Verloren-habens – nein, mit Zorn. Er hatte ihr den Becher von den Lippen gerissen; zu früh! Sie ballte die Hände zu Fäusten. Er hätte sie vollends austrinken lassen sollen, dann mochte er gehen. Dann war doch der Durst gestillt, dann blieb ihr die Erinnerung an etwas Ausgenossenes. Aber so – –?!

Ein wilder Trotz lag auf ihrem Gesicht, als sie mit geblähten Nasenflügeln die Luft einsog und ausstieß und sich mit steil aufgerichtetem Körper dem Wind entgegenstemmte.

Kein Mensch begegnete ihr. Es läutete sieben, als sie wieder vor der Bürgermeisterei stand; das war die Zeit, in der Vefa die Ziegen im Stall molk. Von dorther glomm auch Laternenschein. Der Stall lag abseits neben dem Haus; ein einsamer Hofwinkel, auf den der Magd Kammerfenster schaute, trennte beide. Die Stalltür war angelehnt. Ein matter Lichtstreif fiel durch die Spalte und huschte über Neldas Füße. Man hörte drinnen das Stroh rascheln, eins der Hühner im Schlafe gackern. Warum war Vefa so still? Sonst sang sie hier gern mit schallender Stimme.

»Vefa!«

Keine Antwort. Nelda blieb verwundert stehen – die Vefa konnte nicht hier sein, die mußte doch sonst das Rufen hören! Aber der Laternenschein?! Noch einmal:

»Vefa – –!« Wieder keine Antwort.

Sie trat näher zur Stalltür, der gefrorne Schnee knackte unter ihren Füßen. Da – der Lichtschimmer drinnen erlosch plötzlich. Alles finster.

Horch! Klang jetzt nicht ein unterdrücktes Kichern? Und jetzt – träumte sie, hörte sie recht? – war das nicht das Flüstern einer Männerstimme?!

Nelda stand wie angewurzelt, sie wagte sich keinen Schritt weiter, sie hielt den Atem an und fühlte, wie eiskalt ihre Hände und Füße wurden; nur ihr Kopf brannte.

Was war das? Eine glühende Röte schoß ihr jäh ins Gesicht, ihre Hände krampften sich zusammen; sie machte einen Satz wie ein getroffenes Wild, stürzte dem Haus zu und auf ihre Stube. Dort riß sie sich das Kleid vom Leibe, als hätte ihr Rock etwas Unreines gestreift; sie warf sich übers Bett und schluchzte: »Warum hast du mich verlassen, Ferdinand? Warum konntest du mich nicht lieben?! Ich werde schlecht. Vater, Mutter – Papa, Papa, hilf mir!«

III.

Bürgermeister Dallmer saß nun schon seine fünfundzwanzig Jahre in der Eifel; einen so schlechten Winter wie den diesjährigen hatte er noch nie verbracht. Nicht, daß der rauher gewesen wäre als die früheren, immer lag der Schnee fußhoch bis tief in den März und in den Mulden hockten die Nebel, aber die Stimmung war trüber, der Ärger im Amt zu groß.

»Da möcht' ein andrer Bürgermeister sein. Hol' der Teufel die verdammten Bauerndickschädel!« Mit starken Schritten ging Dallmer in der Wohnstube auf und nieder. »Ich halt's nicht mehr aus!«

»Aber, Onkel, wenn du's nicht aushalten kannst,« sagte Nelda mechanisch aus ihrem Traum heraus – sie saß am Fenster, die Stirn gegen die Scheiben gedrückt – »so leg' doch die ganze Schererei nieder!«

»Was?!« Er stand, als hörte er nicht recht. »Was red'st du, Kind?« Er trat auf sie zu, drehte ihren Kopf zu sich herum, bog ihn mit der mächtigen Hand hintenüber und sah ihr durchdringend in die Augen. »Bist du so bis über die Ohren in dich selbst vertieft, daß du gar kein Aug' mehr hast für das, was um dich ist? Guck' dir mal an, wie's hier oben aussieht! Die Welt sagt ›armselig‹; 's ist nicht unwahr auf den ersten Blick. Hier kann nur einer sitzen, der mit dem Herzen dabei ist. Meinst du, ich soll sie im Stich lassen, weil sie, wie ungezogene Kinder, nicht wissen, was sie wollen? Pfui, Nelda, darum die Flinte in's Korn schmeißen?«

»Aber du klagst doch, Onkel, warum tust du's denn?«

»Ja« – er nickte und lächelte dabei – »das ist so die menschliche Natur! Man seufzt und beklagt sich, weil man immer bewundert sein will wegen der eignen Vortrefflichkeit. Daß ich's hier aushalte?! Zum Kuckuck noch emal, und ich möcht' doch nicht wo anders sein als hier oben!« Er schlug sich auf die breite Brust und riß den Rock von einander, als lüfte er sie dem Eifelwind entgegen. »Heiho, meine Eifel!«

Er lachte. »Was meinst du, Nelda, wie würd' ich mich ausnehmen im Frack oder in der Uniform zwischen den verdammten

Zierbengels? Ich kann das nicht mehr. Ich will nicht sagen, daß die Menschen hier Engel sind – o je! Die Gemüter sind roh, die Leidenschaften ungezügelt. Es geht ihnen wie dem Strunk auf dem Feld, sie wachsen auf, wie sie wollen; nur der Pfaff tut seine Weihrauchspritzer über den Acker hin. No, allzuviel macht das auch nicht. Sie beten schon, freilich! Aber sie haben noch 'was Unverfälschtes; mit dem Material ist's immer besser umgehn als mit dem künstlich präparierten.

»Hat ja auch eine Zeit gegeben, da hab' ich gemeint, ich kann's hier nicht aushalten; war noch zu sehr an den Dunstkreis vom Salon gewöhnt, an die Sporen und Lackstiefel. Aber ich sage dir« – schwer fiel seine Hand auf der Nichte Schulter – »lieg' du nur einmal so recht fest an der Brust der Natur, dann kriegst du andre Augen. Sie werden heller. Du sitzest auf einem hohen Berg – unter dir kribbelt und wibbelt es, lauter Ameisen – du bist wie ein König! Wenn dein Rock auch vom alten Steffens nach der Mode von anno dazumal schneideriert ist und deine Stiefelsohlen Nägel haben, du bist doch reich. Du hörst das Herz der Natur pochen, und deins pocht dagegen. Man wird besser. Man ist nicht mehr so kleinlich.

»Herr Gott, wenn ich so alle Tag die Berge anseh, und im Wald die Bäume und die Wasser rauschen hör', da sag' ich mir: o, du mein Schöpfer, wenn du mir Wurm so 'was Herrliches aufgebaut hast, wie darf ich da dem Mitwurm, der neben mir kriecht und nicht geringer ist als ich, was entziehen?! Ich muß ihm so viel gewähren, als ich irgend kann. Schockschwerenot nochmal, was bin ich für ein erbärmlicher Ker! Beklag' mich gar zuweilen, räsoniere: ›Bauerndickschädel, nicht mehr aushalten und so weiter!‹ Hab' ich mich wirklich beklagt, Nelda, sag mal?« Er sah sie fragend mit einer Miene aufrichtiger Bekümmernis an.

Sie mußte lachen wider Willen. »Beklagt hast du dich nicht so sehr, Onkel, aber verstimmt bist du oft!«

»Ja, das ist's, man kann's nicht lassen!« Der Bürgermeister ließ sich schwer auf einen Stuhl fallen und stützte den Kopf in die Hand. »Es bost einen doch, wenn man es so von Herzen gut mit ihnen meint und sie denken noch, man will ihnen was Böses. Das unglückselige Maar, es hat was zwischen mich und meine

Eifeler gebracht! Ich hab' manch schlaflose Nacht drum. Kennst du die Geschichte, Kind?«

Sie nickte. »Heinrich Hommes hat sie mir erzählt; der sagt: Liebesleute verstehen einander ja auch mal nicht!«

»Liebesleute! Was – Liebesleute hat er gesagt? Ha ha! Ach ja, meine Eifeler und ich verstehn einander jetzt immer nicht; ich weiß nicht, liegt es an mir, liegt es an ihnen? Zum Donnerwetter, sie müssen doch wissen, daß ich's gut mit ihnen meine! Wenn sie mir nicht parieren, die Schafsköpfe, und Dummheiten machen, was kann ich dafür? Gestern in der Gemeindesitzung hab' ich es aber energisch erklärt, ich kümmre mich um die Sache nicht mehr. Jetzt schreien die Meerfelder Hunger! Wie oft hab' ich gesagt: fangt Hausindustrie an, flechtet Körbe, bindet Besen, schnitzt Holzsachen! Ä was, sie denken nicht dran! Und alle Winter dieselbe Litanei, diesmal toller denn je. Und die Manderscheider halten auch nicht zu mir!« Er seufzte und sah düster vor sich nieder. »Sie reden darüber, daß ich die Vefa im Haus hab'. Als ob ich alter Mann an der nicht reines Wohlgefallen haben könnte! Und dann das Scheusslichste ist« – er stockte und rückte heftig mit seinem Stuhl – »sie – sie sagen, ich hätte bei der Sache mit dem Meerfelder Maar meinen Profit gehabt. Von dem bewilligten Geld hätte ich – Herrgott, ist das eine Gemeinheit, es ist, um rasend drüber zu werden!«

Er fuhr sich durch die Haare, die Stimme zitterte ihm; er sprang auf und rannte in der Stube hin und her. »Sie sind toll, meine Eifeler!«

»Onkel!« Nelda stand auf und trat zu dem Erregten; zum ersten Mal seit langer Zeit war auf ihrem Gesicht nicht der zerstreute, geistesabwesende Ausdruck. Sie hatte ein feines Ohr bekommen für den Schmerz, der auch unausgesprochen klingt. »Onkel Konrad, hast du ihnen alles erklärt? Sie sind so dumm. Du mußt es ihnen klar auseinandersetzen, was das für ein Unsinn ist. Sie müssen dir dann glauben. Sag's ihnen doch!«

»Nein. Wo denkst du hin? Ich werde mich doch nicht verteidigen?! Wenn sie mich nicht besser kennen! Man könnte bitter werden; manchmal denk' ich, ich bin's schon. Nur das nicht, nur das nicht, dann wird man auch ungerecht! Ach!« Er ließ sich wieder auf den Stuhl fallen, die geballten Fäuste auf den Knieen. »Hab ich nicht um sie geworben, wie ein Bräutigam um seine Braut – fünfundzwanzig lange Jahre in guter und böser Zeit? Nun tun sie mir das an!« Der Kopf sank ihm auf die Brust.

Nelda sah, daß er Tränen in den Augen hatte. Sie hatte ihn nie so gesehen. »Onkel,« sagte sie leise.

Er gab keine Antwort.

»Onkel!« Sie legte ihm die Hand auf die Schulter.

»Meine Eifeler!«

Sie blieben lange stumm. Im Ofen knisterte das Feuer, die Holzscheite knackten; ein Regen von Funken sprühte durch die angelehnte Ofentür mitten hinein in die Stube. Sie glimmten auf dem Boden; Nelda trat sie aus, schwarze eingefressene Punkte blieben in der weißgescheuerten Diele zurück. Sie sah darauf nieder – ach ja, solch eingefressene Punkte gibt's auch in jedem Herzen!

»Onkel!« Sie kauerte rasch vor dem Sitzenden nieder und sah ihm von unten herauf mit großen Augen fragend ins Gesicht. »Glaubst du, daß es etwas gibt, was einem die wunden Stellen im Herzen so zuheilt, als wären sie nie gewesen? Tut das die Religion? Ich möchte das wissen!«

Er schüttelte langsam verneinend den Kopf. »Hör' mal zu, Nelda! Ich bin früher, als du noch gar nicht geboren warst, Offizier gewesen, dazu ein sehr flotter – du weißt es ja – der Vater spricht nicht gern davon, habe zu tolle Fahrten gemacht. Das Ende vom Lied war, ich mußte den Abschied nehmen; sie dachten, ich wäre gut katholisch, drum kriegte ich die Bürgermeisterstelle hier. Ich habe auch jetzt noch meine Religion, o ja, nur etwas anders, als die Kirche sie serviert! Wenn du die Wahrheit wissen willst, so sag ich dir: ich bin kein Katholik, ich bin kein Protestant – ich bin ein Mensch, der Gott sucht. Was einem die Wunden im Herzen zuheilt, ist nicht die Religion, schlechtweg aufgefaßt, denn damit ist nur die Kirche gemeint. Wunden heilen kann nur die Natur. Und die Natur ist Gott.

»'s ist ja bei dir eine andre Sache, du bift jung. Wenn man jung ist, klammert man sich an das, was die Sinne umnebelt. Aber wart', wenn das Blut kühler wird, läßt das Rumoren von den

Sinnen nach; das Herz ist dabei nicht weniger warm, es schlägt nur anders!«

»O, ich möchte nicht alt werden – und allein sein!« Nelda fröstelte, als striche ihr eine eiskalte Hand über den Rücken; sie hatte tiefdunkle Ränder um die Augen, ihre Lider waren schwer.

»Onkel, wie deine Frau starb,« fragte sie plötzlich unvermittelt, »warst du da sehr traurig?«

Er nickte etwas verwundert.

»Ich meine nicht nur traurig, nein, unglücklich, verzweifelt! Warst du verzweifelt, Onkel Konrad?«

»Nein, das war ich nicht.« Ein trüber Schatten glitt über sein Gesicht, aber dann lächelte er; Nelda kannte dieses Lächeln, es hatte was von der Sonne an sich.

»Sie war sehr einfach, ihr Vater war nichts weiter als ein grösserer Bauer; aber was sie über ihren Stand hob, das war die Herzensbildung. Sie haben sich alle gewundert, als ich sie heiratete; Lorchen war mir lange bös darum, sie sagte, ich wär' nun ganz verbauert. Sie kannte sie ja nicht. Ich habe sie nur zehn Jahr gehabt! Ich war nicht verzweifelt, als sie ›fortging‹« – er schüttelte den Kopf und sah fast heitern Gesichts in's Weite – »ich sage nie ›starb‹. Was man einmal geliebt hat, stirbt nicht. Und dann die Erinnerungen! Die zehn Jahre waren ein großes, voll ausgenossenes Glück. Da verzweifelt man nachher nicht!«

»Aber wenn man kein Glück ausgenossen hat, was dann?« Sie fragte mit kurzem Atem, die Stimme klang heiser.

»Ja, dann ist's schlimmer und –«

»Dann verzweifelt man doch, sprich's nur aus!«

»Nein, man braucht nicht zu verzweifeln, man sucht sich ein anderes Glück.«

»Man sucht sich ein anderes Glück,« wiederholte sie mit seltsamem Tonfall, trat an's Fenster und starrte auf die einsame Gasse, die Arme über der Brust gekreuzt; um ihre Mundwinkel lag ein eigentümlicher Zug.

»Ein anderes Glück, aber mißversteh' mich nicht, Kind.«

»Da kommt Heinrich Hommes,« unterbrach sie rauh, »er kommt zu uns!« Sie schritt zur Tür und ging dem jungen Mann entgegen.

Frühlingsanfang! Der Schnee auf den Höhen taute; nur oben auf dem steilsten Gipfel des Mosenkopfs klebte er noch an den Lavabrocken, aber schmutzig und halb zerronnen. Gewaltige Regenmassen kamen nieder; alle Tage der Himmel wie ein Sack, alle Tage der gleiche plätschernde Morgengruß, dasselbe Trommeln nachts an den Fensterscheiben.

Manderscheid steckte wie in Wolkenfetzen. Und Meerfeld lag ganz im Dunst verkrochen. Das Maar schwoll und schwoll. Als wolle es sich rächen für die Einschränkung, kam es über die Ufer gelaufen, der ganze Talkessel glich einer unbeweglich trüben Lache; die Felder verschwanden. Es war Zeit zur Bestellung – wie sollte man? Wasser, Regen – Regen, Wasser.

Alle Tage hockten ein paar von den Meerfeldern oben in Manderscheid herum – dünnbeinige Gestalten, hohläugige Gesichter – sie saßen im Wirtshaus, soffen und ließen's ankreiden. Das war ein Lamentieren und Fäusteschlagen. Den ganzen Tag ging die Türklingel an der Bürgermeisterei; lauter Bettler, Weiber und Kinder aus Meerfeld, aber sie baten nicht bescheiden, sie forderten ihr gutes Recht. Die Manderscheider guckten zu; sie gingen jetzt fleißig zur Kirche in der österlichen Zeit, beichteten und kommunizierten. Am Palmsonntag war große Prügelei in den verschiedenen Wirtsstuben; Heinrich Hommes hatte aus seinem Gasthaus die Schreier herausgeworfen. Die übrigen Tage der Woche war's still, aber ungemütlich. Die Leute guckten nach dem Himmel mit scheelen Blicken, mit noch scheeleren nach der Bürgermeisterei.

Keine Spur von Frische in der Luft; immer gleich lau, mit einer verfrühten Schwüle wehte der Westwind. Die Nässe verdichtete sich in wunderlichen Dünsten, sie krochen durch die Dorfgasse, die Wände entlang, und quetschten sich durch jede Ritze und Luke in die Hütten. Den Manderscheidern tat's nicht viel, die wohnten freier und waren nicht so arm, aber unten im engen Talkessel, die Meerfelder, die saßen drin wie in einem Brodem. Schlechtgenährt, schlechtgekleidet. Sie gossen ihre Zichorienbrühe herunter und stopften die Kartoffeln samt den Schalen; glücklich, wer überhaupt welche hatte!

Am ersten Osterfeiertag wurde der erste Typhusfall in der Bürgermeisterei gemeldet. Dallmer saß gerade an seinem Schreibtisch und las die Zeitung. Er zuckte zusammen und fuhr vom Stuhl auf, als der Gendarm die Meldung brachte.

Draußen läuteten festlich die Glocken der Kirche, in das Läuten hinein klang die erregte Stimme des Bürgermeisters: »Typhus?! Wo – wer ist krank?«

»No, zo Meerfeld, Hähr Borgemaster, dän Leisager'sch Hanni! Hän wohnt nächst beim Maar. Se saon, hän waor schuns dod, als dän Hähr Dokter kommen es. On annere sein aach als krank gäwen!«

»Wer pflegt sie?«

Der Gendarm zuckte die Achseln. »Ech waaß net, Hähr Borgemaster! Wän soll et bezaohlen?!«

Eine Stunde später schritt Bürgermeister Dallmer auf der Höhe der Chaussee. Der weite graue Mantel flatterte um ihn. Ein Wind hatte sich aufgemacht, die schweren Wolkenballen am Himmel auseinandergerissen und ein paar Fetzen Blau vorgedrängt. Zum ersten Mal seit Wochen. Eine trügerische Sonne huschte mit bleichen Strahlen über den Boden; das Erdreich war wie Schwamm, das Schiefergeröll am Abhang glänzte tiefschwarz. Ernst und düster schaute der Mosenkopf drein; noch keine Spur von Grün an der Berglehne, grau und nackt die Kuppe.

Dallmer stand still: weit hinten lag Manderscheid. Der Weg führte jetzt seitab der Chaussee, einen sich schlängelnden schlüpfrigen Pfad hinab in's Tal. Sonst war das ein schöner Anblick, hier oben zu stehen und das Auge dem windenden Lauf der kleinen Kyll folgen zu lassen, wie sie zwischen Hügeln und Wiesenland durchschlüpft und, je näher Meerfeld, sich immer mehr einklemmt. Jetzt wogten Nebel unten; der friedliche Bach war geschwollen, trüb und reißend schleppte er ganze Erdstücke mit sich fort, kleine Bäume und Äste. Sein Murmeln war Brausen geworden.

Hui, pfiff der Wind und riß dem Abwärtssteigenden den Hut vom Kopf! Er haschte danach und hörte nicht den Ruf: »Onkel, Onkel Konrad!« Ein Ausdruck tiefster Bekümmernis war auf seinem Gesicht; so sieht ein Vater aus, dem seine Kinder krank liegen. Mühsam stampfte er weiter; es war ein schweres Gehen, wie Klumpen hingen sich Erdklöße an die Sohlen. Der Bach hatte den Weg überflutet; hier mußte man springen, dort ausweichen, von Stein zu Stein steigen.

Er eilte, der Schweiß perlte ihm auf der Stirn. Das Mittagsglöckchen bimmelte, als er vor Meerfeld stand. In grauem Dunst lagen die Hütten. Die Fahrstraße zum Dorf ein zäher Brei; rechts das Maar und die Felder ein Wasserspiegel. Traurig standen die nackten Höhen im Kranz, die Ginstersträucher darauf reckten sich wie struppige Haarbüschel. Ängstlich duckten sich die Hütten im äußersten Talkessel, immer nah und näher kam ihnen die trübe Flut. Von Nässe angedunkelt ragte der Turm des Kirchleins, sein Dach in Zwiebelform schien an der Bergwand zu kleben; wimmernd rief die Mittagsglocke zum zerfetzten Himmel.

Die Dorfgasse war einsam, nur ein Hund mit eingekniffnem Schwanz schlich zwischen den Misthaufen herum; er bellte heiser den Fremden an. Wie auf Kommando öffneten sich die Türen, an den papierverklebten Fenstern tauchten neugierig Gesichter auf: ›Dän Borgemaster, dän Borgemaster!‹ Man grüßte nicht freundlich; stumpfsinnig faßten die Männer nach ihren Mützen.

Dallmer trat auf sie zu; keiner scharrte einen Kratzfuß. »Tag, Meerfelder, wer ist krank? Wo?«

»Dod,« sagte der eine lakonisch und spuckte aus. Dann sah er dem Bürgermeister starr in's Gesicht. Es schien was in dem Blick zu sagen: ›Was fragst du noch?‹

Die übrigen murmelten undeutlich. Ihre Zahl hatte sich im Handumdrehen vergrößert; ihrer zehn, zwölf standen nun da, die Hände in den Hosentaschen, die ungekämmten Haare in die blassen Gesichter hängend. Aus den vom Regen zerwühlten Misthaufen, rechts und links, stieg ein ekelhafter süßfauliger Geruch auf; die braune Brühe lief einem bis unter die Füße. Dallmer hielt unwillkürlich den Atem an; von den Männern wehte ihm ein Fuseldunst entgegen. Die Sonne stach; lange Regenstreifen zeigten sich am Horizont, und Wolkenballen jagten vorüber.

Der Zugwind klappte mit einem morschen Fensterladen, eine grelle Weiberstimme zeterte dahinter hervor: »Saot dem Borgemaster, hän sollt sich net wunnern, wann mer all krepiert sinn!

Dat Maar kömmt uns öwer dän Hals, dat lässt sich net kommanderen. On ons Könner schreien for Brud!«

»Jao, jao,« murmelten die Männer, »se haot rächt! Wann uns Maar gebliewen wär', wie et gewest waor, et däht besser sein. E su elendig simmer nie gewest. Eweil könne mir versaufen!« Sie warfen unruhige Blicke hinter sich, dann starrten sie alle den Bürgermeister an. Diese hohlen Augen über den vorstehenden Backenknochen hatten etwas Furchtbares.

Dallmer war bleich geworden, er wandte sich ab. »Kann mich einer zum Leisager führen?«

Die Männer sahen sich an; endlich schob sich ein halbwüchsiger Bursche vor. Mit eingeknickten Knieen und verdrossener Miene schlorrte er vor dem Bürgermeister her. Es ging wieder zum Dorf hinaus; ein wenig abseits, eingedrängt zwischen Berg und Maar lag die baufällige Hütte des Johann Leisager. Dallmer erinnerte sich des Menschen genau: noch jung, aber verbummelt und einer der Ärmsten im Dorf. Früher war er Fischer gewesen; seit die Fische im Maar krepiert, verlungerte er ohne Beschäftigung die Tage.

Jetzt waren sie angelangt. Wie ein Haufen Elend lag die Hütte, nur ein schmaler Erdstreif führte noch zu ihr hin; das trübe Wasser stand fast bis an die windschiefen Mauern. Durch den moorigen Schmutz patschten sie zur Tür; sie war eingeklinkt, der Laden vor dem einzigen Fenster geschlossen. Sie traten ein. Eine Luft schlug ihnen entgegen, die den Bürgermeister taumeln machte. Dick, dumpf schwebte es in dem engen Raum. Dallmer stieß das Fenster auf.

Da lag der Tote auf ungehobeltem Brett über zwei Schemeln, einen Strohwisch unter'm Kopf. Eine zerfetzte Decke war ihm übergebreitet; die Hände, darin der Rosenkranz, hatten sie ihm gefaltet. Der bleiche Sonnenschein drang kaum durch die Fensterluke, in den Winkeln blieb's dunkel.

Jetzt ein Stöhnen, es regte sich was! Der Laubsack in der Ecke raschelte, eine Frauengestalt in zerlumptem Rock und mit wüst herumhängendem Haar wankte auf den Eingetretenen zu. Strohhalme hafteten in ihren fahlblonden Strähnen; die Jacke hatte sie auf der Brust von einander gerissen.

Dallmer sah sie befremdet an: war der Leisager verheiratet?

Der Führer streckte gleichgültig den Finger aus: »Sei Mädche! Se dient beim Vieh an Mathesen. Se waor als graod de Nacht beim Hanni, als hän krank gäwen es; eweil will se nimmeh weg!«

»Ne,« sagte das Mädchen heiser und schüttelte sich. »Nä, hän es net dod. Hanni!« Sie trat näher und zupfte mit bebenden Händen an dem schmutzigen Hemdkragen des Toten. »Kuck mech an, Hanni! Schläfste?« Sie stieß den starren Körper in die Seite; die gefalteten Hände rutschten etwas auseinander. »Nä, nä, ech giehn net eweg, Hanni, ech bleiwen bei der!« Sie kauerte sich nieder und legte ihren Kopf auf die Brust des Toten. »Hanni!«

Dallmer schauderte, als er sie so liegen sah: fahlgelb war ihr Gesicht, auf den Backen ein feuriges Rot, die aufgesprungenen Lippen waren vom Fieber verbrannt.

»Se haot als aach de Krankheit!« Der Bursche starrte sie neugierig an. Sie hatte jetzt die Augen geschlossen, sie schien zu schlafen; aber das Zucken der Lider, das Ächzen der Brust verrieten das tobende Fieber.

»Sie muß fort, sie stirbt hier!« Dallmer erschrak fast vor dem Laut der eignen Stimme. »War der Pfarrer schon hier?«

»E nä.« Grinsend zeigte der Bursche die Zähne. »Dän Leisager es lang net zur Beicht on Kommunion gewest, on dat Anna – no, dat es doch nor sei Mädche! Nä, dän gaastlichen Hähr waor noch net hei!«

Dallmer wandte sich ab; er fühlte, wie ihm das Blut siedendheiß zu Kopf stieg, er stieß die Tür auf und trat ungestüm über die Schwelle. O, nur einen Atemzug freie Luft! Es war zum Ersticken. Vom Wasser krochen Dünste her, sie legten sich ihm beklemmend auf; die grauen Haare klebten ihm an den Schläfen. Er schwitzte.

Unruhig ließ er die Augen über die Öde schweifen. Vom Dorf her näherte sich eine Gestalt, eine Frau; dunkel löste sie sich aus dem fahlen Grau. Er hielt die Hand über die Augen – wer war das? Das bleiche Licht blendete ihn, nun war sie hinter einer dräuenden Wolke verschwunden. »Nelda –?!«

Es war Nelda. Sie hatte zu Hause gesessen auf dem Fensterplatz und dem Onkel die Gasse hinunter nachgeschaut, wie er in Unruhe fortging. Dann hatte sie mit schwermütigem Blick den Kopf in die Hand gestützt. Heute war Ostertag, und heute vor einem Jahr – –?! Da waren auch Glocken erklungen; sie stand mit klopfendem Herzen in der Kirche hinter dem Brautpaar, hörte die Worte der Traurede und hörte sie doch auch nicht. ›Wo du hingehst, will ich auch hingehen‹ – – in ihrem Herzen war eine frohe Liebesahnung, eine reine Glückseligkeit gewesen.

Sie hatte schaudernd das Gesicht in den Händen vergraben, dann war sie aufgesprungen und, von plötzlichem Einfall getrieben, dem Onkel nachgeeilt. Sie konnte nicht allein sein.

Schwer war der Weg auf der Höhe gegen den sausenden Wind gewesen, noch schwerer der unten im Tal; mit zusammengebissenen Zähnen strebte sie vorwärts, es tat ihr wohl, gegen etwas anzukämpfen. Eine Weile sah sie den Onkel vor sich, sie rief – umsonst – sie verlor ihn aus den Augen.

Im Dorf klopfte sie am ersten Haus; ein struppiger Frauenkopf fuhr heraus, ein paar Kinder kamen gekrochen und starrten sie unbeweglich an. Neldas Herz fing an, eine warme Regung zu spüren. Kinder –! Gleich einer Vision glitten andere Kindergesichter an ihr vorüber, lachende rotwangige, – und diese hier so elend, so verkümmert! Der vierjährige Junge dort sah aus wie ein altes Männchen. Sie bückte sich und strich ihm über die dünnen Härchen. »Wie heißt du?«

Das Weib wurde zugänglicher; es brach in ein klägliches Lamentieren aus, dann wies es Nelda zurecht. Und nun war der Onkel erreicht.

»Um Gottes willen, Nelda, was willst du?« Dallmer sah sie erschrocken und unwirsch an. »Hier ist kein Ort für dich! Geh' nur gleich zurück!« Er schob sie von sich.

Sie ging nicht, sondern sah ihm gerade in's Gesicht. »Nein, Onkel, ich will nicht; ich bleibe bei dir!«

»Das geht nicht.« Er schüttelte den Kopf und dämpfte unwillkürlich die Stimme. »Da drinnen ist der Typhus!« Er seufzte tief, seine Stirn zog sich in viele Falten. »So ein Elend!«

»Onkel, was ist denn? Sag' mir's!« Sie legte die Hand fest auf seinen Arm, es war etwas von der alten Nelda in dieser raschen Bewegung. Wären hier Jubel und Glück gewesen, sie wäre gleichgültig vorbeigegangen; aber die gedämpfte Stimmung ringsum, die graue Trauer über den öden Hängen, dem trüben Maar, der verfallenen Hütte fanden einen Widerhall bei ihr.

»Ich geh' nicht! Jetzt sag' mir, was da drin ist!« – –

›Krankheit – Tod – den Schatz nicht verlassen‹ – wie die wenigen Worte an Neldas Seele rührten! Vor ihre Augen legte sich ein Schleier, in ihren Ohren tönte ein Rauschen, sie hörte Osterglocken klingen, sie sah sich Seite an Seite mit dem Geliebten. Sie gingen den Rhein entlang, weiche Dämmerung sank verhüllend nieder. Und über'm Wasser war eine Stimme, in der Luft ein Säuseln – ›wo du hingehst, will ich auch hingehen.‹ – – –

Mit einer unerwarteten Wendung schob Nelda den Onkel zur Seite. Sie stand schon in der Tür, nun nickte sie zurück. »Geh' du nur nach dem Dorf, hol die Leute und ordne alles an! Ich bleibe hier. Man muß so jemanden nicht verlassen!«

* * *

Es war am Abend desselbigen Tages, der gewohnte Regen ging nieder. Zu Manderscheid waren die Gassen wie ausgestorben; alles saß im Wirtshaus. Bei Hommels quiekte die Tanzmusik; die Manderscheider Burschen, die Geld hatten, tanzten da mit ihren Mädchen. In den zwei kleinen Schenken, am oberen und unteren Ende des Dorfes, war keine Tanzmusik, aber desto mehr Lärm; da waren die Meerfelder eingekehrt. Durch den Tabaksqualm waren rote erhitzte Gesichter zu sehen mit vorgequollenen Augen; heisere Stimmen gröhlten und zankten. Auch Weiber waren dabei. Das Geschrei drang durch die geschlossenen Läden hinaus in die feuchte Nachtluft und zerrann im Dunst.

Bis zur Bürgermeisterei drang kein Laut. Dallmer und seine Nichte saßen am runden Tisch sich gegenüber, beide sehr still. Zwischen ihnen stand die Lampe, sie verbarg einen vor dem anderen. Der Bürgermeister hielt die Pfeife in der Hand, aber er vergaß das Rauchen; gedankenlos sah er auf das Zeitungsblatt nieder, seine wetterharte Stirn war finster zusammengezogen. Die Buchstaben tanzten ihm vor den Augen, sie hüpften die Spalten auf und nieder, schrumpften zusammen und spreizten sich wieder – stand da nicht etwas ganz anderes, als eigentlich stehen sollte, in großen feurigen Buchstaben und brannte ihm ins Herz?! Keine Politik, keine Handelsberichte, keine auswärtigen Nachrichten! – – – Da: ›Am ersten Osterfeiertag wurde hinter dem Bürgermeister Konrad Dallmer, der fünfundzwanzig Jahre, sage fünfundzwanzig Jahre! – in der Eifel tätig gewesen war, auf seinem Gang durch das Dorf Meerfeld ein Stein geschleudert, der ihm den Hut vom Kopf riß. Drohende Stimmen schrieen ihm Anschuldigungen und Verwünschungen nach –‹ Dallmer fuhr sich mit einem Stöhnen über die Augen, seine Hand zerknitterte die Zeitung.

Für einen Augenblick hob Nelda den Kopf und sah um die Lampe herum nach dem Onkel hinüber. Auch sie seufzte. Vor ihr lag ein Briefblatt; sie hielt die Feder in der Hand, sie sollte nach Hause schreiben und wußte doch nicht was. War es möglich, das hinzuschreiben, was ihre Seele füllte bis zum Rand? Kein anderer Gedanke konnte aufkommen. Immer noch, wie an diesem Vormittag, sah sie das zerlumpte Geschöpf mit dem fahlen Gesicht und den wirren Haaren am Boden kauern, den Kopf auf die Brust des Toten gelegt. Sie sah sich selbst die Elende aufheben, zum Lager schleppen, ihr Wasser an die vertrockneten Lippen führen. Und alles das hatte sie getan mit einem wunderlich gemischten Gefühl von Mitleid und Neid.

Zerstreut kritzelte sie Schnörkel auf den Rand des unbeschriebenen Blattes. Es war so still im Zimmer, man hörte das Knirschen ihrer Feder. Da – ein rascher Schritt draußen im Flur! Sollte Vefa schon vom Tanzboden wiederkommen, so früh?

Richtig, sie war's, ihr Kopf streckte sich zur Tür herein.

»Herr Borgemeister!«

»Nun, was willst du?«

»Herr Borgemeister« – sie trat vollends ein, ganz außer Atem und schnappte nach Luft – »ha, ech sein e so garennt! Herr Borgemeister, de Meerfelder sein doll, on de Manderscheider sein Esel! Se wollen Ihnen de Fenster einschmeißen on – ja, ech weiß net, wat se wollen, se wissen et selwer net. Jeß, war dat en Schkandahl beim Hommes! Hän wollt se de Tür eraus schmeißen. Se haon dän Heinrich verhauen. Ech han derweil zugekuckt, äwer – ha –« sie schnappte wieder nach Luft und preßte beide Hände gegen die heftig atmende Brust, ihre Wangen glühten – »gleich sein se als da, de Meerfelder, on die Manderscheider schleppen se mit!«

»Was sagst du?« Nelda sprang auf. Dallmer blieb ruhig sitzen, keine Muskel in seinem Gesicht bewegte sich.

»Ja, se wollen de Fenster einschmeißen. Jesses, da sind se als schon!« Vefa sprang hinaus, man hörte sie draußen über den Flur rennen und gleich darauf ihre helle Stimme an der Haustür. »No, no, wat gitt et dann? Reißt de Klingel net af! ›Ufgemaach‹ – wat saot ihr?! Ne, ech denken net daodran, dän Borgemeister es als im Bett. Wat wollt ihr?«

Ein donnerndes Pochen gegen die Tür antwortete, dann ein paar kräftige Fußtritte. »Dän Borgemaster soll eraus kommen, mer mössen hän ebbes fraogen!«

Vefa lachte. »Eweil es't net Zeit, kommt widder üwer hunnerd Jaohr! On nau gieht schlaofen. Gud Nacht!«

Lachend trat sie wieder in die Stube. »Herr Borgemeister, se sein betrunken, se –« das Wort erstarb ihr, ein Hagel von Steinen prasselte gegen die geschlossenen Läden.

»Hoho!« Dallmer verließ eiligen Schrittes das Zimmer; gleich darauf riß er die Haustür auf und stand auf der Schwelle. »Was fällt euch ein, seid ihr verrückt oder betrunken? Macht, daß ihr nach Haus kommt, ich rat's euch im Guten!«

»Im Guden, im Guden – wat haot hän gesaot?!« Die Nächststehenden wichen zurück, die Fernerstehenden drängten vorwärts. Das war ein unruhiges Hin- und Hertreten, ein Sichschieben und Stoßen.

»Nun geht, oder sagt, was ihr wollt!« Klar tönte des Bürgermeisters Stimme über die Köpfe hin. Er konnte keinen einzelnen erkennen, es war zu finster; die Gruppe draußen war eine verschwommene dunkle Masse, auf die der Regen niederprasselte. Nur seine Gestalt auf der Schwelle war kenntlich, vom erleuchteten Hausflur fiel der Schein auf sein bleiches Gesicht. Jetzt drängte sich Nelda neben ihn.

»Onkel,« bat sie leise, »mach die Tür zu! Laß sie! Komm doch!«

Unsanft schob er sie von sich. »Was wollt ihr? He?!«

Ein undeutliches Murmeln war die Antwort. Dann ein unzufriedenes Murren, dann erhob sich verworrenes Geschrei: »Honger – krank – Geld – ons Maar – ons Maar!«

Aus dem dichtesten Haufen zeterte jetzt eine grelle Weiberstimme. Dallmer zuckte zusammen, es war dieselbe, die heute morgen in Meerfeld hinter den klappernden Laden an sein Ohr gedrungen. »Mir krepieren! Dän Borgemaster soll ons ebbes von dem Geld gäwen, wat hän gestohlen haot – jao, gestohlen!« Langgezogen kreischte sie das letzte Wort in die Nacht. »Gesto–h–len!«

Keiner in dem Haufen rührte sich; sie standen still, als habe die ungeheure Anschuldigung sie alle gelähmt. »Hal dei Maul, Schneidersch, dau bis zu frech,« flüsterte einer unterdrückt.

»Nein, sie soll reden!« Dallmer reckte sich hoch auf, die grauen Haare auf seinem Kopf schienen sich zu sträuben, die Ader an der Schläfe schwoll zum Platzen. »Die Schneidersch also!« Er bezwang sich. »Tretet doch hier vor, Schneidersch, ich möchte Euch gern sehen!«

Das Weib machte sich mit den Ellenbogen Platz, nun hatte es sich durchgedrängt, es stand dicht vor der Tür. Das abgezehrte Gesicht war gespenstisch bleich, in den Augen glühte ein wildes Feuer.

»Nun?« Der Bürgermeister sah sie fest an. Sie erwiderte seinen Blick, ohne mit der Wimper zu zucken. »Was wollt Ihr, Schneidersch?«

»Geld!« Sie streckte den Arm aus, der dürr wie ein Stecken war. »Kuckt hei, ke Lot Fleisch, nor Haud on Knochen! Ke Fressen for saat zo gänn. On e su simmer al! Ihr haot Schuld! Haha –« sie lachte schrill – »wär et gebliewen, wie et waor, eweil hätten mer Fisch genug; on kein Krankhaat on dähten net versaufen! – Geld!« Sie trat noch einen Schritt näher und tippte Dallmer mit dem Knochenfinger auf die Brust. »Ihr haot Geld genug!« Ihre wilden Augen sprühten ihn an, wie die einer in die Enge getriebenen Katze. »For ons sollt et sein, dat Geld, wat dän Hähr Kaiser geschickt haot! Et es net menschenmielich, dat dat bißche Dreckschüppen e su vill gekost haot. Wuh es dat anner Geld?« Sie reckte die flache Hand hin. Dallmer wich einen Schritt zurück, ihre dürren Finger stachen ihn fast in's Gesicht. »Geld, här dermit!«

»Ihr seid toll, ich habe kein Geld!« Er stieß sie zur Seite. »Kann ich dafür, wenn ihr unvernünftig seid? Laß ich es regnen Tag und Nacht? Müßt mit dem da oben streiten!« Er wies zum Himmel hinauf. Oben jagten zerrissene Wolken über die Mondsichel, von fern klang ein dumpfes Grollen; ein Gewitter zog auf, das erste im Jahr.

»Här dermit, Ihr haot et gestohl!«

War das ein Kreischen! Nelda drängte sich dicht an den Onkel; sie sah, wie seine breite Brust sich krampfhaft hob und senkte, sie fühlte durch den Rock das Zittern seines Armes. Der Regen machte eine Pause; er hielt gleichsam den Atem an, wie einer der lauscht. Was nun?

Nun ein Wetterleuchten, das die Gesichter zuckend beleuchtete für einen Augenblick – und nun ein dumpfes Durcheinander.

»Se haot recht, se haot recht! Jao, dän Borgemaster moß ons kurantören, jao, jao, hän haot de Schold!«

Dazwischen wildes Weibergekreisch: »Mer krepieren! Här dermit«

Brot – Geld – Hunger – Elend – wie Kolbenschläge fallen die Worte.

»Dem Leisager sei Mädche es ach als dod,« sagt eine Stimme.

»Stehler!« Mit geballten Fäusten dringt die Schneidersch auf den Bürgermeister ein. »Dau Stehler!«

Patsch, eine flache Hand schlägt ihr derb auf den Mund. Zwischen Dallmer und die Megäre schiebt sich Vefa, schnell wie ein Gedanke. Ihre Augen funkeln, sie hebt entschlossen die Hand wieder und fuchtelt drohend durch die Luft. »Maach! Willste noch ein han, Schneidersch? Hal dei Maul!« Mit einem heftigen Ruck wirft sie das Weib zurück und breitet schützend die Arme aus.

»Ihr seid ahl besoff, noch derzu am erschten heiligen Osterdag! Gieht häm, schämt eich!« Ihre helle Stimme tönt durch die Nacht. Jetzt packt sie mit ihrer ganzen jungen Kraft die erhobenen Arme der Wütenden und preßt sie ihr an den Leib. Das Weib schimpft und windet sich; Vefa hält fest, und die Männer fangen an zu lachen.

»Laoß sein, Mädchen,« sagt der eine, »bemeng dech net mit der Saach!«

»O dau Lappes!« Sie dreht den Kopf ein wenig zur Seite und sieht ihn verächtlich von oben bis unten an. Jetzt zuckt ein Blitz nieder, man sieht deutlich ihr hübsches Gesicht mit der heraufgezognen Oberlippe und den zornigen Augen. »Schämt eich ahl! Ihr seid jao e su domm, laoßt eich von e su enem alen Framensch kommandieren. On dat wollen Mannskerl sein?! Ba!« Sie spuckt aus. »Noa, Steffes, dau sollst mer nor kommen, dau kriehst ke Bützche mieh, ne! On dao hinnen dän Toni, dän soll sech nor verstechen, on dän Pitter on dän Hanni derzu – ke Bützche mieh – dän Hähr Borgemaster es vill zo gud for eich! Noa, Schneidersch, strampelt net e su – dao!« Sie gibt dem Weib einen Stoß, daß es rückwärts in den dichtesten Haufen fliegt.

»Kladderadaatsch,« sagt einer der Männer laut, und die andern grinsen.

»Jao!«Vefa breitet wieder ihre Arme schützend aus; braun und keck steht sie vor dem Bürgermeister, der, wie aus Stein gehauen, ohne Regung auf die Menge starrt.

Es ist jetzt tageshell, Blitz auf Blitz folgt. Über'm Mosenkopf steht das Gewitter; ein Donner kracht und rollt dröhnend in den Bergen wider. Und nun wieder ein Blitz! Einen Augenblick ist Dallmers graues Haar von einer Flamme umloht. Das Haus, die Straße schwimmen in blauem Feuer – dann ein Rollen, ein Krachen, ein ohrenbetäubender Schlag, kurz aber furchtbar – mit einem Aufschrei umschlingt Nelda den Onkel. Geblendet weicht die Menge zurück.

»Jeßmarijusep!«

»Kuckt elao« – Vefas helle Stimme übertönt den Tumult – »Meerfelder, Manderscheider, schlaot en Kreiz on sprecht en Gebät! Onsen Hährgott es üwer eich!«

»Se haot recht! O Jesses, Jesses!« Blitz auf Blitz, Donner auf Donner. Man wird blind und taub; und nun schüttet ein Guß nieder, furchtbar, gewaltig, Riesentropfen, schwer wie Blei, prasseln auf die Köpfe.

»Onkel, komm in's Haus!«

Dallmer fährt zusammen, er rüttelt die Erstarrung von sich ab.

»Manderscheider, Meerfelder!« Dem Donner gleich dröhnt seine Stimme über den Platz. »Seht, der Mosenkopf steht in Flammen! Ein Gewitter! So lang ich denken kann, war noch keins um diese Zeit. Der Himmel zürnt uns, weil wir miteinander zürnen. Haben wir nicht fünfundzwanzig Jahr alles zusammen geteilt? Ihr habt euch gefreut; ich habe mich gefreut. Ihr wart betrübt; ich war betrübt. Da sind welche unter euch, mit denen bin ich alt geworden, und welche, die hab' ich als Kinder spielen sehen; wir kennen uns, mein' ich, genau. Und ihr Teufelskerle glaubt, ich werde einen Pfennig nehmen von dem, was euch zukäm'?! Mag sein, ich hab in meinem Leben viel verkehrt gemacht, aber mit euch hab' ich's immer gut gemeint. Mein Liebstes hab' ich verloren und manches andre noch. Gott im Himmel ist mein Zeuge, es hat mir nichts so weh getan, als daß ihr« – seine Stimme bebte – »euch gegen mich kehrt. Und nun sagt ruhig und vernünftig, was ihr wollt! Ich will tun, was ich kann. Und dann werd' ich von Manderscheid fortgehen. Ihr kriegt einen neuen Bürgermeister, leicht einen besseren. Nun sagt!«

Keine Antwort. Die Männer stießen sich gegenseitig an; die Schneidersch war in die hinterste Reihe gedrängt. Als sie nur den Mund auftat, legte sich ihr eine derbe Faust drauf. »Still, hän haot recht!« Es war nur geflüstert, aber die andern hörten's.

»Hän haot recht! Hän haot recht! Ne, en annern Borgemaster – ne, och e ne! Kommt, mer giehn häm! Jesses, is dat en Wäder!«

»Ihr gebt keine Antwort – wie?« Dallmer wartete. Keiner sprach, nur ein verlegenes Räuspern war hörbar.

Da – Schritte die Gasse herunter! Durch den strömenden Regen kam einer angetrabt, der schrie schon von weitem: »Hä, holla, seid ihr doll gäwen, onsen Borgemaster zu molestieren?! Dunnerknippchen noch emaol, schärt eich häm!«

Es war Heinrich Hommes. Er sprang auf den Bürgermeister zu und schüttelte ihm kräftig die Hand. Vefa machte Platz, sie schlüpfte ihm unter'm Arm durch und mischte sich unter die Leute; Nelda hörte bald hier, bald dort ihre Stimme. Zu sehen war nichts mehr, das Blitzen hatte aufgehört. Nur Nacht und Regen.

»No, da soll doch gleich!« Der junge Mann reckte die derben Fäuste aus den Ärmeln und hielt sie dem Nächststehenden unter die Nase. »Wän et es, waaß ech net, et is stichdonkel; äwer onnerstieht eich noachehs!«

»Laoß sin, Heinrich,« lachte Vefa – sie stand schon wieder neben ihm – »eweil es ales in Ordnung! Guden Awend, Meerfelder! Guden Awend, Manderscheider!«

»Guden Awend!« Ein Trupp entfernte sich. Da sagte auch eine Stimme: »Guden Awend, Hähr Borgemaster!«

Ein Teil blieb noch und stand zögernd herum; lauter Meerfelder, die konnten sich noch nicht recht entschließen.

»Gieht häm, Meerfelder,« redete Vefa eifrig zu. »Gieht! Kucktelhei dat Wäder! Haald eich net e su onneedig off, ihr seid kwatschnaaß, ihr kennt krank gänn!«

»Jao, jao, die Vefa haot recht! Dat Wäder!« Unschlüssig traten sie von einem Bein auf's andere.

»Kommt herein,« sagte Dallmer plötzlich, seine Stimme klang ruhig und freundlich. »Trocknet euch! Die Vefa soll einen Kaffee kochen, wartet das schlimmste Wetter ab. Kommt!«

Er ging voran in's Haus, tiefatmend schritt er rasch durch den Flur, das Wasser lief ihm aus den grauen Haaren. Trappsend und scharrend folgten die andern. Erst standen sie scheu im Eingang, dann – Nelda drehte sich gerade um und sah, wie sie sich hinter Vefa in die Küchentür drängten. Nur die Schneidersch fehlte, die hatte sich davongeschlichen.

IV.

Der Wald ist jetzt grün; schönes zartes Laub an den Buchen, und an den Tannen junge Triebe wie helle Kerzen. Unten in der Schlucht das frohe Rauschen des Baches, und oben, über allen Wipfeln, ein heiteres Himmelblau mit einer lachenden Sonne. Selbst der düstre Mosenkopf zeigt sammetiges Gras an allen Hängen; zwischen den Lavabrocken sprießen Kräuter. Und so ist es überall. Überall zwischen klippigem Gestein ein Keimen und Wachsen; blaue Glockenblumen schaukeln im Wind, Erdbeerblüten breiten sich als weißes Tuch an den Weg, und die Farren strecken ihre grünen Wedel wie Fächer.

Langsam schlenderte Nelda über den schmalen Pfad, der Hut hing ihr am Arm; sie hob die freie Stirn und ließ die Luft darum fächeln. Das helle Kleid spannte sich knapp um ihre Formen; sie war voller geworden, seitdem scheinbar noch gewachsen. Leise sang sie vor sich hin, irgend ein gleichgültiges Lied, aber ihre Stimme hatte Zärtlichkeit im Klang.

Jetzt ging sie weiter, ohne zu singen; die Lippen blieben halbgeöffnet und sogen durstig den Waldduft ein. Ihre Brust spannte sich zum Springen – wie würde sie's ertragen, wieder daheim? O Gott, in die alten Verhältnisse! Sie schauerte zusammen, der sorglose Ausdruck auf ihrem Gesicht verschwand; sie zog einen Brief aus der Tasche und setzte sich auf den nächsten Stein am Weg.

Es war ein Brief der Mutter.

›Liebe Nelda!

Heute schreibe ich Dir an Papas Statt, der leider wieder eine Grippe hat; aber es ist nicht schlimm, er liegt nur auf dem Sofa. Wir leben sehr still und sehen fast keinen Menschen; es ist ja auch alles so teuer, der Doktor hat Papa jetzt Tokayer verordnet, und der kostet viel, drei Mark eine ganz kleine Flasche. Davon muß er alle Stunde ein Likörgläschen nehmen; nun kannst Du Dir denken! Agnes Röder hat ein reizendes kleines Mädchen; ich habe ihr eine Wochenvisite gemacht, da beklagte sie sich, daß Du ihr auf ihren Brief nicht geantwortet hättest; das war sehr unrecht. Sie war ganz allein, ihr Mann dachte, die Mutter wäre bei ihr, und die Mutter dachte, der Mann wäre bei ihr. Osten reitet alle Tage mit Anselma von Koch aus und mit ein paar Herren; sie kamen mal hier vorbei, die Koch sah wunderbar schön aus in dem engen Reitkleid und dem Zylinder. Sie war sehr glücklich, aber sie sah sehr zart aus – Agnes Röder meine ich – ich sollte Dich grüßen und Dir sagen, wie sehr sie sich darauf freute, Dir ihre Felicitas zu zeigen. Ich finde den Namen ja auch etwas absonderlich, aber das kann doch jeder machen wie er will; Du heißt ja auch Thusnelda, das ist freilich nicht so anspruchsvoll wie Felicitas. Die Hauptmann Xylander dreht den Kopf weg, wenn sie mich sieht, oder sie grüßt so bekniffen, daß mir schon lieber ist, sie grüßt gar nicht. Sie trägt jetzt ein unglaubliches kariertes Kleid. Er war schon ein paar Mal bei uns, er sieht nicht recht gesund aus, übrigens fragt er immer nach Dir und läßt Dich grüßen; wie schade, daß er verheiratet ist! Aber so ist es immer! Die Zänglein ist jetzt ganz geschlagen, die sehe ich noch am häufigsten. Sie schrieb an mich, ich sollte doch in die Betstunde kommen, die ihr Mann eingerichtet hat – alle Freitag nachmittag von fünf bis sechs – das würde mir gut tun. Ich gehe nun auch viel hin; es ist eine wahre Wohltat, da hört und sieht man doch wenigstens etwas von der Welt und kann mal ein Wort reden. Herr Emil Bovenhagen, der das große Hüttenwerk im Lahntal hat, und der mal mit Milchen getanzt und sie zu Tisch geführt hat, hat sich mit Lena Röhling verlobt – auf einmal! Was sagst Du dazu? Man dachte doch immer, Lena Röhling würde einen Offizier heiraten; sie sollen hunderttausend Mark jährlich zu verzehren haben. Milchen leidet jetzt an Weinkrämpfen, sie muß nach Schwalbach in's Stahlbad. Es freut uns sehr, daß es Dir beim Onkel so gut geht, aber du mußt nun doch bald ans Nachhausekommen denken, spätestens in vier Wochen. Du bist jetzt über sechs Monat fort! Der Papa ist manchmal komisch, er sagt dann: ›es ist mir so, als wäre Nelda tausend Meilen von uns weg, so weit wie in Amerika!‹ Er hat dann Sehnsucht nach Dir, aber er will's nicht sagen. Jetzt tragen sie hier viel ganz große Schutenhüte mit massenhaften Blumen drauf. Und nun lebe wohl, weiter Interessantes habe ich Dir nicht mitzuteilen. Grüße Onkel Konrad und sei Du selbst vielmals gegrüßt vom Papa und

Deiner treuen Mama.‹

Vier Wochen – nur noch vier Wochen – dann war's aus! Nelda zerknitterte den Brief in der Hand und sah mit weit aufgerissenen Augen um sich. Nur noch vier Wochen! Eine plötzliche Angst jagte über ihr Gesicht, sie sprang auf und rannte mit großen Schritten weiter, immer rascher und rascher. Wir ihr das Herz pochte, es schlug ordentlich gegen die Brustwand!

Sie war so dahingeschlendert all die letzte Zeit; zwischen den Bergen, den ziehenden Wolken näher, war kein Laut der Welt zu ihr gedrungen, sie hatte sich eingesponnen in die einfachen Verhältnisse. Jedes Kind im Dorf kannte sie und lief ihr nach, Männer und Frauen schüttelten ihr die Hände; sie hatte die Kranken in Meerfeld besucht und sich gefreut über das erste Grün auf den nicht mehr überschwemmten Äckern. Sie war des Onkels guter Kamerad und strich mit Heinrich Hommes durch den Wald. Die Leute nickten ihnen wohlgefällig nach: das war einer von ihnen, und das Fräulein machte sich so gemein!

Heinrich Hommes – –! In Neldas Stirn schoß ein heißes Rot. Ja, der war ihr wirklich ergeben! Seit dem Frühjahr war kein Tag vergangen, an dem sie nicht miteinander gewesen waren. Er hatte sich ihr ganz zur Verfügung gestellt; er trug ihr das Tuch, wenn sie zusammen wanderten, er reichte ihr die Hand, wenn's besonders steil war oder ein Bach den Weg versperrte, er hob sie dann fast mit seinem starken Arm. Er war wie ein Kavalier – wo er nur die guten Manieren her hatte?! Nelda verglich ihn im stillen mit sämtlichen jungen Herren aus Koblenz: nein, keiner hatte solch eine frische Männlichkeit! Und seine hübschen Augen, keck und doch treuherzig, waren so blau wie der Himmel da zwischen den Bäumen! Und seine kräftige Gestalt! Gar nichts Bäurisches, schlank und ebenmäßig gewachsen wie die Tanne dort am Abhang. Ob er gescheit war? Daran hatte sie eigentlich noch gar nicht gedacht, darauf kam's hier auch nicht an. Sie hörte ihm gern zu, wenn er am Abend mit dem Onkel auf der Bank vor der Tür redete; sie saß dann auch dabei, es war ihr recht, wenn's spät wurde. Es gab nichts Beruhigenderes auf der Welt, als mit halbgeschlossenen Augen oben am Himmel das mildglitzernde Gewimmel der Sterne zu verfolgen und dabei die harmlosen Geschichten von Leid und Freud der Dörfler, vom

Gedeihen der Feldfrucht, von der Witterung und so weiter, am Ohr vorübergleiten zu lassen. Auch ein bißchen Klatsch aus der Nachbarschaft lief mit unter, aber er war nicht verletzend. Es war ihr eine Wohltat, dies sorglose Männerlachen zu hören; der Onkel lachte auch gern mit.

Der war überhaupt jetzt ganz verändert, ordentlich verjüngt. In Meerfeld grünten lustige Wiesen um's Maar herum, das armselige Vieh weidete sich darauf dick und fett; im nächsten Sommer würden sich schon Halme dort wiegen. Die Regierung hatte noch einmal einen geschickten Wasserbaumeister gesandt, der hatte dem Maar einen Abfluß geschafft und so jeder weiteren Überschwemmung vorgebeugt. Auch Unterstützung für die Notleidenden war eingetroffen. Dallmer hatte zur Feder gegriffen und in der verbreitetsten Zeitung des Rheinlandes für das arme Dorf in der Eifel gebeten. Es geschah in einer kleinen Erzählung, die Worte waren unendlich schlicht und einfach, aber ein warmes Herz hatte sie diktiert; darum gingen sie zu Herzen. Die Leute lasen die ›Geschichte vom armen Dorf‹, manch einer bekam Tränen in die Augen. Es trafen viele Gaben ein.

Jetzt waren die baufälligen Hütten ausgebessert; dem war ein Schwein angeschafft, dem eine Ziege, mit ›Hott‹ und ›Hahrü‹ jagten die flachssträhnigen Kinder hinter den Vierfüßlern über den grünen Anger.

Auf dem winzigen Kirchhof am kahlen Berghang spielte der laue Wind mit den langen Halmen auf dem Grab vom Leisager und seinem Schatz; kleine blaue Heidefalter jagten sich darüber. Bei den beiden war's geblieben, niemand war mehr gestorben; es waren wohl noch etliche krank geworden, aber der Bürgermeister ließ sie zusammen in ein Haus legen, kein anderer durfte sich dort unnütz aufhalten. Er selbst und Nelda kamen alle Tage und schauten zum Rechten. Wenn jetzt der Bürgermeister in Meerfeld über die Gasse ging, grüßten die Leute schon von weitem. Die Manderscheider aber sagten: »Kucktelhei, onsen Borgemaster – jao, jao, dat es anen!« Und dabei zogen sie die Mäuler breit und nickten wohlgefällig.

Einmal war Nelda auf dem Meerfelder Kirchhof gewesen; lange hatte sie an den beiden Gräbern gestanden, die dicht nebeneinander lagen, jedes mit einem weißgestrichenen Holzkreuzchen besteckt, nicht viel besser, als es die Kinder zum Spielen schnitzen. Kein Schmuck, keine einzige Blume. Neldas Finger zitterten, als sie die Stiele von wilden Skabiosen und Glockenblumen zum Kranz ineinanderflocht. Es war schwer, hier oben Blumen zu finden, der Hang lag allen Winden preisgegeben. Nun war der dürftige Kranz fertig, sie kniete nieder und hing ihn um das Kreuz auf des Mädchens Grab. »Du bist glücklich,« sagte sie leise und legte die Hand auf den sonnverbrannten Erdhügel. Langsam stieg sie dann den schattenlosen Weg nieder, sie schleppte die Füße, daß kleines Geröll mitprasselte; sie war so müde, eine ungeheure Traurigkeit machte das. Die Armseligen lagen da oben vereint, schauten nieder in's Tal, ließen den Wind über sich gehen und fragten nichts nach dem, was die Menschen sagen. Und sie selbst? Allein – ungeliebt! War denn keiner, der sie lieben konnte?!

Unten am Dorf kam ihr Hommes entgegen. »Ich wußt', Sie waren hergegangen, Fräulein Nelda – ich weiß immer, wohin Sie gehen – da wollt' ich Sie nach Haus begleiten!« Seine Stimme klang gedämpft, heimlich erfreut. Sie streckte ihm die Hand hin und ließ sie ihm; Hand in Hand gingen sie heim, den weiten Weg. Aber das war auch das einzige Mal; seitdem nie mehr so.

– – – Seitdem nie mehr so! Nelda zuckte zusammen, als sie heut an jenes Heimgehen dachte. Sie blieb stehen und sah sich scheu ringsum – was war es denn gewesen? Es ist doch kein Unrecht, wenn man mit jemandem Hand in Hand geht? Aber das Gefühl, das so süß, das Gefühl, sich auf einen Starken zu stützen – sie wußte genau, sie hatte sich bei jeder Unebenheit des Weges ungeschickter gestellt, als nötig war – ist das recht?! Sie ließ die Lider über die Augen sinken und dachte nach; das war ein ewiges Kommen und Gehen der Farbe auf ihren gebräunten Wangen. Plötzlich wurde sie dunkelrot.

»Vefa – Nelda – Nelda – Vefa!« Eine Männerstimme rief es, das Echo gab's wider. Heinrich Hommes, natürlich, er war es! Noch einmal: »Nelda – Vefa – Nelda!« Immer rascher und rascher; die beiden Namen wirbelten untereinander, das Echo wurde ganz wirr, es gab nur noch ein langgezogenes ›Ah–‹ zurück. Ein nicht endenwollendes Lachen folgte. Diese helle, übermütige Stimme gehörte Vefa. Wo waren die beiden? »Haha,« tönte es tief und hoch durch den Wald und verschwebte zwischen den Bäumen.

Ärgerlich biß Nelda die Lippen – wo waren sie denn nur? Da, eine Lichtung – hier ging der steile Kletterpfad hinauf zur Ruine der Oberburg. Richtig, dort zwischen dem alten Gemäuer, wo das Gras üppig wuchert, liefen Vefas Ziegen. Sie rannten wild durcheinander. Wo war die Hirtin? Im hohlen Fensterbogen stand sie. Sie klammerte sich an ein Birkenstämmchen, das wie eine grüne Flagge herauswehte. Jetzt flatterte ihr bunter Kattunrock, sie ließ die eine Hand los und winkte den Bergen gegenüber.

»Haha – Vefa!« Sie jubelte den eignen Namen. Und »Nelda! Nelda!« rief der Mann, der, hinter dem Mädchen stehend, dessen Leib umschlungen hielt.

»Vefa – Nelda –!« Das Echo schrie sich tot.

»Holla, hier!« Nelda zog ihr Taschentuch und winkte. Sie sah, wie der Mann im Fensterbogen beim ersten Ruf stutzte. Jetzt verschwand er – jetzt kam er unterhalb aus dem Gemäuer – jetzt jauchzte er auf und stürmte in großen Sätzen den steilen Abhang herunter ihr entgegen. Ein Glücksgefühl durchschoß sie. Jetzt stand er vor ihr; mit leuchtenden Augen sah er sie an.

»Wie hübsch Sie aussehen, Fräulein Nelda,« sagte er bewundernd. Und dann treuherzig: »Sind Sie auch bös, Fräulein Nelda?«

»Warum denn?« Sie war ordentlich verwirrt und riß einen Dornenzweig von ihrem Kleidersaum.

»Ich – ja, weil – ich wollte –« er verwickelte sich – »weil ich Ihren Namen so gerufen hab und net ›Fräulein‹ vorher! Aber er liegt mir den ganzen Tag auf der Zung'. Sind Sie deswegen bös?«

»Böse?« Sie schaute lächelnd auf, ihre roten Lippen hoben sich von den gesunden Zähnen, sie sah lieblich und jung aus, wie noch niemals im Ballsaal. Er blickte sie beim Aufwärtssteigen unverwandt von der Seite an, halb scheu, halb keck, und dabei pfiff er sorglos.

Oben kam ihnen Vefa entgegen, die vier weißen Ziegen liefen meckernd hinter ihr drein; aber Vefa war nicht munter. »Ich geh' heim,« sagte sie kurz, nickte und sprang an ihnen vorbei.

Sie hielten sie nicht zurück; sie ließen sich dort an dem sanften Rasenhang nieder, den die abendliche Sonne mit allerhand wunderbaren Goldlichtern übergaukelte. Nelda setzte sich mitten in's Gras; sie lehnte sich hintenüber, daß ihr die blauen Glokken- und weißen Sternblumen auf den leichtbewegten Stengeln über's Gesicht strichen wie kosende Finger. Sie durfte sich nicht bewegen, sonst kitzelte das. So blieb sie regungslos. Er lag auf dem Rücken, zu ihren Füßen, so dicht, daß ihre Schuhsohle sein lockiges Haar streifte.

Sie sprachen nicht, nur ab und zu ein verlornes Wort. Unten in der Schlucht rauschte das Wasser ohn' Unterlaß mit nimmersattem Murmeln; ein paar honigschwere Bienen summten müde um Neldas Stirn, sie rührte sich nicht, sie zu verscheuchen. Wie ein Zauber lag's auf ihr. Die Welt war so weit, hier war Freude, Genuß, Vergessen!

Leise strich ihre Fußspitze über das Haar des jungen Mannes. Er wendete sich herum, richtete sich halb auf den Ellenbogen in die Höh und lachte sie leise an. »Treten Sie zu, Fräulein Nelda, ich leid' et!«

Sie rührte sich nicht. »Es ist schön hier,« sagte sie verträumt. Er nickte stumm, aber er blieb so auf den Ellenbogen liegen und sah ihr in's Gesicht.

Und nun klang vom Dorf die Abendglocke.

* * *

Vefa war nicht ganz die alte mehr, sie hatte jetzt etwas Trotziges. Das Lachen war ihr angeboren, das ließ sie nicht, aber manchmal am Abend, wenn Hommes und Nelda mit dem Bürgermeister, oder auch allein, draußen auf der Bank saßen, schlich sie sich in die Tür und stand regungslos am Pfosten, die Arme in die Schürze gewickelt. Durch die sommerliche Dämmerung funkelten ihre Augen wie Leuchtkäfer. Wurde dann das Gespräch auf der Bank leiser, oder redete nur noch Dallmer und die beiden antworteten einsilbig ›ja‹ oder ›nein‹, als dächten sie an was ganz anderes, dann trat sie plötzlich in's Haus zurück und krachte die Tür zu. Was hatte das Mädchen nur?

Nelda merkte wohl die Veränderung, aber sie hatte wenig acht darauf; es gab so viel anderes, was sie jetzt in Anspruch nahm. Ihr früheres Leben lag weit, weit hinter ihr; in ihrem Herzen zu unterst eingesargt und eine dicke Schicht darauf. Sie war ja gar nicht mehr die Nelda Dallmer; sie war eine, die sich wie ein Kind freute über jeden schönen Tag, an dem sie mit dem Gefährten umherstreifen konnte. Wie rasch die Stunden verrannen! Bald war die Gnadenfrist um; von den vier Wochen waren nur noch kurze Tage übrig, sie mußten genossen werden ohne jedes Besinnen. Ja voll und ganz! Sie hielt Augen und Ohren zu, sie wollte nichts sehen und hören von der Welt draußen; es war ihr ein unangenehmer Anblick, wenn Touristen durchs Dorf wanderten. Die Manderscheider fingen an, sich auf Sommergäste zu rüsten.

Heute war ein heißer Tag; vom tiefblauen Himmel prallte die Sonne, die Luft stand ganz still.

»Es gibt ein Gewitter. Ihr wollt wirklich auf den Mosenkopf?« fragte Dallmer erstaunt, als Hommes am Nachmittag kam, um Nelda abzuholen. »Unsinn, bleibt hier!«

Die jungen Leute lachten und tauschten einen raschen Blick. »Nein, nein, Onkel, wir gehen,« rief Nelda. »Ha, ich denk's mir schön, oben zu stehen, wenn unten im Tal das Gewitter spektakelt!«

»Denkst du vielleicht, du bleibst oben trocken?«

»Das ist mir ganz egal!« Sie schüttelte ungeduldig den Kopf. »Ich fürcht' mich nicht. Herr Hommes ist ja bei mir!«

So gingen sie. Es war ein heißer Aufstieg, der Schweiß rann ihnen von der Stirn. Im Wald war's stickig, und wo der Wald aufhört, zog der Sonnenbrand fast die Haut von Gesicht und Nacken. Sie sprachen wenig. Nelda rannte immer einige Schritte vorauf; in ihr war eine brennende Ungeduld – auf was? Tiefatmend blieb sie dann stehen und sah auf den jungen Mann zurück; er kam langsamer nach, den Blick unausgesetzt auf sie gerichtet.

Er hätte ihr gern etwas Schönes gesagt, sie gefiel ihm so sehr mit den durchglühten Wangen und der wogenden Brust; sie sah aus wie ein Landmädchen und doch um vieles feiner. Er wagte es nicht. Er ließ nur seine Augen sprechen, und die waren beredt genug; sie umfaßten Neldas Gestalt mit einem langen Blick und blieben dann auf den roten Lippen haften, über die der kurze Atem aus- und einging.

Sie wußten nichts zu reden; endlich sagte Hommes: »Die Sonn' hat sich verkrochen, wir kriegen am End' doch was auf den Hals, Fräulein Nelda! Sind Sie bang?« Als einzige Antwort schüttelte sie verneinend den Kopf. Sie rannte vorwärts wie gehetzt.

Jetzt waren sie oben, ein pfeifender Windstoß empfing sie und riss Nelda den Hut vom Kopf. Er wirbelte über den Gipfel wie ein sich drehender Teller, Hommes setzte hinter ihm drein. Als er mit dem Flüchtling zurückkehrte, fand er Nelda hinter der Wand der kleinen Schutzhütte versteckt, sie lehnte sich mit dem Rücken an das Mäuerchen und suchte einen Blick in die Ferne zu erhaschen. Vergebens! Mit Zauberschlag hatte sich der Himmel verändert, das tiefe Blau sich in ein schieferfarbnes, drohendes Grau verwandelt; weiße Wolkenballen schwammen darin mit zerrissnen, feurig gelben Rändern. Keine Spur von Aussicht. Hunsrück und Moselberge weggewischt, von den näheren Eifelbergen keine Linie, im Tal nur ein graues Dunstmeer. Jetzt, und jetzt noch einmal, lüftete ein Windstoß mit dumpfem Heulen die verhängenden Schleier.

»En doll Wetter!« Der junge Mann sah sich prüfend um. Ein Wirbel krobkörnigen Sandes stäubte auf, die Sandkörner flogen in die Augen und knirschten zwischen den Zähnen.

Eine unheimliche Dämmerung senkte sich nieder, eine schwüle, schweflige Luft legte sich wie ein Bann auf die Natur.

Nelda fühlte, daß ihr die Glieder matt wurden, aber das war nicht unangenehm; sie fürchtete sich auch nicht, im Gegenteil, es war ihr eine heimliche Lust, mit dem hier an ihrer Seite allein zu sein, durch eine ungeheure Wolkenwand von allen übrigen getrennt.

Huit – huit! Ein langgezogenes Pfeifen kommt aus der Ferne, mit rasender Schnelligkeit segelt ein fester, dunkelvioletter Wolkenball näher; er stößt die weißen, gelbgeränderten Wolken zur Seite, er pflanzt sich senkrecht über'm Gipfel auf, wie ein drohendes Geschütz. Es wird ganz Nacht. Die wenigen Sträucher zittern und ducken sich in die Spalten des Lavagesteins, ein Rauschen ist in der Luft. Jetzt ein Brausen, ein dumpfes Dröhnen.

»Hagel!« sagte Hommes halblaut. Er konnte Neldas Gestalt kaum noch erkennen, er tastete nach ihrer Hand und zog sie näher zu sich. »Fürchten Sie sich net, Fräulein Nelda, es tut Ihnen nix!«

»Ich fürchte mich nicht!« Sie atmete hastig und lachte dann kurz auf. »Es ist schön!« Das starke Brausen machte ihre letzten Worte kaum hörbar.

Jetzt ein einziges gelbes Licht und dann wieder tiefe Finsternis. Und nun plötzlich ein Prasseln, ein Rasseln auf die Erde, ein heulender Sturm von allen Ecken und Enden.

»Fürchten Sie sich net!« Er zog sie noch näher an sich. »Wir müssen da herein!«

Gebückt, dicht nebeneinander, drängten sie sich in die Tür der Schutzhütte; drinnen auf dem schmalen Bänkchen setzten sie sich, Seite an Seite. Er fühlte ihr rasches Atmen, und sie fühlte die Kraft des starken Arms, der sich schützend hinter sie legte. Er flüsterte: »Fräulein Nelda! Nelda – wir sind ganz allein!«

Sie sagte nichts, sie lehnte den heißen Kopf hintenüber an das rauhe Mauerwerk – der war ihr schmerzhaft, heiß und schwer – sie bemühte sich, Gleichgültiges zu denken. Es drehte sich ihr wie ein Rad hinter der Stirn. Durch die Ritzen der roh auf einander gefügten Steine pfiff der Wind, der Hagel hämmerte auf's Moosdach nieder, als wollte er es zertrümmern. Jetzt war es gekommen, jetzt war es da – was?! Ihr Herz pochte wild – jetzt –! Sie schreckte zusammen, der Mann war ihr noch näher gerückt, beide Arme legte er um ihren Leib. Sie wollte aufstehn, etwas sprechen, sie konnte nicht, sie war wie erstarrt.

Er drückte seinen Kopf dicht an den ihren, sein blonder Schnurrbart streifte ihre Wange. Sie zitterte, noch immer kam kein Laut auf ihren Lippen – da – draußen jammerndes Rufen, zwischen dem Hagelgeprassel Tritte!

Mit einem ›Kotzdonner‹ sprang Hommes auf. »Hä, wer is da?« Er eilte vor die Hütte.

Eine klagende Frauenstimme antwortete. Nelda kam sie merkwürdig bekannt vor, sie schreckte zusammen – das war ein Ruf aus der Welt!

»Fräu – lein – Plan – ke! Fläulein Planke!« Abwehrend streckte sie beide Arme vor sich. Die Finsternis hatte sich merklich gelichtet, es war hell genug, um einander zu erkennen.

In der engen Tür der Schutzhütte stand leibhaftig Fräulein Aurora Planke, hinter ihr tauchte neben Hommes ein junger Mensch mit semmelblonden Haaren auf; traurig hing ihm die nasse Mähne herunter.

Wie sah Aurora Planke aus! Der Hut auf ihrem Kopf war zu einem unförmlichen Nest zusammengeschlagen, den blauen Leinenschirm hielt sie zerfetzt in der Hand, von ihrem schwarzen Kleid troff eine dunkle Brühe; sie weinte fast. Es schien, als wolle sie in Ohnmacht sinken, aber als sie Nelda erkannte, wurde sie stramm. Sie zog ihr nasses Kleid so viel als möglich an sich.

»Also hier müssen wir uns treffen?« Sie reichte kühl die Hand. »Auch auf einer Vergnügungstour, wie ich sehe!«

Sie bemühte sich von oben herab zu sprechen, während ihr die Zähne im Mund vor Frost klapperten. »Das ist ja ein merkwürdiges Zusammentreffen!« Durchbohrend schoß ihr Blick von Nelda zu deren Begleiter und wieder zurück. »Wunderbar – wirklich – höchst wunderbar – und hier – oben!« Sie machte hinter jedem Wort eine vielsagende Pause.

»Es is ja akkurat so wunderbar, daß Sie hier sind! Ne, noch viel wunderbarer, denn Sie sind doch die Jüngste net mehr, Madam,« sagte Hommes ziemlich grob. Er war ärgerlich auf das garstige, alte Frauenzimmer und den schlappen Menschen, der, weiß wie Käse und zitternd wie Espenlaub, sich an die Wand drückte. »Wir sind vor zwei Stunden beim schönsten Wetter von Manderscheid weggegangen, wer kann't wissen, daß einem so was in die Quer kömmt! Wundern Sie sich als net so viel, Madam, sein Se froh, daß Se unter Dach sind. Eweil geht et erst recht los!«

Welch' ein grober Mensch! Fräulein Planke war empört, aber sie machte gute Miene. Sie begann eine Unterhaltung mit Nelda, wenn auch ziemlich verkniffen; sie erzählte, daß sie zur Erholung einen kleinen Ausflug in die Eifel unternommen, und zum Schutz – hierbei schlug sie die Augen nieder – einen jungen Freund mitgenommen habe. »Ah, Sie kennen sich noch nicht?! Herr Heinrich Susemiehl, so Gott will, bald Prediger – Fräulein Nelda Dallmer aus Koblenz!«

Der junge blonde Mensch verbeugte sich linkisch und sah Nelda schüchtern an.

Fräulein Aurora fuhr klagend fort: »Wer hätte dieses Wetter geahnt, als wir heute von Daun zur Besteigung des Mosenkopfes auswanderten! Nein, daß unser letzter Reisetag so enden muß! Lieber Heinrich, kommen Sie hierher, Sie können auch noch auf der Bank sitzen.« Sie kreischte laut auf: »Der Blitz!«

Tageshell ward alles erleuchtet, in der Öffnung der Tür erschienen Hunsrück und Moselberge auf einmal in blendendem Glanz, aber nur für kurze Augenblicke. Jetzt schwarze Nacht und rollende Donnerschläge, neue Blitze und wolkenbruchähnlicher Regen.

Aurora Planke kam nicht aus dem Entsetzen heraus; bei jedem Blitz kreischte sie auf und umklammerte krampfhaft den Arm ihres Beschützers. Der Blonde schien ganz geknickt.

»Heinrich, lieber Heinrich – ha – huh –!« In sinnloser Aufregung ließ sie seinen Arm fahren und hielt sich die Augen zu. Ein Donner krachte, der den Berg in seinen Grundfesten erschütterte.

»Hah!« Sie warf sich ihm mit einem Entsetzensschrei an die Brust.

Er stand da wie ein Steinbild, die langen Arme hingen ihm am Leib herunter.

Ein furchtbares Wetter.

Auch Nelda war bleich geworden, aber sie verhielt sich ruhig; neben ihr stand Hommes, seine Hand glitt verstohlen an den Falten ihres Kleides herunter. Nun hatte er ihre kalten Finger gefunden, nun hielt er sie fest. Das Dach bot nicht länger Widerstand, der Regen lief von allen Seiten herein; Hommes hielt den Schirm über Nelda, jetzt zog er sich mit ihr in die geschützteste Ecke zurück. In der anderen kauerten Fräulein Aurora und der blonde junge Mann. Bis jetzt hatte der noch kein Wort von sich gegeben, nun sagte er plötzlich, nach Luft schnappend: »Ich muß nach dem Wetter sehen!« machte sich los und schritt der Tür zu.

»Nein – Heinrich!« Ein schreckliches Rollen dröhnte. Lieber Heinrich, bleiben Sie!« Mit gellendem Aufschrei stürzte sie ihm nach – sie wankte – sie sank ihm in die Arme.

Er machte Miene, sie auf die Bank niedergleiten zu lassen.

»Nein, nein!« Sie hielt ihn krampfhaft fest.

Verschüchtert setzte er sich neben sie nieder. Der Regen floß ihm auf's Haupt, er senkte es tief – wollte das Gewitter denn nie enden?!

Nach zwei Stunden wagten sie den Abstieg. Der Himmel hatte sich geklärt, der Regen aufgehört. Fräulein Aurora glitschte den Berg hinunter, mit einer Hand sich an den lieben Heinrich klammernd, mit der andern Hommes am Rockschoß fassend. Das Kleid hing schlaff um ihren magern Leib, der Zopf war verrutscht, aus den glatten Scheiteln hatten sich Haarsträhnen losgemacht und wehten um's Gesicht. Aber sie war guter Laune. »Welches Erlebnis, mein lieber Heinrich! Ja, solche Erlebnisse verbinden; habe ich nicht recht, lieber Heinrich?!«

Nelda konnte das ›lieber Heinrich‹ nicht mehr mit anhören; der blonde Mensch tat ihr in der Seele leid, er sah so angstvoll drein. Sie eilte voran. In ihr tobte ein wilder Ausruhr. Was hatte Hommes geflüstert unter dem Schirm in der dunklen Ecke? Sie fühlte seine heißen Lippen auf ihrem Nacken. Die lagen da, als wollten sie sich festsaugen. ›Heinrich, lieber Heinrich!‹ Ja, richtig, der blonde Jüngling hieß so, wie Hommes auch – ob sie je zu dem auch ›lieber Heinrich‹ sagen könnte?! Sie atmete heftig und rannte tollkühn bergab, beide Hände auf das klopfende Herz drückend, das Blut stieg ihr in den Adern auf und nieder. ›Morgen, morgen‹, hatte er geflüstert, ›in aller Früh am Tempelchen, ja? Fräulein Nelda, Sie sind netter als alle Mädchen in der Welt!‹ Und dabei hatte seine Hand ihre Taille umspannt und an der herumgefingert. Und sie? Sie hatte einen Blick getan nach dem Paar drüben in der Ecke – selbst die Planke, die alte Jungfer mit den herben Grundsätzen, fühlte sich hingezogen zu einem andern Wesen! Nelda lachte heute nicht darüber; sie keuchte, als sie lief, trat achtlos in das aufgeweichte Erdreich. Das Unwetter hatte tiefe Rinnen in den Weg gerissen und mit braunem, schäumendem Wasser gefüllt, sie sprang hinüber, – zu kurz, das schmutzige Nass spritzte um sie her.

Nun war sie unten am Berg. Vor ihren Augen tanzten Funken, die Kniee bebten ihr – nicht vom schnellen Lauf – es fuhr etwas in ihr auf und nieder und rüttelte sie durch und durch. Eine wilde Lust überkam sie. Sie hätte hinausschreien mögen in die regendurchfeuchtete Welt, über die jetzt eine versöhnende Abendsonne niederglänzte und sich grüngolden in jedem Tropfen spiegelte. Sie war nicht Herr ihrer Sinne. Sie stand still und preßte beide Hände an ihre hämmernden Schläfen, dann fuhr sie sich nach dem Nacken und wischte darüber hin. Da hatten seine Lippen gelegen – sie fühlte noch den brennenden Druck – es lief ihr von dort den Hinterkopf herauf wie ein magnetischer Strom, setzte sich oben auf dem Scheitel fest und spreizte Strahlen nach allen Seiten. Sie konnte nichts andres fühlen. Wie durch einen Nebel sah sie die drei auf sich zukommen.

Sobald Fräulein Planke festen Boden, das heißt die Manderscheider Landstraße unter sich fühlte, wurde sie ganz Würde. Der liebe Heinrich durfte den zerfetzten Schirm tragen; sie selbst schritt daher, steif wie ein Pfahl, unter dem ungestalten Hut mißbilligende Blicke auf Nelda schießend. »Es muß mich doch sehr wundern,« sagte sie spitz, »daß Sie ohne Begleitung« – mit einem verächtlichen Lippenkräuseln sah sie an Hommes vorbei – »hier herumstreifen! Heutzutage sind die jungen Mädchen merkwürdig emanzipiert. Gott sei Dank, es gibt noch Ausnahmen.« Sie legte den Kopf auf die Seite und lächelte. »Nicht wahr, lieber Heinrich?«

Der Angeredete schreckte zusammen. »Gewiß – o ja,« stotterte er.

Aurora fuhr fort: »Natürlich, die Ansichten sind ja sehr verschieden! Mich wundert nur, liebe Nelda, daß Sie sich hier amüsieren können! Freilich, Koblenz?!« Sie zuckte die Achseln. »Aber Ihr Papa soll recht leidend sein!«

»Ich weiß, er hat die Grippe gehabt!« Nelda ging ein paar Schritte vorauf, sie wendete jetzt kaum den Kopf und sagte das leicht hin. Hommes hatte sich an ihre Seite gestohlen, sie gab nicht mehr acht auf die Redensarten der Planke, die gingen wie leerer Schall an ihren Ohren vorbei.

An den ersten Häusern von Manderscheid trennte man sich, es war ein kühler Abschied. »Viel Vergnügen,« sagte Fräulein Aurora und neigte hölzern das Haupt.

Nelda schritt mit ihrem Begleiter durch die wohlbekannte Dorfgasse, die Leute standen in den Türen und grüßten freundlich; aber sie erwiderte nicht wie sonst lachend den Gruß, ein bittrer Geschmack lag ihr auf der Zunge. ›Der Vorgeschmack jener andren Welt, der Koblenzer Geruch hat mich angeweht,‹ sagte sie sich und schauderte. ›Noch nicht daran denken, die kurze Zeit noch genießen!‹ Sie lächelte Hommes an und verlangsamte unwillkürlich den Schritt.

Jetzt waren sie an der Bürgermeisterei, er stieß die Tür auf. Jetzt – im dunklen Flur fühlte sie sich von seinen Armen umschlungen. Sie wollte sich losmachen und konnte doch nicht. »Bis morgen, Fräulein Nelda,« flüsterte er. Ein Druck – ein stürmischer Kuß – sie taumelte gegen die Stubentür.

Der Onkel trat eben heraus. »Vefa, ob meine Nichte denn noch nicht – ah, Nelda, du bist's, Gott sei Dank!« Er zog sie in die Stube. »Ich hab' mich um dich geängstigt, Kind! Und dann –«

»O, es war schön, Onkel! Warum ängstigen?« Sie sprach noch ganz atemlos; durch das Halbdunkel sah sie nicht, wie bleich sein Gesicht war. Sie lachte überlaut auf.

Er zog sie an's Fenster und sah ihr dort in's Gesicht mit einer seltsam feierlichen Miene; er strich ihr über das wirre Haar und die erhitzten Wangen. Er wollte sprechen und stockte, dann fasste er sie an beiden Händen – wie lebensvoll die Pulse in ihren festen Handgelenken stürmten!

Sie hielt die Lippen halbgeöffnet und sah ihn lächelnd, mit glitzernden, unruhigen Blicken an. »Was hast du, Onkel?«

Er antwortete nicht gleich, er seufzte und neigte dann den grauen Kopf, daß seine Stirn auf ihrem blonden Scheitel lag. »Liebes Kind,« sagte er mit bedeckter Stimme, »wir müssen zum Vieruhrzug morgen in aller Frühe in Wittlich sein. Wir müssen reisen!«

»Warum?« Sie fuhr hastig zurück und starrte ihn mit weitaufgerissenen Augen an.

»Ich habe vor einer halben Stunde ein Telegramm bekommen« – seine bebenden Finger suchten in der Brusttasche – »dein – dein guter – Vater – ist kränker geworden. Sehr krank!«

Eine bange Pause.

Es war unheimlich still in der dunklen Stube. Plötzlich ein gellender Schrei.

»Tot – –?!« Nelda stürzte vornüber, mit der Stirn auf eine Stuhlkante schlagend.

»Noch nicht!«

V.

Durch den Spalt des halb angelehnten Ladens fiel der Strahl der Morgensonne und tänzelte auf das Bett zu; jetzt hatte er die weißen Kissen erreicht und das Haupt, das hochgestützt auf ihnen lag, auch. Dies war sehr bleich, die Lippen ohne Blut, die Schläfen eingesunken und um die Nase ein Zug, der nur einmal im Leben kommt, eben, wenn es scheiden will. Die Augen waren halbgeöffnet; man sah das schwimmende Weiß und das seltsam stumpfe Graublau. Die Pupille war ganz nach oben gerutscht. Die Augen hatten keinen Blick mehr.

Im Zimmer roch es durchdringend nach Kampfer; Becken, Medizinflaschen standen umher. Am Tischchen in der Ecke klopfte die Magd Eis, sie schlug mit dem Zuckerhammer ungeschickt darauf, daß die Stücke krachend auf die Diele sprangen.

»Ach, Laura, mein Gott, machen Sie nicht solchen Spektakel,« klagte Frau Rätin Dallmer vom Bette her und sah ihrem Manne besorgt in's Gesicht. Er rührte sich nicht, er hörte gar nichts. »Ach, Laura, wenn sie nur bald käme! Und der Doktor auch! Mir ist so angst. Wieviel Uhr ist es?«

»Neun Uhr, Madam! Fräulein Nelda muß bald hier sein. O Jesses, Jesses, wat is der Mensch!« Die treue Magd kam auf den Zehenspitzen näher und stellte sich an's Fußende des Bettes. »Unsen guten Herr Rat! Gestern um die Zeit tat ich em noch den

Kaffee bringen, da kriegt er den Blutsturz, un als ich nachmittags grad' in der Küch' mit Spülen fertig war, kam et noch emal. O Jesses, wat wird uns' Fräulein sagen, se war immer so arg nach ihrem Pappa!« Laura fuhr sich mit der flachen Hand über's Gesicht, die Tränen schossen ihr die Backen herunter, dann drehte sie sich ab und schneuzte sich respektvoll leise in den Zipfel ihrer blauen Schürze.

Die Rätin beugte sich über ihren Mann, ihre müden, verweinten Augen bohrten sich in seine Züge. »Dallmer,« sagte sie leise. »Dallmer!«

Keine Antwort, nur der stockende, rasselnde Atem kam über die schneebleichen Lippen, wie schon die ganze lange Nacht.

Sie schluchzte und tastete nach seiner Hand, ihre Tränen gossen wie Regen darauf nieder. Der Kranke zuckte zusammen, seine freie Hand fingerte unruhig über die Bettdecke. Nun griff er in die Luft, seine Lider zogen sich mehr in die Höhe – nun öffnete er den Mund und rang angstvoll mit etwas. Er wollte sprechen; es wurde nur ein Lallen.

»Dallmer, was willst du? Lieber Mann, sag's noch einmal! Dallmer!«

Wieder das undeutliche Lallen.

»Laura, ach Gott, ach Gott, was sagt er? Hören Sie?! ›Große Reise – adieu sagen – Nelda –‹?! Ja, lieber Mann, Nelda kommt gleich, sie ist gleich da!«

Es klang wie ein Seufzer der Erleichterung von den Lippen des Sterbenden; er ließ die Lider wieder halb herunterfallen, der rasselnde Atem ging aus und ein.

»Ach, Laura, gucken Sie mal nach, hat es nicht geklingelt? Wenn sie nur käme – es klingelt! Das wird sie sein!«

Die Magd stürzte zur Tür hinaus, gleich darauf kam sie wieder angeschossen. »Ne, et is der Bursch vom Herr Hauptmann Xylander! Der ließ sich erkundigen, wat den Herr Rat macht – se haben et von der Milchmarie gehört. Soll ich sagen, et ging schlecht? Un den Herr Doktor kömmt jetz de Trepp erauf!« Sie verschwand wieder.

Der Medizinalrat trat ein. »Ist Ihr Fräulein Tochter zurück?« war seine erste Frage.

»Ach, Herr Medizinalrat, es ist wohl sehr schlimm mit Dallmer? Mein Gott, mein Gott, wie das so schnell kommen konnte! Ach, wie soll ich das überleben! Nein, Nelda ist noch nicht da; wenn sie doch nur käme! Hören Sie, Herr Medizinalrat, wie er rasselt! Ach, es ist schrecklich! Dallmer, sieh mich doch mal an, ist dir sehr schlecht? Dallmer, lieber Dallmer!« Sie weinte laut.

»Lassen Sie ihn! Nicht mit Fragen quälen!« Der Arzt beugte sich über das Bett; als er wieder aufblickte, war sein Gesicht tiefernst. »Die Schwäche hat seit der Nacht rapide zugenommen,« sagte er leise. »Ich mache jetzt einen Besuch in der Nachbarschaft, in einer kleinen halben Stunde bin ich wieder da. Ich werde dann noch eine Kampferinjektion machen. Flößen Sie etwas Champagner ein. Ich wünschte, Ihr Fräulein Tochter käme! Adieu!«

Er ging, und die geängstigte Frau schrie hinter ihm drein: »Bitte, bitte, lieber Herr Medizinalrat, Herr Medizinalrat, schikken Sie mir die Laura herauf! Sie soll kommen – gleich kommen – ich fürchte mich!«

Die Uhr in dem kleinen Gehäuse auf dem Nachttisch tickt weiter, rastlos, Minute um Minute. Es ist die Uhr des Regierungsrats, kein Tag im Jahr, an dem er sie nicht pünktlich aufgezogen hätte; heute zum ersten Mal nicht. Sie wird gleich still stehen.

Der Atem aus der kranken Brust kommt pfeifend, stoßweise – jetzt setzt er aus – jetzt pfeift er wieder – – da kommt ein rascher Schritt die Treppe herauf, vor der Schwelle hält er einen Augenblick inne. Es dringt wie ein Stöhnen von draußen herein. Die Tür geht auf.

»Nelda, Gott sei Dank!« Mit einem Ruf der Erleichterung streckt die Rätin die Hände aus. Ohne sich zu rühren, steht Nelda auf der Schwelle. Den Mantel schleift sie nach, der Hut sitzt ihr schief auf dem Kopf, in die Stirn mit einer blutroten Schmarre hängt ihr das verwilderte Haar; mit wirren, entsetzten Augen starrt sie in die halbdunkle Stube.

»Nelda, Gott sei Dank, daß du da bist! Der arme Papa! Dallmer, Nelda ist da – unsre Nelda! Dallmer!« Frau Rätin lacht und weint hysterisch.

Wie ein Automat kommt Nelda auf das Bett zu, die Füße scheinen ihr mit Bleigewichten beschwert, sie hebt sie kaum vom Boden; die Arme hängen ihr schlaff am Leib herunter.

»Dallmer, Dallmer, Nelda ist da! Nelda!«

»Nel – da –!« Schwach wie ein Hauch lallt der Sterbende es nach, er versucht den Kopf zu heben; seine Frau schiebt ihm stützend den Arm unter. Nun kommt in die halbgebrochnen Augen ein Blick des Verständnisses, der Mund verzieht sich; er will lächeln.

»Nel – w – o – o – –?!« Er tastet unsicher über die Decke, nun klammern sich seine kalten Finger um die eiskalten Finger der Tochter; er drückt sie mit ungeahnter Kraft.

Zitternd, lautlos schwankt Nelda hin und her; gewaltsam niedergezogen sinkt sie am Bett in die Kniee. Der Griff des Sterbenden wird fester, er krallt sich förmlich ein.

»N–el – – – da –!« – – – –

Der Griff läßt plötzlich nach, er wird locker, ganz lose – zwei-, dreimal ein seltsames Röcheln – die beiden Frauen halten den Atem an und lauschen. Man hört das Ticken der Uhr nicht mehr, wohl aber jetzt vorsichtige Schritte draußen auf der Treppe. Nelda hat die Tür nicht hinter sich geschlossen, sie knarrt nun leise; der Medizinalrat kommt, hinter ihm Konrad Dallmer, zuletzt die Magd.

Der Bürgermeister drängt sich ungeduldig vor. »Joseph, alter Junge, was machst du für Ge –.« Das Wort erstirbt ihm im Munde, er prallt zurück.

»Lieber Bruder!« Mit angstvoller Frage in den Augen sieht er den Arzt an. Der tut nur einen kurzen Blick, dann neigt er den Kopf bedeutsam.

»Es ist zu Ende!« – – – Zu Ende! Ein paar kurze Worte, nur geflüstert, und doch lauter als Donnerhall.

»Zu Ende – was – wer?!« Wie eine Rasende springt Nelda von den Knieen auf. »Ihr lügt!« Sie sieht wirr um sich, sie reißt den Kopf des Toten mit beiden Händen empor.

Der Mund steht offen, kein Laut, kein Atem mehr.

Mit einem furchtbaren Schrei läßt sie das schwere Haupt zurück in die Kissen fallen. Es ist ein Schrei, der den Hörern durch Mark und Bein gellt.

»Ich hatte dich vergessen – Vater – Vater!«

* * *

Man hatte bescheidne Traueranzeigen auf dünnem Papier mit schwarzen Rändchen herumgeschickt:

›Es hat Gott dem Allmächtigen gefallen, unsern heißgeliebten Gatten, Vater und Bruder, den Königlichen Regierungsrat Herrn Joseph Dallmer, nach langem, mit Geduld ertragnem Leiden, zu sich in die Ewigkeit zu rufen.

Um stilles Beileid bitten‹ – – und so weiter.

Der Tote lag still und friedlich in seinem Sarg oben in der Schlafstube. Man hatte erst lange um ihn herumgewirtschaftet und gepoltert, das zweite Bett hinausgeschafft und die übrigen Möbel auch, die Bahre in die Mitte gerückt und ein paar grüne Topfgewächse herum arrangiert.

Frau von Osten, geborne Röder, hatte einen herrlichen Kranz geschickt und einen Riesenpalmenwedel mit weißem Rosenbouquet. Sie war auch selbst gleich auf die Nachricht gekommen, sie weinte mit der in Schmerz aufgelösten Rätin und saß wohl über eine Stunde. Nelda hatte sie nicht gesehen, die war oben bei ihrem Vater.

»Wenn Sie Nelda sehen wollen, müßten Sie sich schon hinauf bemühen, liebe Frau von Osten; sie ist nicht zu bewegen, vom Sarg fortzugehn. Ach, ach!« jammerte die Rätin.

»Ich möchte wohl – aber nein, nein!« Die junge Frau wehrte verlegen ab. »Sie nehmen's mir nicht übel, aber ich möchte jetzt keinen schrecklichen Eindruck haben, es könnte meiner Felicitas schaden; ich habe doch keine Amme – und sie ist jetzt ohnehin so unruhig. Ich will auch lieber gehen. Der Tod ist immer so schrecklich!«

Sie hatte recht, der Tod ist immer schrecklich. Was man von einem ›seligen Entschlafen‹ spricht, ist ein Märchen.

Die Läden waren am Tag geschlossen, damit keine Sonne hereinprallte; ein schwerer Geruch von Chlor und welkenden Kränzen zögerte zwischen den vier kahlen Wänden. Nelda saß unbeweglich neben dem Vater, den schweren Kopf vornübergeneigt, den glanzlosen Blick in das stille Gesicht bohrend. Mitunter nur lehnte sie die glühende Stirn an die eiskalte Hand des Toten. Die rote Schmarre über ihrer Augenbraue brannte wie Feuer; sie rührte vom Sturz gegen die Stuhlkante her – nein, sie war ein Kainszeichen, ein Mal der Schande, ihr aufgedrückt für ewig! Die Tochter hatte den, der da lag, vergessen! Über der eignen Begier den Vater vergessen!

Mit verzweiflungsvollem Stöhnen preßte Nelda ihre Lippen auf die starren Finger. »Papa, lieber Papa, sieh mich nur einmal an!« In rasendem Verlangen schlang sie beide Arme um den Leichnam. »Sieh mich an!«

Sie glaubte sterben zu müssen vor tödlicher Sehnsucht. Alles andre war hingesunken, wertlos in ihrem Leben, nur den da, der nicht mehr zu ihr sprechen konnte – jetzt glaubte sie's zu wissen – den hatte sie einzig geliebt!

»Papa, nimm mich mit,« flehte sie wie ein Kind und sank dann doch, von Frost geschüttelt, in ihren Stuhl zurück. Der Schauer des Todes hatte sie durchweht.

Unten tönte die Klingel ohn' Unterlaß; so viel war's in dem kleinen Haus an der Chaussee noch nie aus- und eingegangen. Die Bekannten fühlten sich jetzt alle bemüßigt zu erscheinen; Frau Rätin weinte bei jedem auf's neue, aber sie fühlte sich doch gehoben in dem Bewußtsein, so viele gute Freunde zu haben. Alle paar Stunden kam sie mit dickeren Augen und neuen Kränzen wieder herauf.

»Sieh mal, Nelda, von Röders, wie kostbar! – Von der Doktor Schmidt! – Und hier die Palme vom Regierungskollegium, die muß ganz obenauf! Xylander war eben auch da, er wollte dich gern sehen und läßt dich sehr grüßen. Auch die Planke hat einen Kranz geschickt; es ist rührend! Noch dazu lauter weiße Levkoien, die hatte Dallmer so gern. Ach Gott, ach Gott, da liegt er nun und kann sie nicht mehr riechen!«

Und sie zupfte an ihm herum, und küßte ihn auf die Stirn, und legte ihm die Hände anders, und schob diesen Kranz hierhin und jenen dorthin, und lief dann wieder hinab. Und Nelda bäumte sich auf vor Schmerz, biß sich in die Lippen, um nicht laut zu schreien, und sank wieder wimmernd in sich zusammen.

Der Bürgermeister besorgte alles Geschäftliche, er hatte vieles zu belaufen und zu erledigen. Solch ein stiller Schläfer macht unendliche Wirtschaft und Mühe, bis man ihn glücklich unter der Erde hat. Dallmer kramte auch in des Bruders Papieren; zwischendurch kam er zu Nelda herein, stand eine Weile still, in Gedanken verloren, am Sarg, räusperte sich, und als das nichts half, die Nichte sich noch immer nicht rührte, strich er ihr sanft über den tiefgebeugten Scheitel.

»Mut, Kind, Mut!«

Sie zuckte zusammen und schüttelte abwehrend den Kopf.

Er fuhr fort: »Dein Vater hat dich sehr geliebt, ihm zuliebe sei stark! Sieh mal her, Nelda, das lag bei seinen Papieren obenauf! Willst du es nicht lesen?« Er legte ihr ein Briefkuvert in den Schoß. Sie fuhr auf, als das Papier ihre krampfhaft verschlungenen Hände streifte.

›An meine Tochter Nelda‹.

Mit zitternden Fingern riß sie den Umschlag ab, sie hielt sich den Bogen dicht vor die Augen. War es das Halbdunkel der Totenkammer? Nein, es waren die stürzenden Tränen, die die Buchstaben schwach und undeutlich machten.

›Mein geliebtes Kind!

Wenn Du diese Zeilen liest, werde ich tot sein – wer weiß, ob wir uns noch wiedersehen! Ich will Dich nicht zurückrufen von Onkel Konrad, hole Dir in der freien Natur die Kraft, deren Du bedürfen wirst. Alle Nacht träume ich von Dir. Ich weiß nicht, warum ich so für Dich zittere, es macht wohl meine Schwäche und der Schmerz, von Dir scheiden zu müssen. Gott segne Dich, mein Kind, und behüte Dich! Du hast ein heißes Herz, erkämpfe Dir auch ein starkes Herz!

Hilf Deiner Mutter und sei nicht ungeduldig mit ihr; sie ist schwach und bedarf der Stütze. Vergiß nie, daß Dein Vater sie einstmals in der Jugend geliebt hat. Ich hätte Dich gern an der Seite eines guten Mannes versorgt gesehen, oder Dir Dein Leben mehr geebnet. Ich kann Dir nicht viel hinterlassen; ich habe gespart und gespart, aber siebentausend Taler sind alles, was

Euch bleibt, außer der Witwenpension. Halte Dich an Onkel Konrad. Er ist älter als ich, aber seine Kraft ist noch ungebrochen; er wird Dir beistehen.

Und nun leb wohl, mein Kind! Ich wünsche nicht, daß Du viel weinst. Du bist Deines Vaters größte Freude gewesen, vergiß das nicht! Du hast mir nie Kummer gemacht, auch im letzten Jahr nicht – hörst Du, Nelda, auch im letzten Jahr nicht! Es war ein Geschick, das unverschuldet über Dich kam, das Deinem inneren Menschen, wenn er sich durchgerungen hat, zum Heil gereichen wird. Noch verstehst Du das nicht, aber Du wirst es verstehen lernen. Mir ist, als wanderte ich schon nicht mehr auf dieser Erde, ich sehe alles in einem andern Licht.

Ich lege meine Hand auf Dein liebes Haupt – klage nicht, sei stark! Du bist meines Lebens Wonne gewesen – das sei Dein Trost.

Dein Vater.‹

Das Papier raschelte und flatterte nieder zur Erde. Dallmer hob es auf und warf einen Blick hinein, dann sah er verstohlen die Nichte an. Sie stand aufrecht am Sarg, ihre Hand auf die Hände des Toten gelegt, das tränenüberströmte Gesicht unbeweglich emporgehoben. Er schlich sich leise hinaus. In seines Bruders Studierzimmer ging er rastlos auf und nieder, immer über den kleinen Teppich mit den karmoisinroten Rosen, den blauvioletten Veilchen und der giftgrünen Füllung, der dämpfte seine Schritte. Nach einer halben Stunde trieb ihn die Sorge um Nelda aber wieder hinüber. Sie kam ihm schon an der Tür entgegen. Sie sah tieftraurig aus, aber der starre Ausdruck in ihren Zügen war gewichen, sie versuchte ein schwaches Lächeln; es war herzzerreißend, wie die herabgezogenen Mundwinkel zuckten.

»Onkel Konrad,« sagte sie, während ein Zittern ihre Gestalt überlief, »ich hatte meinen Vater vergessen, aber nur eine Weile; jetzt nicht mehr.« Sie nickte zu dem Toten hinüber. »Er hat zu mir gesprochen. Ich will stark sein; er wünscht es. Komm, laß uns zu Mama gehen!«

Unten in der Küche rasselte Laura mit den Herdringen, ein Geruch von gekochtem Schinken und grünen Bohnen zog durch die angelehnte Tür; es war Mittagszeit. Jetzt streckte sie den Kopf mit den glühenden Backen heraus; die schwarze Schürze und das schwarze Halstuch hatte sie abgelegt, es war jetzt kein Besuch mehr zu erwarten, um zwei Uhr aßen die meisten in Koblenz. »Gehn Se rein, de Madam hat als den Tisch gedeckt! Wat hilft et, Essen und Trinken hält Leib und Seel zusammen!«

Es würgte Nelda in der Kehle – nur einen Schritt herunter getan von da oben und wieder mitten drin in der trivialen Alltäglichkeit! Nur die Tür des stillen, verdunkelten Heiligtums hinter sich zugemacht, und man setzt sich wieder an den gedeckten Tisch und läßt dem Leib sein Recht angedeihen, als ob nicht durch's Haus ein Schatten striche, ein Geist, der da spricht: ›Ich bin nicht von dieser Welt!‹

In der Wohnstube kam ihnen Frau Rätin laut weinend entgegen. »Denkt euch nur, eben jetzt war die Zänglein hier – ich bin ganz außer mir! Ich hatte doch bestimmt erwartet, ihr Mann würde eine schöne Rede am Grabe halten, statt dessen sagt sie mir, er wird nur hier im Haus den Sarg einsegnen und dann gleich wieder fortgehen. Und sie hat noch das Herz, mir in's Gesicht zu sagen, das geschehe aus besondrer Freundschaft. Diese kalte, egoistische, berechnende Person! Ihr Mann hätte Rücksichten auf seine Stellung zu nehmen. Dallmer hätte sich bei Lebzeiten nicht zum Protestantismus bekannt, und wenn die katholische Kirche die Beerdigung verweigre, könne die andre Konfession ihr nicht so in's Gesicht schlagen. Wie gesagt, hier im Haus wolle er wohl ein paar Worte sprechen, im Überrock, ohne Talar, quasi als Freund – o wie sieht das aus, was sollen die Menschen denken! Und draußen am Grab keine Rede, grad' als ob man eine Katze verscharrt! Mein guter Dallmer – nein, ich gehe nicht mit, ich kann das nicht ertragen!« Sie rang in krampfhaftem Schluchzen die Hände.

»Liebe Schwägerin, regen Sie sich doch nicht so auf!« Der Bürgermeister ging unruhig auf und ab. »Freilich, unsre katholische Kirche ist schroff in solchen Dingen; wer nicht zu Beichte und Kommunion geht, seine Kinder protestantisch werden läßt und so weiter, der –!« Er machte eine abwinkende Handschwenkung. »Es müßten denn ganz besondre Schenkungen zugesichert werden – ne, davon kann ja hier nicht die Rede sein! Aber wenn Ihnen so viel dran liegt, Lorchen, sollte sich denn nicht irgend ein andrer evangelischer Geistlicher auftreiben lassen?«

»Nein, nein, wo denken Sie hin?« schluchzte die Frau. »Wenn es der Oberkonsistorialrat nicht tut, tut es doch kein andrer; bewahre! Mein Gott, mein Gott, es ist zu schrecklich, ich könnte den Verstand darüber verlieren!«

Des Bürgermeisters Gesicht überzog ein jähes Rot, man sah, wie ihm die Ungeduld aufstieg. »Ich denke, Sie werden darüber nicht den Verstand verlieren, Frau Schwägerin. Die Erde ist überall des Herrn, ob ein Pf – wollte sagen, ein Angestellter der Kirche den Segen darüber spricht oder nicht. Glauben Sie, Joseph schläft nicht eben so gut, auch ohne die schöne Rede? Lassen Sie ihn nur ruhen in Frieden und die Sonnenstrahlen auf sein Grab scheinen und die Nachtigallen darüber singen; das sind auch Boten Gottes. Herr des Himmels,« polterte er, »lassen Sie jetzt das Händeringen! Ob der Zängler oder Zangler kommt oder nicht kommt, ist ganz egal!«

»Ich wollte es aber doch so gern – oh!« Die Rätin hielt sich das Taschentuch vor das Gesicht und fiel wimmernd auf's Sofa. »Und jetzt schreien Sie mich noch an! Ach, Dallmer war immer so geduldig, Dallmer hat mich nie angeschrieen, er war immer so gut – und jetzt soll er nicht einmal eine Rede haben?! Ach, Dallmer, Dallmer!«

»Liebe Mama!« Nelda war zu der Weinenden getreten und strich ihr wie einem Kind über den Scheitel. Das Jammern wurde heftiger. Jetzt kauerte sich das Mädchen nieder und legte den Kopf in den Schoß der Mutter. »Liebe Mama, weine nicht, ich geh' heut nachmittag zum Oberkonsistorialrat, um sechs hat er Sprechstunde; ich will ihn bitten, jammre nur nicht so! Es soll alles geschehen, was du willst!«

Überrascht blickte Frau Rätin auf. Sie ließ sofort das Taschentuch sinken, ihr Gesicht strahlte förmlich auf. »Ach ja, Nelda, das tu! Er will gewiß nur gebeten sein. Ach, du bist doch ein gutes Kind, was sie auch sagen mögen! Die Zänglein sagte, ich würde meine liebe Not mit dir kriegen; die Planke ist gestern bei ihr gewesen, die hat dich auf einem Berg getroffen, ganz mutterseelenallein mit einem jungen Mann. O, was die Menschen böse sind, da reden sie gleich allerlei! Sag', Kind, wer war das? Ach, am Ende gar ein Fr –«

»Sprich's nicht aus!« Nelda fuhr zurück wie von einer Schlange gebissen, sie sprang auf die Füße, ein tiefes Rot legte sich ihr über das bleiche Gesicht und ein Ausdruck von Verachtung um die Lippen; ihre Stimme klang hart. »Und an so was kannst du jetzt denken?!« Es zuckte wie verhaltnes Weinen um ihren Mund, sie wandte sich ab und ließ sich schwer am gedeckten Tisch nieder. »Kommt, wir wollen essen,« sagte sie dann eintönig, »es nutzt doch alles nichts. Komm, Mama, Schinken und grüne Bohnen, das ißt du ja so gern!«

»Ob Laura sie auch nicht mit zuviel Butter geschwenkt hat? Mein Gott, die aß Dallmer auch so gern! Ich kann nicht essen, wenn ich daran denke!« Die Tränen rieselten der Rätin auf den Teller, und dabei führte sie doch die Gabel zum Munde.

Nelda aß auch. ›Ich muß stark sein,‹ sprach's in ihr, und sie zwang sich die Bissen hinunter.

›Stark sein,‹ sagte sie sich vor in den bleiernen Stunden des Nachmittags – wie schlichen sie träge! Draußen auf der Chaussee war eine blendende Sonnenhitze, und drinnen im Haus, hinter den geschlossenen Läden, eine bange, lastende Schwüle; ein Hauch der Verwesung kam von oben her und kroch die Treppe herunter.

Die drei Menschen saßen beieinander und sprachen nicht. Der Bürgermeister hatte so gar keine Fühlung mit seiner Schwägerin; die empfand das, saß stumm in der Sofaecke, das Taschentuch über's Gesicht gebreitet, oder drückte sich zur Tür hinaus und flüsterte in der Küche mit der Magd. Laura schlich in Strümpfen herum und sang nicht, das war ihre Trauer. Nelda trennte das bunte Band von ihrem Strohhut und steckte schwarzen Crêpe darauf, sie mußte ja gleich ausgehen. ›Stark sein, stark sein,‹ knirschte die Nähnadel in dem Stroh des Hutes. ›Stark sein, stark sein‹ klang es unter jedem Tritt, den Neldas Fuß auf der staubigen Chaussee machte.

Jetzt war sie in der Stadt. Wagen rasselten an ihr vorüber, Peitschenknall, lauter, zorniger Anruf: »He, Vorsicht!« Jetzt ging sie in der Schloßstraße; Zängleins wohnten fein.

Über den gediegnen Schreibtisch in des Oberkonsistorialrats Studierzimmer spielten goldne Sonnenlichter; erst tanzten sie über die grüne Platte, dann huschten sie höher hinauf an dem kunstvoll geschnitzten Aufsatz der Rückwand. Es war ein wundervolles Möbel – ein Geschenk der dankbaren Gemeinde zum fünfundzwanzigjährigen Jubiläum – unten Diplomatenschreibtisch, oben gotisches Kirchenportal. Eine feinsinnige Verschmelzung!

Herr Zänglein saß daran, selbst in Licht getaucht, seine Glatze war eine blendende Scheibe. Er sprach sehr ernst, sehr würdevoll und hielt dabei, väterlich freundlich, die kalten schwarzbehandschuhten Finger der Bittenden in seiner warmen Rechten. »Ja, liebe Nelda, so schwer mir der Refus auch wird, es geht unmöglich, Ihren Wunsch zu erfüllen. Es widerstrebt mir, dem Kind etwas gegen den Vater zu sagen; aber Ihr Herr Papa hätte sich bei Zeiten besser überlegen sollen, welche schmerzlichen Weiterungen unkirchliche Lebensführung beim Todesfalle den Seinen bereiten würde, abgesehen von jener« – er machte eine kleine Pause und schlug die Augen gen Himmel – »ernsten und höheren Verantwortlichkeit!«

»Ich bitte!« Nelda unterbrach ihn hastig, sie stieß das Wort förmlich hervor und preßte die Hand des geistlichen Herrn. »Ich bitte Sie, Herr Oberkonsistorialrat, meine Mutter ist so außer sich, gehen Sie mit, sprechen Sie nur ein paar Worte am Grab!« Ihre Stimme war heiser geworden, sie senkte den Kopf auf die Brust. »Ich bitte!«

»Mein liebes, liebes Kind« – der Oberkonsistorialrat war ganz gerührt – »es scheint Ihnen ja sehr nahe zu gehen. Wirklich, es tut mir leid, herzlich leid, besonders um Ihre Frau Mutter, die arme Kreuzträgerin! Aber ich bin ein Diener am Wort, wir haben unsre Vorschriften, Sie wissen« – er zog die Achseln in die Höhe – »es ist unmöglich! Die hiesigen kirchlichen Verhältnisse sind bei der überwiegenden Macht der andren Konfession außerordentlich schwierige, wir müssen ein gutes Einvernehmen aufrecht erhalten; gerade Milde und Rücksichtnahme müssen unseren Protestantismus auszeichnen. Ich bedaure, aber bei meiner exponierten Stellung – ich kann der katholischen Geistlichkeit nicht in's Gesicht schlagen. Selbstverständlich, ich werde in's Haus kommen, als Freund, als Privatmann, und dem verewigten Mitbruder ein Geleitwort auf den Weg geben. Und nun gehen Sie in Frieden, meine Tochter, der Herr sei mit Ihnen!«

»Danke sehr, adieu!« Nelda ging, an der Tür drehte sie sich noch einmal kurz um, ihre Augen flammten. »Verzeihen Sie, Herr Oberkonsistorialrat, daß ich Sie belästigt habe! Meine Mutter gibt sehr viel auf das, was Menschen sagen; darum habe ich Sie gebeten. Mein Vater wird auch ohnedem ruhig schlafen. Adieu!«

Die Tür war hinter ihr in's Schloß gefallen; schwer, wie im Traum ging sie die Treppe hinunter, einen bittern Geschmack auf der Zunge, ein ohnmächtiges Zorngefühl im Herzen. Ihre Hände ballten sich. Man hatte gewagt, einen Schatten auf das lichte Bild ihres Vaters fallen zu lassen, man hatte – ja was hatte man denn? Das waren fremde, gleichgültige Menschen, die den stillen Mann in dem entlegnen Haus an der Chaussee wenig kannten, sie aber, die Tochter, sie hatte ihn gekannt – und doch vergessen!

Vor Neldas Augen tauchte die Gestalt des Vaters auf – in dem halbdunklen Flur des geistlichen Hauses stand er greifbar, leibhaftig. Er schwebte ihr entgegen, er breitete die Hände aus, sein blasser Mund lächelte, schmerzlich und unsagbar mild. So mußte der Erlöser gelächelt haben, als er die ansah, die ihn nicht verstanden.

»Vater!« Nelda schluchzte laut auf und lehnte sich taumelnd gegen das Geländer. Da drinnen hatte sie nicht weinen können; vor dem Mann mit dem verbindlichen, gutrasierten Gesicht und dem schön klingenden Organ wären ihr nie die Tränen gekommen, aber hier, hier draußen stand sie, drückte die heiße Stirn an die kalte Treppenwand und weinte sich aus. Sie empfand einen tiefen Kummer, ein Grauen vor dem Jammern der Mutter – was würde die sagen, wenn sie nach Haus kam und nichts, gar nichts ausgerichtet hatte? Und daneben fiel ihr immer wieder ein, wie gutrasiert das Gesicht des geistlichen Herrn gewesen war, so glatt, so ohne die kleinste Bartstoppel.

Eine Tür ging im Parterre. Nelda fuhr zusammen und wischte sich rasch mit der flachen Hand über die Augen. Nur hier nicht gesehen werden, nur hier den Schmerz nicht zeigen! Fräulein Milchen streckte eben das bleichsüchtige Gesicht zum Wohnzimmer heraus. »Wer ist denn da auf der Treppe? Ah – Nelda, du?!«

Wie ein dunkler Schatten flog diese an ihr vorbei und zum Hause hinaus. Gott sei Dank! Mit gesenktem Kopf, taub und blind, rannte sie die Schloßstraße zurück, an der nächsten Ecke stieß sie heftig mit jemandem zusammen; der Sonnenschirm fiel ihr aus der Hand und rollte über's Trottoir. Der Herr hob ihn auf und zog den Hut, sie konnte nicht umhin, sie mußte ihn ansehen – ein blasses, knabenhaftes Gesicht, matte, wasserblaue Augen und schlichtes, semmelblondes Haar. Fräulein Plankes Schützling.

Sie neigte den Kopf zum Gruß und wollte weiter, der junge Mann aber blieb stehen und streckte ihr die Hand hin, während das tiefe Rot der Schüchternheit sein farbloses Gesicht überzog.

»Ver – verzeihen Sie, Fräulein Dallmer, ich – ich will Sie nicht lange aufhalten! Sie haben Ihren Herrn Vater verloren – ich weiß nicht, ob Sie mich noch kennen? Als ich Sie vor wenig Tagen oben auf dem Mosenberg sah, waren Sie noch so heiter. Verzeihen Sie, daß ich Sie anspreche, ich habe gehört, wie rasch Ihr lieber Vater gestorben ist – es tut mir sehr leid – ich habe auch keinen Vater mehr; ich weiß, wie das tut!« Er drückte ihr die Hand, eine große Teilnahme lag in seiner Stimme. Die Stimme tat Nelda sehr wohl, sie war weich und verschleiert, nicht sonor und volltönend, aber wie geschaffen, Worte des Trostes zu sprechen.

»Ich danke Ihnen!« Nelda hob die verweinten Augen. »Haben Sie meinen Vater gekannt?«

»Nicht persönlich, nein, nicht persönlich, aber gesehen habe ich den Herrn Regierungsrat oft!« Heinrich Susemiehl war nicht mehr so schüchtern, er wurde ganz eifrig und schritt jetzt neben Nelda her. »Unser Seminar ist ja der Regierung gegenüber. Er hatte so ein vergeistigtes, unendlich mildes Gesicht, ich bin oft stehen geblieben und habe ihm nachgesehen, wenn er, ein wenig gebeugt, die Häuser entlang ging; ich glaube, das Gehen wurde ihm manchmal sauer, er stand dann still und hustete. Sein Rükken trug eine schwere Last, aber seine Stirn, die war ganz merkwürdig, die war so – ich weiß nicht, wie ich sagen soll – so frei, so umleuchtet. Er sah aus, wie ein müder Mann und doch wie ein Sieger. Ich habe oft gewünscht, ich möchte ihn kennen lernen und über manches mit ihm sprechen dürfen; aber er sah mehr nach innen als nach außen, er hat mich nie bemerkt. Doch entschuldigen Sie, Fräulein,« – er zog plötzlich den Hut – »ich will nicht länger stören!«

»Oh« – jetzt war es Nelda, die die Hand ausstreckte – »wenn Sie Zeit haben, gehen Sie noch ein kleines Stück mit mir! So hat noch keiner von meinem Vater gesprochen. Er war so gut! Es tut mir so wohl, ich –.« Die Stimme erstickte ihr, sie konnte vor Tränen nichts mehr sagen; aber es waren Tränen des Dankes.

Verwundert sahen die Leute das Paar an, hier und da blieb sogar einer stehen und guckte nach; der langmähnige Mensch in dem ausgewachsenen schwarzen Röckchen, mit den schlenkernden Bewegungen machte wirklich eine komische Figur. Zwei hübsche Backfische spazierten Arm in Arm über den Schloßplatz, sie kicherten, als sie des jungen Mannes ansichtig wurden. »Du, Kläre, sieh mal, Fräulein Planke ihrer! Wie er redet! Sieht er nicht aus, wie der ›Hungerpastor‹ in dem gräßlich langweiligen Roman von – ach, du weißt schon – von Ra– richtig, von Raabe?! Pfui, zu greulich!«

»Ne, verhungert nicht gerade – glaubst du, daß die Planke ihn hungern läßt – aber so unbedeutend, so nach gar nichts!«

Nein, schön war Heinrich Susemiehl weiß Gott nicht, alles andere eher. Wie linkisch und verlegen er jetzt, jenseits der Brükke, von Nelda Abschied nahm. Und doch sah sie ihn dankbar und vertrauensvoll an.

»Sie werden also kommen, morgen um fünf Uhr, Herr Susemiehl? Sie wissen nun alles!«

»Ich komme – gewiß – wenn – wenn Sie erlauben, wenn Sie ge – statten!« Er war wieder der alte Schüchterne.

* * *

Nun war zum letzten Mal hinter Regierungsrat Joseph Dallmer die Tür seines Hauses in's Schloß gefallen. Es waren nicht viele, die ihm das Geleit gaben, vielleicht zwanzig Menschen und ein paar Kutschen. Der Weg zum Kirchhof war weit, die Sonne heiß.

Frau Rätin war nicht mit. Sie hatte neben dem Sarg gesessen, versunken in Schmerz und Tränen, das Bild einer trauernden Witwe. Oberkonsistorialrat Zänglein hatte einen sinnigen Vergleich gemacht; er wies auf die zarte Efeuranke hin, die nun, des stützenden Stabes beraubt, ängstlich am Boden kriecht – ›aber sie wird sich aufraffen, emporranken am Kreuze Christi!‹

Langsam polterten die Träger die Treppe hinunter, langsam setzte sich der kleine Zug in Bewegung, langsam rollten die Kutschen über die staubige Straße. Frau Rätin kroch in den entferntesten Winkel – nur nichts hören, nur nichts hören! Gott sei Dank, daß alles vorüber war! – –

* * *

Draußen auf dem Kirchhof ist auch fast alles vorüber. Nelda steht am offnen Grab und blickt starr hinunter in die Tiefe. Jetzt faltet sie die Hände, eine weiche Stimme dringt an ihr Ohr.

»Und bin ich auch einer der Geringsten, trage ich auch noch nicht das geistliche Gewand – so werde ich es doch einst tragen! Und ich kann mich nicht würdiger auf meinen Beruf vorbereiten, als wenn ich hier am Grabe dieses edlen Mannes spreche: Lasset uns beten! – Unser Vater, der du bist in dem Himmel« – – –

Leise kommt die Sommerluft und weht die heiligen Worte weiter, hinauf zum strahlend blauen Himmel. Da ist kein lautes Schluchzen, kein störendes Jammern, ein großer Friede liegt über dem grünen Garten.

»Denn dein ist das Reich und die Kraft und die Herrlichkeit – in Ewigkeit – Amen!«

»In Gottes Namen!« spricht der erste Träger. Sanft sinkt der Sarg hinunter, sanft gleitet die Erde nach; die Schollen prasseln nicht, sie decken liebend den müden Leib.

Vorüber! Die Menschen gehen, und nun hebt ein Vogel an in den Büschen; er schmettert aus voller Kehle – ist es ein Klagelied? Nein, ein Triumphlied!?

»Ich bin ganz ruhig, sorgen Sie sich nicht um mich,« sagte Nelda mit zuckenden Lippen, als sie am Arm des Onkels dem Ausgang des Kirchhofs zuschritt; an ihrer andren Seite ging Hauptmann Xylander. Er sah traurig und alt aus. Jetzt beugte er sich auf ihre Hand.

»Liebe Nelda,« flüsterte er, »kann ich etwas für Sie tun? Alles – Sie wissen!« Er sah sie mit den treuen Augen an; heute trug er kein Glas, sie sah nah seinen umflorten Blick.

»Mein guter Freund!« Sie lächelte matt. »Denken Sie an sich, ich – ich finde mich schon!«

Und dann neigte sie den Kopf und weinte still.

Drittes Buch

I.

Tagebuchblätter von Agnes von Osten geborne Röder.

* * *

›Nein, so habe ich mir's nicht gedacht! Lieber Gott, was macht man sich für Illusionen über das Verheiratetsein, wenn man noch so dumm und unerfahren ist, wie ich vor sechs Jahren! Ich bin jetzt erst fünfundzwanzig und komme mir schon uralt vor. Sie sagen alle, ich wäre sehr zu beneiden – ja gewiß!

Daß ich oft weine, kommt sicherlich nur, weil ich so weit von Papa und Mama fort bin. Ich habe Heimweh nach dem Rhein, nach Koblenz, wo mich alle Leute kennen, wo ich als Kind so glücklich war. Hier in Berlin rennen sie alle, und jeder hat soviel mit sich zu tun; ich bin so fremd. Carlo sagt, wenn man bald drei Jahre an einem Ort ist, müßte man sich eingelebt haben, ich dürfte nicht so schüchtern sein – – bin ich denn schüchtern? – die Damen vom Regiment wären alle nicht so.

Er hat recht, ich bin keine Frau, mit der er glänzen kann, ich vergehe in garnichts zwischen den andern.

Da – jetzt ist eine Träne auf's Papier gefallen! – –

Nur meine süße kleine Felicitas, wie hübsch und lustig sie ist – ich höre draußen ihre Füßchen trippeln. Mein einzig geliebtes Kind!‹

* * *

Spät am Abend.

›Carlo ist zum Ball bei Arnheims in der Rauchstraße. Es ist immer sehr prachtvoll da, Anselma wird glänzend aussehen; Arnheim lässt ihr jede Toilette von Paris kommen, er ist schrecklich verliebt in sie.

Ich möchte auch gern geliebt sein, aber nicht so, das ist nicht das Rechte; man muß nicht blind dabei sein.

Ich bin froh, daß ich nicht mit mußte. Da hab ich doch auch was Gutes von meinem Schnupfen, von dem Carlo sagt, er stände mir schlecht, ich hätte eine rote Nase. Freilich, der Spiegel sagt mir's auch, ich habe sehr verloren, seit ich verheiratet bin.

Wie geht das zu? Ich habe doch alles, was mein Herz begehrt – ach nein, ach nein, ich will nicht lügen!‹

* * *

Silvesterabend.

›Felicitas hat die Masern, gar nicht schlimm, aber ich gehe nicht fort von ihr. Jetzt schläft sie. Wie reizend sie daliegt, die Arme in dem weißen Nachtkittelchen über der Decke, die blonden Löckchen hängen ihr zerzaust in die Stirn. Sie sieht aus wie Carlo. Sie hat auch seinen leichten Sinn, in einer Minute freut sie sich über ein Spielzeug, und in der nächsten wirft sie es schon wieder fort; ich muß sehr über sie wachen.

Jetzt werden sie bald bei Arnheims ›Prosit Neujahr‹ rufen und mit den Gläsern aneinanderklingen. Carlo wird ihr die Hand küssen – sie macht dann so wunderbare Augen – – –

Ich wünschte, Papa und Mama wären hier, ich habe grenzenlose Sehnsucht.‹

* * *

3. Januar.

›Carlo sagt, es sei albern von mir, ein Tagebuch zu schreiben, das sei eine dumme Backfischangewohnheit aus der Pensionszeit; ich erlebte ja auch gar nichts. – Ich erlebe doch was.

Es ist mir eine Wohltat, wenn ich ab und zu hier in mein Buch schreibe; einen muß man doch haben, dem man sein Herz ausschütten kann. Früher mußte ich gleich alles sagen, das habe ich mir jetzt schon abgewöhnt; viel will ich auch gar nicht ausschütten, nur ein bißchen. Felicitas ist noch zu klein und die Eltern sind so weit; die kann ich auch nicht betrüben. Da ist mein Tagebuch mein Vertrauter. Ich verstecke es jetzt immer gut vor Carlo, aber der fragt auch gar nicht danach, der hat immer so viel vor.

Ich bin wirklich kein Backfisch mehr.

Heute nachmittag läuft er Schlittschuh mit Anselma Arnheim an der Rousseauinsel; die Musik spielt und jemand vom Hof wird auch da sein. Arnheim holt später seine Frau ab, er fährt dann in der Equipage am Ufer auf und nieder; sie lassen ihn immer so lange warten. Er dauert mich, er hat doch schon graue Haare.

Ich möchte auch Schlittschuh laufen können, es muß ein großes Vergnügen sein. Aber als Kind habe ich es nicht gelernt, Mama war immer so bang, ich könnte einbrechen – nun müßte ich am Ufer stehen, wenn ich dabei sein wollte. Carlo sagt auch, erwachsene Personen können nicht mehr Schlittschuh laufen lernen, sie machen sich lächerlich, wenn sie hinfallen.

Ich wünschte, ich wäre tot – – o, meine Felicitas!

* * *

10. Februar.

›Lange habe ich nicht geschrieben, ich habe mich gefürchtet, ich war zu betrübt.

Wenn ich am Tag mit Felicitas spielen kann, geht's ganz gut, aber abends, wenn sie schläft – o – und die langen Nächte!

Er sagt, ich schliefe wie ein Murmeltierchen, mein Gott, ich tue ja nur so! Er weiß nicht, daß ich wach liege und auf ihn laure – die Uhr schlägt eins, zwei, drei, manchmal vier – und endlich kommt er dann. Er summt auf dem Korridor zwischen den Zähnen; wenn er sich auszieht, lacht er leise in sich hinein. Er sieht gar nicht nach mir hin, er legt sich auf die andre Seite und schnarcht.

Ich könnte manchmal vor Schmerz schreien, und ich habe ihn doch so lieb – lieb gehabt, müßte ich sagen! Aber nein, nein, das will ich nicht sagen! Ich habe ihn lieb und werde ihn lieb behalten, er ist der Vater meines Kindes. Gott im Himmel, hilf uns!

Warum bin ich auch nicht geistreich und nicht so schön wie Anselma?! Er kann das verlangen, er ist selbst ein glänzender Kavalier, alle Damen verwöhnen ihn. Ich will mich hübsch machen, so gut ich kann, ich will gesprächig sein, ich will immer mit ihm in alle Gesellschaften gehen – Felicitas ist wieder kerngesund, ich habe ja auch gar keine Entschuldigung mehr – ich will auch nicht empfindlich sein.

Ob sie ihn wohl liebt? Ich weiß nicht, ob sie überhaupt lieben kann. Sie ist schön, vornehm, kühl – nur einmal habe ich Blicke gesehen – Carlo saß ihr gegenüber – Blicke –!

Ich möchte meine Augen ausweinen und blind sein für alle Zeit.

Aber scheiden lasse ich mich nicht. Nein, niemals! Felicitas soll ihren Vater behalten, sie soll nicht das Kind geschiedner Eltern sein, es fällt sonst ein Flecken auch auf sie; vor der Welt bleibt alles untadelig, und mein Kind wird nie einen Mangel empfinden. Meine Felicitas, dir zuliebe, dir zuliebe!‹

* * *

15. Februar.

›Er ist jetzt nicht mehr so heiter, er ist in den letzten Tagen unruhig, verstört, hastig. Er kommt zu mir und sitzt bei mir und spricht viel mehr mit mir als sonst, er ist auch zärtlich – ich weiß es, seine Zärtlichkeiten gelten einer andren. Es ist, als ob er bei mir Schutz vor etwas suche.

Es hat ihn gepackt. Ich sehe die Leidenschaft in seinem Auge, ich fühle die Leidenschaft am Beben seiner Hand – Leidenschaft für eine andre.

Ich bin ihm nicht böse, ich bin nicht einmal empört, ich sage ihm kein Wort. Ich bin nur unglücklich. Wie soll das enden?!

O, das Leben ist sehr traurig!‹

* * *

19. Februar.

›Heute hatte ich eine große Freude. Ich wußte wohl, daß Nelda Dallmer mit ihrer Mutter in Berlin lebte; sie wohnten schon hier, als wir noch in Koblenz waren. Ich hatte ihr damals nicht einmal ordentlich Adieu gesagt, sie zogen Hals über Kopf fort, man kam gar nicht recht zur Besinnung.

Als der Regierungsrat starb, war so viel Klatsch in der Stadt; sie redeten alle über Nelda. Da war ja auch allerhand Komisches passiert, Nelda konnte sich eben nicht in den Rahmen der kleinen Stadt fügen; war sie auch darin geboren, sie war doch ein freier Vogel im Hühnerhof.

Arme Nelda, wenn ich auch so sein könnte wie du! Ich kann dich jetzt besser verstehen! Ich glaube, ich habe mich damals auch falsch benommen, ich hätte mich nicht einschüchtern lassen sollen, ich hätte zu ihr halten müssen. Carlo verbot mir, sie zu besuchen; wir begegneten uns wohl mal, aber ich war gezwungen und befangen, sie kam auch nicht mehr zu mir. Und eines schönen Tages war sie weg, nach Berlin gezogen. Es tat mir sehr leid, ich wollte ihr gern schreiben, aber ich traute mich nicht, jemanden nach ihrer Adresse zu fragen. Als wir nach Berlin versetzt wurden, habe ich wohl an Nelda gedacht, aber wie das so geht! – – –

Und heute mittag bin ich ihr begegnet. Im Tiergarten war's. Ich erkannte sie gleich, obgleich sie langsamer als früher ging und ruhiger. Sie trug eine Notenrolle im Arm – sie hat an der Hochschule studiert, es aber nicht besonders weit gebracht, nun gibt sie billige Klavierstunden. Sie sah sehr nett aus. Mich erkannte sie erst nicht, das glaub' ich wohl. Mehr als vier Jahre hatten wir uns nicht gesehen, vier Jahre verändern!

Sie hat doch sehr schöne Augen, es ist mir früher nie so aufgefallen. Und was für einen tiefen Blick die haben, als ob sie in einen hineinsehen. Ich freute mich so, daß ich weinen mußte; sie gab mir einen Kuß, und nun wollen wir uns öfter sehen. Zu mir kommen will sie nicht, aber ich werde zu ihr gehen und auch Felicitas hinbringen. Sie wohnt in der Oranienburgerstraße; sie haben eine Art Pension, sagt sie, weil es ihnen sonst zu teuer ist und ihre Mutter immer gern Abwechslung hat. Ob es ihnen schlecht geht? Sie wohnen drei Treppen und nicht im Westen!

Jetzt weiß ich, ich werde nicht so viel mehr in mein Buch schreiben, ich will Nelda manches erzählen. Was die Leute von ihr gesagt haben, glaub' ich nicht; und wenn es auch wahr wäre, ist sie darum schlechter?

Ich stecke so mitten drin in der Schuld; ich sehe rechts, ich sehe links, es ist nichts, wie es sein soll – was werden Carlo und Anselma machen?‹

II.

In der Villa Arnheim, Berlin W. Rauchstraße 3 war Gesellschaft.

Die elektrischen Kugellampen vor der Auffahrt werfen taghelles Licht über den festgefrornen Schnee. Die Türstufen hinunter und noch eine Strecke weiter liegen weiche, buntgeränderte Läufer; die hohen Türflügel stehen weit geöffnet, man sieht in das Vestibül mit den weißen Marmorwänden, den hohen Lorbeerkübeln, den griechischen Statuen und den galonierten Dienern.

Die Villa des Börsenfürsten, des Geheimen Kommerzienrats Leo Arnheim, war eine Sehenswürdigkeit und welche Kunstschätze birgt sie! Anläßlich einer Ausstellung für notleidende Überschwemmte in Honolulu oder irgendwo anders, hatte Leo Arnheim bereitwilligst seine Galerie zur Verfügung gestellt – da waren Knaus, Defregger, Gabriel Max, sogar Makart, ein Menzel, beide Achenbachs, Liebermann, Böcklin – eine Menge hervorragendster Künstler vertreten. Und bei keinem sagte etwa der Kommerzienrat zum Beschauer: ›Hat mich soviel gekostet, und der so und so viel – großartig, nicht wahr?‹ Nein, er lächelte still und ging, den grauen Kopf zur Seite geneigt, die Hände auf dem Rücken, vor seinen Schätzen auf und nieder.

Man sagte, Herr Arnheim sei jüdischer Herkunft. Geld hatte er jedenfalls, und die Leute ließen sich's wohl bei ihm sein. Seit zwei Jahren hatte er die schönste Frau in ganz Berlin; ›in der ganzen Welt‹, wie enthusiastische Bewunderer zu sagen pflegten.

In Kissingen hatte er Anselma von Koch kennen gelernt, wo diese ihren Vater allmorgendlich zum Brunnen begleitete. Auf der Kurpromenade, bei den Klängen lockender Straußscher Walzer hatte der alternde Mann sein Herz verloren; vielmehr sein Herz und sein Verstand machen einen Pakt: ›Das ist eine Frau für dich, die hat deinem glänzenden Haus nur noch gefehlt, die wird zu repräsentieren verstehen, und aus vornehmer Familie ist sie auch!‹ Er brachte jeden Tag ein Bukett; keine Rosen, nein, Orchideen und seltene Wunderblumen, ganz Kissingen war in Aufregung über diese exotischen Prachtgewinde. Das schöne

Mädchen, das mit Vorliebe einfache weiße Kleider trug, neigte dankend ein wenig den Kopf.

Sie war durchaus nicht kokett; und war sie's früher einmal gewesen, so hatte sie's in letzter Zeit aufgegeben, es stand ihr nicht mehr. Ein flüchtiges Lächeln um den stolzen Mund war alles; sie ermunterte nie den reichen Bewerber, obgleich es der kommandierende Papa an Gelegenheit nicht fehlen ließ. War Herr Arnheim ihr angenehm? Man konnte das nicht wissen. Sie war immer gleichmäßig freundlich, gleichmäßig ruhig, keine Spur von dem sieghaften Wesen zeigte sie, mit dem sie einst die Leutnants vor ihren Triumphwagen gespannt. Es war nun Zeit, eine gute Partie zu machen, also – allons! Und klug war sie. Das verräterische Licht, das mitunter in den Tiefen ihrer großen Augen aufdämmerte, verschleierte sie rasch mit den schöngebogenen Wimpern. Herr Arnheim erklärte sich und wurde akzeptiert; mit dem gleichen Lächeln, mit dem sie seine Orchideenbuketts genommen, nahm sie seine Hand.

Und jetzt war sie die schönste Frau in Berlin und gab die glänzendsten assemblées. Alles, was zur sogenannten Gesellschaft gehört: Garde, allerhöchste Finanz, zum Herrenhaus anwesender Landadel, sogar eine jüngere Hoheit, machten sich ein Vergnügen daraus, Rauchstraße 3 zu erscheinen. Mit bildenden, malenden, singenden Künstlern, Schriftstellern und dergleichen waren die Wände tapeziert.

Heute stand Frau Anselma Arnheim in der Tür des großen Saales, der die ganze Vorderfront der ersten Etage einnimmt, und empfing ihre Gäste. Auf dem wundervollen Nacken funkelten die Steine, ihr edles Profil hob sich scharf wie das einer Gemme von der mattgelben Seidentapete der Wand. Hundert Glühlichter funkelten in den Birnen des Kronleuchters, an den Kandelabern in den Nischen; kein wärmerer Strahl verfing sich in dem weißen Gesicht. Sie hatte unglaublich rasch gelernt, große Dame zu sein.

Ihr Mann sah sie bewundernd an, leise drückte er ihren Arm. »Herzchen, Osten ist noch nicht da! Fatal, daß er so spät kommt, er soll doch den Tanz arrangieren. Was meinst du? Er wird doch kommen? Ich bin ganz unruhig!« Arnheim trat von einem Fuß auf den anderen, er war immer etwas aufgeregt, wenn er Gäste bei sich sah.

Sie ließ einen raschen Blick über ihren Mann streifen, vom Scheitel seiner grauen Haare über die ganze, untersetzte Figur, dann drehte sie den Kopf ab. »Er wird schon kommen!« Sie sagte das sehr gleichgültig, und doch lag eine versteckte Ungeduld in ihrem Ton. Jetzt blitzte ein eigentümliches Funkeln in ihren Augen auf – eben trat Hauptmann von Osten mit Gemahlin ein. Er sah famos aus – den Schnurrbart aufgedreht, die blonden Haare über der weißen Stirn – schön und jung und männlich!

Arnheim umarmte ihn; er hätte das nicht tun sollen, der Vergleich, den Anselmas plötzlich finster blickende Augen anstellten, fiel nicht zu seinen Gunsten aus. Er paßte gar nicht hierher, der Mann mit der ungeschickten Figur und dem Alltagsgesicht; er hatte nie einen gutsitzenden Rock, trotzdem der erste Schneider für ihn arbeitete.

Sie wandte sich hastig ab und reichte der kleinen Frau von Osten die Hand. »Also endlich auch einmal mitgekommen, Agnes?« Sie sagte das ganz freundlich, aber ihr Gesicht blieb vollständig gleichgültig dabei, als ob sie gegen eine Wand spräche; ihr Blick streifte kaum die zarte Gestalt.

Agnes hatte wie eine welke Blume den Kopf geneigt; sie sah aus wie ein Pensionsmädchen neben der strahlenden, gebietenden Erscheinung der anderen. Man merkte ihr's an, sie fühlte sich unbehaglich in dem glänzenden Geschwirr, sie wäre gern am Arm ihres Mannes hängen geblieben; nun hob sie schüchtern den Blick. »Ich soll dich grüßen aus Koblenz, Anselma, von –«

Frau Arnheim hörte gar nicht, sie griff nach dem Arm des schönen Mannes in der Gardeuniform.

»Kommen Sie, Osten, wir wollen anfangen!« Und leiser und tief atmend: »Sie sind ja endlich da!« –

Man sagt, arme Seelen brennen im Fegfeuer. Es gibt ein Fegfeuer der Leidenschaft, das ist schon Höllenbrand auf Erden. Blicke, die herüber und hinüber schießen, lodernd wie eine Fakkel – Blicke, die mit furchtbarer Deutlichkeit sprechen: ›Sei mein!‹

– ›Ich kann nicht!‹ – ›Du mußt mein sein!‹ – ›Ich bin es schon!‹
– – – – – – – – – – –

Ein unterdrückter Laut der Qual rang sich von Agnes' Lippen, sie setzte den Champagnerkelch so fest auf die blumengeschmückte Tafel, daß ihr Nachbar verwundert aufsah.

»Befehlen gnädige Frau etwas? Sagten gnädige Frau etwas? Gnädige Frau sind doch nicht unwohl?« Der Tischherr erschrak, die junge Frau war totenblaß geworden, ihre Augen irrten mit einem verwirrten Blick hin über die lachenden Gesichter, die Blumen, das Silber, den ganzen Glanz; sie lehnte sich zurück, als ob ihr schwindle.

»Gnädige Frau sind unwohl – oh! Darf ich Sie hinausführen – oder Wasser –?«

»Nein, nein!« Agnes zwang sich zu einem nervösen Lachen. »Mir ist gar nichts, ich weiß nicht, wie Sie darauf kommen, vielleicht die –«

»Hoch, hoch, hoch!« Allgemeines Stimmengewirr, Rücken der Stühle, Gläserklingen. Jetzt ein brausendes Durcheinander. Man ließ die schöne Frau des Hauses leben. Sie erhob sich, das Glas in der Hand, und grüßte lächelnd nach allen Seiten. Auch zu Agnes schaute sie hinüber; dann wandte sie den Kopf zu Osten, der dicht hinter ihrem Stuhle stand. Sein Schnurrbart streifte ihren Scheitel; sie flüsterten zusammen. Und nun nickte Osten seiner Frau zu, mehrmals, rasch hintereinander, hob das Glas und leerte es auf einen Zug. –

Es war schon spät, zwei Uhr, das Fest zu Ende.

Er hatte viel getrunken, Agnes merkte das wohl. Oder wovon schwammen seine Augen? Seine Sprache war hastig, überstürzt. Mit einem tiefen Seufzer ließ er sich in die Polster des Wagens fallen; nach fünf Minuten riß er das Fenster auf, eine eisige Nachtluft strömte herein. Er sagte nicht ›entschuldige‹, er streckte den Kopf hinaus und atmete mit fliegender Brust.

So fuhren sie nebeneinander hin. Die junge Frau schauerte in ihrem leichten Kleid, die Kälte kroch unter den dicken Pelzmantel und schnitt ihr in's Herz; sie hustete. Schüchtern sagte sie: »Willst du das Fenster nicht zumachen, Carlo? Mich friert so sehr!«

»Ach, mit deinen ewigen Erkältungen – pardon!« Er riß klirrend das Fenster herauf und warf sich in die Ecke.

Draußen huschten die beschneiten Bäume des Tiergartens vorüber; jetzt kam die Viktoria an der Siegesallee, und nun der große Platz. Kalter Mondschein lag darüber und machte ihn weit und kahl. Alles so öde! Die zarte Frau duckte sich in ihre Ecke wie ein verflogener Vogel – wo war die Brust, an die sie flüchten konnte? Es fror sie. Wo konnte sie erwarmen?!

Jetzt waren sie zu Hause in der Roonstraße. Der Diener hatte gewartet, er kam ihnen verschlafen entgegen; Agnes ergriff die Lampe und ging hinein zu ihrem Kind, das tat sie immer. Felicitas schlief sanft, die roten Lippen leicht geöffnet, ruhig ging der Atem aus und ein. Mit gefalteten Händen stand die Mutter am Bett; dann stürzten ihr plötzlich die Tränen aus den Augen, sie wandte sich ab und trat nebenan in's Schlafzimmer.

Wie traulich! Im Kamin noch glimmende Funken. Die rote Ampel warf gedämpftes Licht; die spitzenbesetzten Decken der breiten Betten waren zurückgeschlagen, darüber ein Baldachin mit langwallenden, lauschigen Vorhängen.

Agnes preßte die Hände an die Schläfen und sah sich um wie eine Verirrte: was tat sie hier, was wollte sie hier bei dem fremden Mann?! Er war ihr fremd, er gehörte einer andern! Rasch, rasch, ehe er kam! Eine heiße Scham überflog sie; sie riß das Kleid herunter – wie eine umgestülpte weiße Riesenblume lag es auf dem Teppich – sie streifte die Röcke ab und zog die goldnen Nadeln aus den Haaren, eilig huschte sie in's Bett und zerrte die Decke bis an's Kinn.

Da – sein Tritt! Sie zitterte. Er kam von drüben, schon im Schlafrock, die seidne Schnur nachschleifend, die Haare zerwühlt; sein hübsches Gesicht glühte. Unsichern Schritts schlorrte er durchs Zimmer. Krampfhaft preßte sie die Augen zu und mühte sich den Atem gleichmäßig aus- und einzuziehen wie eine tief Schlafende. Jetzt streifte sein Blick sie – sie fühlte das, sie sah's trotz der geschlossenen Lider – ein gleichgültiger, fast widerwilliger Blick.

»Schläft schon,« murmelte er und wendete sich ab. Er hantierte im Zimmer herum, hastig stieß er an die Möbel. Und nun ein qualvolles Aufstöhnen. Er warf sich auf's Bett, sie hörte die Decke rascheln. Ächzend vergrub er den Kopf in die Kissen.

Regungslos lag sie – lange – sie hörte ihn unruhig atmen. Endlich öffnete sie die Lider – er schlief, aber er sprach im Traum und warf sich rastlos hin und her; das rote Licht der Ampel huschte über sein glühendes Gesicht.

»Er denkt an sie,« flüsterte die junge Frau. »Ich weiß es!« Träne auf Träne rieselte über ihre Wangen, hinunter zu dem schmerzlich verzogenen Mund; sie biß sich auf die zuckenden Lippen, das laute Schluchzen zu unterdrücken.

III.

›O du mein Himmel, das ist ja eine ganz gräßliche Geschichte! R. – Frau v. R. – Kommandant – Spielerprozeß – Herrgott, das ist am Ende die Mutter von unserm Ramer! Nelda, du mußt es doch wissen! Denn seine Mutter war in Sinzdorf, nicht wahr? Hier, lies mal – hier!« Frau Rätin Dallmer schob der Tochter das Zeitungsblatt über den Frühstückstisch hin und fuhr mit dem Finger die Zeilen nach. »Siehst du, hier steht's!

›Vermischtes.

Sinzdorf, 27. Febr. Heute ereignete sich in der berühmten Irrenanstalt des Doktor M. ein bedauerlicher Vorfall. Die Gemahlin des seinerzeit in den berüchtigten Spielerprozeß zu H. verwikkelten Kommandanten von R., die schon lange Jahre an Größenwahnsinn litt, stürzte sich in einem plötzlichen Wutanfall auf ihre Wärterin, eine baumstarke Person, schlug dieselbe mit einem Stuhl zu Boden, entriß der Betäubten den Schlüsselbund und entfloh. Die Unglückliche rannte die Treppe herunter, dann durch die Gänge des ausgedehnten Parkes, immer laut schreiend: »Jetzt weiß ich, wer ich bin! Ich will sterben, ich will sterben!« Die Bediensteten wurden aufmerksam, man verfolgte sie. Von allen Seiten umstellt, flüchtete sie wieder ins Haus zurück, hinauf zum dritten Stock, riß das Flurfenster auf und stürzte sich mit einem gellenden Schrei hinab, ehe Hilfe zur Stelle war. Auf dem Pflaster des Hofes lag die zerschmetterte Leiche. Dieser Vorfall ist um so mehr zu bedauern, als Frau v. R. bis dahin eine sehr leicht zu behandelnde Kranke war und auch in ihren Wahnvorstellungen ein äußerst angenehmes Leben führte. Die Wärterin scheint mit dem bloßen Schrecken davongekommen zu sein, sie hat sich wieder erholt.

(Kölnische Zeitung.)‹

»Huh, gräßlich, nicht wahr, Nelda?«

Die Tochter nickte; der Löffel, mit dem sie in ihrer Kaffeetasse rührte, klapperte an den Rand.

»Das Fräulein wird ja so blaß – oh,« sagte die gutmütige Stimme des alten Herrn, der den Frauen gegenübersaß. »Liebes Fräulein, geben Sie mir doch mal die Schwedischen!« Er sagte ›jeben‹; das G war immer seine schwache Seite. »Zum Morgenkaffee gehören meine zwei Zigärrchen, sonst schmeckt er nicht. Bitte!«

»Aber so mach doch, Nelda! Du hörst doch, daß Herr Schmolke Feuer wünscht. Hier, lieber Herr Schmolke: Streichhölzer, Licht, Aschbecher. Was wünschen Sie noch?«

»Nichts, danke! Aber um auf besagten Hammel zu kommen – ne, lassen Sie doch mal sehen!« Herr Schmolke streckte die Hand nach dem Zeitungsblatt aus. »Wer ist diese Frau von Raderer oder Rader? Ich habe nicht recht verstanden!«

»Mama, ich gehe jetzt zu den Stunden!« Nelda schob den Stuhl zurück; sie stand mit wankenden Knieen am Tisch. »Adieu!«

»Nu, was denn, – schon?« Der alte Herr blinzelte das Mädchen freundlich an. »Heute so früh? Bekomme ich keine Hand? Adieu, Kindchen!«

»Adieu, Herr Schmolke!« Kurz nickend ging Nelda aus dem Zimmer. Wohin sollte sie? Das Berliner Zimmer war alles, was Mutter und Tochter besaßen; darin wohnten sie, und zugleich war es auch Eßzimmer.

Da stand, von Morgen bis Abend, immer der längliche Eßtisch mit dem weißen, nicht ganz tadellosen Tuch und den Brotkrumen darauf. Vorn die zwei schönen Stuben hatte Herr Schmolke inne. Das eine große Hinterzimmer der junge Doktor; das andere kleinere Fräulein Berg. In der letzten Komurke schliefen Mutter und Tochter; jetzt plättete die Magd dort.

Nelda stand in der Küche, lehnte den Kopf an die Scheiben und schaute in den engen Hof hinab. Kein Strahl von Sonne fiel zwischen die vier hohen Mauern, selbst hier oben, drei Treppen, blinzelte sie kaum auf's Fensterbrett. Nelda stöhnte, sie hätte nie geglaubt, daß sie's so packen würde, jetzt nach langen Jahren, in gänzlich veränderten Verhältnissen. Und doch! Wenn sie darüber nachdachte, sie konnte sich eigentlich kaum mehr sein Gesicht vorstellen – waren seine Augen braun oder blau gewesen? – Und doch genügte der Name, ihr das Blut aus den Wangen zu jagen und ihr Herz still stehen zu lassen. Der Name war da und mit einem Schlag auch die ganze Vergangenheit. – – – – Wo war sie? Sie ging über die Schiffbrücke in stürmischer Nacht, oben auf dem Ehrenbreitstein flackerte ein einsames Licht, wie ein Stern. Sechs Jahre waren seitdem verflossen, aber sie fühlte noch den Windhauch, sie hörte seine Stimme zwischen dem Wellenrauschen: ›Lockt Sie's nicht, da hinab zu springen, sich treiben zu lassen, Gott weiß wohin?‹

– – – »Ich bin auch hinabgesprungen,« murmelte sie, »ich habe die Augen zugepreßt, die Hände zu Fäusten geballt. Ich treibe noch immer, ich hab noch nicht wieder Land gefunden. – Land, Land!« Sie erschrak fast über die eigene Stimme, sie hatte lauter gesprochen, als sie gewollt, es klang wie ein Ruf.

Die Tür des Berliner Zimmers klappte, Frau Rätin steckte den Kopf mit den fliegenden Haubenbändern und dem abgehetzten Rot auf den Backen zur Küche herein. »Rief einer? Was, Nelda, du bist noch hier?! Erst tust du so eilig, stehst nicht Rede und Antwort, nur weg, und jetzt drehst du dich noch hier herum? Ich will dir mal was sagen« – sie kam vollends herein und zog die Tür hinter sich zu – »du warst wieder gräßlich unfreundlich, ich habe mich ordentlich geschämt. Der gute Schmolke! Auf die Art wirst du dich nie versorgen, da bekomme ich, weiß Gott, noch eher einen Mann, ich mit meinen Zweiundfünfzig, ja!« Sie nickte triumphierend, die karierte Schleife von halbseidenem Band oben auf ihrer Morgenhaube wackelte.

»Ich will auch gar keinen,« sagte die Tochter und sah die Mutter mit starren Augen an.

»Aber was denn?!« Der Kopf mit den Haubenbändern wurde zurückgeworfen. »Da hätten wir doch auch in Koblenz bleiben können, da hättest du mich nicht herzuschleppen brauchen in die wildfremde Stadt. Bei dem Klavierspielen und der Singerei ist doch nichts Extras herausgekommen! Nun muß ich mich plagen mit der Pension und den fremden Leuten; man zittert immer, hat man die Stuben besetzt oder nicht. Schrecklich! Sage bloß, was willst du denn hier?«

Mit einem trostlosen Blick sah die Tochter um sich – ja, was wollte sie hier? »Ich wollte frei sein,« sagte sie undeutlich, und dabei blieb ihr Blick an den Wänden der kleinen Küche haften; er klebte sich ordentlich fest an den porzellanenen Töpfchen, die in Reih und Glied auf dem Herdsims standen. Die Preßkohlen schwelten, es roch nach gewärmtem Kaffee. Sommers und Winters stand da der Topf mit heißem Wasser auf der Herdecke, darin briezelte die Porzellankanne mit der angeknickten Schnauze – wer konnte immer für jeden Nachzügler frischen Kaffee machen!

»Nun gib doch Antwort, sieh nicht so stockstumm um dich! Ach, ach, was warst du früher für ein liebes, gutes Kind – und jetzt immer so verbissen! Was haben wir doch für angenehme Zeiten zu Haus in Koblenz verlebt! Wenn ich noch an die Kaffees und die Bälle denke! Aber du hast alles von dir geworfen, ohne Rücksicht, ohne Pietät! Rede doch wenigstens; immer dies verbissene Wesen ist zu gräßlich!«

»Was soll ich sagen, Mama? Du würdest mich doch nicht verstehen. Ich hatte es mir anders gedacht.« Neldas Stimme klang müde. »Es tut mir leid, wenn dir die Pension zu viel wird; wir könnten uns ja eine ganz kleine Wohnung nehmen, zwei Stuben und Küche, es gibt nette Gartenwohnungen. Dann könnten wir allein für uns leben. Hier von den Vorderstuben hast du ja doch nichts.«

»Was – was – nein, was für eine Idee!« Die Rätin war geradezu außer sich, sie schnappte nach Luft. »Das mutest du mir zu? Ich soll auf dem Hof sitzen, nichts sehen als Dachrinnen oder Müllkästen. Ja, solche Gartenwohnungen kennt man! Keine Seele haben, mit der man mal spricht, immer allein hocken! Warum bin ich denn nach Berlin gezogen? Gerade weil ich gern unter Menschen wollte! Jetzt kann ich mich doch unterhalten so viel ich will. Und mit den Vorderstuben, das ist auch nicht wahr; wenn Schmolke weg ist, kann ich ganze Stunden drin sitzen, ich hab' sie doch! Gartenwohnung! Und das mutet mir die eigne Tochter zu?! Wenn ich nur schon an Schmolke denke, der sich so bei uns eingewöhnt hat – der gute Schmolke!«

Jetzt fuhr Nelda auf, es ging ihr wie ein Stich durch's Herz. Das war derselbe Tonfall, mit dem die Mutter zu sagen pflegte: ›Der gute Dallmer.‹

»Sag das nicht, ich kann's nicht hören, ich« – der Fuß zuckte ihr, um heftig aufzustampfen, plötzlich stutzte sie, es ging wie ein Kampf über ihr Gesicht. »Liebe Mama, sag nicht ›der gute Schmolke‹!« Ihre Stimme klang völlig verändert, es lag eine rührende Bitte darin.

»Was, ich soll nicht sagen ›der gute Schmolke‹? Und ist er etwa nicht gut? Mein ganzes Leben lang bin ich von euch unterdrückt und beiseite geschoben worden – ja, von dir und dem Papa! – muß mir das jetzt nicht wohl tun, wenn mich einer hochhält und beachtet? Ich hab's ja immer gesagt, nie hab' ich ausreden dürfen, und jetzt« – sie zog das Taschentuch und drückte ihr Gesicht hinein. »Ich habe ein zu schweres Leben gehabt. Du bist ein undankbares Kind, geh nur!« Sie schluchzte; plötzlich hob sie lauschend den Kopf.

Von der Berliner Stube her ließ sich ein Räuspern vernehmen, ein tiefes, fettes – der Altmännerhusten am Morgen – und dann die Stimme des guten Schmolke: »Marie, Marie! Bringen Sie mir doch man das Rasierwasser, sonst hab ich es schon immer um diese Zeit in der Schlafstube! Was ist denn los? Habe dreimal geklingelt! Hören Sie nicht? Marie!«

»Um Gottes willen, Schmolke hat kein Rasierwasser! Ach was« – die Rätin schob die Tochter unsanft beiseite – »geh' mir aus dem Weg, das kommt von deinen Dummereien!« Mit fliegenden Bändern stürzte sie zur Küche hinaus, man hörte in dem langen Gang ihr atemloses Rufen: »Verzeihen Sie, Herr Schmolke! Marie bügelt hinten. Warten Sie einen Augenblick, lieber Herr Schmolke, ich bringe gleich das Rasierwasser!«

»Na, nu wird's Tag! Das fehlte noch, verehrte Geheimrätin, daß Sie sich selbst bemühen! Das leid ich nicht – o bitte, nein – nein, nein!«

Nelda hörte ein Scharren von Füßen – jetzt machte Schmolke die bekannten Bücklinge. Und nun die Stimme der Mutter: »Aber, bester Herr Schmolke, so lassen Sie mich doch, ich tu es ja gern!«

»Ja, ja, ich weiß, Sie sind eine Seele von Frau, viel zu gut gegen mich alten Witwer! Aber allens, wo es hinpaßt, Verehrte; was das Rasierwasser anbelangt –.«

Hier schloß sich die Tür, Nelda hörte nichts mehr. Mit einem Seufzer trat sie wieder an's Fenster. Warum war ihr das alles so widerlich? Sie dachte an ihren verstorbenen Vater, der lag weit weg auf dem Kirchhof am Rhein. Weit weg, Gott sei Dank! Sie dachte an sein mildes Gesicht mit den tiefen Augen und verglich es mit den gutmütig breiten Zügen des Herrn Schmolke. Wie konnte man ganz im selben Tonfall sprechen: ›guter Dallmer‹ – ›guter Schmolke‹? –

Sie legte die geballte Faust an den Fensterrahmen und preßte die Stirn dawider, die Knöchel der Finger drückten ihr rote Flekken in die Haut.

So stand sie, bis die Magd angestürzt kam. »Ne, wo is denn Herr Schmolken sein Rasierwasser? Über de Plätterei hab' ich mir versäumt! Ne, was mir das ärjert, jestern hat er mich erst 'ne Mark jejeben. Ne, jnä'jes Fräulein, Sie jlauben jar nich, wie jut der is!«

Gut! Wer Geld geben kann und auch gibt, ist natürlich gut! Und Nelda dachte an die Theaterbilletts, die sie und die Mutter Herrn Schmolkes Güte verdankten. Sie biß sich auf die Lippen. Seit zwei Jahren wohnte Herr Rentier Moritz Schmolke bei ihnen; er hatte verheiratete Kinder am Ort, aber wie das so geht, die estimierten den Vater nicht genügend. Mit Haushälterinnen war es auch nicht geglückt, so hatte er inseriert:

›Älterer Herr aus gebildeten Ständen sucht liebevolle Pension und Anschluß in feiner, stiller Familie. Offerten erbeten unter
M. S. 896 Expedition d. Ztg.‹

Die beiden Vorderstuben standen grade leer, Frau Rätin Dallmer studierte täglich mit ängstlicher Hast die ›Vossische‹ – nebenan der Budiker verlieh die, zehn Pfennig pro Stunde – sie schrieb sofort. Herr Schmolke kam, sah und zog ein. Er bezahlte die höchste Pension, er war das A und das O des Haushalts. Frau Rätin erzählte ihm endlose Geschichten, und er drehte zufrieden die Daumen dabei. Der Tochter klopfte er die Wangen und machte ihr ein hübsches Geschenk zu Weihnachten und zum Geburtstag; er hatte ein merkwürdiges Geschick, stets etwas Zartes und Passendes zu finden. Ja, er war wirklich gut! Nur ihn nicht im selben Tonfall nennen – oh, im selben Tonfall mit dem Einzigen, Unvergessenen!

Mit zusammengebissenen Zähnen stieg Nelda die Treppen hinab. Sie mußte nun fort; was half's, ob mit Lust oder nicht. Sie hatte drei Stunden zu geben, eine in der Chausseestraße, eine am Halleschen Tor, die dritte sehr weit weg am Kottbuser Damm. Gleich würde sie am Klavier sitzen und zählen: ›eins, zwei, drei‹ – oder auch: ›eins, zwei, drei, vier‹ – oder: ›eins, zwei – eins, zwei‹ – ›fis, fis nicht f‹ – ›hier das b nicht vergessen!‹ Und die kleinen Finger der Schüler krochen über die Tasten und griffen falsch und schlugen daneben, und wenn das Stück zu Ende war, wurde es noch einmal wiederholt und noch einmal, bis die Finger nicht mehr daneben griffen und fis richtig fis war. Und so fort. Sie hatte es ja nicht anders gewollt.

›Nur weg von hier, weg von Koblenz,‹ hatte sie damals nach dem Tode des Vaters verlangt. ›Ich kann nicht hier bleiben, ich ersticke!‹ Frau Rätin weinte zwar viel, aber im Grunde hatte sie nichts dawider: es ist nicht angenehm, wenn die Leute einem mit herablassend mitleidigen Blicken in's Gesicht sehen und hinterm Rücken über einen skandalieren. Nur nach Manderscheid wollte sie nicht, – ›da käme ich um vor Langeweile!‹ Und Nelda wollte auch nicht. »Ich muß mich betätigen, Onkel, ich muß arbeiten!« »Das kannst du auch bei uns,« hatte der Bürgermeister erwidert; er hatte sie liebevoll angesehen, aber er redete nicht weiter zu. Er wußte, daß es für ihn eine Unmöglichkeit war, mit der Rätin zu leben; die größte Unmöglichkeit wußte er nicht.

In Neldas Wangen stieg das Rot der Scham, wenn sie an Heinrich Hommes dachte. Sie konnte es niemandem sagen, aber sie konnte nicht am selben Ort mit ihm sein, sie würde es ja nicht wagen, die Augen aufzuschlagen. Sie hatte ihn nicht geliebt. Nur die Begier hatte sie an den Rand des Abgrunds gerissen, die kalte Hand des Todes mußte erst kommen, um sie zurückzuziehen. »Ich kann nicht mit dir gehen, Onkel,« sagte sie leise, »auch wenn Mama nicht wäre. Ich kann nicht, frag' mich nicht!«

Dallmer war nicht für vieles Fragen, einzig mit wehmütigem Lächeln schüttelte er den Kopf: »Und so weit willst du fort, bis nach Berlin?!« »Ich will frei sein, Onkel; ich kann das am besten in der großen Stadt, da taucht man unter. Ihr sagt, ich wäre musikalisch; ich werde mich in der Musik ausbilden, das kann so schwer nicht sein. Wenn ich dann Stunden gebe und Mama Pensionäre hat, – sie denkt sich das hübsch – wird es schon gehen. Es muß gehen!« –

Ja, es war gegangen. Nelda mußte lächeln, wenn ihr ihre Hoffnungen einfielen – ein resigniertes Lächeln. Sie hatte sich alles so anders gedacht. Musik – lieber Gott! Da hatten andre auch ganz andres Talent. Nach zwei Jahren war sie soweit, daß sie Kindern Klavierstunden gab: eine Mark fünfzig die Stunde. Sie mußte noch froh sein.

Tränen flossen nicht mehr wie sonst allnächtlich in der ersten Zeit – warum auch? Was ist solch ein kleines Menschengeschick in dem ungeheuren, treibenden Weltall?! In der großen Stadt lernt man am besten, wie wenig der einzelne bedeutet. Einzelnes Hoffen und Fürchten und Freuen und Klagen geht unter im Gerassel der Wagen, im Rollen der Pferdebahnen; es verklingt wie ein Seufzer unter'm Stampfen der Hufe.

* * *

»Jnä'jes Freilein, es is 'ne Dame draußen, die will Ihnen jerne sprechen. Ich habe ihr nich verstanden, wie sie heißt; sie sprach so leise!« Marie steckte den Kopf zur Tür der Berliner Stube herein. Es war gegen Abend, Mutter und Tochter waren allein.

»Mein Gott, Nelda, wer mag das sein?« rief die Rätin, »wer kann dich besuchen?! Nicht hier herein, nicht hier herein!« Sie riß ängstlich die Schürze ab und warf sie über den Tisch. »Nebenan in Schmolkes Stube, der ist nicht zu Hause! Ich bin gerade beim Strümpfestopfen.«

»Ach, liebe Frau Rätin, lassen Sie mich nur hier herein,« sagte eine sanfte Stimme. In die Tür, an der stämmigen Magd vorbei, drängte sich eine zarte Frauengestalt. Wer war das?

– – »Agnes!« – – »Geliebte Nelda!«

Die beiden Freundinnen lagen sich in den Armen. So hatten sie sich noch nie umschlungen; es war ein Stück verlorner Jugend, das man wieder umfaßt hielt. Wie ein Kind lehnte die Kleine den Kopf an die Brust der Größeren.

Frau Rätin war sprachlos, sie hob die Lampe und ging eine ganze Weile um die Gruppe herum. Nun brach sie los: »Ist es möglich, ist es wahr? Sie sind's, liebe Frau von Osten? Ich traue meinen Augen nicht! Nelda hat mir zwar erzählt, daß sie Ihnen begegnet ist, an die Ehre Ihres Besuchs habe ich aber keinen Augenblick gedacht. Oh, was waren das für schöne Zeiten, als Sie uns noch auf der Chaussee besuchten!« Und sie stellte schleunig die Lampe hin, schraubte den Docht ein wenig höher, setzte sich auf den Stuhl zurück und brach in Tränen aus.

»Nelda,« flüsterte die junge Frau, »ich hatte solche Sehnsucht nach dir! Ich sehe in dein Gesicht, ich meine, wir sind wieder zu Haus in deiner Giebelstube – weißt du noch?« Sie ließ Neldas Hand nicht los. »O, du hast dich gar nicht verändert – aber ich!« Mit einem traurigen Lächeln schlug sie den Schleier zurück und trat näher ans Licht. »Sieh mal, wie mager ich bin! Gar kein bißchen frisch mehr, gelt?«

Nelda gab keine Antwort, sie mochte nicht lügen; blaß und wehmütig schaute das schmale Gesichtchen unter dem eleganten Hut vor. Es zuckte ihr durch's Herz: so sieht keine Glückliche aus! Liebevoll nahm sie der Freundin den Mantel ab; Hand in Hand, dicht nebeneinander setzten sie sich nieder, sie sprachen nicht, sie sahen sich nur mit schwimmenden Augen an.

Frau Rätin besorgte die Unterhaltung schon allein, wie ein rauschendes Bächlein floß ihre Rede. Jetzt fragte sie nach Herrn von Osten und der süßen Felicitas. Agnes gab freundlich Bescheid, aber Nelda hörte am Ton, da stimmte etwas nicht, da war ein unterdrücktes Weh.

»Und welches Glück hat die Koch gemacht,« platzte jetzt Frau Dallmer heraus. »Die war aber auch zu schön! Wir haben von ihrer Hochzeit in der Zeitung gelesen – aus Koblenz findet es ja keiner nötig, uns mal zu schreiben. Von ihren großen Bällen steht auch manchmal was drin. Arnheim ist mit der reichste Mann in Berlin, die kann lachen! Sie sind wohl viel mit ihr zusammen, liebe Frau von Osten? Ich sehe die Koch noch mit Ihrem Herrn Gemahl bei uns vorbeireiten – wunderbar! In die muß sich ja jeder verlieben!«

Wie die kalte kleine Hand in Neldas Hand zitterte! Auf den bleichen Wangen der jungen Frau zirkelten sich runde rote Flekken ab.

»Liebe Mama« – Nelda sah die Mutter bittend an – »sei doch so gut, mach' ein bißchen Tee für Agnes; er wird ihr gut tun!«

»Freilich, ach Gott, sehr gern!« Die Rätin stob hinaus.

Sie waren allein. Das Zittern der kleinen Hand wurde stärker, jetzt hob ein tiefer Seufzer die schmale Brust. Nelda sah besorgt zur Seite, nur ihr Blick fragte: Was ist dir? Ein krampfhaftes Aufschluchzen war die Antwort. Beide Arme der jungen Frau klammerten sich um Neldas Hals, ein ganzes vernichtetes Lebensglück lag in dem einen Jammerruf: »Er liebt sie!«

Nelda brauchte nicht zu fragen: ›Wen?‹ Wie die Laterna magica bunte Schatten auf die Wand wirft, so zogen an ihrer Seele allerhand Bilder vorüber. Nein, sie brauchte gar keine langen Erzählungen, die stolze Gestalt Anselma von Kochs stand greifbar lebendig vor ihr, das zarte weinende Geschöpf hier verschwamm in gar nichts. Ein großer Kummer kam über sie, nicht bloß Mitgefühl für die Freundin, nein, Schmerz um die ganze Welt. Wer doch helfen könnte!

Leise streichelte sie die braunen Haare an den blaugeäderten Schläfen. »Weine dich aus, Agnes!«

Und Agnes weinte, als ob ihre Seele hinströmen sollte. All der unterdrückte Jammer, die angstvolle Spannung kamen zum Durchbruch. Endlich fand sie Worte. Im Zimmer war's still – die leisen Worte klangen wie eine Sterbeklage.

Ein Glück, daß Frau Rätin draußen so lange zögerte. Schmolke war nach Hause gekommen, hatte törichterweise bei Kranzler Eisbaiser gegessen und vorher im Pschorr ein Echtes getrunken – jetzt, um diese kühle Jahreszeit! – er klagte über Indisposition. Es wurde Kamillentee gebraut, eine Wärmflasche gefüllt. Ganz abgehetzt kam die Rätin endlich wieder zum Vorschein.

»Verzeihen Sie, verzeihen Sie nur, teuerste Frau – dringende Pflichten! Denke, Nelda, der gute Schmolke! Er hat zwei Billetts für uns besorgt, zu morgen in's Opernhaus: ›Tristan und Isolde‹. Nein, es ist rührend! Er hat Abonnementsplätze bekommen – denke mal, Parkett! Ich wäre ja eigentlich lieber in ›Kabale und Liebe‹ oder in ›Die Waise von Lowood‹, in irgend was Rührendes gegangen, aber wir werden uns doch morgen gewiß auch sehr amüsieren. Sie gehen sicher viel in's Theater, liebe Frau von Osten?«

»O nein! Aber morgen gehe ich auch!« Es war gut, daß die Lampe nicht allzuhell brannte, man sah nicht den leidenden Zug um den Mund der jungen Frau. »Mein Mann hat sich mit Arnheims verabredet. Wir sitzen Fremdenloge links – o Nelda, sieh' mal herauf, wenn du kannst! Und jetzt muß ich gehen!«

»Aber nein, ich lasse Sie nicht, Sie müssen erst Tee trinken! Ein Täßchen! Ich denke sonst, es ist Ihnen bei uns nicht gut genug. Bitte, bitte!« Frau Dallmer war ganz exaltiert. »In Koblenz denken sie natürlich, wir verhungern; aber so schlimm ist es lange nicht. Bitte, bitte, langen Sie zu, ganz frische Cakes von Thiele, Leipziger- und Charlottenstraßenecke!«

Frau von Osten aß und trank. Nelda bewunderte sie im stillen – wer hätte dem schwachen Geschöpf so viel Tapferkeit zugetraut! Nur beim Abschied kamen noch einmal die Tränen, Agnes flüsterte krampfhaft am Hals der Freundin: »Morgen – sieh herauf, sieh herauf!«

Als der Besuch fort war, saß Nelda lange Zeit still und fuhr sinnend mit dem Finger das Muster des weißen Tischtuches nach. An was dachte sie? An die Vergänglichkeit allen Glücks. Ein banges Fragen stieg in ihr auf: war es das Leben wert, sich zu ereifern und abzujagen, sich zu sehnen und zu grämen?! Warum – –? War es nicht besser, die Flinte in's Korn zu werfen? Mochte alles gehen, wie es wollte!

»Nein!« Von einem plötzlichen Schwindel erfaßt, schloß sie die Augen. Ihr fielen all' die resignierten, müden Gesichter ein, denen sie alltäglich in der Pferdebahn gegenübersaß, besonders die mancher Frauen. Blasse, verfurchte, unbefriedigte Altjungferngesichter, mit einem grämlichen Zug um den Mund und einer forschenden Neugier in den Augen.

Nein, so will ich nicht werden, um Gottes willen nicht! Ich will mich stemmen bis zuletzt. Ich werde nicht wie die – »Nein!« Sie sagte das ›Nein‹ so laut und legte die flache Hand so fest auf den Tisch, daß Frau Rätin erschrocken zusammenfuhr.

»Immer ›nein‹, immer ›nein‹, ich glaube, du bist mit dem ›Nein‹ auf die Welt gekommen! Sag' doch mal ›ja‹! Denkst du, es ist ein Vergnügen für die Mutter, wenn die Tochter immer obstinat ist? Gott, wie mich der Besuch von der Osten angegriffen hat! Wenn man solch einer glücklichen Frau und Mutter begegnet und sieht dann die eigne Tochter an, wie die so verblüht, sich kein Mensch um die kümmert, das ist bitter! Das Haar machst du dir jetzt recht kleidsam, Nelda – ein Glück, daß dir keiner dein Alter ansieht! Aber ein bißchen stark um die Hüften wirst du schon, das – ah, Herr Doktor, schon zurück?!« Frau Rätin mußte sich unterbrechen.

Ein junger, stattlicher Mann war eingetreten, mit den Manieren eines Hausgenossen, und nahm am Tisch Platz. Doktor Müller aus der großen Hinterstube, Assistent an der Charité. Gleich darauf erschien Marie mit den Tellern und deckte geräuschvoll klappernd den Tisch. Wie auf Kommando öffnete sich dann noch zweimal die Tür; erst kam Herr Schmolke – noch etwas angegriffen, aber mit schon wieder erwachtem Appetit – hierauf das Fräulein aus der kleinen Hinterstube.

Man fing an zu essen. Bratkartoffeln mit mariniertem Hering, hinterher Butterbrot und Limburger Käse. Herr Schmolke verschmähte den Tee, er trank seine Weiße dazu.

Der junge Doktor hob oft den Blick verstohlen vom Teller nach seinem Gegenüber, dem Fräulein Berg. Er hatte merkwürdig ausdrucksvolle Augen mit einem beredten Flimmern darin. Vera Berg schien das zu empfinden; ihr blasses Gesicht rötete sich, ihre Lider zwinkerten und senkten sich über die schwarzen hungrigen Augen. Ja, hungrige Augen! Frau Rätin hatte gar nicht so unrecht, als sie beim ersten Sehen sagte: »Sie wird doch die Pension bezahlen? Sie hat am Ende nichts; sie hat so hungrige Augen!« Als ob man nicht nach etwas anderm auch hungrig sein könnte! Frau Rätin dachte nur an den Mangel von Leibesnahrung. Viel Geld hatte Fräulein Berg freilich nicht. Sie bezahlte auch nur geringe Pension für das winzige Hinterzimmerchen – das Kopfende des Bettes stand am Fenster, ein Waschständer und Kleiderschrank fanden kaum Raum.

Nelda hatte gleich Sympathie für das hagere Mädchen mit den düster zusammengewachsenen Augenbrauen und der bleichen Stirn – das war auch eine von denen! War sie eigentlich alt oder jung? Man wußte das nicht recht. Nelda sagte sich ›alt‹, wenn Fräulein Berg mittags nach Hause kam, müde und abgespannt vom Dienst – sie war Telephonistin; dann zeigte das klare Mittagslicht unbarmherzig jede Falte. Im Lampenschimmer sah sie jung aus. Dann leuchteten ihre schwarzen Augen in einem fabelhaften Glanz, der feine blasse Mund wurde feuchtrot über dem Schmelz der Zähne. Ihr heiseres, gedecktes Organ, überanstrengt vom vielen Telephonieren, flüsterte nur; ihre schmalen Hände brannten immer in den inneren Flächen, es war Glut dahinter.

Sie war oft angegriffen und litt an Kopfschmerzen; Doktor Müller nahm sich ihrer besonders an und schrieb ihr Rezepte. Im vergangenen Herbst hatte er sie oft noch abends spät spazieren geführt.

»Es ist wirklich rührend von ihm,« pflegte die Rätin zu sagen. »Statt mit seinen Kollegen beim Skat zu sitzen, läuft er da mit der hageren Person im Tiergarten herum, nur damit sie an die Luft kommt. Es gibt doch noch gute Menschen!« Beinah hätte sie sich deswegen mit Schmolke erzürnt, der in einen merkwürdig langgezogenen Ton fiel: »So – o, finden Sie das so gu – u – t, verehrte Geheimrätin?!«

Es war entschieden sehr nett vom Doktor! So ein anständiger, junger Mann! Er bezahlte die Pension pünktlich; kniff nie das Dienstmädchen in den Arm oder raunte dem abends beim Nachhausekommen allerhand Scherze in die Ohren. Solche Herren hatte Frau Rätin auch schon gehabt; bis in die Berliner Stube war dann das unterdrückte Aufjuchzen der Magd gedrungen. Und angeheitert kam er auch nie heim. Schade, daß er keine Partie war!

* * *

In der Oper gab man ›Tristan und Isolde‹. Das große Haus war besetzt in allen Rängen, gefüllt bis zum letzten Platz.

Es war schon spät, der erste Akt vorüber. Auf der Bühne Dämmerung, märchenhaft durchflossen von bläulichem Mondlicht – auf der Bank das Liebespaar in sündigem Vergessen. Und jetzt Brangänes Warnungsruf!

Sie hören nichts, sie fiebern sich entgegen, die Nachtigall lockt im Gebüsch – da wieder der Ruf der Hüterin, lauter, eindringlicher – sie liegen sich in den Armen, sie pressen Mund auf Mund. In den Zweigen ängstliches Geflatter, in den Baumwipfeln zitternde Strahlen. Schmelzende Töne der Lust in der Nacht, Töne der Klage; aber die Lust ist stärker.

Ist das ein Gewoge im Orchester, ein Geschwirr, ein Vibrieren, eine aufregende Folge von Harmonien und Disharmonien. Dazwischen, alles überragend, eine leidenschaftlich süße Liebesmelodie.

»Großer Gott, wie unpassend!« Frau Dallmer saß in der zweiten Reihe des Parkett, aber sie saß auf Kohlen; krampfhaft schaute sie in ihren Schoß. Jetzt stieß sie die Tochter an: »Sieh mal, und da sitzen ganz junge Mädchen in Weiß und Rosa! Ich traue mich nicht die Augen aufzuschlagen; ich kann den guten Schmolke gar nicht begreifen!«

Nelda hörte nicht. Mit weitaufgerissenen Augen folgte sie den Vorgängen auf der Bühne; es war das erste Mal, daß sie ›Tristan und Isolde‹ sah. Sie war wie benommen, nur ein Gedanke noch klar in ihr: ›Was fühlen die drei da oben?‹ Blitzgeschwind warf sie einen Blick nach der Fremdenloge.

Dort, vorn in der ersten Reihe, saßen Frau Arnheim und Agnes, hinter ihnen Hauptmann von Osten; er, Arnheim, war noch nicht anwesend. Dutzende von Operngläsern hatten sich auf die schöne Frau des Börsenfürsten gerichtet; während des Vorspiels war sie eingetreten, einen Augenblick spähte sie, die Hand auf den roten Sammet der Brüstung gestützt, in's Theater hinunter. Dann setzte sie sich rasch, man sah nur noch ihr verlornes Profil und den goldigen Haarknoten; sie wandte den Kopf zurück nach ihrem eleganten Begleiter in Gardeuniform. Zwei glänzende Menschen. Die kleine Frau, die, als dritte in der Loge, blaß und pensionsmädchenhaft hinter der Gardine vorlugte, fiel niemandem auf. Jetzt flog ein Lächeln über ihr zartes Gesichtchen, sie nickte ins Parkett hinunter, sie hatte die Freundin erkannt.

Der Vorhang rollte auf, das hohe Lied der Leidenschaft begann – langsam, allmählich, sich steigernd und steigernd bis zum Gipfel der Wonne. Ein Strom von stammelnden Liebeslauten, lockend, glühend, flutete durch das Haus. In jeder Geige saß eine Seele, das Cello rief mit der Menschenstimme um die Wette – hinsterbende, betörende Klänge.

Agnes saß starr; jetzt wurde sie totenbleich, aber sie hielt den Kopf steif und blickte geradeaus. Sie vernahm hinter sich; neben sich, das Flüstern, leiser wie ein Hauch; ein doppeltes Gesicht schien ihr plötzlich verliehen. Sie blickte auf die Bühne und sah alles und jedes, und sah doch, wie die Hand ihres Mannes verstohlen nach der Hand der Frau an ihrer Seite tastete – das schöne, blonde Haupt neigte sich ganz zurück, im Halbdunkel streiften brennende Lippen das rosige Ohr – ein Seufzer wie eine Glutwelle zitterte durch den engen Logenraum – jetzt – die Tür knarrt! Durch den Spalt zwängte sich Herr Leo Arnheim, im Frack, den Chapeau claque unter'm Arm.

Auf der Bühne eine bange Schwüle. Jetzt Jagdhörner, nah, Jagdhörner näher, ganz nah! Das bekannte Signal – König Marke ist da!

»Bewahre, was wird nun?« flüsterte Rätin Dallmer unten im Parkett. »O, du mein Himmel, es ist gut, daß so was im Leben nicht oft vorkommt! Sieh mal auf, Nelda, wie finster die Arnheim aussieht! Agnes kann ich gar nicht sehen, sie sitzt ganz hinter der Gardine. Aber er, Arnheim, ist jetzt da – schon so alt – ach!«

»St–st!« machte es in der Reihe dahinter.

»Mama, ich bitte dich, nicht so laut!«

Ein Glück, daß jetzt der Zwischenakt kam! Die Rätin mußte ihren Gedanken Ausdruck leihen. »Nelda, nein, was ist das für ein gräßliches Stück! Auch nicht mal Musik, nur so ein Durcheinander. Wie können Mütter ihre Töchter das sehen lassen, um Gottes willen! Mir ist es fatal, daß du hier bist, wenn du auch nicht mehr so jung bist. Dazu haben wir dich doch immer viel zu sorgsam bewacht und behütet. Es gefällt dir doch nicht etwa – was – wie?«

Nelda gab keine Antwort, unverwandt starrte sie hinauf zur Fremdenloge – was ging da vor?! Ihr scharfes Auge entdeckte die fahle Blässe auf dem Gesicht der Freundin; Agnes saß wie eine Abgeschiedene, mit verlorenem Blick ins Leere starrend. Und Frau Arnheim blickte so finster, einen Zug von Überdruß und Verlangen zugleich in den stolzen Zügen.

Jetzt streckte Arnheim seinen Kopf zwischen beide Damen, er schien einen Witz zu machen; aber er war es allein, der darüber lachte. Seine Frau zuckte nur leicht die Schultern und streifte ihn mit einem flüchtigen Seitenblick; Agnes gab sich Mühe zu lächeln, es gelang ihr aber nicht, die Lippen verzogen sich zu einer kläglichen Grimasse. Nelda zerknitterte den Theaterzettel in den Händen, eine unbestimmte Angst machte sie nervös. Eine unheilvolle Schwüle schien von da oben herunter zu wehen.

Jetzt ging der Vorhang wieder auf. Lastende bange Stille – schleichendes Liebesgift in den Adern – Todesahnung – zehrende Sehnsucht. Kläglich tönt die Dudelsackpfeife des Hirten am Meeresstrand, der für den wunden Herrn nach der Ersehnten späht. Kommt sie? – Kommt sie noch nicht?! – – – – Immer wieder dieselben eintönigen schmachtenden Klänge! –

Nelda schauerte zusammen, es lief ihr kalt über den Rücken. Sie fühlte, wie ihr das Blut jäh aus den Wangen wich; sie hatte nicht den Mut nach jener Loge zu blicken, mit klopfendem Herzen saß sie regungslos. Sie hätte die Hände an die Ohren pressen mögen: wenn es nur schon zu Ende wäre!

Auch Frau Rätin war es müde, sie rutschte unruhig auf ihrem Sitz hin und her; jetzt zog sie eine Tüte Pralinés aus dem Pompadour – der gute Schmolke pflegte immer an eine kleine Erfrischung zu denken – und schob der Tochter ein paar Bonbons auf den Schoß. »Da, Nelda, iß! Das endlose Gedudel macht einen ganz krank, ich wünschte, es wär' nun zu Ende!«

Endlich der letzte Ton! Nelda fuhr aus ihrer Erstarrung auf, hastig richtete sie den Blick nach der Fremdenloge – leer – eben klappte eine Gestalt im Frack die Tür hinter sich zu.

»Nein, dieser Wagner! Gräßlich,« sagte die Rätin und klammerte sich an den Arm der Tochter. Sie standen nun draußen auf der Straße und harrten ihrer Pferdebahn. »Wir könnten eigentlich gut den Groschen sparen und zu Fuß nach Haus gehen, aber mir ist der Wagner ordentlich in die Beine gefahren; ich bin auch ganz steif vom langen Stillsitzen. H–a–ah!« Sie gähnte. »Bist du auch so kaputt, Nelda?«

»Ja.« Die Tochter nickte mit glühenden Wangen. Sie hatte Kopfschmerzen; mit zitternden Nasenflügeln sog sie die Nachtluft ein, die war kalt und schneidend, aber rein. Ein unbeschreibliches Gemisch von Ekel, Trauer und Besorgnis machte ihr übel. Zerschlagen saß sie in der Ecke der Pferdebahn; ihr war schwindlig. Sie war froh, als sie mit dem Wachszündhölzchen die Treppen hinaufleuchtete; sie dankte für Bier und Butterbrot, das auf einer Ecke des Tischtuchs im Berliner Zimmer bereit stand, und schlich fröstelnd zu Bett.

Aufseufzend warf sie sich in die Kissen. Die Gedanken kreisten wild in ihrem Kopf, Tränen stiegen brennend in ihre Augen und tröpfelten langsam nieder. Melodien auf Melodien wogten durch die enge Kammer, sie hatten viel Süßes, aber noch viel Traurigeres – jetzt verschwimmen sie in's Unklare, man hört sie aus weiter Ferne. – langsam schiebt sich drüben die kahle Wand hinter der Mutter Bett auseinander – was ist's? Ein grüner dämmernder Garten, von zitterndem Mondlicht beschienen – eine Bank unter üppigem Gesträuch – jetzt, jetzt lockt die Nachtigall – die Büsche schlagen zusammen, langschleppend, gleich Trauergewändern hängen sie über der Bank. Wie die Nachtigall singt, immer schmelzender, immer vergehender – – –!

Auf dem mondbeschienenen Rasen steht König Marke, er trägt einen Frack, sein Haar ist grau, er hält die Hände vor's Gesicht. Ob er weint? Und dort, dort die zarte Gestalt mit gerun-

genen Häuden – die war nicht auf der Bühne, was will die hier?!
– – – – – – – – – – – – – – –

»Agnes!« In Schweiß gebadet erwachte Nelda.

Drüben raschelte das Bett der Mutter. »Aber, Nelda!« Die verschlafene Stimme der Rätin hatte einen vorwurfsvollen Klang. »Wirf dich doch nicht so viel, du störst einen! Ich meine sogar, du hast mal geschrien. Hör' mal, drüben der Star beim Schuster pfeift so schön! Herrjeh, schon Morgen! Der macht immer um fünf das Fenster auf – reizend – ›o du lieber Augustin‹ – hör nur!«

Nelda tastete mit den heißen Fingern über's Gesicht und dann über ihr Kissen. Es war naß geweint – naß von Tränen um andre.

IV.

Nun war der Frühling gekommen, ein rechter Großstadtfrühling, mit dunstiger Trockenheit in den Straßen, mit mattgrünen Bäumen und Scharen von Menschen im Tiergarten. Sonntag. Zum Brandenburger Tor hinaus ergießt sich ein bunter Strom; die Charlottenburger Chaussee abwärts schlängelt sich ein Bandwurm von Pferdebahnen, Droschken, Equipagen; dazwischen huschen Radfahrer. Am Goldfischteich auf den Steinbänken sitzen Liebespaare und harren der Dunkelheit. Draußen in der Hasenheide rasseln die Karussells für's Proletariat.

Oranienburgerstraße, drei Treppen hoch, saß Nelda Dallmer in ihrer Schlafstube. Sie mochte nicht im Berliner Zimmer sitzen, obgleich sie heute auch dort ungestört sein würde. Dem halbdunkeln langen Raum mit der permanenten Essensluft und dem ewigen Tischtuch haftete etwas Ungemütliches an, ein ›bei sich selbst nicht zu Hause sein‹. Sie saß lieber in der engen Komurke; das Tintenfaß hatte sie auf die Fensterbank gestellt, die Briefmappe hielt sie auf dem Schoß. Eine sehr unbehagliche Situation zum Schreiben; sie mußte die Kniee hochziehen, damit die Mappe nicht herunterrutschte. Der schräge Sonnenstrahl huschte über's Papier, ein leichter Zugwind verwehte ihr die Haare.

Sie hielt die Feder an die Lippen und lauschte. Drüben beim Schuster sang der Star, nicht das eingelernte Lied, das Entzükken von Frau Rätin, nein, eine einfache, kunstlose Waldmelodie. Nelda streckte den Kopf hinaus. Der Schuster schien nicht zu Hause; drüben am Fenster hing der Käfig, der Vogel saß aufgeplustert auf der Stange. Man konnte deutlich sehen, wie trübselig er den Kopf zur Seite hing. Jetzt pfiff er schrill, und dann fuhr er wie ein dunkler Ball im Käfig auf und nieder und stieß sich den Kopf und krallte sich an die Drahtstäbe. So hing er.

»Armes Tier!« murmelte Nelda. »Wenn ich doch hinüber könnte, dir das Türchen aufmachen und sagen: flieg! Ach, es würde dir nichts mehr helfen; bist schon so lang in Gefangenschaft, du kannst nicht hoch in die Luft, die nächste Katze fängt dich. Armer Vogel!« Sie senkte traurig den Kopf auf die Brust und hörte sein schrilles Zirpen mit an. »Drum fliege fort, wer kann – eh's zu spät ist,« sagte sie nach einer Pause und zog die Brauen schmerzlich zusammen.

Der Hof war leer. Das Haus wie ausgestorben, alles zum Sonntag aus. Vor einer halben Stunde war Marie abgezogen, die leibhaftige Hintertreppenprinzessin, mit einem Hut auf den gebrannten Haaren, belastet von zwei weißen Federn und einem Knauf Blumen; mit dem neuen Cape für fünfzehn Mark und viel zu engen Schuhen. Sie ging mit einem, ›der bei Jerson in's Jeschäft is‹ – das heißt, er war Ausläufer.

»Ich ziehe nu los, jnä'jes Freilein, bitte um den Hausschlüssel!« Marie war keine Schlimme, sie verlangte nur einmal in der Woche, abends, eine Besorgung für sich zu machen; alle vierzehn Tage hatte sie ihren Sonntag, und dann kam sie meistens punkt zwölf wieder oder fünf Minuten später. »Adjö, jnä'jes Freilein,« nickte sie vergnügt, »amesieren Se sich jut!«

Amüsieren – wie hätte Nelda das wohl anfangen sollen?! Sie verlangte auch gar nicht danach. Sie hätte ja die freundliche Einladung von Herrn Schmolke annehmen können, der sie und die Mutter zu einer Spazierfahrt aufforderte. Sie hatte dankend abgelehnt, sie müsse notwendig schreiben – was sollte Onkel Konrad in Manderscheid von ihrem langen Schweigen denken? Schmolke hatte es sehr bedauert: ›O wie schade, da hätten die

Leute am Ende gedacht, es wäre meine hübsche Tochter!‹ – worauf Frau Rätin etwas gezwungen lachte und unruhig hin und her lief. Sie war erst ungehalten, daß Nelda nicht mitwollte; es gab eine kleine Augenplänkelei zwischen Mutter und Tochter, dann entschloß sich Frau Rätin, allein mit dem guten Schmolke in der Droschke ›auf Zeit‹ durch den Tiergarten zu fahren und im Zoologischen beim Militärkonzert Kaffee zu trinken.

Die Luft war so warm, die Sonne schien herrlich, wer konnte es ihr verargen, wenn sie sich nach der Plackerei der ganzen Woche auch nach einer Stunde des Genusses sehnte! »Du bist alle Tage auf der Straße, ich stecke die ganze Woche im Haus,« sagte sie wie zur Entschuldigung, als sie der Tochter die Hand zum Abschied reichte. »Sieh mal, sitzt mein Hut gerade? Ich bin bang, der schwarzseidene Rock sieht im Hellen nicht mehr gut aus, er hat in der Hinterbahn lauter Brüche.«

»Du sitzt ja meistens,« tröstete Nelda. Sie hielt die Korridortür noch offen, bis das Paar auf der untersten Treppe war; Herrn Schmolkes behagliches Lachen war das Letzte, was sie hörte, dann schloß sie.

Nun war noch Fräulein Berg zu Haus – Doktor Müller war schon um drei fortgegangen – aber die würde sich auch bald aufmachen. Die wollte eine Cousine besuchen, die sehr weit weg wohnte, in Schöneberg. Man hatte bisher noch nichts von dieser Cousine gehört. Es schien dazu großer Vorbereitungen zu bedürfen; seit einer Stunde schon kramte sie in ihrer winzigen Hinterstube, man hörte, wie der Kleiderschrank auf und zu ging und unruhige Schritte hin und her tappten.

So war es die ganzen letzten Nächte schon; Nelda hatte gar nicht darüber schlafen können. Nebenan diese ewige Unruhe? Das Haus war nur dünn gebaut. Als griffe jemand an die Wand hinauf und wollte sie schier abkratzen – dann unruhige Schritte – dann hatte sich jemand auf's Bett geworfen, daß das krachte; ein dumpfes Stöhnen kam unheimlich durch die Nacht.

»O ich habe so furchtbare Zahnschmerzen gehabt,« entschuldigte sich Vera Berg am Morgen. »In der Nacht ist's immer am schlimmsten,« setzte sie mit verlöschender Stimme hinzu.

In der Tat, sie sah furchtbar aus, aber nicht erst jetzt, schon seit lange. Frau Rätin hatte sich längst vor den weiten Augen mit den tiefen blauen Schatten gegrault und Doktor Müller zu Rat gezogen. »Bleichsucht,« hatte dieser kurz gesagt und mit den Achseln gezuckt. »Er wurde ordentlich verlegen,« meinte die Rätin nachher. »Ja, da ist immer so allerhand Peinliches für einen jungen Arzt einem jungen Mädchen gegenüber – Gott, jung ist sie ja eigentlich nicht mehr, aber er ist eben so zartfühlend, so dezent!«

Die letzten Tage war Fräulein Berg nicht auf's Bureau gegangen, sie hatte sich krank gemeldet. Entweder hockte sie in ihrer nachlässigen müden Haltung, in einen alten Regenmantel gewickelt, am Fenster ihrer winzigen Hinterstube, oder sie lag stundenlang auf dem Bett, das Gesicht in die Kissen vergraben. Nelda war es angst geworden, als sie einmal unversehens eintrat – was war das nur? Zart war Fräulein Berg immer gewesen, aber jetzt war sie ängstlich elend. Das Leiden hatte angefangen eines Abends, als Doktor Müller sie in einer Droschke ohnmächtig nach Hause brachte. Welch ein Glück, daß gerade er zufällig Fräulein Berg begegnet war! »Das Frühjahr,« sagte er, »nichts Schlimmes!« Aber seitdem ging es bergab. Und nun wollte die elende Person heute allein so weit zu ihrer Cousine?!

Nelda legte ihre Schreibmappe auf's Fensterbrett, ging hinüber und klopfte an die Tür der winzigen Hinterstube. »Fräulein Berg!« Keine Antwort. »Fräulein Berg!« Sie drückte auf die Klinke – verschlossen. »Fräulein Berg, ich bin's, Nelda! Hören Sie?«

»Ja,« klang es halberstickt, »was denn?«

»Liebes Fräulein Berg, machen Sie mal auf!«

»Ich kann nicht, ich – ich – gleich – ich ziehe mich grade an!«

»Ach, ich wollte Ihnen nur sagen, gehen Sie doch lieber nicht weg, den weiten Weg allein! Ich habe Sorge um Sie!«

»Danke, danke! Sie brauchen sich nicht zu – ach, ich muß gehen!« Es klang fast, als ob die da drinnen weinte.

Nelda schüttelte den Kopf, und dann ging sie und setzte sich wieder auf ihren alten Platz und begann zu schreiben:

›Mein geliebter Onkel!‹

Weiter kam sie nicht, da war Fräulein Berg schon! Sie trat ein in ihrem besten Staat und sah doch aus, als müsse sie jeden Augenblick umsinken.

»Ich will nun gehen,« sagte sie und nickte. »Adieu, liebes Fräulein!« Und dann, wie von einem plötzlichen Impuls getrieben, eilte sie auf Nelda zu und ergriff deren beide Hände. »Ich danke Ihnen – Sie waren immer so gut – ich –« die Stimme versagte ihr, eine tödliche Blässe überzog ihr Gesicht, man hätte nicht geglaubt, daß es noch blasser werden könnte. Sie schwankte.

»Nein, Sie dürfen nicht, ich kann Sie nicht lassen!«

Nelda sah erschrocken aus, es kam ihr ein plötzlicher Gedanke, sie wusste nicht woher – das war ordentlich unheimlich! Von dieser Gestalt in dem mattblauen, etwas zerknitterten Frühlingskleid, seltsam verhängt mit der Pelerine des alten Regenmantels, dazu der modische Hut mit dem Büschel nickender Mohnblumen schlecht paßte, wehte ein Hauch des Unglücks. Diese zusammengewachsenen Brauen schienen noch finstrer. Jetzt fiel ein Sonnenstrahl auf den blassen Mund; die Lippen durchsichtig, jeder Blutstropfen aus ihnen gewichen, und dafür ein lastendes Geheimnis darauf, ein angstvolles Schweigen!

Nelda faßte Fräulein Bergs Hand und sah ihr von unten herauf forschend in die Augen. »Sie sind unglücklich,« sagte sie leise.

»Ich? Haha!« Vera Berg lachte nervös, griff dann um sich und stützte sich auf den Knauf des nächsten Bettpfostens. »Ich – haha – ich – hahaha!« Das Lachen war gar nicht mehr anzuhören. Es klang schrill, fast schrecklich. »Und nun geh ich – adieu – bald wird mir wieder ganz wohl sein!«

Nelda wußte nicht, wie ihr geschah, sie fühlte die zwei heißfeuchten Hände des Mädchens an ihren Wangen, ein Kuß streifte ihren Mund. Ein nur geflüstertes: »Ich danke Ihnen,« und Vera Berg schritt schwerfällig zur Tür. Das Schloß schnappte ein; sie war fort.

Nelda sah mit großen Augen um sich – wie seltsam! Aber Fräulein Berg war ja mitunter sonderbar. Und doch fing ihr das

Herz an zu klopfen; sie sprang auf, jagte den langen Gang entlang, durch's Berliner Zimmer, hin zur Korridortür.

»Fräulein Berg, Fräulein Berg!« Keine Antwort mehr, niemand auf der Treppe. Sie stürzte in Herrn Schmolkes Vorderzimmer und riß das Fenster auf; was wollte sie denn nur? Ein paar Augenblicke noch und Fräulein Berg trat unten aus dem Tor auf die Straße, unschlüssig blieb sie stehen und sah nach rechts und links. Nelda hing mit halbem Leib zum Fenster hinaus, sie schrie laut. »Fräulein Berg, Fräulein Berg!« Die rasselnden Wagen, das Rollen der Pferdebahn übertönten den Ruf.

»Fräulein Berg!« Der Name zerflatterte in der Luft. Da ging sie hin, das blaßblaue Kleid verwehte um die nächste Ecke.

»Ich weiß nicht, warum ich so dumm bin,« murmelte Nelda und wischte sich über die Stirn. Langsam, fast widerwillig schloß sie das Fenster, und dann ging sie zurück und setzte sich auf den alten Platz in der engen Komurke. Das Schreiben wollte nicht voran gehen.

›Mein geliebter Onkel!

Wie geht es Dir? Alle Tage und Stunden denke ich an Papa und Dich, ich wünschte oft, ich könnte bei Dir –‹

Weiter kam sie nicht, und sie war doch ganz allein. Nichts regte sich, nur der Star drüben pfiff. Langsam verblaßte das Sonnengold, jenseits die hohe Hauswand warf schon einen düstern Schatten in's Fenster. Sie lehnte sich zurück und schloß die Augen. Ach, so einsam, so still!

›Ich wünschte oft, ich könnte bei Dir sein‹ – sie lächelte, ihr war, als hörte sie Tannen rauschen, eine frischere Luft umfächelte die Stirn, die Brust hob sich in einem sehnsüchtigen Seufzer. Das war die Natur, groß und unberührt, heilig; und mittendrin tönte des Onkels Stimme: ›Lieg du nur einmal so recht fest an der Brust der Natur, dann bekommst du andre Augen, sie werden heller. Man wird besser. Wunden heilen kann nur die Natur. Die Natur ist Gott.‹

»Ich wünschte, ich könnte dort sein,« murmelten ihre Lippen. Die Feder fiel ihr aus der Hand, rollte über's Papier, hinab auf den Fußboden; sie achtete es nicht. – – – Sie ging wieder durch die Dorfgasse, und die Kinder liefen ihr entgegen, und die Leute nickten ihr zu: ›Sein Se als widder hei, Fräulein Nelda? Dat es gut!‹ Wie der Onkel sich freuen würde!

›Ich bin alt geworden,‹ schrieb er im letzten Brief, ›alt und müd. Meine Eifeler sind gut, aber Not und Sorge machen die Kinder dem Vater genug; damit ist's immer noch beim alten. Seit meine Vefa mich verlassen hat, ist's still bei mir. Bald sind es vier Jahr, daß sie tot ist. Herr Gott, wer konnte denken, daß das junge Leben so früh erlöschen mußte! Glaubst nicht, wie glücklich sie und der Hommes miteinander waren; lang genug hatten sie sich herumgezogen, bis es zur Hochzeit kam. Dem Hommes seine Alten wollten's partout nicht zugeben, und die Vefa hat auch gern mal einen Seitensprung gemacht. Junger Most will ausgären, wird nachher desto besser. Aber geliebt hat sie nur den Hommes. Und jetzt ist der Hommes weg nach Amerika.‹ Hier hatte Nelda beim Lesen einen tiefen befreienden Atemzug getan, beide Hände an die erglühenden Wangen gepreßt – er war fort! – ›Die Heimat ist ihm verleidet; das Kind, das ihr das Leben gekostet hat, spielt bei den Großeltern vor der Tür. Es dauert mich bei den alten Hommes, wird herumgestoßen mehr oder weniger. Ich kann nicht vorbeigehen, ohne das kleine Mädchen auf den Arm zu nehmen, es hat Augen wie die Vefa. Möcht' gern mehr für es tun, aber wie?! Es ist öd um mich. Ja, meine liebe Nichte, könntest Du bei mir sein! Gut für Dich, gut für mich, gut für meine Eifeler. Brauche hellere Augen, die mir sehen helfen, meine werden schwachsichtig; auch eine jüngere Hand, die zwischen mir und ihnen hin- und herreicht; da ist manches im argen. Auf der Vefa Grab steht ein roter Rosenstock, sind alle anderen im Dorf erfroren, blüht der; es dünkt mich, er lacht dann über's ganze Gesicht, so wie die Vefa getan. 's ist doch was Herrliches um so einen gesunden Lebens- und Liebestrieb! Verlier Du ihn auch nicht, mein Mädchen!‹ – – –

Ach, der Lebens- und Liebestrieb – nein, den hatte sie noch nicht verloren! In Neldas Wangen stieg ein wärmeres Rot, rascher kam ihr der Atem über die Lippen. Den würde sie auch nie verlieren. Klopfte nicht ihr Herz gleich rasch wie früher, waren nicht ebensogut Wünsche darin? Ja, es hatte sich nur geweitet, das fühlte sie. Und das Wort kam ihr nicht so rasch mehr auf die

Zunge, die böse Spottlust war weg, ein großes Mitleid an die Stelle getreten. Ging sie über die Straße und sah ein Kind weinen, konnte sie nicht anders, sie mußte es trösten. War da ein verlaufner Hund, sie mußte ihn locken und ihm zu seinem Herrn zu verhelfen suchen. Alles keine großen Taten – aber wohin sonst mit der Fülle der Empfindung?

»Onkel, ich wünschte, ich könnte dir helfen,« sagte sie laut und faltete die Hände. Ach ja, der war jetzt recht einsam! Nelda mußte an Vefa denken, die das Haus einst so lustig belebt hatte. War die zu beklagen? O, tausendmal nein! Hingegangen in vollster Lebensfülle, den Kuß der Liebe auf den Lippen. Nelda fühlte heute noch die Erschütterung, die sie damals empfunden hatte, als der Onkel ihr den raschen Tod der jungen Frau Hommes mitgeteilt. Tot, das frische gesunde Geschöpf?! Aber gestorben mitten im Glück, rasch vergangen wie ein lachender Sommermorgen, an den man mit Wonne zurückdenkt. Mit einem Zauberschlag stand das braune Mädchen vor Neldas Augen, sprühend vor Lebenslust; sie fühlte wieder die warmen festen Hände und von diesen aus den wohltuenden Strom durch ihren Körper rinnen. Ja, ein roter Rosenstock, das war das Rechte auf Vefas Grab! Keine weißen Kirchhofsrosen, die gebühren nur den Blassen, Hingewelkten, die vergangen sind ohne Lust oder keine Kraft hatten, für ihre Lust einzutreten.

Und Nelda dachte mit einer ungewissen beklemmenden Angst an Vera Berg, und dann mit Sorge an Agnes von Osten. Die eine sah müde aus bis zum Tod; und die andere kämpfte, aber nur nach ihrer Art. »Ich muß wieder zu Agnes,« murmelte Nelda, »sie geht hin wie ein Schatten. Daß wir dann nicht die Kraft haben, wenn wir sie gerade brauchen! Oder hat Agnes Kraft? Ich weiß nicht!«

Nachdenklich zog sie die Stirn kraus. Drüben pfiff der Star. »Wart', Vogel,« sagte sie plötzlich, »wenn der Sommer erst da ist, laß ich dich doch heraus! Du mußt frei sein. Besser in der Freiheit sterben, als hier so dahinkümmern. Gibst du Antwort, he?«

Sie stand auf, schlang den Arm um's Fensterkreuz und spähte hinüber; so stand sie lange. Noch lag ein Glanz von Tag auf ihrem Haar, aber die Gestalt tauchte schon in den Schatten. – – –

›Klingelingeling!‹ An der Korridortür heftiges Läuten. So zog die Mutter die Glocke, immer gleich dreimal hintereinander; sie hatte nie Zeit zum Warten.

War es schon so spät? Im Berliner Zimmer war bereits tiefste Finsternis, Nelda rannte einen Stuhl um, als sie durchlief.

›Klingeling‹ – –!

Die Rätin stand draußen mit bereits gelösten Hutbändern, die Mantille auf dem Arm. Eine Treppe tiefer tönte das Fauchen von Herrn Schmolke, er nahm die Höhe langsamer.

»Aber, Nelda, du machst ja gar nicht auf, hörst du denn nicht?« Die Mutter betrat hastig die Stube. »Was, noch keine Lampe an? Kein Tisch gedeckt?!« Wie versteinert blieb sie stehen. »Aber, mein Gott, was hast du denn den ganzen langen Sonntagnachmittag gemacht? Todmüde kommt man nach Haus, und dann ist nichts hergerichtet. Zünde mal Licht an, rasch!«

»So so, hoplala,« sagte Herr Schmolke gemütlich und schloß umständlich die Korridortür. »Da wären wir ja wieder! Er zog ein Sträußchen aus dem Knopfloch und überreichte es Nelda galant: »Man en ganz kleiner Frühlingsgruß. Was denken Sie wohl, Neldachen, wie schön es war! Überall Musik und die Leute alle zu zweien. Ne, ne, es ist nich gut, wenn der Mensch allein ist! Warten Sie nur, Kindchen, der Rechte kommt bei Ihnen auch noch, dafür lassen Sie man Schmolken sorgen!« Er schlug sich auf die breite Brust und nickte dann zu Frau Rätin hinüber. »Nicht wahr, Verehrteste? Neldachen muß heiraten, darüber sind wir beide uns ganz einig!«

Die Mutter seufzte und warf einen Blick gen Himmel. »Ja, wenn man nur einen wüßte! Komm mal her, Nelda!« Sie reckte sich und strich der Tochter, von einer plötzlichen Zärtlichkeitsregung gefaßt, die Haare aus der Stirn. »Sie ist doch ein gutes Mädchen! Da ist manche, die eine exquisite Partie gemacht hat, und ist nicht halb so wie meine Nelda. Aber wenn eine kein Geld hat –!« Sie zuckte die Achseln.

»Na, erlauben Sie mal« – Schmolke blinzelte ganz verfänglich und rieb sich dann die Hände – »wird sich alles machen, lassen Sie man gut sein! Wissen Sie was, Verehrteste, bin riesig fidel; was meinen Sie, teuerste Geheime, wollen wir heute eine springen lassen? Von meinem Geburtstag her, steht unten im Waschtisch noch 'ne Flasche Germaniasekt mank die Stiefeln – was?«

Frau Rätin lächelte und errötete wie ein junges Mädchen; sie sah ordentlich hübsch aus in ihrem schwarzen Seidenkleid mit dem Kaffeebohnenmuster und diesem verschämten Ausdruck um die kleine Nase.

Was ging denn vor? Nelda sah etwas verwundert von einem zum andern.

Die Mutter war merkwürdig sanft. Während sie miteinander den Tisch deckten, fragte sie mit einer weicheren Stimme als sonst nach Onkel Konrad. »Hast du ihm geschrieben? Ach Gott ja, der mag sich auch sehr einsam fühlen! Stell' die harten Eier dahin! Du kannst ihn vielleicht bald mal besuchen, aber ganz zu ihm lassen – die Leberwurst im Fettdarm ist nur für Schmolke, wir essen die andere von vorgestern – nein, nein, das kann ich nicht!« Sie streichelte die Tochter. »Du bist ja doch mein einziges Kind, da möchte es kommen wie es wolle, du gehst doch allem andern vor! Weiß Gott, wenn ich etwas tun würde, täte ich es nur für dich!« Sie zog aufgeregt ihr Taschentuch heraus und wischte sich die Augen.

Endlich saßen sie bei Tisch. Die Lampe brannte und warf ihren Schein auf die Gesichter; das Antlitz des guten Schmolke strahlte vor Vergnügen. Er legte sich hintenüber und wippte mit dem Stuhl, alle paar Augenblicke nahm er sein Glas und hob es gegen die Damen. »Prost, prost, es lebe die Gemütlichkeit! I Gott bewahre, Verehrteste, haben Sie keine Angst, 'nen Schwips leisten wir uns nich! Prost, Neldachen! Na, machen Sie man kein so finstres Schnuteken, Kind – ha ha, so leben wir, so leben wir alle Tage!« Er intonierte mit krähender Stimme und lachte dann in sich hinein, daß die Rundung seines Leibes hinter der vorgebundenen Serviette schütterte.

Warum diese Fröhlichkeit?! Auch die Mutter saß da mit einem permanenten Lächeln um den Mund; sie hatte das gute Schwarzseidene anbehalten, nur die Ärmel mit den Spitzenmanschetten sorgfältig umgekrempt. Nelda sah unruhig über den Tisch und dann nach dem Regulator – schon neun?! Vera Berg noch nicht da?! Freilich, der Weg von Schöneberg war weit, die Pferdebahnen am Sonntag überfüllt.

»Doktor Müller spielt heute wohl irgendwo anders den Angenehmen?« meinte Schmolke. »Na, mir kann's recht sein, so sind wir schön entre nanous. Trinken Sie mal aus, werte Frau! Na, wo ist denn der Schleicher?«

»Aber, Herr Schmolke!« Die Rätin schlug vorwurfsvoll die Augen auf. »Schleicher! So ein netter junger Mann!«

»Pah, pah, netter junger Mann hat sich was? Verdreht der armen Person, der Berg, ganz den Kopf – gefällt mir gar nich, bum. Schmolken macht der keine Wippchen vor. Die Sache ist nich koscher!«

»Wieso?« Frau Dallmers Augen wurden groß und größer.

»Mama,« sagte Nelda plötzlich und tat einen tiefen Atemzug, »ich ängstige mich so um Fräulein Berg. Sie war so komisch, als sie heut nachmittag fortging, so verstört, so – ich weiß nicht!«

»Na, da haben wir den Salat!« Schmolke rückte näher und legte den Arm auf der Rätin Stuhllehne; er tuschelte ihr etwas in die Ohren.

Frau Dallmer fuhr auf: »Um Gottes willen, ich –«

»Na man sachte, man sachte, was Gewisses weiß man nich! Beruhigen Sie sich, ich werde die Sache in die Hand nehmen, werde der Berg mal mit feiner Diplomatie etwas auf den Zahn fühlen. Und nu lassen wir Berg und Müller – es lebe die Gemütlichkeit, prost, prost! Prost, auf eine frohe Zukunft!«

»Ach, bester Herr Schmolke!« Frau Rätin war wieder sehr gerührt, sie reichte Herrn Schmolke die Hand und guckte verstohlen zu ihrer Tochter hinüber. »Neldachen,« sagte sie und nickte – noch nie in ihrem Leben hatte sie so gesagt – »Neldachen!«

Nelda sah verwundert auf, ein seltsam unbehagliches Gefühl beschlich sie, sie kam sich so überflüssig vor. Drüben die beiden an der anderen Tischseite waren sich vollständig genug, sie fühlte das, ohne daß man ihr's zeigte. ›Herr Schmolke, bester Herr Schmolke‹ – ›Werte, Teure, Verehrteste‹ – das flog nur so hin und her. Sie entsann sich kaum, die Mutter je so vergnügt gesehen zu haben. Halb zehn Uhr! Zehn! Eine grenzenlose Öde kam über sie – was war's, warum mußte sie gerade jetzt so an ihren toten Vater denken? Sie hielt es nicht mehr aus, leise stand sie auf und ging um den Tisch herum. Was sie sonst nie getan, sie schlang den Arm um den Hals der Mutter und schmiegte den Kopf an deren Wange. »Mama,« flüsterte sie mit Beben in der Stimme, »hast du mich lieb?« Ihre Hand faßte eine Falte der schwarzen Seidenfahne.

»Ei, was fällt dir ein?!« Frau Dallmer wurde rot; dann lachte sie, ein kleines Verlegenheitslachen, und küßte die Tochter auf die Stirn. »Natürlich! Und nun sieh mal nach der Uhr, wir müssen jetzt abräumen, die kommen nicht mehr!«

»Doktor Müller hat den Hausschlüssel, aber Fräulein Berg nicht; wie kommt sie in's Haus? Ich ängstige mich!« Nelda ging unruhig ab und zu. Elf Uhr. Bald stand sie am Treppengeländer und leuchtete hinab bei jedem Schritt, der auf den unteren Absätzen erscholl; bald lag sie vorn in Schmolkes Stube im Fenster und spähte hinab auf die einsamer werdende Straße.

»Sitz endlich still, Nelda, du machst einen ganz nervös! Sie wird schon kommen.«

»Nein, nein, es ist ihr was passiert! Herr Schmolke, bitte, lassen Sie uns auf die Straße gehen, vielleicht – horch!« Es rappelte einer am Korridorschloß, Doktor Müller war's mit dem Drükker. Er zuckte lächelnd die Achseln, als ihm Nelda bleich und unruhig entgegentrat: »Wo ist Fräulein Berg?«

Sie gingen miteinander hinunter und sahen sich um nach allen Seiten; sie fingen nur Marie ab, die, allein und ziemlich verstimmt, schon fünf Minuten vor zwölf nach Hause kam. »Es is nischt mit den Mannsleuten,« brummte sie übellaunig im Aufwärtssteigen. »Am besten, man legt sich in die Klappe!«

»Fräulein Dallmer, ich möchte Ihnen wirklich ein Brausepulver verordnen,« sagte Doktor Müller. »Sie sind so aufgeregt. Fangen Sie am Ende auch mit Nerven an? Wie kann man sich so ängstigen?! Fräulein Berg wird in Schöneberg über Nacht bleiben. Wirklich, ich begreife Ihre Angst nicht!« Wie vorhin zuckte er die Achseln und lächelte, aber sein Gesicht war totenbleich.

Sie kam nicht. Alle gingen zur Ruh, nur Nelda saß allein im Berliner Zimmer, ein Tuch fröstelnd um die Schultern gezogen. Nun gab sie die Hoffnung auf. Mit einem scheuen Blick auf den Regulator – es war fast zwei Uhr – nahm sie die Lampe vom Tisch und schritt den langen Gang hinunter zur Schlafstube. Ihre Schritte in den weichen Hausschuhen waren unhörbar, an der Wand glitt ihr langer Schatten mit; sie guckte scheu zur Seite – ging jemand nebenher? Jetzt kam sie an Fräulein Bergs Stubentür vorüber; ihr war, als bliese ihr plötzlich ein kalter Hauch in's Genick, ein Grauen überlief sie. Zögernd legte sie die Hand auf die Klinke und trat ein.

Da war das kleine Zimmer, das Bett, der Stuhl daneben, der Kleiderschrank; alles ordentlich, die Bettdecke grade gezogen. Nelda leuchtete umher – wo war Fräulein Berg? Nun, hier doch nicht! Ihr Blick fiel auf den kleinen Spiegel, das eigene, erschrokkene Gesicht mit den großen Augen sah sie an, daneben erblickte sie einen Zettel, zwischen Glas und Rahmen geklemmt. Es war ein abgerissener Papierfetzen mit kleinen, zierlichen Schriftzügen; hastig riß ihn Nelda herunter.

›Liebes Fräulein Dallmer, adieu! Ich danke Ihnen für alle Freundlichkeit, ich wünschte, es ginge Ihnen sehr gut. Sie haben Mut – ich nicht. Seien Sie so gut, schicken Sie meine Kleider an meine Mutter: ›Frau verwitwete Kreissekretär Berg, Wreschen, Provinz Posen.‹ In der Tasche von meinem schwarzen Sonntagskleid steckt ein Portemonnaie mit dreissig Mark, das ist die Pension für den nächsten halben Monat, damit Ihre Mutter keinen Schaden hat; auch das Porto für die Kleider steckt dabei. Verzeihen Sie, wenn ich Ihnen Ungelegenheiten mache, ich –‹ Nelda las mit flimmernden Augen – ›ich kann nicht mehr.

Vera Berg.‹

Mit einem dumpfen Schrei sank Nelda auf den nächsten Stuhl, dann sprang sie empor und stürzte auf den Gang und riß die Tür zum Schlafzimmer auf.

Eben war die Mutter erwacht. »Was, was ist los? Fehlt Schmolke was? Hast du geschrieen, hast du die Lampe hingeworfen?«

»Mama, Fräulein Berg – Fräulein Berg!«

»Was ist denn? Mein Gott, die Wirtschaft!« Frau Rätin war schlaftrunken und ärgerlich. »Ist sie da?«

»Sie – sie kommt nie mehr wieder!« Zitternd lehnte sich Nelda an die Wand, die Zähne schlugen ihr aufeinander.

* * *

Frühlingsfluten haben das Wasser des Kanals geschwellt, am Schiffbauerdamm steht es hoch, schwarz und glatt, und der Laternenschein wirft am Abend tanzende Kringel darüber.

Da hatten sie sie herausgezogen; das blaue, zerknitterte Frühlingskleid grau und getrübt von schlammigen Flecken. Der modische Hut saß nicht mehr auf dem Kopf, das schwarze Haar hing in wüsten Strähnen um das traurig entstellte Gesicht. Wo war der Hut? Er schwamm, Gott weiß wo, in die Spree hinein; mit dem nickenden Mohnblumenbündel spielten die Wellen, und die Fische mit den dummen, stummen Mäulern zupften daran. Fräulein Berg hatte ihn sehr in Ehren gehalten und das mattblaue Frühlingskleid auch; sie hatte immer den Rock hochgehoben, damit ja kein Schmutzrand ihn umsäume. Nun lag sie darin auf der Straße, am Rand des Kanals, umdrängt von Menschen, begafft, bestaunt, betupft. Knaben prügelten sich und erkletterten den Laternenpfahl, nur um einen Blick auf sie zu erhaschen; Weiber zeterten, Männer machten ihre Glossen; Polizisten packten sie beim Kopf und bei den Füßen und schleiften sie ab. Das blaue Frühlingskleid schleppte naß und schwer durch den Schmutz.

Das war das Ende. – – – – – – – – – –

Nelda lag fiebernd in ihrem Bett. Sie war krank, zum ersten Mal seit langen Jahren. Nachts schrie sie, von entsetzlichen Träumen gepeinigt, gellend auf; Frau Rätin fuhr immer zusammen bis in's innerste Herz. »Gott, Gott,« klagte sie, »das hat man nun noch von der Berg, dem greulichen Frauenzimmer! Die Nelda ist so angegriffen – ›eine Nervenerschütterung‹ sagt der Doktor – und eine tüchtige Erkältung dazu. Vielleicht hat sie sich auch den Magen verdorben; ich hab ja auch seit der Alteration immer Magendrücken. Kein Wunder! Nein, nein, ich gebe die Pension auf, einmal und nicht wieder – so ein Gesindel!«

»Die Arme,« sagte Nelda matt und preßte die heißen Lider über die Augen. Nur das Bild nicht sehen, das immer und immer wieder auftauchte!

Kalt und starr und langgestreckt, so hatte sie im Leichenschauhaus gelegen, kaum wiederzuerkennen. »Neldachen, ne, das ist die Berg nicht, i wo! Kommen Sie man weg, es wird einem ganz übel,« hatte Schmolke gesagt, an dessen Arm sie sich klammerte.

»Doch, sie ist's!« Nelda streckte zitternd den Finger aus und drückte das Gesicht an die Glaswand, die sich trennend zwischen ihr und der Leiche erhob. Vor ihren Augen schwankte alles, die Glaswand, der ganze Saal – – – –

Das war nicht mehr Vera Berg, die da lag – das war sie selbst, Nelda Dallmer, deren verzerrtes Totenantlitz hinter den Scheiben grinste. Hatte sie nicht auch einmal das Leben von sich werfen wollen, zu feig, um es zu ertragen? Das war der Rhein, der vor ihren Ohren rauschte; der Winterwind pfiff, Eisschollen rieben sich knirschend aneinander – tot, tot, sich feig aus dem Staub gemacht, und nun daliegen, verzerrt, angegafft, ohne Weihe des Todes – huh! Nelda hatte sich geschüttelt wie ein schwanker Baum, dem der Sturm die Krone zaust; sie hob abwehrend die Hände und schrie auf: »Nein, nein!«

»Na, sehn Sie, ich sagte es ja schon! Die Berg hatte 'ne viel rundere Physiognomie, sie war auch 'ne ganz hübsche Person, die hier ist ja infam gräßlich!«

»Sie ist es – sie ist es!« Nelda klammerte sich fester an Herrn Schmolkes Arm. »Das ist Vera Berg! Ich – ich« – sie griff taumelnd mit der freien Hand um sich – »ich – kommen Sie heraus – ich« – Ihre Lippen zitterten, sie konnte nicht weitersprechen.

»Um Gottes willen, Neldachen, 'raus mit Ihnen! Sie kriegen mir doch am Ende nich 'ne Ohnmacht? Nanu, wer hat recht gehabt, habe ich nich gleich gesagt, nich damit bemengen!«

Geräuschlos fiel hinter ihnen die Tür zu, sie standen wieder draußen in freierer Luft, aber Nelda schwankte. Sie konnte nicht gehen, sie mußte sich an die Wand lehnen, ihre Kniee drohten, zusammenzubrechen.

»Na, na,« tröstete Schmolke, »man nich so aufgeregt; gleich en guten Cognac genommen, det rappelt wieder! Sehen Sie, Kind, hätten Sie mich man alleine gondeln lassen, das ist nichts für's schöne Geschlecht. Puh, mir ist aber auch ganz eklig hier herum geworden, wahrhaftig!« Er rieb sich die Weste, über der Magengegend. »Kommen Sie, daß wir uns 'nen Cognac zu Gemüte führen. Pfui« – er spuckte aus – »so eklig! Na, wir haben sie ja nun, da werden Sie wohl Ruhe kriegen!«

»Nun kommt sie doch nicht in die Anatomie?« Nelda konnte kaum sprechen, die Zähne schlugen ihr wie im Frost aufeinander.

»Na ne, beileibe nich! Denken Sie mal, die Mutter, 'ne Kreissekretärin! Doch immer 'ne ganz honette Stellung, wenn sie auch in Wreschen ist. Ne, ne, die paar lumpigen Märker schieße ich schon vor. Der da drin« – er wies mit dem Daumen über die Schulter – »ist das zwar ganz schnuppe!« Er wiegte den Kopf bedauernd hin und her. »Arme Jöhre!«

Schmolke war wirklich gut. Er nahm eine Droschke und redete während der ganzen Tour auf Nelda ein; sie lehnte stumm, wie versteinert, in ihrer Ecke. Was waren das für gräßliche drei Tage gewesen, ein Laufen zur Polizei, eine Aufregung, ein Gefrage! Der Polizeileutnant war mehrmals selbst dagewesen. Heute morgen war die Meldung gekommen: ›Eine weibliche Leiche im Leichenschauhaus eingeliefert!‹ Die Beschreibung paßte ungefähr.

Kein Mensch wollte gehen, sie zu rekognoszieren. Frau Rätin schrie laut auf und hielt sich die Ohren zu. Doktor Müller, der eigentlich, als Arzt, der Berufenste gewesen wäre, hatte schon gestern, telegraphisch gerufen, nach Hause reisen müssen; sein Vater war plötzlich schwer erkrankt. »Ich werde gehen,« sagte Nelda fest.

»Du –?« Die Mutter geriet ganz außer sich. »Du gehst nicht, ich will es nicht, die Berg war sicher liederlich. Das fehlte noch, meine Tochter, ein Mädchen aus guter Familie! Vergiß nicht, der Papa war Regierungsrat! Was hast du in solch einer mediokren Umgebung zu suchen? Es tut mir ja sehr leid um die Berg – wenn ich nur wüßte, was sie gehabt hat? Ja, ja, irgend einer hat sie sitzen lassen, so was soll öfters vorkommen. Wer weiß, am Ende ist sie auch im Dunkeln unversehens ausgeglitscht, oder sie hat eine Ohnmacht bekommen, oder es hat sie einer 'reingestoßen – ja, wirklich, 'reingestoßen – man muß das so erzählen, es wirft sonst auf uns noch ein häßliches Licht. Es wird sie einer 'reingestoßen haben, ja, ja!«

»Aber, Verehrteste,« sagte Schmolke, »bedenken Sie doch den Zettel, den Zettel!«

»Ach ja, den Zettel!« Frau Rätin fuhr sich an den Kopf. »Mein Gott, ich bin ganz verwirrt! Muß einem das noch passieren?« Sie rang die Hände. »Meine Pension kommt in Miskredit, in das Zimmer zieht mir ja keiner! Nein, ich geb's überhaupt auf, ohne Mann, ohne Beschützer ist das nichts. Jeder denkt, er kann auf einer armen Witwe herumtrampeln! Ich kündige, ich ziehe auf den Hof!« Sie weinte bitterlich.

»Aber, Teuerste, Verehrteste!« Herr Schmolke trat unruhig von einem Fuß auf den anderen, er konnte niemanden weinen sehen. »Seien Sie doch nich so! Ich bin doch da, ich, Moritz Schmolke!« Er schneuzte sich gewaltsam und hob dann mit zwei Fingern die herabgesunkene Hand der Rätin in die Höhe. »Liebe Geheime, beruhigen Sie sich, ich bin ja längst nicht für die Pension – wo wollen Sie wohnen? Berlin W. natürlich. Und soviele Treppen sollen Sie auch nich klettern, wozu? Gott sei Dank, wir haben's ja; umsonst hat man sich sein Lebtag doch nich geschunden. Und nu lassen Sie man gut sein; die liebe Seele muß Ruh' haben, ich gehe mit Neldachen – i wo, wir werden des Mächen doch nicht allein laufen lassen!«

Nelda hatte ihn dankbar angesehen; sie sah ihn auch auf der Rückfahrt in der Droschke dankbar an, als er ihr zusprach und mit seinen roten fleischigen Fingern ihre eiskalte Hand klopfte. Und doch schauerte sie – was hatte ihr toter Vater für eine feine, blaugeäderte Hand gehabt, eine Hand, die so oft liebkosend auf ihrem Scheitel gelegen! Eine grenzenlose Sehnsucht nach dem Toten überkam sie; nie würde sie zu dem hier ›Vater‹ sagen können. Und er würde es verlangen, bald! Seit heute war ihr gewiß, was sie bisher nur dumpf geahnt.

Schwerfällig stieg sie die Treppen hinan; auf dem langen Gang schlich sie an der Tür der kleinen Hinterstube vorüber, es war ihr, als würde die aufgerissen – Vera Berg stand auf der Schwelle, triefend, mit langem Haar und schleppendem schmutzigem Kleid. So hättest du ausgesehen, du – du – du – – –!

In Schweiß gebadet warf sich Nelda auf's Bett, ihr war sehr elend. Über ihr hing eine kleine schlechte Photographie des Vaters, auf die heftete sich ihr fiebriger Blick unverwandt. »Papa, siehst du mich? Papa, wenn sie mich so aufgefischt hätten? Was hätte ich dir angetan, verzeih!« – – Ha! Klopfte es nicht, trat da nicht Fräulein Berg über die Schwelle, blaß wie der Tod? – – »Nein, ich bin nicht feig, nein, ich will leben! Papa,« schrie Nelda und bäumte sich kerzengrade im Bett auf.

Und dann drückte sie sich in die Kissen und zog schaudernd die Decke bis über die Augen. Wilde Phantasien jagten über sie hin.

V.

In seinem stilvollen Eßzimmer ging Hauptmann von Osten unruhig auf und nieder. Mißmutig gab er einem niedrigen Fauteuil einen Stoß, daß der bis in die nächste Ecke rollte. Eine warme Luft strömte durch's geöffnete Fenster, vom Königsplatz her wehte ein Duft blühenden Flieders. Die Welt stand in Wonne.

Ein Zug grenzenloser Abspannung verlängerte Ostens hübsches Gesicht, er warf sich in einen der geschnitzten Eichenstühle am Eßtisch und stützte den Kopf mit beiden Händen. Das Frühstück war aufgetragen, das Flämmchen unter dem silbernen Teekessel brannte. Über der Kristallschale mit Honig summte eine Biene; sie surrte und surrte, schwirrte zurück und kehrte wieder, unwiderstehlich angezogen. Jetzt klebte ihr schwarzgelber Leib fest am Rand, der Saugrüssel senkte sich in die lockende Süßigkeit – die dünnen Beinchen glitschten, angstvoll zappelte sie am Honig.

»Ekelhaft!« Osten sah auf, nahm sein Messer und fischte die Todmatte heraus. Da lag sie auf dem Rand seines Tellers, versuchte wegzukriechen und konnte doch nicht. »Dummes Tier!« Er schnitt sie mitten durch und klingelte. »Reinen Teller, Friedrich! Nehmen Sie das weg!«

Dann saß er wieder und stützte den Kopf in beide Hände. Er wartete auf seine Frau. Ob sie aufgestanden war? Unter dem Vorwand Felicitas' Schlaf überwachen zu müssen, hatte sie sich ausquartiert; sie schlief bei dem Kinde auf der Chaiselongue. Wie sie wollte, ihm war alles egal. Er war froh, ihr bleiches Gesicht mit den leichtgeröteten Augenlidern nicht sehen zu müssen; es gab ihm jedesmal einen Stich durch's Herz, wenn die braunen Augen ihn still und leidvoll ansahen. Weiß Gott, sie tat ihm leid, sie hatte das nicht um ihn verdient – so eine sanfte kleine Heilige! Aber er konnte nicht dafür, es war stärker als er; eine nie gekannte Leidenschaft raste ihm durch die Adern und machte ihn fühllos für alles andre. Was waren all die kleinen Mädchen in seinem Leben gewesen? Pah, vergessen! Sie allein hatte eine unnachahmliche Art den Kopf zu tragen; es packte ihn wie ein Taumel, wenn er diesen weißen Nacken sah, auf dem die goldnen Löckchen leise zitterten.

Gestern beim Gartenfest in der Villa Arnheim, im Wintergarten, waren sie sich begegnet, unter der großen Palme hinter den exotischen Büschen. Es war ihr Geburtstag; draußen auf dem von Fliederbüschen umsäumten Rasen tanzte die frohe Jugend. Helles Lachen, Musik. Die Königin des Festes hatte sich weggestohlen; unter der großen Palme in der feuchtheißen Treibhausluft stand sie, schwer atmend. »Ich kann es nicht mehr ertragen, nimm mich fort!« Hinter zusammengebissenen Zähnen hatte sie's vorgestoßen, Tränen waren ihr dabei über die Wangen gelaufen, ein paar langsame schwere Tropfen. »Ich kann nicht mehr lügen!« Ihr Fuß trat heftig auf. »Zu was sind wir erzogen? Zum Lügen und Heucheln! Ich will nicht mehr. Mach dich frei, erst dann gehöre ich dir!« Mit einem Aufschrei: »Anselma –!« wollte er ihr nachstürzen, sie umfangen, sie mit glühenden Küssen überschauern. Sie wehrte ihn ab. »Mach dich frei,« raunte sie, funkelnden Auges, und biß die Unterlippe mit den weißen Zähnen. »Ich teile nicht!«

›Ich teile nicht!‹ – – – War das eine schlaflose Nacht gewesen! Stöhnend hatte sich Osten auf dem Bett herumgeworfen. Alles zerwühlt. In rasendem Verlangen und namenloser Wut hatte er die Kissen zusammengeballt und zu Boden geschleudert.

Anselma hatte recht, es war nicht zu ertragen, ein Ende mußte gemacht werden! Und doch war's unmenschlich fatal, Agnes die Geschichte auseinanderzusetzen. Erstens, was verstand die davon? Zweitens war ihr stiller Blick so verwirrend. Er scheute sich. Aber es mußte sein, es mußte! ›Dann gehöre ich dir!‹ – das war wie ein Peitschenschlag. Heute morgen noch würde er sprechen.

Jetzt saß er und wartete auf seine Frau. Sie kam noch nicht – eine kurze Galgenfrist – jetzt kam sie! Draußen tönte das fröhliche Geplapper einer Kinderstimme, Agnes machte die Tür auf und schob ihr kleines Mädchen vor sich her.

Mit einem Jauchzen sprang Felicitas auf den Vater zu und kletterte auf seinen Schoß; mit beiden Händen zauste sie ihn, dann legte sie das Köpfchen mit den blonden Ringellocken kokett auf die Seite und blinzelte schelmisch unter den langen Wimpern. »Papa, ich bin fein gemacht!« Sie sprang herunter und hob ihr rosa Röckchen. »Guck mal!«

»O – hm – sehr schön! Süße, kleine Puppe!« Er tätschelte das schneeweiße Hälschen.

Ihr Kindergesicht hob sich strahlend zu ihm auf; sie ließ sich so gern bewundern und küssen.

›Ganz wie er,‹ dachte Agnes und sah zu mit einem dumpfen Gefühl im Herzen, halb Angst, halb Stolz. Sie verglich die beiden Gesichter – das waren dieselben Züge, dieselben blonden Haarringel über der schmalen Stirn, bei dem Kind nur um einen Schein heller.

Osten küßte die Kleine und schob sie dann von sich. »So, mein Engel, nun geh wieder hinaus! Agnes, nimm mir das Kind doch ab,« sagte er fast ärgerlich.

Felicitas klammerte sich an seinen Hals und brach in Schluchzen aus. »Ich will nicht, ich will nicht! Papa, bei dir bleiben! Papa!« Ihr Schluchzen steigerte sich zum Geschrei.

»Komm, Felicitas, sei lieb!« Mit zitternden Fingern suchte Agnes die krampfhaft angeklammerten Händchen zu lösen.

»Nein – du, geh! Papa, Papa!« Felicitas stieß nach der Mutter; ihr Geschrei wurde gellend, hochrot drückte sie ihr Gesicht an die Wange des Vaters, heftiges Schluchzen erschütterte ihr zartes Figürchen.

»Du hast gar nicht die rechte Art, Agnes,« sagte er unwirsch. Und nun tänzelte er mit der Kleinen auf dem Arm im Zimmer herum, gab ihr tausend Schmeichelnamen, pfiff und sang. Es war ein reizender Anblick, der schöne Mann und das schöne Kind. Felicitas lächelte schon wieder, jetzt lachte sie laut.

Agnes stand dabei, die Arme schlaff am Körper herunterhängend: in ihrem langen weißen Morgenrock sah sie aus wie ein Geist.

»Und nun gehst du, mein Engel, nicht wahr?« Osten stellte die Kleine zur Erde. »So!«

Noch eine schmeichelnde Liebkosung. Felicitas schüttelte ihre schönen Locken zurück und warf Kußhände.

»Adieu, Papa, Papa!« Dann rannte sie mit ausgebreiteten Armen auf die Mutter zu. »Ich bin lieb, küß mich, Mama!«

Mit einem unsäglich zärtlich-wehen Gefühl drückte Agnes ihr Kind an's Herz.

Die Tür hatte sich hinter der hübschen Kindergestalt geschlossen, geräuschlos begann die junge Frau Tee einzuschenken.

»Laß das,« sagte er und zerkaute den blonden Schnurrbart. »Ich habe mit dir zu sprechen!«

Sie stellte sofort die Tasse hin und neigte ergeben den Kopf.

Er vermied, sie anzusehen, und ging hastig im Zimmer auf und nieder. Er suchte nach dem rechten Wort.

»Ich – du – es ist mir sehr fatal – wirklich auf Ehrenwort – ich will dich nicht kränken – aber – aber –«

»Sprich nur ganz ruhig, ich kann alles hören!«

Er beobachtete sie einen Augenblick von der Seite; ihr zartes Profil zeigte keine Regung, und doch sah er's: sie wußte alles.

Sie saß da wie geknickt. Er wurde dunkelrot, ein Zorn überkam ihn gegen das blasse Geschöpf, das so langweilig, so regungslos dasaß, dem kein Blut in den Adern floß. »Agnes,« stieß er brüsk heraus, »es tut mir leid, wir müssen uns scheiden lassen!«

»Scheiden –? Nein!«

Er starrte sie fassungslos an – sie wagte ›nein‹ zu sagen, wenn er ›ja‹ sagte?! Dicht vor ihr blieb er stehen und schleuderte ihr in's Gesicht: »Ich liebe dich nicht mehr, liebe eine andre! Ich will, ich muß sie – du mußt dich scheiden lassen!« Sein Stiefel trat sporenklirrend den Boden. »Dies Zusammenleben ist eine Qual für mich – auch für dich! Denkst du, ich sehe nicht, daß du leidest? Es tut mir weh, und ich kann dir doch nicht helfen! Ich muß, ich muß, ich muß!« Er drückte die geballten Fäuste an die Schläfen. »Agnes, mach mich nicht rasend, ich muß!«

Sie gab keinen Laut von sich. Er griff nach ihrer Hand, sie entzog sie ihm nicht, schlaff hingen ihre eiskalten Finger zwischen den seinen.

»Agnes, überlege, ich will dich nicht drängen. Es kann dir unmöglich wünschenswert sein, mich zu halten. Ich liebe eine andre, hörst du, eine andre! Weißt du, was das heißt?« Unsanft drückte er ihre Hand. »Eine andre! Laß mich frei!«

Ein Zittern überlief ihre Gestalt, es war, als wollte sie ihre Hand aus der seinen reißen, aber die Finger glitten nur sacht zurück. »Ich weiß, daß du Anselma von Koch – Frau Arnheim,« verbesserte sie sich – »liebst. Ich kann das wohl begreifen. Nur das begreife ich nicht: du kanntest sie so lange wie mich, warum hast du sie nicht gleich gewählt? Du warst zu Haus so viel mit ihr zusammen, ihr habt getanzt, ihr rittet aus, sie war immer schön – warum jetzt erst?« Ihre Augen sahen ihn traurig fragend an. »Als du sie lieben durftest, warum hast du sie da nicht geliebt?« Sie sah so unschuldig aus, es war eine rührende Klage in ihrer Stimme. »Warum nicht, als du sie lieben durftest?«

» O du!« Er lachte schneidend auf. »Als ob man dann liebte, wenn's gerade gestattet ist! Grade was man nicht haben darf, reizt! Daß sie dem andren gehört, der sich mit ihr groß macht – dies stolze göttliche Weib – daß man zusehen muß – ha –!« Wie ein wildes Tier rannte er auf und ab. »Was weißt du von Leidenschaft?! O diese Madonnengesichter, man langweilt sich tot!« Fast roh schrie er sie an: »Ich habe dich längst betrogen, habe es gemacht, wie's alle machen. Aber jetzt will ich frei sein, hörst du, laß dich scheiden – gegenseitige Abneigung, ganz leicht – hörst du, scheiden!«

»Nein – nie!«

Wer hätte der zarten Stimme diese Festigkeit zugetraut, der kleinen Gestalt diese Haltung? Sie stand am Tisch in dem schleppenden farblosen Kleid, die Hand auf die Platte gestemmt. Langsam, aber fest fielen die Worte mit metallnem Klang. »Ich lasse mich nicht scheiden. Ich will nicht. Felicitas soll nicht das Kind geschiedener Eltern sein; ein Makel wäre auch an ihr. Das Kind liebt dich – viel mehr als mich,« setzte sie leiser, mit zuckenden Lippen hinzu. »Es würde nach dir jammern. Und ich kann und will es dir nicht lassen, selbst wenn du es haben wolltest; es darf nicht werden wie du. Ich mache dir keinen Vorwurf, ich glaube, du kannst nicht anders sein.« Sie senkte den Kopf. »Ich verstehe ja auch so vieles nicht – aber ich lasse mich nicht scheiden!«

»Also mit Gewalt hältst du mich?!« Seine Stimme schlug in Hohn über. »Das also ist die gepriesene Weiblichkeit?! Frauenwürde – ha ha!«

Eine tiefe Röte stieg in ihr Gesicht. »Ich halte dich nicht für mich, ich halte dich für das Kind. Denk' an Felicitas!« Eine unendliche Bitte lag in ihrem Ton, sie streckte flehend die Hände aus. »Unser armes Kind!«

»Laß mich!« Er wehrte sie ab, und dann packte er sie bei beiden Handgelenken, die zarten Arme röteten sich unter seinem heftigen Druck. »Laß dich scheiden – du willst nicht? Es gibt ein Unglück – du – du!« Er rüttelte sie in sinnloser Wut, daß sie hin und her schwankte, dann ließ er sie plötzlich los; zurücktaumelnd wäre sie fast gestürzt. Und dann warf er sich mit einem dumpfen Stöhnen auf den Stuhl am Tisch, das Gesicht in den Händen verbergend.

Sie stand noch am selben Platz, wohin seine Hand sie geschleudert hatte, mechanisch rieb sie die dunkelroten Abdrücke der kräftigen Finger an ihren Armen.

Jetzt klang seine Stimme wieder, aber anders; fast lallend flehte er: »Agnes, laß mich, ich bitte dich! Ich kann nicht sein ohne sie – es verzehrt mich, macht mich toll – geh zu deinen Eltern, du hast es da besser – beklage dich, schrei meine Schuld aus – willige nur ein – willige ein!« Er war außer sich.

»Nein!« Jetzt stand sie neben ihm und blickte auf ihn nieder. Er sah nicht den Ausdruck tödlichen Schmerzes, mit dem sie dann die Augen schloß und nach Atem rang. »Ich gehe nicht zu meinen Eltern, ich beklage mich nicht. Hier ist mein Platz. Innerlich sind wir von einander geschieden, vor der Welt bleibe ich deine Frau. Für Felicitas trag' ich alles!« Eine große Energie lag in ihren Worten; sie stand wankend am Tisch, ihre Kniee trugen sie kaum, aber die Stimme war fest.

Verstört sah er auf – war das seine Frau? Ihre Blicke trafen sich; ernst und traurig, ohne mit der Wimper zu zucken, sahen ihn die braunen Augen an. Mit einem schmerzlichen Lächeln nickte sie leicht. »Ich bin dir überlästig, schon lange, dein bißchen Liebe war rasch verflogen. Aber jetzt hast du Pflichten. Ach« – sie fuhr zusammen, der alte schüchterne Ausdruck breitete sich wieder über ihr Gesicht; es klang fast wie ein Hauch – »ich hatte dich früher so lieb!«

»Agnes!« Er erschrak vor dem zitternden Weh in ihrem Flüstern, für einen Augenblick versank die berückende Gestalt Anselmas; das arme Geschöpf in dem schlaff niederhängenden Kleid tat ihm unsäglich leid. Sein Herz zog sich zusammen. Nein, er war nicht schlecht, eine wilde Wut gegen sich selbst überkam ihn. Er schlug sich mit der geballten Faust vor die Stirn. »Ich elender Kerl!«

»Armer,« sagte sie leise. »Arme Frau!« Man wußte nicht, meinte sie jene oder sich selber. Wie ein Geist glitt sie hinaus und zog geräuschlos die Tür hinter sich zu; draußen lehnte sie sich an die Wand und brach in hilfloses Weinen aus. Da war niemand, zu dem sie flüchten konnte. Doch – Nelda!

* * *

Die ganze enge Komurke erfüllte Fliederduft. Im Lehnsessel am Fenster saß Nelda, an ihre Seite war ein Tischchen gerückt;

darauf stand ein Fliederstrauß, üppige lila Dolden mit saftig grünen Blättern. In ihrem Schoß, auf der über die Kniee gebreiteten Decke, lag ein Buch, aber sie las nicht darin. Träumerisch hielt sie den Kopf an die hohe Lehne gedrückt, ihre Finger drehten einen Blütenstengel hin und her. Sie freute sich daran. Als sie krank wurde, da stand der Flieder noch in unscheinbaren Knospen; jetzt waren drei Wochen vergangen, viel Sonne war gekommen, er blühte über und über.

Sie lächelte. Trüben der Star pfiff nicht mehr, er hatte eine Gelegenheit erwischt und war davongeflogen – heidi, wie ein dunkler Punkt schoß er hinauf in die Luft. O, er konnte doch noch fliegen! Der Schuster fluchte und lamentierte, Nelda hatte es über den Hof schallen hören und sich freudig die Hände gerieben – der Vogel war fort, er war frei! Sie glaubte sein glückseliges Lied über'm Hof, hoch über dem rauchigen Dach zu hören.

War das eine selige Ermattung in den Gliedern, und dabei doch ein Gefühl wiedererwachender Kraft, ein warmes Fluten in den Adern! Der Kopf war frei, noch eine süße Müdigkeit darin, aber die Gedanken klar, heiter wie seit langem nicht. Es war doch schön zu leben, gesund zu sein; die Welt sah ganz anders aus, als vor Wochen. Selbst in dies enge Fenster drang ein ganzer Strom von Licht. Sie saß darin wie gebadet und blinzelte schläfrig, Und die Mutter war so vergnügt, man sah ihr an, wie froh sie war, ihre Tochter wieder gesund zu haben.

»Beileibe nich von der Berg sprechen, sie hat sich zu sehr alteriert; Schwamm drüber,« flüsterte Schmolke hinter der angelehnten Tür Frau Rätin zu. »Man ja nich, sie ist uns so knapp am Typhus vorbeispaziert!«

»Ich höre alles,« hatte Nelda mit klarer Stimme gerufen. »Bitte, Herr Schmolke, kommen Sie herein!«

Schmolke kam, ganz gerührt, sehr erfreut. Das große blonde Mädchen da im Lehnstuhl, dem das schlichtgescheitelte Haar in zwei langen Zöpfen über den Rücken hing, gefiel ihm ungemein. »Na, Gott sei Dank, Kindchen, was haben Sie denn für Geschichten gemacht?« Er hätte sie in seiner Herzensfreude am liebsten auf die Stirn geküßt, aber er traute sich nicht.

»Herr Schmolke,« sagte Nelda und sah ihn durchdringend an, »sagen Sie mir die Wahrheit, ist Fräulein Berg ordentlich begraben worden?«

Der gute Schmolke fuhr auf, als hätte er sich auf einen hohlen Zahn gebissen – kam sie schon wieder mit der Unglücksgeschichte? »Natürlich,« stotterte er eilig. »Man ja nich aufregen, Neldachen, um Gottes willen nich! Sie ist begraben, natürlich, und sehr anständig, auf mein Ehrenwort! Und was den Schleicher, den Müller anbelangt, wissen Sie was, der hat sich dünne gemacht; er hat gekündigt und sich die Sachen holen lassen, er müßte vorderhand zu Hause bleiben. Na, so dumm! Ich habe ihm 'nen Brief geschrieben und mal durch die Blume gewinkt – puh, der denkt, Schmolke läßt sich begimpeln! Jawohl! Am neuen Tor wohnt er; kann ja gar nicht so weit von der Charité ziehn, aber kröch' am liebsten in 'n Mauseloch!«

»Sie meinen wirklich, Herr Schmolke?« Nelda beugte sich vor und faßte nach seinem Arm. »Sie meinen, Doktor Müller und Fräulein Berg –«

»Ich meine gar nischt, ich sage nur: Schubiack! So 'nem armen Balg von Liebe reden und sie dann sitzen lassen – ja, ja, das ist so die Manier! Hat dann eine nich genug Docht in sich, na dann –! Aber Schwamm drüber, was reden wir davon?! Regen Sie sich nich auf! Sie haben sich doch nich etwa aufgeregt, Neldachen?«

Sie faltete die Hände. »Gott, sei du ihr gnädig!« Und dann liefen ihr die Tränen über die Wangen, und Herr Schmolke konnte sich gar nicht halten, er zog das große seidne Taschentuch – gelb war's mit rotem Rand – und schneuzte sich umständlich.

– – – – –

Wie rasch die Tage flogen, halb verschlafen, halb verträumt! Eben kam die Rätin herein.

»Mama,« bat Nelda, »gib mir Papier und Tinte, ich muß an Agnes von Osten schreiben, es läßt mir keine Ruh. Was wird sie denken, sie hat so lange nichts von mir gehört!«

»Gleich, gleich, ich finde, sie hätte auch mal zu dir kommen können. Aber natürlich, wenn die Leute so im Glück sitzen – halt, hat es da nicht geklingelt? Ach herrjeh, nun muß man wieder rennen, die Marie ist aus!« Sie stürzte fort, und Nelda rückte sich zurecht und überlegte, was sie an Agnes schreiben wollte.

Da steckte die Mutter schon wieder den Kopf zur Türspalte herein und wisperte in aufgeregtem Flüsterton: »Nelda, Frau von Osten ist da. War die erschrocken, als ich sagte, du wärst sehr krank gewesen! Sie will dich à tout prix sprechen. Jetzt hab ich's aber satt mit der Wohnung hier, man muß sich schämen, wenn einer kommt! Kannst du nicht vorn hinkommen? Versuch' mal, hier kann ich sie doch unmöglich hereinbringen!«

»Bring' sie nur!« Neldas Blick streifte lächelnd die kahle Kammer: so häßlich dünkte ihr die heute gar nicht. Die Wände waren von Sonnengold bestrahlt, und der Fliederstrauß duftete.

»Ach, liebe Agnes!« Sie streckte die Arme aus. – –

Eine Stunde war vergangen, die beiden Freundinnen saßen noch beieinander. Agnes kauerte auf dem niedrigen Stuhl, Nelda gegenüber, den Kopf auf die Brust gesenkt; unaufhaltsam flossen ihr die Tränen.

»Und das willst du dir alles gefallen lassen?« fragte Nelda; ihre noch bleichen Wangen hatten sich vom Unmut gerötet. »All das wagt er dir zu bieten? Es ist empörend! Laß dich scheiden, nimm dein Kind, geh' weg! Du darfst nicht bleiben. Es ist Schwäche. Ich ertrüge das nicht, ich wäre zu stolz!«

»Ich bin auch stolz.« Auf dem Gesicht der jungen Frau zeigte sich keine Spur von Farbe. »Aber anders stolz. Ich mag nicht, daß sie von ihm sagen, er hat schlecht gehandelt; meine Felicitas soll nicht über ihren Vater rot werden. Ach, Nelda, was man einmal lieb gehabt hat, das möchte man nicht in den Augen andrer heruntergesetzt sehen, man möchte nicht, daß sie häßlich darüber reden!«

»Du liebst ihn noch? Wie kann man!«

»Ich? Ach –« jetzt stieg ein glühendes Rot in die durchsichtigen Wangen, die junge Frau lächelte wehmütig. »Ich weiß es selbst nicht. Mir ist oft bang um ihn. Er hat doch auch viel Gutes; manchmal denk' ich, es wäre besser, er wäre recht häßlich und unscheinbar, dann liefen sie ihm nicht alle nach. Die Versuchung ist so groß!« Das Letzte klang rührend altklug.

»Ach du, wie kannst du ihn nur entschuldigen!« Nelda war noch schwach, aber es lag ein Teil des früheren Ungestüms in ihrer Stimme. »Er ist nicht zu entschuldigen! Du hast ihm alles zum Opfer gebracht, Eltern, Heimat, dich selbst, und er – er hat doch ein Kind! Vergißt alles und will sich zerreißen um eine andere! Ich will dich nicht kränken, aber du mußt die Kraft haben, dich zu trennen; wenn auch dein Herz drüber in Stücke geht, du mußt!« Sie stockte plötzlich; es kam ihr in die Gedanken, auch sie hatte sich einst bezwungen, ihre Liebe sich aus dem Herzen gerissen. Verzweiflung, Todesgedanken, Tränen, all das und noch Schlimmeres hatte sie überwunden. »Glaub' mir,« sagte sie leise, »manch' eine von uns macht so was durch, ich selbst« – sie stockte wieder – »aber ich denke gar nicht mehr an ihn. Oder doch –« ein Zucken ging um ihre Lippen – »ich will nicht lügen, manchmal träume ich noch von ihm, aber selten, immer seltener. Jetzt schon lange nicht mehr. Ich liebe ihn nicht mehr – Gott sei Dank!«

»Ja, du bist anders!« Die Stimme der jungen Frau war tonlos. »Ich kann nicht so sein. O lieber Gott« – sie rang die Hände – »gib mir Kraft!« Sie sprang auf, ihre zarte, kleine Gestalt bebte. »Tausend, tausendmal hab ich Gott gebeten, er soll mich sterben lassen; manchmal bin ich vor Gram so krank. Aber ich darf nicht sterben, mein Kind muß erzogen sein, und mein Mann« – die Stimme brach ihr – »er wird mich noch nötig haben; er wird mich nicht mehr lieben, aber er wird mich doch noch nötig haben. Glaubst du, Nelda, daß er sie immer lieben wird? O nein, das vergeht, ich kenne ihn besser; er kann nicht anders, er ist wie Felicitas mit ihren Puppen. Ich muß nur aushalten.«

»Du erträgst das nicht, du reibst dich auf!«

»O nein!« Die zarte Gestalt schien zu wachsen; aus der schwachen Brust kam ein tiefer Atemzug.

»Er wird dich beleidigen; er wird dich ohne Rücksicht behandeln, dich betrügen!«

»Ich halte aus.«

»Du kannst nicht!« Angstvoll faßte Nelda die kalten, zitternden Hände – o, wie dünn die waren! Der Arm, einst so rund, jetzt dünn wie ein Stöckchen! »Agnes, rette dich, so lang es noch

Zeit ist! Was willst du dich opfern? Opfern, noch dazu ohne Nutzen!« Sie umfaßte die Freundin und drückte einen Kuß auf deren Wange. »Meine arme, arme Agnes!«

»Du bist sehr gut!« Frau von Osten lächelte matt. »Es tut mir sehr wohl, daß du mich lieb hast, aber siehst du, ich kann dir nicht folgen, ich kann nicht von ihm gehen. Und wenn ich sterben muß, dann will ich doch bleiben bis zuletzt. Ich muß bleiben für Felicitas, und dann« – sie hielt inne und preßte die verschlungenen Hände gegen das Herz – »hier, hier in mir, da lebt etwas, das läßt sich nicht ersticken. Ich weiß nicht, wie ich's nennen soll – ob das alle Frauen haben? Wenn ich auch wollte und wegginge, meine Seele bliebe doch bei ihm. Ich bin stolz darauf, wenn kein Mensch etwas ahnt; ich werde stolz sein und das wird mir helfen!« Ein starker, voller Klang war in ihrer Stimme. Sie hob den Blick gegen das Fenster, auf ihren Wangen glänzten Tränen, das Licht spiegelte sich in den klaren Tropfen; ein Zug lag um ihren Mund, wie ihn wohl Märtyrer tragen mochten, als man sie auf's Rad flocht.

Nelda konnte dies arme, kleine Gesicht nicht mehr ansehen; es gab ihr inwendig einen Ruck, als stürze etwas in ihr zusammen, was sie bisher für allein groß und richtig gehalten hatte. O, diese höchste Demut – dieser höchste Stolz! Ein Stolz, der wie Schwäche aussah und doch stark war wie – wie – ihr mangelte der Vergleich, sie haschte nur nach der kleinen, zitternden Hand und drückte ihre Lippen darauf. Dann wandte sie den Kopf und steckte das Gesicht in den großen Fliederstrauß, Agnes sollte die Tränen nicht sehen, die ihre Augen füllten. Ein Gefühl tiefer Bewunderung war in ihr; und dann huschten ihre Gedanken, wie aufgescheuchte Vögel, um Jahre zurück, huschten hin zu Ramer. Sie fragte sich mit Beben: ›Ob ich dem auch verzeihen könnte? Hab' ich das auch hier, hier im Herzen, wovon Agnes sagt, daß es sich nicht ersticken läßt?‹ – – –

Sie schwiegen lange, dann sagte Frau von Osten in ganz verändertem Ton – der volle, starke Klang war verschwunden, jetzt redete wieder das Pensionsmädchen, das einer andern Geheimnisse anvertraut –: »Aber du darfst keinem Menschen was sagen,

Nelda, gib mir die rechte Hand darauf! Sag' nur ja nichts an Xylander!«

»An Xylander –?! Wie, was meinst du? Warum?«

»Ah, richtig, du weißt ja noch gar nichts! Verzeih nur – ach, ich bin oft so zerstreut und vergesse das Allerwichtigste! Denk' mal, vor ein paar Tagen waren wir in Gesellschaft beim Obersten, und Xylanders waren auch da und –«

»Erzähle, wie geht es ihnen?« Neldas Blick zeigte freudige Überraschung.

»Er ist längst Major und jetzt hier im Generalstab. Seit kurzem sind sie erst hier. Sie waren sehr nett, er fragte gleich nach dir, ich habe ihm deine Adresse gegeben. Ach« – die junge Frau seufzte – »sind die glücklich! Frau Xylander ist ganz unverändert, so lustig, und er ist so gut gegen sie! Sie wohnen in Moabit; ich glaube, er hat eine kleine Erbschaft gemacht, sonst könnten sie's ja auch hier nicht machen. Sie waren so freundlich zu mir. Aber nicht wahr, Nelda, du sagst nichts? Ach, und nicht wahr, du glaubst auch, er wird sie nicht immer lieben, er wird mich noch einmal nötig haben? Sag, sag!« Sie klammerte ihre Finger um den Arm der andern und sah sie aus verweinten Augen angstvoll fragend an.

Dieser Blick war der des totwunden Rehs. Nelda schüttelte stumm verneinend den Kopf. Ein Gedanke war in ihr aufgestiegen, blitzschnell wurde er zum Entschluß. Sie sah wieder Anselma von Koch vor sich, wie vor Jahren in Koblenz, bei jenem Zusammentreffen in der blumendurchdufteten Veranda der jungverheirateten, glücklichen Frau von Osten – spitze Worte, versteckte Angriffe – die schöne Koch war impertinent, aber dann hatte sie plötzlich, ihrer Grausamkeit bewußt, den Blick gesenkt und Schamröte hatte ihre Wangen überzogen. Sollte dieser stolze Nacken sich nicht noch einmal beugen, im Bewußtsein größeren Unrechts?!

Die folgende Nacht war unruhig, es war zu viel für Nelda gewesen, die Sorge um Agnes raubte ihr den Schlaf. Aber sie warf sich nicht ruhelos, sie lag still; die Mutter durfte nichts merken, sie wollte, sie mußte bald ausgehen. Und wenn sie schlief, kurze abgestohlne Momente, dann träumte sie wild. Agnes und

Schmolke, die Mutter und die schöne Frau Arnheim drehten sich in buntem Durcheinander, wie auf einem Karussell – ganz in der Ferne verschwamm eine Gestalt im blaßblauen Frühlingskleid. Und in der Mitte stand Xylander; seine milden Augen sahen hinter den Kneifergläsern vor, er streckte ihr die Hand entgegen und lächelte – ›Und für dich willst du gar nichts mehr, Nelda, gar nichts – –?!‹

* * *

Die Tiergartenstraße liegt in Sonne und Duft gehüllt. Vor den Villen blühen Flieder, Rotdorn, und der Goldregen schüttet seine gelben Blüten nieder. Verschlafen plätschern die Springbrunnen, und die wundervollen grünen Bäume jenseits im Park stehen regungslos. Aus einem offnen Fenster kommen abgerissene Klavierpassagen; da übt jemand, aber er scheint müde, immer langsamer werden die Töne. Es ist Mittagszeit, sehr warm und still. Die Bonnen mit ihren Pflegebefohlenen sind längst daheim, und die vornehmen Leute ruhen jetzt zu Hause.

Auf der Schattenseite ging langsam eine Dame; sie setzte sich nun auf eine Bank und zeichnete mit dem Sonnenschirm allerhand Figuren in den staubigen Grund. Das war Nelda Dallmer.

Mit einem Seufzer sah sie nach der Uhr – sie mußte gleich an die Rauchstraße kommen. Jetzt wanderte sie vom Brandenburger Tor schon fast zwanzig Minuten. O wie war sie müde und heiß. Sie fühlte doch noch, daß sie eine Krankheit hinter sich hatte; die Füße wollten nicht wie sonst, die waren matt. Nur der Wille war stark.

Drei Tage waren vergangen nach dem Besuch Frau von Ostens in der Oranienburgerstraße; Nelda hatte seitdem keine Ruhe mehr gehabt. ›Geh, geh,‹ sprach fortwährend eine Stimme in ihr, ›geh, ehe es zu spät ist!‹ Was wollte sie eigentlich sagen? Das wußte sie selbst nicht; erst wollte sie die schöne Frau Arnheim vor sich haben, ihr in's Auge sehen, dann würden schon die Worte kommen. Sie mußten kommen!

Mit einem energischen Ruck richtete sich die Müde wieder auf, rascher setzte sie ihren Weg fort; nun bog sie in die Rauchstraße ein. Da war das große weiße Haus im Renaissancestil mit den vergoldeten Gittern und der breiten Auffahrt. Sonst pflegte der vornehme Portier zu Leuten in so einfachem Anzug, wie Nelda ihn trug, barsch zu sagen: ›Zur Hintertreppe!‹ und mit dem fetten Daumen rechts um die Ecke zu zeigen. Nelda wies er mit einer devoten Grimasse hinauf. Auch der Diener, der Damen zu Fuß und in Wolle nur für Schneiderinnen oder dergleichen hielt, lispelte: »Die gnädige Frau ruhen, aber wen habe ich die Ehre zu melden?«

»Hier, meine Karte! Bitte sagen Sie ›eine frühere Bekannte aus Koblenz‹!«

Nelda stand und sah sich um und sah auf ihre staubigen Schuhe nieder und sah dann wieder nach den kühlen Marmorleibern hinter den exotischen Gewächsen.

Es dauerte lange; endlich erschien der Diener wieder, noch geschmeidiger, noch lispelnder: »Gnädige Frau lassen sehr bitten!« Er warf die Flügeltür vor Nelda auf.

Sie trat ein. Sie ging durch ein erstes halbdunkles Zimmer, das ganz in orientalischem Geschmack gehalten war, durch ein zweites im Empirestil – hätte sie nur Zeit und Lust gehabt, alle die Kuriosa an den Wänden anzustaunen – dann kam ein geschnitztes Madönnchen über der Tür, ihrer fünf, sechs noch an den Wänden – altdeutsch. In der Nische brannte sogar die Ampel vor dem Heiligenbild und warf kleidsame rosige Lichter auf den Betschemel darunter; ob hier einer betete?

»Gnädige Frau sind im Boudoir, gestatten,« flüsterte der Diener und schlug die seidene Portiere zur Seite. »Bitte!«

Einen Augenblick sah Nelda nichts, nur ein Gewirr von Weiß und Rosa; gegenüber das breite Balkonfenster blendete sie, es ging hinaus in den Garten. Schwüle Fliederluft kam herein. Sie machte die Augen groß auf – da war Anselma!

Die schöne Frau hatte sich eben von der Chaiselongue erhoben, noch lagen die seidnen Kissen in Unordnung; ein aufgeschlagenes Buch am Boden, ein elegantes Taschentuch daneben.

»Fräulein Dallmer – ah – Nelda Dallmer!« Frau Arnheim neigte prüfend den Kopf zur Seite, dann lächelte sie, aber nur der Mund lächelte, die Augen blieben ohne Teilnahme. »Was führt

Sie zu mir? Sie sehen mich ganz erstaunt – aber ich freue mich, freue mich sehr!«

Nelda fand, soweit sie sich erinnern konnte, die Stimme sehr verändert; der stolze kühle Mädchenton war weg, statt dessen das Organ belegt, wie von innerer Unruhe durchzittert.

»Ich freue mich,« sagte Frau Arnheim mit dem verbindlichsten Lächeln, und es war doch, als fragte sie: ›Warum kommst du, was willst du, was weißt du?‹

»Bitte, nehmen Sie Platz!« Frau Arnheim zog ihren Besuch neben sich auf die schwellende Chaiselongue, die mit weißer, rosendurchblümter Seide bezogen war. »Ich freue mich, Ihr Gesicht zu sehen, es ist mir wie ein Gruß aus alter Zeit. Sie haben sich gar nicht verändert; so frisch; so rosig! Welch guter Einfall, mich aufzusuchen! Ich danke Ihnen, wirklich sehr, sehr liebenswürdig. Sie sind schon lange in Berlin? Wo wohnen Sie, gefällt es Ihnen?

Wie das wirbelte und sich hetzte! Neldas Augen wurden immer größer – wie kam sie zu dieser Herzlichkeit? Sie konnte sich keiner freundschaftlichen Beziehungen zu Anselma von Koch erinnern. Frau Arnheim hatte den Ton der Weltdame studiert; sie leierte das alles so herunter – Phrasen die man täglich in andern Varianten wiederholt, von denen die Seele nichts weiß. Diese langbewimperten Augen hatten jetzt nichts Sieghaftes mehr, nein, etwas unendlich Müdes. Nelda rückte sich zurecht: sie mußte nun sprechen, sowie die andre sie zu Wort kommen ließ.

»Und wie geht es Ihnen? Also es gefällt Ihnen gut hier? Was – was – darf ich fragen, verschafft mir eigentlich die Freude Ihres Besuchs?«

Halt, da war wieder die unruhige Frage! Nelda wurde blaß und rot, sie fühlte ihr Herz klopfen, und dann sagte sie mit tapferm Entschluß: »Ich komme mit einem Anliegen, gnädige Frau. Sie würden es mir ja auch nicht glauben, wenn ich sagte, ich käme aus bloßer Neigung zu Ihnen. Von so etwas war zwischen uns doch wohl nie die Rede!« Sie mußte lächeln, trotz ihrer inneren Erregung, und um die Lippen von Frau Arnheim spielte auch ein Lächeln; sie dachten beide jenes Zusammentreffens in der blumendurchdufteten Veranda. »Sie trugen damals ein gesticktes Batistkleid und einen Rosenhut – o ich weiß das alles sehr genau!« sagte Nelda. »Aber was Sie nicht wissen können, ist, daß ich eine Erinnerung an Sie mitnahm, als seien Sie so wahrhaft stolz, sich eines Unrechts zu schämen!«

»Ich?!« Frau Arnheim hob den Kopf. »Wie kommen Sie darauf?« Noch lächelte sie, aber Lächeln und Ton waren Maske – was sollte diese seltsame Einleitung des Gesprächs?

Nelda sah das unruhige Flackern der blauen Augen, aber sie fuhr gelassen fort: »Sie werden mich für dreist, ja unverschämt halten. Sie werden mich vielleicht hinausweisen, mag sein, ich muß es eben daraufhin wagen. Ich habe eine Bitte an Sie« – zögernd hielt sie einen Augenblick inne – »an Ihren Edelmut!«

Ah, das war's! Die reiche Frau atmete erleichtert auf. Man wollte sie anbetteln. Diese Dallmer! Wer hätte das gedacht? Sie sah einfach aus, aber durchaus nicht dürftig, im Gegenteil, ganz wie eine Dame. »Bitte, sprechen Sie nur ohne Gêne!«

»Frau Arnheim« – Nelda konnte nicht mehr sitzen, sie sprang auf und stand in ihrer vollen schlanken Größe vor der andern – »ich bin die Freundin von Agnes von Osten!«

Mit einem unterdrückten Laut fuhr die schöne Frau empor; sie starrte Nelda an, als habe diese etwas Ungeheures gesagt. Dann biß sie sich rasch auf die Lippen und ließ sich zurück in die Polster fallen. »So, so, ja, eine Freundin der Kleinen! Sie waren schon in Koblenz sehr liiert, soviel ich mich erinnere!« Ein Zug unglaublicher Geringschätzung umspielte ihren Mund. »Gutes kleines Ding, die Agnes!«

»Gewiß!« Nelda nickte sehr ernst, der geringschätzige Zug um den Mund der andern empörte sie; es flammte in ihr auf. »Sie sagen ›gut.‹ – ja, gut ist sie, aber anders gut, als Sie es jetzt meinen! Ich halte es für ein schweres Unrecht, für eine Tat, Ihrer unwürdig, gnädige Frau, eine Schande, dies edle Herz zu betrügen – es zu berauben, es zu – brechen!« Nelda war wieder ruhiger geworden, kalt und klar klangen ihre letzten Worte: »Ja, es zu brechen – wie Sie es tun, gnädige Frau!«

Anselma lachte krampfhaft, sie raffte das feine Spitzentaschentuch vom Boden und zerknäulte es in den Händen. »Sie sind wohl die Abgesandte der geängstigten Taube? Wie kommen Sie dazu? Sie sagen mir merkwürdige Dinge! Ich – ich – haha, es ist zu komisch! Was gehen mich Frau von Ostens Sentimentalitäten an?!« Sie warf den Kopf zurück und setzte eine eisig hochmütige Miene auf. »Ich muß Sie wirklich bitten, mich mit dergleichen lächerlichen Anschuldigungen zu verschonen!« Als zöge sie einen Kreis unnahbarer Kühle um sich, so streckte sie abwehrend die Hand aus und raffte dann die Schleppe ihres Kleides zusammen.

Nelda ließ sich nicht einschüchtern. Wie eine Rächerin stand sie hochaufgerichtet, die Arme unter der Brust gekreuzt. Sie wußte selbst nicht, woher ihr die Worte kamen, sie strömten ihr zu, eine grenzenlose Erbitterung war in ihr. Durch einen Schleier sah sie Agnes' blasses Gesicht, ihre Tränen, ihre vergehende Gestalt. Sie sprach laut: »Agnes war so glücklich, wie man es mit einem Mann wie Osten überhaupt sein kann. Er ist leichtsinnig und unbeständig. Zucken Sie nicht zusammen, gnädige Frau, Sie möchten mir entgegnen und können es doch nicht. Sie sagen sich im innersten Herzen selbst: wer so rasch seine Pflicht vergißt, kann der treu sein? O gnädige Frau« – die Erbitterung wich mehr und mehr, ihre Stimme wurde eindringlicher, ein sanfteres Zureden mischte sich ein – »glauben Sie nicht, daß Sie Glück mit ihm finden werden! Glück auf den Trümmern eines andren! Ich weiß alles, ich weiß es von Agnes, ich weiß es von jenem Abend im Theater – entsinnen Sie sich? Tristan und Isolde! Ich habe Sie beobachtet, ich!«

»Schweigen Sie! Es ist alles nicht wahr, Lüge, lächerliche Lüge!« Mit dunkler Röte auf den Wangen sprang Anselma auf, hielt sich die Hände an die Ohren und ging erregten Schrittes hin und her. Die Schleppe raschelte hinter ihr drein, man sah, wie die volle Brust arbeitete. Sie erhob die Stimme.

»Was wagen Sie? Und wenn es wahr wäre, ich verbitte mir jedes Wort! Was mischen Sie sich ein – mit welchem Recht?«

»Ich habe gar kein Recht« – Nelda sprach nicht lauter als vorher, die andere hörte doch jedes Wort trotz der zugehaltenen Ohren, man sah's an ihrem Zusammenzucken – »und doch das Recht, das jeder Mensch hat, der ehrenhaft denkt. Agnes von Osten verzehrt sich; sie hat den Stolz, nicht weichen zu wollen, sie hält es für Pflicht, zu bleiben. Ich weiß, sie wird das durchführen, bis sie stirbt; und sie wird sterben – bald – ihr schwacher Körper kann dem Gram nicht standhalten. Um Gottes willen, gnädige Frau« – Nelda faßte nach dem Kleid der rastlos hin und her Wandernden – »um Gottes willen, hören Sie mich, werden Sie keine Mörderin! Sie können nie, nie glücklich sein! Tag und Nacht wird Ihnen das bleiche Gesicht der andern erscheinen, auf all' Ihre Freuden wird es sehen, daß sie Ihnen keine Freuden mehr sind. O liebe, liebe gnädige Frau« – mit einem warmen Ruf aus innerstem Herzen umklammerte Nelda die eiskalten Hände der anderen – »ich weiß, Sie sind nicht unedel! Sie können und werden nicht noch größeres Unrecht tun! Frau Arnheim, hören Sie mich! Agnes ist so gut, sie hat kein Wort des Zornes für Sie, nur Tränen. Seien Sie barmherzig – gnädige Frau, ich bitte für Agnes, ich bitte für Sie selbst – bitte – bitte!«

»Lassen Sie mich los!« Anselmas Lippen zitterten, das schöne Gesicht war weiß wie Marmor, mit einem Ruck machte sie ihre Hände frei. »Ich will nicht, was hab' ich? Ich will genießen, ich verschmachte hier!« Sie packte den seidnen Fenstervorhang und riß daran. »Ich sitze im goldnen Käfig, ich sterbe vor Langeweile. Gehen Sie fort, gehen Sie fort!« Sie schrie es fast. »Was quälen Sie mich?!« Sie drehte das Gesicht ab, der Wand zu und starrte trotzig vor sich nieder.

Sekunden vergingen, Minuten, lange Minuten. Keine von ihnen sprach, nur ein banger Atemzug zitterte durch den üppigen Raum mit den niederwallenden seidnen Vorhängen. Nelda räusperte sich, die Stille hatte etwas unsäglich Beklemmendes.

»Wer ist da – ah, Sie sind noch hier?!« Frau Arnheim drehte sich verstört um. »Entschuldigen Sie, ich habe mich hinreißen lassen! Es ist häßlich, nicht die Dehors zu wahren.« Ein melancholischer Zug schob ihre Brauen zusammen. »Ich bin ja sonst gut gezogen – sehr gut!« Ihre Oberlippe hob sich, es war ein bittres Lächeln.

Neldas Herz klopfte, sie fühlte keine Spur mehr der früheren Erbitterung, nur Mitleid. Das ›Ich bin gut gezogen‹, gellte es nicht wie ein Aufschrei durch's Gemach, so tonlos es gesprochen war? Bebende Nasenflügel, zuckende Lippen, gewaltsames

Heben und Senken der Brust – sprach das nicht genug, wenn auch die schöne Gestalt ruhig stand und die Stimme gleichgültig klang?

»Verzeihen Sie mir, gnädige Frau, wenn ich zu viel gewagt habe, die Freundschaft für Agnes und – und –« sie suchte nach einem Ausdruck – »und ein Gefühl der Sympathie für Sie hat mich fortgerissen. Ich – ich –« sie war doch noch schwach, die Stimme schwankte, Tränen schossen ihr in die Augen.

»Sie sind eine gute Freundin!« Frau Arnheim sagte es langsam, ihr Blick bohrte sich mit einem seltsamen Ausdruck in Neldas Gesicht. »Agnes ist glücklicher als ich. Ich war nicht gut beraten, ich habe mich verkauft.« Schwer ließ sie sich auf die Chaiselongue fallen, stemmte die Arme auf und preßte den Kopf zwischen die Hände. »Nun sitze ich hier, nun habe ich alles, was das Herz begehrt, und doch nichts.« Sie sagte es murmelnd, wie zu sich selbst, und wiegte dabei den Oberkörper hin und her, als wolle sie sich in Schlaf lullen. »Nun sitze ich hier, nun sitze ich hier! Fräulein Dallmer« – sie hob plötzlich den Kopf – »sagen Sie, Fräulein Dallmer, würden Sie einen Mann heiraten, den Sie nicht lieben?«

»Nein!«

»Wie Sie das sagen, so rasch und sicher! Ja, ich glaube es Ihnen wohl. Aber es tun's doch viele und sind zufrieden. Warum ich nicht?!« Sie riß an ihren Fingern, an denen die Brillantringe funkelten. »Ich weiß nicht, warum ich überhaupt darüber spreche, ich habe einen Ekel an allem!« Ein finstrer Zug entstellte das schöne Gesicht. Mit einem Aufstöhnen preßte Anselma den Kopf in das kostbare Kissen.

Nelda wußte nicht, was sie sagen sollte; eine Art Verlegenheit kam über sie, unschlüssig sah sie um sich, nur die Sorge für Agnes lieh ihr noch einmal Worte. Sehr sanft, sehr leise flüsterte sie: »Und nicht wahr, gnädige Frau, Sie lassen mich nicht ohne Hoffnung gehen? Lassen Sie mich die Achtung nicht verlieren, ich möchte Sie gern achten. Sie werden Herrn von Osten von sich weisen, er wird zu seiner Pflicht zurückkehren. Ihr Herr Gemahl –«

»Schweigen Sie von meinem Mann!« War das ein Lachen oder ein Schluchzen? »Ich bin das wertvollste Stück seiner Sammlung. Hoffen Sie nichts! Ich verspreche nichts, ich kann nichts versprechen!« Frau Arnheim schüttelte wild den Kopf, daß ihr die sorgsam gebrannten Locken unordentlich in die Stirn fielen.

»Und ich hoffe doch!« Nelda blieb hartnäckig dabei. »Leben Sie wohl, gnädige Frau!«

Sie gaben sich nicht die Hände zum Abschied, sie schieden mit einer stummen Verbeugung. Beide gleich groß, gleich schlank, standen sie sich gegenüber wie zwei Gegnerinnen; und es war doch ein Gefühl der Achtung zwischen ihnen.

VI.

»Ist es wahr, Paul, willst du denn wirklich zu Dallmers hingehen? Oranienburgerstraße 107 a III. – siehst du, da steht's in meinem Anschreibebuch! Wo ist die Straße eigentlich? Du könntest doch lieber die freie Zeit benutzen und mit mir und den Kindern mal einen Spaziergang machen. Wir haben so wie so gar nichts von dir!« Frau Elisabeth Xylander saß vor ihrem Nähtisch am Fenster und besserte Hosen aus; Karl und Fritz waren tüchtige Reißer, Wilhelm war im Kadettenkorps, mit dem hatte sie nicht viel mehr zu schaffen. Sie hatte noch ganz dieselben blonden Haare, dieselben Grübchen in Backen und Kinn; auch wie sie jetzt sagte: ›wir haben gar nichts von dir‹ und den Mund aufwarf, war alles noch grade wie vor Jahren in Koblenz draußen auf der Chaussee.

»Komm doch mit zu Dallmers, Elisabeth,« sagte Xylander. »Es wäre sehr nett!«

»Gott, Paul, was du für Ideen hast!« Sie sah ihn ordentlich mitleidig an. »Du bist so ein kluger Mann und doch gräßlich unpraktisch! Ich kann doch nicht zuerst zu Nelda Dallmer gehen, das sähe ja grade aus, als ob ich ihr abbitten wollte. Ich! Noch dazu als Verheiratete! Nein, sie muß zuerst zu mir kommen; dann will ich ja auch freundlich sein. Dann bist du doch auch zufrieden, nicht? Jetzt muß ich ja selber darüber lachen, daß ich nur jemals gedacht habe, du hättest sie lieber als mich! So ein dummer Unsinn! Nelda ist gewiß inzwischen 'ne rechte alte Jungfer geworden, ich bin eigentlich sehr neugierig auf sie. Ich kann ihr genau nachrechnen, nahezu achtundzwanzig – ja achtundzwanzig, das stimmt! Liebe Zeit, da war unsereins anders auf dem Posten, da hatte ich schon vier Kinder – oder waren es erst drei? Laß mal zählen! Zwanzig: geheiratet – einundzwanzig: Wilhelm – zweiundzwanzig, nein, dreiundzwanzig: Vicky – vierundzwanzig: Lollo – fünfundzwanzig, ach Gott, da hatten wir das Unglück, da starb der kleine süße Junge, nur zwei Stunden alt! Ach, ich denke immer, wenn der doch noch lebte, dann hätten wir sechs! Sechsundzwanzig, siebenundzwanzig – richtig, vier waren's! Karlchen wurde geboren, als ich siebenundzwanzig war. Achtundzwanzig: Fritzchen. Ich bin nun wirklich riesig gespannt, was die Nelda Dallmer leistet; du hast dir ja immer viel von ihr versprochen. Schade, daß sie sich mit Ramer damals so verplempert hat. Wie konnte man sich aber auch so unpraktisch verlieben!«

Xylander sah nach seiner Frau hin und lächelte flüchtig. »Freilich, das wäre dir nicht passiert!«

Sie merkte nicht die leise Ironie in seinen Worten. »Das wäre es auch nicht,« rief sie eifrig. »Aber das kommt bei der Blaustrümpfigkeit heraus, Nelda hatte immer was vom Blaustrumpf. Nein, meine Mädels sollen anders werden! Stricken und nähen und stopfen und gut kochen, das ist das beste, um einen Mann zu fesseln. Paß mal auf, die heiraten mit sechzehn! Dafür werde ich schon sorgen. Findest du nicht, daß sie sich sehr nett herausmachen? Vicky ist für ihre zwölf merkwürdig entwickelt. Und Lollo – nein, ich amüsiere mich, der Oberst sagte neulich zu mir: ›Sie haben ein paar reizende Töchter, gnädige Frau, ganz die Mutter!‹ Was sagst du, Paul, bist du nicht stolz?« Sie sah, rot vor Vergnügen, zu ihm auf.

Er nickte und küßte sie leicht auf die Stirn; die hatte merkwürdig wenig Falten, querüber nur ein paar ganz zarte Striche; über der Nasenwurzel zwischen den Brauen, wo das Nachdenken sitzt, keine einzige Linie. »Adieu, Kind, nun muß ich aber gehen!«

»Nein, nein! Weißt du, Paul, ich mag dich doch die einzig freie Zeit nicht missen. Einen Augenblick! Ich rufe die Kinder, wir machen uns rasch fertig und gehen mit bis hin! Wir warten dann unten auf dich.«

»Aber, Liebe, es könnte zu lange dauern!«

»Ei, du brauchst ja nicht so lange oben zu bleiben, das ist gar nicht nötig! Vicky, Lollo, Karl, Fritz – spazieren – rasch!« Sie rief zur Tür hinaus. »Mir ist nur wohl, wenn sie alle dabei sind. Dir auch, Paul, nicht?«

Dreiviertel Stunden später stieg Major Xylander die Treppen zur Dallmerschen Wohnung hinauf. »Bleib' nicht so lange,« rief ihm noch eine helle Stimme nach.

Das Haus war ganz anständig, nur der Hof, auf den man durch das Treppenfenster blickte, entsetzlich eng und düster. Zwischen den hohen Hintergebäuden kaum ein Stück Himmel zu sehen und das noch angeräuchert von dem riesigen Fabrikschlot, der auf dem Nachbargrundstück drohend emporragte.

Geheimrätin Dallmer.
Familienpensionat

stand auf dem Porzellanschild. Die Berliner begreifen nicht, daß auch mal einer nicht ›geheim‹ sein kann; Frau Rätin hatte ihren Ärger wegen des Schildes gehabt.

Xylander läutete, das Herz klopfte ihm dabei – wenn sie doch zu Hause wäre! Er fühlte eine freudige Erregung, sie wiederzusehen. Drinnen schlorrten Schritte; jetzt wurde der Schlüssel umgedreht, ein alter Herr mit hochrotem Gesicht öffnete die Tür.

»Ihr Diener!« Die Uniform imponierte ihm augenscheinlich. »Bitte, treten Sie näher! Mit wem habe ich die Ehre?«

»Major Xylander. Sind die Damen zu sprechen, Frau und Fräulein Dallmer? Ich bin ein alter Bekannter!«

»I, ist nicht möglich?!« Der Alte schmunzelte vergnügt. »Ich kriegte schon Angst, es wäre wegen der Pension; die geben wir nämlich auf. Gestatten Sie – Moritz Schmolke, mein Name ist Moritz Schmolke, Rentier. Also Sie sind ein alter Bekannter? Na, aber nu! Bitte, treten Sie näher – hier herein in meine Stube!«

»Sie entschuldigen, ich wollte zu den Damen!« Xylander wusste nicht, was er aus dem Alten machen sollte.

»Na, ja, ich weiß schon. Da sind Sie auch ganz an der richtigen Adresse. Im ›Berliner‹ können wir nämlich keinen Besuch empfangen, da – aber bitte, nehmen Sie gefälligst Platz! Ich werde es den Damen melden.« Er verschwand.

Xylander sah sich um. Richtig, die Möbel kannte er, dies waren die besten Stücke aus dem Dallmerschen Haushalt! Dort vor dem Schreibtisch der Teppich – grün, karmoisin und violett – den hatte er in des Regierungsrats Arbeitszimmer oft gesehen, die müden Füße des kranken Mannes ruhten immer darauf. Ein Gefühl der Rührung überkam den Major. Jene Farben waren noch so frisch und bunt – aber was mochte aus Nelda geworden sein, hatte sie ihre schöne Frische noch, oder –? Ein blasses verblühtes Altjungferngesicht mit traurigen Augen schwebte ihm vor. Eine wahre Angst bemächtigte sich seiner.

»Herr Hauptmann Xylander!«

Da, eine volle, liebe, vertraute Stimme! Er fuhr auf. »Nelda!«

Sie streckte ihm beide Hände entgegen. Da stand sie, kräftig, frisch. Über dem hellen Kattunkleid blühten ihre roten Wangen, ein strahlendes Lächeln verschönte ihr Gesicht. Ihre Augen leuchteten vor Freude. »O Sie lieber guter Freund, o, wie freu' ich mich!«

Er konnte sich nicht halten, er stieß einen unterdrückten Freudenruf aus; und dann ergriff er ihre Hände und schüttelte sie und ergötzte sich an dem festen warmen Druck, der den seinen erwiderte. »Meine liebe gute Nelda!«

»Lieber Herr Hauptmann – ach, verzeihen Sie: ›Herr Major‹! Ich kann mich noch nicht so rasch dran gewöhnen,« sagte sie mit einem lieben entschuldigenden Lächeln. »Für mich sind Sie immer noch der Hauptmann!«

»Und Ihr guter Freund!«

»Ja, mein bester!« gab sie mit schimmernden Augen zurück. Ihr Gesicht wurde plötzlich sehr ernst. »Sie haben mich einmal vor einem schweren Unrecht bewahrt, einem Unrecht gegen die Meinen, gegen mich selbst – ich weiß jetzt, was es heißt, in blinder Verzweiflung aus dem Leben gehen, ich hab es vor kurzem in nächster Nähe gesehen. Gott sei Dank, daß ich lebe, so lebe!«

Sie sagte das mit einem tiefen Atemzug und drückte ihm fest die Hand. »Ich kann es Ihnen nicht genug danken!«

»Ich sehe es, Sie sind zufrieden. Sie sind glücklich!« Er musterte sie mit einem langen Blick. »So kann nur jemand aussehen, der ruhigen Herzens ist!«

»Nicht glücklich, nein« – sie schüttelte den Kopf – »dazu gehört zu viel, da ist manches, was mich sehr drückt, aber ich bin ruhiger geworden, klarer! Ich habe mich durchgefressen,« sagte sie mit ihrem alten freien Lachen und zeigte die gesunden Zähne.

Er mußte lachen wider Willen. Das war wieder der alte frische Ton, der ihn anmutete wie Waldesrauschen und erquickender Windhauch! Er glaubte keinen gleichen Klang gehört zu haben seit Jahren. »Und was macht Ihre Frau Mutter? Wie leben Sie? Was war das für ein alter jovialer Herr, der mir eben aufmachte?«

Ein Schatten ging über Neldas Gesicht, sie zögerte einen Augenblick. »Der Mama geht es ganz gut; sie würde sich auch sehr freuen, Sie zu sehen, aber jetzt gerade kann sie nicht, sie – ach, warum soll ich's nicht sagen?! Ich habe sie geärgert. Aber Sie werden doch wiederkommen, nicht wahr?« Sie sah ihm zutraulich bittend in die Augen. »Dann habe ich Mama hoffentlich nicht gerade geärgert. Der alte Herr ist Rentier Schmolke, unser Mieter – ein sehr guter Mann – doch lassen wir das, sagen Sie mir, was macht Ihre Frau und Ihre Kinder, Ihre lieben Kinder?«

»Sie werden uns besuchen, Nelda, ja? Sie versprechen es mir, Hand darauf!«

»Aber« – das Mädchen sah ihn groß an – »Sie wissen doch, Ihre Frau mag mich nicht mehr!« Ein tiefes Rot schoß ihr über die weiße Stirn. »So schwer es mir wird, ich möchte dann auch lieber nicht, daß Sie uns besuchen, wenn Ihre Frau es nicht leiden mag!«

»Unsinn!« Er lachte ein klein wenig forciert. »Kindereien! Elisabeth ist jetzt ganz anders, ich glaube, am liebsten wäre sie selbst mit heraufgekommen. Sie hat mich mit den Kindern bis hierher begleitet und« – er zögerte: sollte er sagen: sie steht unten?

»Warum ist sie denn nicht mit heraufgekommen?«

»Ach, Nelda, Sie kennen ja Elisabeth, bei aller Herzensgüte ist sie doch ein bißchen – nun wie soll ich sagen?« Er suchte verlegen nach einem Ausdruck, sie sah, wie eine langsame Röte ihm in's Gesicht stieg. Solchen Zug hatte er immer gehabt, wenn Frau Elisabeth etwas sagte, was ihm nicht paßte.

»Das schadet nichts,« kam sie ihm zuhilfe. »Ich komme zu Ihnen!«

»O Sie!« Er machte eine Bewegung, als wolle er ihre Hand an die Lippen führen, aber dann schüttelte er sie ihr wie einem guten Kameraden. »Sie sind nicht kleinlich! Mein Gott, wie konnte ich's eigentlich aushalten, sechs, nein, sieben lange Jahre, ohne von Ihnen –«

Er kam nicht dazu auszusprechen, draußen hatte es leise an der Klingel gerührt. Nun noch einmal. Sie horchten beide, eine Kinderstimme wurde laut. Jetzt steckte Herr Schmolke sein rotes Gesicht zur Tür herein. »Herr Major, ergebenster Diener, entschuldigen Sie, der Herr Sohn fragen nach dem Herrn Papa! Ein charmantes Jungchen!«

»Papa, du sollst 'runterkommen,« tönte Fritzchens Stimme im Hintergrund. »Die Mama is ungeduldig!«

Xylander wurde glühend rot. »Ich komme gleich, geh voran, Fritz!« Hastig ergriff er Neldas Hand. »Und, Fräulein Dallmer, nicht wahr, Sie kommen zu uns, bald?«

Sie nickte flüchtig. Mit sehnsüchtigen Augen sah sie zu dem Jungen hinüber, der auf der Schwelle stand, die Beine gespreizt, die Hände in den Hosentaschen, die blaue Matrosenbluse über der gewölbten Brust offen, die Mütze keck auf dem blonden Kopf. Er sah der Mutter ähnlich, Zug um Zug; aber er hatte des Vaters treue Augen.

»Und das ist Fritz?!« Nelda eilte auf den Knaben zu und legte ihm den Arm um die Schultern. »Du kannst mich nicht kennen, lieber Junge, aber ich kenne dich sehr gut, ich habe dich auf dem Arm gehalten, als du noch ein ganz kleines Wickelkind warst!«

Der Junge wurde rot, es war ihm höchst peinlich, einmal ein Wickelkind gewesen zu sein. Dann aber riß er die Mütze vom Kopf und sah Nelda offen an, mit einem klaren, fragenden Blick.

»Grüß' deine Mutter von Tante Nelda, hörst du?«

»Tante Nelda, ja!«

Sie bückte sich hastig und küßte ihn auf die Stirn. »Du lieber Kerl! O wie glücklich Sie sind!« wandte sie sich zu Xylander; es kam ihr aus tiefstem Herzen.

»Und Sie kommen zu uns, Nelda, Sie kommen?«

»Ich komme. Ich muß Ihre Kinder sehen, ich komme gern!«

»Komm jetzt, Papa,« sagte Fritz und faßte des Vaters Hand. »Du, man muß Frauenzimmer nicht warten lassen, du weißt doch! Fall nicht, hier sind Stufen! Ich darf doch auf der Straße auch mit dir gehen, Papa, ja? Wir beide! Ich geh am liebsten immer mit dir.«

* * *

Im Berliner Zimmer war eitel Wehklage, Frau Rätin schwamm in Tränen. Sie hatte sich eben zu sehr über Nelda geärgert. Sagte doch das undankbare Kind aus Anlaß des Briefes, der vom Onkel gekommen war – man hatte ihm von Neldas Krankheit geschrieben und er wünschte dringend die Nichte zu ihrer Erholung bei sich zu haben, wollte umgehend das Reisegeld schicken – sagte doch das undankbare Kind da: »Mama, da reis' ich gleich. Ich freu' mich unsäglich bei Onkel Konrad zu sein und sehne mich nach Papas Grab!« Wie unzart, immer vom Grab zu sprechen! »Du wirst mich nicht sehr vermissen, Mama,« hatte sie auch gesagt. Wie bockig sie war, jetzt grade reisen zu wollen, wo man sie so nötig brauchte!

Frau Rätin weinte ihr Taschentuch naß, dazwischen horchte sie auf die Stimme im Vorderzimmer. Wie fatal, daß sie nicht hineingehen konnte zu Xylander; aber mit den roten Augen, nein! Und angezogen war sie auch nicht. Über den Ärger mit Nelda mußte einem ja alles vergehen – Gott, wie sollte das noch werden?!

Schmolke ging ab und zu und ermutigte. »Reden wir, reden wir man endlich frei von der Leber weg! Sie werden sich doch nicht vor Ihrem eignen Fleisch und Blut fürchten, Verehrteste? Na, da brate mir einer 'nen Storch! Mir ist es sehr apropos, wenn die Sache zum Klappen kommt. Sehen Sie mal, der erste Juli ist vor der Tür, wir kündigen, machen Hochzeit, feine Reise nach der Ostsee oder dem Harz oder nach Friedrichroda, was? Ersten Oktober sitzen wir gemütlich eingespunden in unsrer neuen Wohnung, Berlin W. Gott sei Dank wir können's ja!«

»Ach, wie schön!« Die Rätin seufzte sehnsüchtig, dann schaute sie ängstlich um. »Aber Nelda, Nelda –?!«

»Na, sie reist eben mit uns. Ich habe Neldachen sehr gern. Und es ist ja auch für sie hochinteressant!«

»Gott, Schmolke, wie Sie Nelda kennen« – der Ton war ganz ärgerlich – »als ob die so gleich Ja und Amen sagte! Ich möchte lieber sagen, ich habe einen totgeschlagen, als ihr das erzählen. Ach, könnte man mal ein Glück haben, gleich wird es einem getrübt! Meinetwegen mag sie zu dem Bürgermeister, aber jetzt doch nicht; ich kann sie nicht entbehren. In ein paar Tagen läßt sich doch keine Hochzeit herrichten; und so lange muß sie bei mir bleiben, die Dehors müssen gewahrt werden!«

»Aber, Werte, bei uns alten Leuten!«

»Das ist ganz egal. Ich weiß gar nicht, was Sie immer mit dem Alter wollen! Die Dehors müssen gewahrt werden, man ist das seinem Stand schuldig. Mein guter Dallmer war Regierungsrat, mein Vater Registrator und mein Onkel« – hier machte sie eine kleine Pause – »Geheimer Rechnungsrat!«

»Ja, freilich, freilich!« Schmolke wurde ganz rot vor Bewunderung; sein Vater hatte Korinthen und Zichorien verkauft und die Tüten selbst gedreht in dem dunklen Lädchen des kleinen märkischen Fleckens. Er war froh, als es draußen zweimal klingelte, und verschwand. Nach fünf Minuten kam er mit Nelda wieder herein.

»Nun, wie war's?« Frau Dallmer hatte begründete Ursache, einen freundlicheren Ton gegen die Tochter anzuschlagen; sie sah, wie Schmolke an seiner Krawatte zupfte und den gestreiften Hemdbusen herausdrückte. Er präparierte eine Ansprache. Ihr schwindelte.

»Na, Neldachen,« sagte der gute Schmolke und klopfte dem Mädchen auf die Schulter, »das war ja 'ne Freude! Wirklich ein nobler Mann, außerordentlich nobel, und das Jungchen ganz charmant. Was Sie alles für Bekanntschaften haben! Aber nun bleiben Sie auch lieber hier, nicht wahr, Neldachen? Sie werden doch Muttern nicht kränken und jetzt reisen? Sehen Sie mal« – er druckste und schluckte und räusperte sich – »wir können Sie jetzt absolut nicht entbehren. Wir« – er druckste wieder und schluckte und bekam sogar einen Hustenanfall – »wir – nämlich – sehen Sie mal« – Eine atemraubende Pause. Frau Rätin hatte das Gefühl, in ein Mauseloch kriechen zu müssen. »Wir, nämlich, die Frau Mama und ich – sind gesonnen in den heiligen Stand der Ehe zu treten!« Es war heraus, Gott sei Dank!

Nelda fühlte ein eigentümliches Zittern in den Knieen; sie mußte sich am Tisch niederlassen und den Kopf in die Hand stützen, alles ging mit ihr rundum. »Also doch – also doch?!« War es ihre Stimme, die das sprach, merkwürdig starr und klanglos? Sie warf keinen Blick zur Mutter hinüber, sie konnte nicht; ein eisernes Gewicht drückte ihr den Nacken nieder, glühende Röte stieg ihr bis in die Stirn – das war die Scham. ›O, mein Vater, mein Vater‹. Sie hätte laut herausschreien mögen: ›Du bist vergessen, dein Name wird abgeworfen wie gar nichts – Vater, Vater, ist's möglich?!‹ Die Pein stieß ihr fast das Herz ab, die Kehle schnürte sich zu, kein Laut wollte über ihre Lippen.

Frau Rätin sah angstvoll nach der Tochter hin, sie hatte einen lauten Ausbruch gefürchtet. »Nelda, ach, sei nicht böse,« bat sie kläglich, »es mag dir ja komisch sein, aber so eine arme Witwe wie ich! Und Schmolke ist so gut – und es ist ja auch gut für dich! Denk' mal, du brauchst dich nicht mehr mit Stundengeben zu quälen! Ach Gott, du bist ja mein einziges Kind, wie liegst du mir am Herzen – Neldachen, verdirb mir doch das Vergnügen nicht!«

Die Tochter hielt die Lider krampfhaft gesenkt – war das Trotz oder Schmerz um ihren Mund? Wohl nur das Letzte; es klang unsäglich traurig: »Und hast du denn Papa ganz vergessen?«

»O nein, o nein!« Frau Rätin brach in lautes Schluchzen aus. »Er war ja meine erste Liebe. Aber ich habe zu viel durchgemacht im Leben; immer Krankheit, und nicht so mittun können, wie man eigentlich gemußt und gern gewollt hätte! Da wird man zuletzt praktischer. Danke du Gott, daß du eine Mutter hast, die immer dein Bestes bedenkt, andere Mütter sind ganz anders, die denken nur an sich. Mein Himmel, was hast du für ein Glück, daß du so einen guten zweiten Papa kriegst, der dich lieb hat und für dich sorgen will!«

›Ich will seine Liebe, ich will seine Sorge nicht, schäm dich!‹ Das schwebte Nelda auf der Zunge; aber – eine todeskalte Hand legte sich ihr auf den Mund – halbverlöschte Schriftzüge zeigten sich ihren Augen, von der unsicheren Hand eines Sterbenden auf's Papier gekritzelt – ein fernes, fernes Flüstern tönte: ›Sei gut gegen deine Mutter, sie ist schwach und bedarf der Stütze.‹ – – –

Ein Zittern lief durch Neldas Glieder.

»O mein Vater!« Mit einem Jammerlaut legte sie den Kopf auf den Tisch.

»Regen Sie sich nich auf, Neldachen, man ja nich!« Schmolke kam langsam um den Tisch herum und pflanzte sich neben das Mädchen hin; mit der einen Hand trommelte er verlegen auf die Platte, die andre versuchte ungeschickt die blonden Haare zu streicheln. »Na, sehen Sie, Neldachen, ich kann das gut begreifen, daß Sie nich sehr erbaut sind; so'n Mann, wie Ihr Herr Vater, bin ich schon lange nich – wenn ich allein die Stellung bedenke! Aber, Kindchen, man muß mit den Verhältnissen rechnen!«

Sie hob den Kopf und sah so gramvoll in's Leere, daß dem guten Schmolke eine Gänsehaut über den Rücken kroch. Hätte sie lieber geheult, es wäre noch angenehmer gewesen. Das besorgte freilich Frau Rätin schon zur Genüge.

Die wischte sich die Augen und putzte sich die Nase, jetzt klang's mit ganz verquollner Stimme: »Ich habe in meinem Leben immer verzichten müssen – wenn Nelda sich so lieblos stellt – da können wir's ja auch aufgeben!« Mit einem vehementen Ruck legte sie nun auch den Kopf auf den Tisch.

Der arme Schmolke stand wie angewurzelt, er sah angstvoll von der einen zur andern. »Gotte doch,« stieß er endlich hervor, »ich habe es doch nur gut gemeint! Teuerste, Verehrteste, Werteste, kriegen Sie man nicht gleich so verzweifelte Gedanken! Und, Neldachen, gucken Sie nich immer gradeaus, gucken Sie Schmolken mal an, ein einzigs Mal! Was – sehen Sie so, das war nett! Und nun geben Sie mir mal die Patsche – so. Wissen Sie, Neldachen, ich will mich ja auch gar nich mit Ihrem Herrn Vater gleichstellen, Ehre wem Ehre gebührt? Ich bin kein studierter Mann, dafür hat's in der Jugend nich gelangt. Aber ich verehre die Frau Geheime unaussprechlich« – hierbei verbeugte er sich und legte die Hand auf's Herz – »die ist grade so 'ne richtige Frau, wie sie im Buch steht. Sie sorgt so gut für mich; wir ergänzen uns, was sie zu viel hat, habe ich zu wenig, und umgekehrt. Sie ist allein, ich bin allein. Für sie ist es 'ne Versorgung, für mich 'ne Ehre. Man muß die Sache nur richtig beleuchten. Und, Neldachen, sagen Sie selbst, Ihnen bin ich doch immer herzlich gut gewesen, was? Neldachen, können Sie mich denn gar nich leiden?«

Der alte Mann hatte so etwas Gutmütiges in der Stimme, bittend sah er das Mädchen aus den kleinen hellblauen Augen an. Neldas Gesicht wurde unwillkürlich um einen Schein freundlicher. »Ich habe auch gar nichts gegen Sie, Herr Schmolke!«

»Na, sehen Sie!«

»Es ist mir nur so schrecklich« – Nelda stockte und warf zum ersten Mal einen Blick zur Mutter hinüber – »daß Ma – daß meines Vaters Frau je wieder neben einem andern leben kann, als ob – o wenn Sie meinen Vater gekannt hätten!« Sie hob die gefalteten Hände, eine heilige Zärtlichkeit war beim letzten Wort in ihrer Stimme. »Meinen Vater!« Die Tränen fingen an, ihr schwer aus den Augen zu tropfen.

Gott sei Dank, sie weinte! »Der Mann kann sich noch im Grabe freuen,« brummte Schmolke. »Ich wünschte, meine ollen Jöhren hätten nur halb so viel für mich übrig!« Er zog das Taschentuch vor, räusperte und hustete umständlich, dann trat er mit zwinkernden Augen dicht an Nelda heran und bückte sich tief zu ihr herunter.

»Neldachen,« flüsterte er, »Sie sind 'n gutes Mädchen! Wissen Sie was, Neldachen, haben Sie mich man auch en bißchen lieb, man en ganz klein bißchen!«

Er rührte sie; sie sah zu ihm auf und dann zu der Mutter hinüber und sah dann wieder in das ehrliche rote Gesicht. Ihr Herz zog sich krampfhaft zusammen, aber sie zwang sich zu einem Lächeln.

»Viktoria, wir haben ihr!« Schmolke stieß einen Freudenschrei aus, so daß Frau Rätin blitzgeschwind den Kopf erhob; er umfing Nelda mit beiden Armen und drückte ihr einen schallenden Kuß auf die Stirn. »Sie lacht! Teuerste, Verehrteste, Geheime, sie lacht, unser Töchterchen lacht! Kommen Sie an mein Herz, nein, komm an mein Herz! Jetzt sage ich ›du‹; wir sind einig!«

Frau Rätin tauchte einen Augenblick in die ausgebreiteten Arme, verschämt machte sie sich dann frei, zupfte an ihrer Schürze und schielte unter gesenkten Lidern zur Tochter hin.

»Na, Neldachen, nu sagen Sie doch Muttern ein gutes Wort, soll sie stehen und drauf lauern? Ä, wissen Sie was, Neldachen, wir beide sagen nu auch ›du‹, das gehört sich! Geh, geh, mein Kind, sag du nu Muttern ein Wort!« Er faßte das Mädchen um die Schultern und schob es mit sanfter Gewalt der andern zu.

»Ich gratuliere dir, Mama!« Neldas Stimme schwankte, Eiseskälte und eine natürliche Erregung stritten darin miteinander.

»O Nelda, dieses Glück!« Frau Rätin fiel der Tochter um den Hals. »Wenn das Dallmer wüßte, er war so gut!«

Nelda bebte. Sie küßte die Mutter und machte sich dann sanft von ihr frei. »Möchtest du glücklich werden,« sagte sie leise.

»Da haben wir's, da haben wir's,« frohlockte Schmolke. »Und nu sagt Neldachen auch ›Papa‹ zu mir! Nich wahr, Herzenskindchen, die Liebe tust du mir an?« Er klopfte ihr zärtlich die Wange.

Des Mädchens Herz drohte zu brechen; das war zuviel, die heruntergezwungenen Tränen stiegen erstickend in der Kehle auf.

»Na, und Vatern lassen wir ein schönes Denkmal setzen, was?« schwatzte der glückselige Schmolke weiter. »Einen Engel, der mit dem Finger nach oben weist. Wir reisen hin. Und Rosen lassen wir anpflanzen, die feinste Sorte. Ja, wir reisen hin. Sag' nur, daß du willst, meine Tochter – ich weiß ja, du sehnst dich!«

»Ja, ich sehne mich. Aber ich möchte allein reisen. Ich danke dir, Pa« – das Wort wollte nicht über die Lippen, aber sie zwang sich – »Papa!«

* * *

Über Berlin spannt sich der Nachthimmel; so klar und sterndurchblitzt, wie es ihm über den abertausend Schloten, dem Wust, dem Dunst, dem Schmutz möglich ist. Es hat sich am Tag abgewittert. Die Hitze steckt nur noch in den Wohnungen und die Müdigkeit in den Gliedern. Wer schlafen kann, schläft, wer es nicht kann, wirft sich ärgerlich in den Kissen.

Und jetzt zieht der Mond auf. Langsam kommt er angeschwommen, ein paar Wolkenschleier vor'm Gesicht. Wird er scheinen? Erst kriecht der blanke Rand unter den dunklen Säumen vor, rutscht und rutscht, wird breiter und breiter, die Wolkenfetzen verschweben nach oben und mischen sich gestaltlos ins gleichmäßige Grau des Nachthimmels. Da hängt die ganze matte Scheibe. Zitternde Strahlen schießen nieder zur Erde, gießen Silber über die Dächer, schlüpfen hinter die Gardinen und sehen schlafenden Menschen in die Gesichter.

Bei Dallmers brannte kein Licht mehr; auch die erregtesten Szenen nehmen ein Ende, man wird doppelt müde danach. Ein Verlobungstag ist immer aufregend, besonders unter solchen Umständen. Nun schlief Frau Rätin den Schlaf der Befriedigung. Schmolke schnarchte. Nur Nelda lag im Bett, die Augen weit offen, und folgte dem tänzelnden Mondstrahl auf ihrer Bettdekke. Sie war nicht mehr unglücklich. Von verklärenden Strahlen umwoben, tauchte des Vaters Grab vor ihr auf; bald würde sie daran knieen, sie würde die Hand auf den begrünten Hügel legen: ›Vater, ich sollte ja gut sein, bin ich's gewesen? Die Mutter hat jetzt eine Stütze, darf ich nun gehen?‹ – In sechs Wochen machen wir Hochzeit, hatte Schmolke erklärt. »In sechs Wochen reise ich zu Onkel Konrad!« Nelda hob die Arme hoch empor, sie fing an sich zu freuen; und mitten in der Freude, die ihr Herz leis zu bewegen begann, schlief sie ein. Der Mond beschien ihr Gesicht, an den Wimpern hingen noch Tränen, aber der Mund lächelte.

Ist es derselbe Strahl, der im Tiergarten durch die Bäume fließt, sie mit Zauberlichtern besteckt und im Garten der Rauchstraße magische Kreise auf den kiesbestreuten Wegen zieht?

Die Fliederbüsche hat der Gewitterwind tüchtig geschüttelt, die üppigsten Dolden haben ihre Blüten auf die Erde gestreut. Da liegen sie nun, ein Nachthauch kommt und verweht sie. Die Spitzen des Gesträuchs baden sich im Mondlicht; in der Mitte bleibt's dunkel, da sitzt die Nachtigall und singt und lockt: ›Züküt – züküt!‹ Oder klagt sie?

Duft kriecht über den Boden hin, hebt sich und weht hinein durch's breite Balkonfenster in das Boudoir der gnädigen Frau. Kein Licht. Aber Mondschein genug, um die Gestalt zu erkennen, die auf der eleganten Chaiselongue liegt, die Arme unterm Kopf verschränkt. Jetzt hebt sie den Kopf, wie jemand, der lauschend wartet, und späht umher in die Ecken und seufzt dann und legt sich wieder zurück.

Die schöne Frau Arnheim war sehr blaß; das spitzenbesetzte Negligé, Gesicht und Arme, alles weiß.

Sie gähnte und reckte die Arme wie beschwörend zum Himmel auf. »Da sitzt er nun drüben und berechnet, und der Sekretär muß nachschreiben bis in die halbe Nacht. Diese lebendige Rechenmaschine! Und ich langweile mich. – Wie unglücklich ich bin,« sagte sie plötzlich laut, richtete sich mit einem heftigen Ruck auf und saß kerzengrade. »Was beklage ich mich?« Finster schüttelte sie den Kopf. »Ich habe es nicht anders gewollt. Aber ich habe nicht geglaubt, daß man da so ein rebellisches Ding mit sich herumträgt.« Beide Handflächen stemmte sie gegen das Herz, als fühle sie da einen körperlichen Schmerz. »Osten – –!« Sie dämpfte die Stimme, es war nur noch ein Flüstern; aber sie fuhr zusammen und ließ den Kopf auf die Brust sinken.

Draußen sang die Nachtigall. Es war nicht anzuhören, dies ewige Liebesgeschmetter.

›Züküt züküt!‹

Sie hielt die Hände an die Ohren; und doch stand sie auf, wie magnetisch gezogen, trat an's Fenster und starrte hinaus in den schimmernden Garten, mit einem Ausdruck, wie ihn der Gefangene trägt, der aus vergitterter Zelle hinaus in die Freiheit blickt.

Da war sie mit ihm gegangen, an Abenden wie der heutige! Sie hatte ihn jetzt abweisen lassen, zwei-, dreimal; sie beantwortete seine Briefe nicht – denn da hatte diese Nelda Dallmer gestanden! Ihr war, als hörte sie wieder die ernste, eindringliche Stimme: ›Seien Sie barmherzig, gnädige Frau! Ich bitte für Agnes, ich bitte für Sie selbst!‹

Ein Frösteln lief der Einsamen über den Rücken, feuchte Dünste kamen vom Garten her; sie schlug das Fenster zu, und dann drehte sie sich zögernd um, wie jemand, der den Blick eines andern scheut – niemand da! Nur auf den Fleck, wo Nelda Dallmer vor wenigen Tagen gestanden, goß der Mond einen wahren Strom von Licht; die Rosen des Teppichs schimmerten wie aus Silber gewebt.

»Ich muß ein Ende machen, sie hat recht,« murmelte Anselma. »Mag die Kleine ihn behalten. Er wird sich trösten – und ich –?!« Eine lange Pause. Dann kam es mit einem leisen bittren Lachen hinterdrein: »Herr des Himmels, laß mich was finden, an das ich meine Seele hängen kann! Wo soll ich mit ihr hin?!« Sie kauerte sich auf der Chaiselongue zusammen und zog ihr dünnes Gewand fester um sich; sie fror.

Mit einem feinen dünnen Stimmchen hob die Rokokopendüle auf dem Kamin zum Schlage aus – zwölf Uhr. Da näherte sich ein gedämpfter Schritt; der Vorhang rauschte beiseite – Herr Leo Arnheim hatte ausgerechnet.

Mit dem bekannten stillen Lächeln trat er ein, rieb sich die immer etwas kalten Hände und stellte sich vor seine Frau hin, wie er sich vor die Kunstschätze seiner Galerie zu stellen pflegte.

»Ah, mein Kind, noch im Dunkeln?! Warum hast du die Krone nicht anzünden lassen? Ich werde gleich nach dem Diener schellen.« Er drückte auf den elektrischen Knopf.

»Bemüh' dich nicht, Leo,« sagte sie nachlässig. »Ich habe die Leute zu Bett geschickt, es wird alle Abend spät für sie. Es ist zwölf. Das Letzte klang scharf.

»Nun, zwölf, was will das bedeuten?!«

Freilich für ihn nichts; diesem gleichmütigen Gesicht mit der zähen Pergamenthaut und der vorspringenden Stirn über den unbestimmt-farbnen, scharfen Augen sah man's an, es brauchte nicht viel Schlaf.

»Du hättest sie immer warten lassen können, wozu werden sie denn bezahlt? Ich bin gar nicht müde. So!« Er ließ sich mit einem wohligen Seufzer neben sie in die Kissen fallen. »Was meinst du, Liebling, zu dem Perlenschmuck von Schaper in Renaissancefassung? Einzelne große Birnen – wunderbar einfach, hochvornehm – du würdest königlich aussehen!«

»Du hast wohl einen vorzüglichen Abschluß gemacht?« Sie sah ihn starr an. »Ich mag keine Perlen, ich habe genug – Perlen bedeuten Tränen.«

»Abergläubisch?! Aber wie du willst, suche dir aus, was dir gefällt. So, und nun erzähle mir etwas Amüsantes, ich bin recht heiter gestimmt. Osten war ja so lange nicht hier – ich schätze, fast fünf Tage – ich dachte, er würde dir heute abend Gesellschaft leisten?«

»Nein, ich bin müde, ich wollte allein sein!« Ihr Ton klang matt, eine hoffnungslose Abspannung lag darin.

»Du bist doch nicht krank?« Er fasste besorgt ihre Hand und suchte von der Seite ihr Gesicht zu erspähen. »Du ängstigst mich. Werde nur nicht krank! Der Sanitätsrat soll morgen mit dem Frühsten her. Ja, du siehst blaß aus! Er soll irgend eine Autorität mitbringen!«

»Ich möchte reisen!« Sie zog ihre Hand aus der seinen, sprang auf und ging mit großen Schritten vor ihm hin und her. »Reisen, weit!« Abgerissen stieß sie es heraus. »Lieber Leo, laß mich reisen, laß und reisen!«

»Auf einmal?! Natürlich reisen wir, wenn du willst! Wie denkst du über Oberitalien? Schon etwas heiß. Vielleicht Schweiz: Axenstein, Rigi. Dann Brighton oder Trouville oder Biarritz? Überall bestes Publikum.«

»Ja, ja,« sagte sie hastig, »wohin du willst. Aber dann weiter! Wohin im Winter?«

»Im Winter –?!«

»Ja, ich muß fort, ich will fort! Ich will die Welt sehen,« verbesserte sie sich rasch. »Laß uns nach Italien, nach Spanien, nach Amerika, nach – ach, ich weiß nicht wohin! Nur lange fort, nur weit!«

»Aber, liebes Kind, das geht doch nicht so, wie du denkst! Ich habe hier zu tun!«

»O, es geht!« Sie trat dicht an ihn heran und legte ihre heiße Wange auf seinen schon stark gelichteten Schädel. »Du kannst, wenn du willst!« Sie kniff die Augen zusammen, und dann schmiegte sie ihre unruhig zuckenden Hände an seine Wangen und streifte mit dem heißen Mund seine eingekniffenen Lippen. »Mein – lieber – Leo – es geht!« Jedes Wort kam vereinzelt heraus, wie abgerungen.

»Meinst du?!« Er schmunzelte. »So setze dich wieder!« Und dann machte er die Handbewegung, durch die er seinen Kassierer beorderte, Hunderttausende auszuzahlen. »Mag sich die Börse ohne meine persönliche Anwesenheit behelfen – wozu gibt es Telegraphen? Wir werden uns eine Reise ausdenken, von der Berlin spricht. Wie wäre es, wenn wir um die Welt führen? Damit die Welt erfährt, wer die schönste Frau auf der Welt hat!« Er lachte herzlich über den eignen Witz, aber ein geräuschloses, mehr innerliches als äußerliches Lachen.

Sie erwiderte nichts darauf, sie sagte nur aus tiefen Gedanken heraus: »Wir reisen also!«

»Ja, wann du willst. Sowie du fertig bist!«

»Ich bin fertig. Je eher je lieber, ich kann es nicht erwarten!«

»So reise voran für vierzehn Tage, ich wickle unterdessen hier das Nötige ab!«

»Ich danke dir!« Sie bot ihm die Stirn zum Kuß und wandte sich dann zum Gehen. »Ich muß zu Bett, ich bin todmüde!«

»Ich werde dir leuchten!« Er ergriff einen silbernen Armleuchter und ging ihr voran wie ein Bedienter, ältlich und unscheinbar. Sie folgte ihm, im flackernden Kerzenlicht einem weißen Götterbild gleich. An der Portiere schaute sie noch einmal zurück – dort auf dem Fleck, vom Mondlicht übergossen, dort hatte Nelda Dallmer gestanden!

Das Zimmer ist leer. Der Nachtwind streicht durch die Büsche im Garten und säuselt an den Scheiben; jetzt klirrt der Riegel, die Fensterflügel gehen geräuschlos auf. Duft, Luft und Mondlicht strömen ungehindert herein; magischer Schein webt im Garten. Die Nachtigall singt wie trunken. Niemand hört sie.

VII.

Aus Xylanders Fenstern in Moabit hatte man eine weite Aussicht bis nach dem Kriminalgericht und nach der Kuppel des Ausstellungspalastes; über die Schienenstränge der Lehrter Bahn und die ganze lange Straße hinunter.

»Nu kommt sie,« schrieen Karl, Vicky und Lollo, die im Fenster lagen, und strampelten mit den Beinen.

»Wo?« Frau Elisabeth fuhr rasch auf und reckte sich über ihre Kinder. »Unsinn! Das ist ja eine uralte Person!«

»Aber du sagtest doch, sie wäre 'ne alte Jungfer!« Lollo rieb sich sehr enttäuscht ihre kleine Stumpfnase; sie war das enfant terrible der Familie.

»Um Gottes willen, Lollo, mach nur nicht etwa solche Bemerkungen, wenn sie da ist,« mahnte die Mutter. »Papa wird riesig böse, wenn er's hört!«

»Ja, das glaub' ich!« Die Kleine lachte verschmitzt. »Der guckt immerfort nach der Uhr, und seinen guten Uniformrock hat er auch an!«

»Sie kommt, sie kommt!« Karlchen kreischte auf und schabte mit den Stiefeln noch rasch ein bißchen mehr Tapete von der Wand. »Jetzt ist sie an der Tür! Sie hat den Fritz an der Hand, der ist ihr entgegengelaufen, 'ne Viertelstunde hat er schon unten gelauert. Jetzt mach' ich ihr auf, hurra!« Er stürmte davon.

»Ich bin recht neugierig,« sagte Frau Elisabeth.

»Ich auch, Mama!« Die hübsche Vicky zog sich das halblange Kleid tiefer auf die Füße.

Lollo sprang von einem Bein auf's andre, daß die blonden Zöpfe flogen. »Die alte Jungfer kommt! Hau, achtundzwanzig Jahr, wie uralt!« – –

Zwei, drei Wochen waren vergangen, ehe Nelda den versprochenen Besuch bei Xylanders machen konnte; es gab zu viel der Abhaltung für sie. Im ›Berliner‹ saß man allabendlich in wichtigen Beratungen beisammen; in Schmolkes Vorderstuben war ein kleines Ausstattungsmagazin eröffnet, man wollte sich doch nett und modern einrichten. »Den alten Krempel verkaufen wir dann,« sagte Frau Rätin. Allerhand hübsche Möbel wurden angeschafft; sie standen schon vorne herum und in der großen Hinterstube. Die kleine Hinterstube war zugeschlossen und verwaist. »Stellt mir nur ja nichts hinein,« – Frau Rätin schüttelte sich – »da hat die Berg gewohnt, das bringt Unglück!«

In glühender Sonnenhitze besah man Wohnungen; von jeder war Frau Rätin entzückt, wenn sie Teppiche auf den Treppen hatte und am Eingang die Inschrift ›Aufgang nur für Herrschaften‹. Auch ein neues Schwarzseidnes und ein Grauseidnes, wie sie es so schön nie besessen hatte, wurden angeschafft; das Schwarzseidne für's Standesamt, das Grauseidne für die Kirche. Nelda mußte überall mit, sie hatte nie gewußt, daß sie der Mutter so unentbehrlich war. Jetzt, wo es zur Trennung kam, schien Frau Rätin gutmachen zu wollen, was sie eigentlich immer vergessen hatte oder was ihr nur selten eingefallen war: sie überschüttete die Tochter mit Liebe. ›Neldachen hier – Neldachen da – wie Nelda meint‹. Und Nelda lächelte dazu und nahm es hin wie ein Geschenk, das einem in den Schoß fällt, ohne daß man's begehrt hat.

Ja, an eine Trennung ging's. Es war nun ausgemachte Sache, gleich nach der Hochzeit reiste Nelda zum Onkel; und sie würde vorderhand auch dort bleiben, sie hatte das fest und bestimmt erklärt. »Du brauchst mich nicht, Mama. Er braucht mich, und so mancher andre da auch noch!« Frau Rätin weinte sehr, zum Schluß war es ihr aber ganz recht. »Sie kann ja jede Minute wiederkommen,« tröstete sie sich; »das Reisegeld spielt ja gar keine Rolle.« Und Schmolke hatte hinzugesetzt: »Jederzeit willkommen, Neldachen, jederzeit! Das will mir gar nich einleuchten, daß du den ollen Onkel vorziehst. Bleib man keine Ewigkeit!«

Heute ging sie nun endlich zu Xylanders, die Frau Major hatte in einem freundlichen Briefchen um den Besuch zum Kaffee an diesem Sonntagnachmittag gebeten.

Nun schritt Nelda die Treppe hinauf, an ihrer Hand hing Fritz, er führte sie wie im Triumph. »Ich kenn' sie schon,« hatte er sich heute den ganzen Tag vor den Geschwistern groß gemacht. »Und sie gefällt uns sehr, gelt du, Papa?«

Xylander, in einer Art festlicher Unruhe, schritt die Zimmer ab und sah seine Kinder prüfend an: waren sie auch nett und ordentlich? Dafür sorgte schon Frau Elisabeth; die sah selbst aus wie aus dem Ei geschält, so frisch und heiter. Und der Kaffeetisch war allerliebst gedeckt mit der gestickten Serviette, der Arbeit sauren Fleißes von Vicky und Lollo, und den altmodischen buntbemalten Tassen der seligen Tante: ›Zum Andenken‹ – ›Sei glücklich‹ – ›Aus Freundschaft‹. »Die hat Nelda immer so hübsch gefunden,« sagte Frau Elisabeth zu ihrem Mann, und er küßte sie dafür.

Es war alles noch wie früher; wie in dem gemütlichen Eßzimmer draußen auf der Chaussee. Nur vor den Fenstern brandete die Großstadt, und eine Brandung war es ja auch gewesen, aus der man sich hierher gerettet. Bei dem einen hatten die Wellen nur stürmischer getost als bei dem andern; aber Wellen waren es immer gewesen. Die Kinder, die wußten noch nichts von dergleichen, die saßen mit großen Augen und kuchenhungrigen Mäulern und sahen abwechselnd den Gast an und den lockenden Teller.

Nelda blickte ihnen der Reihe nach in die blühenden Gesichter. Bald hingen sie an ihr wie die Kletten, sie mußte alles anhören, Schreibhefte und Handarbeiten anstaunen. Nach einer halben Stunde erklärte Lollo ganz keck: »Du, Tante, du bist ja gar keine alte Jungfer!«

Frau Elisabeth wurde glühend rot. »Aber, Lollo!«

»Aber, Mama, du hast doch gesagt –«

»Still!«

Nelda wollte sich ausschütten vor Lachen. »Danke schön, Frau Major!« Sie streckte die Hand über den Tisch, ihr Lachen war so herzlich, die andern mußten mit einstimmen.

»O wie schade, Nelda, daß Sie so bald fortgehen! Müssen Sie denn absolut zu dem Onkel?« Frau Xylander hielt des Mädchens ausgestreckte Hand fest. »Was würden wir nun für gute Freundinnen werden, wie nett sind Sie geworden!« Sie sah Nelda mit wohlwollenden Augen an, und dann rutschte sie auf ihrem Stuhl hin und her, man merkte ihr an, sie hatte was auf dem Herzen. Zerstreut klopfte sie auf den Tisch und zupfte am Tuch und rückte mit den Tassen hin und her. »Kinder, geht jetzt mal 'raus,« sagte sie plötzlich energisch. Die vier zögerten. »Geht nur, geht«

– sie trieb sie von dannen – »ich komme gleich nach!« Und dann selbst schon halb auf dem Sprung: »Ich muß wirklich mal was sagen, es drückt mich ordentlich!« Sie schnappte nach Luft. »Paul, du willst zwar absolut nicht, daß ich davon spreche, aber ich sehe das gar nicht ein, jetzt wo wir so gut befreundet sind. Der Paul, der ist ja auch so ein Idealist, vor lauter zarten Rücksichten verpaßt der die beste Gelegenheit – ja, laß mich nur ausreden, wenn du auch Gesichter machst! Denken Sie, Nelda, Ramer hat den Abschied genommen, gleich nach dem Tode seiner Mutter! Davon haben Sie doch auch gelesen, gräßlich, nicht wahr?«

Niemand antwortete. Xylander sah besorgt von der Seite auf Nelda.

Elisabeth plauderte munter fort. »Es war eigentlich ganz gescheit von ihm, mit dem Namen macht er ja doch keine Karriere. Nun ist er angestellt in einer Gewehrfabrik in Köln – ja, ja, ich komme schon, was wollt ihr? Schreit nur nicht so!« Sie streckte den Kopf zur Tür hinaus, zog ihn aber dann eilig wieder zurück und trat noch einmal an den Tisch. »Ich hätte ihm gar nicht so viel Schneid zugetraut, dem Ramer!«

Wieder dieser Name! Es gab Nelda einen Schlag; sie konnte es nicht verhindern, daß eine zudringliche Röte langsam in die Wangen drängte und ihr hinauf bis zur Stirn stieg. Und dabei war ihr Herz doch ruhig, ganz ruhig. Sie ärgerte sich über sich selbst.

Frau Elisabeth sah das Mädchen verstohlen an und blinzelte dann ihrem Mann zu. »So, nun muß ich mal für ein paar Momente zu den Kindern gehen; entschuldigen Sie, die machen sonst Unfug!« Sie raffte noch rasch ein paar von den benutzten Tassen zusammen und lief zur Tür, leichtfüßig wie ein Mädchen. Hinter Neldas Rücken blieb sie einen Augenblick stehen, machte ihrem Mann allerhand Zeichen, wies mit dem Zeigefinger auf die regungslos Sitzende und nickte energisch mit dem Kopf. Dann verschwand sie.

»So,« sagte sie draußen mit einem triumphierenden Lachen. »Fritz, Karl, was lungert ihr denn hier herum, ihr wolltet wohl am Schlüsselloch horchen? Kommt mal mit!«

Drinnen waren die beiden einen Augenblick ganz still, dann sprach Xylander mit einem entschuldigenden Lächeln: »Verzeihen Sie, der Name mußte Sie unangenehm berühren! Halten Sie mich nicht für charakterlos, liebe Nelda, vor Jahren habe ich selbst nicht geglaubt, daß je wieder eine Beziehung zwischen ihm und mir sein könnte; ich habe ihm sehr gezürnt. Aber man wird milder mit der Zeit, glauben Sie mir's!«

»Ja, man wird milder!« Sie nickte, wie eine Vision schoß Ramers Gesicht an ihr vorüber. Sie konnte es sich doch noch vorstellen, aber wie durch einen dicken, dicken Schleier gesehn.

»Ich glaube, wenn wir uns selbst einen Charakter, oder sagen wir besser: ein Temperament, zu wählen hätten,« sagte Xylanders sympathische Stimme, »wir würden für das von Ramer höflich danken. Aber was kann er für den Sinn, der ihm angeboren ist – zu seinem Unglück?!« Er richtete einen bittenden Blick auf Nelda. »Sie sollten ihm verzeihen – können Sie ihm verzeihen?«

»Und das fragen Sie mich – Sie?« Sie sah ihn mit großen, erstaunten Augen an. »Sie, der Sie wissen –!«

»Ich weiß, ich weiß!« Er legte seine Hand auf die ihre. »Nelda, man muß so vieles im Leben vergessen – vergessen und verwinden!«

Langsam schlug sie die Augen nieder. »Glauben Sie nicht, daß auch ich vergessen mußte?«

Sie sah nicht den wehmütigen Ausdruck, über sein Gesicht ziehen und die Falte zwischen den Brauen; sie sah sinnend in ihren Schoß.

»Glauben Sie mir, Ramer bereut schwer, was er Ihnen gegenüber gefehlt hat. Niemand hat mit einem Gefühl tieferer Beleidigung an ihn denken können als ich, ja – unterbrechen Sie mich nicht – ich! Nelda, ich habe Sie so hoch gehalten, mich an Ihrer Frische erfreut, erquickt, mir war –« er fuhr sich mit der Hand über die Stirn – »aber lassen wir das! So mag der Gärtner dem Buben zürnen, der nachts über den Zaun steigt und ihm die schönsten Rosen abschneidet. 's war nicht mein Garten, aber doch der des Nachbars. Bald nach dem Tode Ihres Herrn Vaters – Sie hatten schon Koblenz verlassen – schrieb Ramer an mich;

er fragte nach Ihnen, er wollte wissen, wie Sie den Verlust ertrügen. Ich war zu böse auf ihn; ich antwortete nicht. Dann nach zwei Jahren kam noch ein Brief; wieder die Frage nach Ihnen, aber noch intensiver, und zwischen den Zeilen eine brennende Selbstanklage. Ich antwortete wieder nicht. Aber als ich einen Kameraden aus Mainz traf, fragte ich nach Ramer. Der sprach mit Achtung von ihm, nicht mit dem sonst üblichen Achselzukken; er sei sehr fleißig, beschäftige sich mit allen möglichen technischen Sachen, halte sich zurück, finde aber bei den ernsteren Elementen im Regiment Anklang und so weiter. ›Er trägt Schweres mit sich herum,‹ sagte der Kamerad, ›aber er müht sich, es nicht zu zeigen, er hält den Kopf hoch.‹ Da fing ich an, wieder Sympathie für ihn zu bekommen und ließ ihn grüßen. Geschrieben habe ich wieder nicht. Von Ihnen wußte ich ja auch nichts, Sie waren mir entschwunden, so wie mir inzwischen die Jugend entschwunden ist – sehen Sie, ganz grau!«

Er neigte den Kopf, daß sie den grauen Scheitel sehen konnte; es nützte kein Auszupfen von Frau Elisabeth mehr, es waren zu viele der bedenklichen Fäden.

»Und dann zuletzt – Sie wissen's ja – kam der schreckliche Tod von Frau von Ramer, und gleich darauf las ich im Militärwochenblatt die Abschiedsbewilligung für den Sohn. Da schrieb ich nun doch ein paar kondolierende Zeilen. Sie werden erstaunt sein, ich bekam als Antwort keine Jeremiade; nein, einen ganz vernünftigen Brief, ernst und gehalten natürlich – die Mutter sei nun tot, er habe den Abschied nachgesucht, er sei es müde, einer eingebildeten Ehre nachzujagen, wolle versuchen, sich anderweitig zu betätigen, und habe eine Stellung an der großen Gewehrfabrik von Faber & Co. in Köln angenommen. Tüchtig, nicht wahr? In diesem Brief war keine Frage mehr nach Ihnen!«

»Wie könnte das auch sein?« Sie lachte kurz auf. »Er hat mich nie geliebt, warum sollte er denn jetzt Interesse heucheln?!« Wie kalt ihre Stimme klang! Und doch fing Xylanders feines Ohr das verletzte Empfinden darin auf.

»Nicht so,« bat er. »Er fragte nicht mehr direkt nach Ihnen, aber da stand ein Satz, der viel mehr bedeutet. ›Ich habe einsehn gelernt, daß äußere Ehre und der Namen nicht das Höchste sind.

O, daß ich das Beste, das Edelste von mir gestoßen habe, das sich mir jemals im Leben geboten hat! Könnte ich gutmachen!‹ – Da ist mir denn doch ein Licht aufgegangen. Sehen Sie, Nelda, er möchte gern heraus aus seiner Unglückshaut; es wäre unrecht, ihm die helfende Hand zu verweigern. Was meinen Sie?«

»Warum sagen Sie mir all' das, warum fragen Sie mich?« Sie zuckte die Achseln. »Ich kann ihm nicht helfen!« Starr sah sie an Xylander vorbei in die flimmernde Sommerluft, die draußen vor'm Fenster spielte.

Er suchte umsonst ihren Blick, er sah nur, wie ihre Lippen leise zitterten. Da war noch nicht alles verloren! Sie sah so scheu, so mädchenhaft aus in diesem Augenblick; ihr Mund war stolz geschürzt und doch wie der eines Kindes, das weinen möchte. Glücklich der Mann, der den küssen durfte! Es war ein langer, langer Blick, mit dem Xylander Neldas Gestalt umfing; ein Kampf spiegelte sich in diesem Blick und ein Entsagen. Jetzt lächelte er wehmütig und schüttelte unmerklich den Kopf.

So saßen sie beide, jeder in seine Gedanken vertieft, bis von der Tür her die helle Stimme Frau Elisabeths ertönte: »Nun, so stumm? Ist euch die Petersilie verhagelt? Du machst ja ein Gesicht, Paul, wie drei Tage Regenwetter!« Sie lachte unbefangen, machte ihrem Mann aber verstohlen fragende Gebärden. Er achtete nicht darauf. Ärgerlich warf sie den Kopf in den Nakken – na, der wollte sie schon selber auf den Zahn fühlen!

»So, da bin ich wieder,« sagte sie. »Die Kinder sind gut untergebracht, sie spielen Lotto; Vicky ist schon so verständig, die beaufsichtigt es!«

Nelda fuhr wie aus einem Traum auf. »Lassen Sie mich aber nachher zu ihnen gehen! Sie haben so liebe Kinder!«

»Ja, unberufen, das haben wir!« Frau Elisabeth sah das Mädchen ordentlich mitleidig an. »Haben Sie Kinder immer noch so gern?«

»Unbeschreiblich!« Rasch und aus tiefstem Herzen kam die Antwort.

»Ja, das glaub' ich!« Die Frau Major setzte sich dicht neben ihren Mann und spielte mit seinen Fingern.

»Da müssen Sie heiraten, liebe Nelda! Gott im Himmel, was würden Sie jetzt für eine gute Frau und Mutter abgeben! Nicht wahr, Paul?« Sie trat ihn heimlich auf den Fuß.

»Das glaube ich selbst!« Nelda stand langsam auf, wie mächtig emporgezogen, ihr Gesicht wendete sich dem Fenster zu, daß der volle Glanz des Nachmittagslichts es überstrahlte. Diesem Blick war das Leben kein Buch mit sieben Siegeln mehr; schon manches Blatt im Buch war umgeblättert, und doch war das Gesicht rein und keusch geblieben wie eine Blume, die den schwülen Guß abgeschüttelt hat. »Ich habe gar keine Talente,« sagte sie, als ob sie mit sich selber spräche. »Das bißchen Musik ist nicht der Rede wert, malen und dichten kann ich nicht und wie die Künste alle heißen; schön bin ich auch nicht. Aber einen Menschen glücklich machen, ja, ich glaube, das könnt' ich!« Sie atmete tief.

Frau Elisabeth nickte sehr beifällig: »Wie Sie verständig geworden sind!«

Xylander sagte kein Wort; er sah den Glanz auf Neldas Zügen kommen und gehen, sie schien ihm so groß, wie sie da stand und ihre Gestalt sich abhob gegen den lichten Hintergrund.

Jetzt ließ sie die Arme schlaff herunterfallen, der blonde Kopf neigte sich auf die Brust, aber mit einer stolzen Gebärde. »Ich muß es hinnehmen, wie es kommt!« Sie lächelte dabei, aber nicht resigniert, lebensvolles Rot färbte ihre Lippen. »Es ist mal unser Los, uns äußerlich zu fügen: aber innerlich, da hab' ich mich durchgekämpft, da bin ich frei, ganz frei! Ich sag's ja offen, weiß Gott, ich wünschte, ich hätte ein Herz, das mir gehörte ganz und gar, aber wenn's nicht sein kann« – sie hob die Arme und ließ sie wieder sinken – »unglücklich werd' ich drum nicht. Ich will nicht unglücklich sein!«

Wie frei ihr Blick war! Um die kräftige Gestalt hing das helle Kleid in schlichten Falten, auf dem Scheitel zitterten die goldnen Härchen im Sonnenlicht.

»Du darfst ihr immer die Hand küssen,« lachte Frau Elisabeth. »Ich seh's doch, du möchtest gern. Nein, was der Mann für ein Don Juan ist, noch auf seine alten Tage!« –

Die Spaziergänger kehrten bereits in Scharen vom Tiergarten heim, im Westen war der Himmel von sanftem Rot gefärbt, als Nelda zum Aufbruch rüstete. Ein schweres Fortkommen. Die Kinder wollten sie gar nicht weglassen. Etwas von der alten Lust war wieder über Nelda gekommen, sie war mit den vieren durch die Stuben getollt und hatte sich lachend fangen lassen. Als sie mit glühenden Wangen und wirrem Haar am Spiegel vorüberjagte, kannte sie sich selbst kaum.

Nun stand sie draußen auf dem Korridor, die Kinder um sie her.

»Sie kommen doch noch einmal, ehe Sie reisen?« bat Frau Elisabeth. »Und zu Ihrer Frau Mama komme ich in den nächsten Tagen und gratuliere ihr – das einzig Vernünftige, was die tun konnte! Nein, ich kann Sie gar nicht begreifen, liebe Nelda, daß Sie uns das nicht gleich im ersten Moment erzählt haben, erst jetzt so hintennach und nebenbei. So etwas Gutes, solch ein Glück! Sie kommen aber doch wieder zurück von Ihrem Onkel?«

Nelda gab keine Antwort, sie bückte sich zu Fritz. Xylander, der am Türpfosten lehnte, sah, wie sie blaß und dann rot wurde. Ein Schatten glitt über sein Gesicht. »Ich begleite Fräulein Dallmer zur Pferdebahn,« sagte er kurz und langte nach seiner Mütze.

»Aber das ist wirklich gar nicht nötig, Nelda findet besser als du!« Eine kleine Regung von Eifersucht kam nun doch noch zum Vorschein bei Frau Elisabeth. »Ich gehe ja auch immer allein!«

Man nahm Abschied. »Komm bald wieder, Tante Nelda,« schrieen die Kinder noch über's Treppengeländer nach. »Papa, komm du auch bald wieder!« Das war Fritz, der war immer sehr besorgt um seinen Vater.

»O wie glücklich Sie sind!« Nelda sah noch einmal zum Haus hinauf. »So viel Liebes da drinnen!«

Xylander vermied ihren Blick.

»Ja, ich bin zufrieden. Elisabeth ist die beste Hausfrau und Mutter und« – er brach ab. »Meine hiesige Bureautätigkeit ist mir außerordentlich zusagend – und dann meine Kinder!«

Ein weicher Ausdruck verjüngte sein Gesicht. »Sie sind meine ganze Freude, meine ganze Hoffnung! Und wenn man eine Hoffnung hat, dann ist man reich; hoffen ist an und für sich schon ein Glück!«

»Das ist wahr! Daß ich doch so oft denken muß wie Sie,« sagte sie lächelnd. »Ich hoffe auch wieder!«

Schweigend gingen sie ein paar Minuten nebeneinander her. Und nun plötzlich sagte er ganz unvermittelt: »Sie kommen nicht wieder, Nelda, nie wieder zurück. Ich weiß es!«

»Warum – warum meinen Sie?« Sie war ordentlich bestürzt; was sie laut noch nie ausgesprochen, was nur in ihrem Innersten zum Entschluß geworden war, das sagte ihr der hier so geradezu? »Ich weiß nicht, wie Sie darauf kommen, ich weiß ja selbst noch nicht, ich –«

»Ich habe den Schatten auf Ihrem Gesicht gesehen, als Elisabeth das Glück Ihrer Mutter pries!«

»Aber ich sagte doch nichts!«

»Das war auch gar nicht nötig. Ich sah nicht bloß, ich hörte schon den Schatten in Ihrer Stimme, als Sie uns die Neuigkeit mitteilten. Es ist Ihnen sehr schwer geworden, sich in den zweiten Vater zu finden. Ich habe Herrn Schmolke gesehen!«

»Er ist gut.«

»Gut, freilich, das glaube ich gern. Aber« – er sah ihr mit einem herzlichen Blick voll in's Gesicht – »stolze Vögel gehören nicht in's Spatzennest. Darum fliegen Sie aus, und wenn Sie auf ihrer stolzen Höhe sind, denken Sie nicht daran, zurückzuflattern; es wäre Torheit!«

»Wie Sie mich kennen!« Sie hob ihm das Gesicht frei entgegen, daß er jede Linie darin studieren konnte. »Sie haben recht, ich möchte nicht wiederkommen. Ja, wenn Mama mich braucht – aber sie hat jetzt alles, was ihr Herz begehrt. Ich bin ihr gar nicht böse. Nein, ich will mich nicht besser machen als ich bin! Erst war ich empört, ich hätte aufspringen mögen und laut schreien, aber dann« – sie senkte den Ton, er wurde zum andächtigen Flüstern – »dann dachte ich an meinen Vater. Er würde nicht zufrieden sein, wenn ich mich lieblos gegen Mama stellte; ich habe es ihm versprochen, ich will gut zu ihr sein. Sie sollen auch nicht glauben, daß es Feigheit von mir ist, zu gehen; so lange Mama mich brauchte, hab' ich nie daran gedacht. Ich werde überhaupt keinen Menschen verlassen, der mich wirklich und wahrhaftig braucht, nein, niemals!«

Xylander griff nach ihrer Hand und behielt sie fest in der seinen. »Brav, Nelda, brav! Also Sie wollen keinen im Stich lassen, der Sie in Wahrheit zu seinem Leben braucht? Denken Sie daran, wenn die Zeit kommt!«

Sie sah ihn verständnislos an – warum war er auf einmal so ernst, fast feierlich? Sein Blick hatte etwas Wehmütiges und doch Freundliches. »Sie haben so gute Augen,« sagte sie plötzlich, es glitt ihr über die Lippen, rasch wie sie's gedacht.

Eine feine Röte stieg ihm in's Gesicht.

»Ich werde Sie sehr vermissen, Nelda! Kaum wiedergefunden, heißt es auch schon Adieu. Aber es ist besser so – es ist besser so! Da kommt Ihre Pferdebahn, schnell, steigen Sie ein!«

* * *

Bei Xylanders war an diesem Sonntagabend noch lebhafte Unterhaltung. Die Kinder waren zu Bett, das Ehepaar saß allein in dem Arbeitszimmer des Herrn Major; er hatte jetzt wirklich eins, nicht bloß ein sogenanntes. Kein Kinderlärm durfte über diese geheiligte Schwelle, die Nähmaschine wurde im entlegensten Raum der Wohnung in Tätigkeit gesetzt. »Du hast überempfindliche Nerven,« sagte Frau Elisabeth. »Aber, du lieber Gott, wenn einer so viel leistet wie du, kann man ja gern ein bißchen Rücksicht nehmen. Die anderen Menschen bekomplimentieren mich immer über dich, du wärst so bedeutend – liebe Zeit, als ob mir das was Neues wäre! Aber du bist jetzt so schrecklich gut, noch besser als früher. Ich sorge auch gut für dich, nicht wahr, Paul? Sag's mir doch, daß du mich lieb hast!«

Sie war noch unbeschreiblich jung, die Frau Major, ungeachtet des Titels und der heranwachsenden Kinder. Flink wie ein Wiesel, trotz beginnender Fülle, und zärtlich wie in den Flitterwochen.

Heute abend war sie in's Arbeitszimmer eingedrungen. »Es ist Sonntag, du brauchst nicht zu arbeiten, Paul!« Sie saß in der einen Sofaecke und er in der andern; dies Sofa war letzthin für den Herrn Major angeschafft worden, bis dahin hatte er keins besessen. Wozu Sofas? Frau Elisabeth war gegen jede verweichlichende Bequemlichkeit; sie selbst ging im Korsett vom frühen Morgen bis zum späten Abend; immer stramm.

»Weißt du, Paul,« sagte sie bedenklich, »ich weiß doch nicht, ob es klug ist, wenn wir da wieder was anbändeln helfen zwischen Ramer und Nelda? Wenn ich's recht überlege, haben wir doch dazumal Unannehmlichkeiten genug deswegen gehabt; besonders ich. Wenn mir nur der arme Mensch nicht so leid täte! Ich habe nicht geglaubt, daß sich einer so ändern kann. Es war doch nett, daß er dir für deine paar Zeilen so dankbar schrieb und sich dir anvertraute. Und welch hübsche Aufmerksamkeiten er für die Kinder geschickt hat! Alles reizend ausgewählt, gar nicht wie ein verbißner Junggeselle. Siehst du, wie gut, daß ich die Briefe gelesen habe?! Du brauchtest gar nicht so geheim damit zu tun und ärgerlich zu sein, als ich den einen in deiner Brusttasche fand. Wer hat heut bei Nelda auf den Busch geklopft? Natürlich ich! Übrigens, aufrichtig gestanden, recht klug bin ich doch nicht aus ihr geworden – du, Paul? Nur Kinder hat sie sehr gern. Ich gönnte es ihr auch wirklich. Aber wenn es nur gut ausschlägt! Man muß sich eigentlich nicht um andrer Leute Angelegenheiten bekümmern, jeder hat mit sich zu tun!«

»Für Nelda Dallmer sage ich gut.« Xylander stützte den Arm auf die Sofalehne und den Kopf in die Hand; träumerisch sprach er vor sich hin. »Sie ist stark. Es ist ihr ein Bedürfnis, liebend zu helfen und helfend zu lieben. Und Ramer –? Es wird nicht einer so wahrhaft geliebt, daß nicht doch ein erlösender Hauch ihn streifte, merkt er ihn auch erst spät. Der Tod der Mutter hat ihn frei gemacht von der lebendigen Mahnung an die Vergangenheit; er möchte einholen, was er versäumt hat. Möchte gern auf die Höhe, wo der Wind freier weht. Aber er braucht eine Hand, die ihn dabei stützt – eine Frauenhand. Nelda kann's. Selig, überselig der Mann, dem dieses Mädchen –«

»Du schwärmst!« Frau Elisabeths Stimme klang etwas scharf. Sie stieß ihren Mann mit dem Ellenbogen an. »Du, wach' auf! Stell dich nur wieder auf deine zwei Beine!«

Er sah sie verdutzt an, er wußte selbst nicht recht, was er gesagt hatte.

Sie lachte hell, und dann warf sie den Mund schmollend auf. »Du tust ja, als ob es außer der Nelda kein nettes Frauenzimmer mehr gäbe. Na, warte du! So wunderbar find' ich sie nun doch nicht; ganz verständig, ja, und lieb zu Kindern, aber« – sie zog ihn am Ohrläppchen – »ob sie so famos Strümpfe stricken kann und stopfen und Hosenböden einsetzen und dergleichen, das wollen wir erst mal sehen! Wenn ich mich nicht immer so eingeschränkt hätte, alles selbst gebügelt und die Kinderkleider genäht, wo wären wir denn jetzt, he?« Sie strich ihm mit der kleinen, etwas hartgearbeiteten Hand über's Gesicht. »Alter guter Mann! Wir sind doch so glücklich, nicht wahr? Und nun schreibe mal an Ramer, daß sie bei uns war, und daß noch nicht alle Hoffnung für ihn verloren ist, oder was du sonst Schönes zusammen stilisierst! Ich sitze derweilen ganz still hier und mache meine Wochenrechnung, oder ich kann ja auch in der Rangliste lesen. Ich bin jetzt rasend ehrgeizig für dich!«

»Geh lieber zu Bett,« bat er. »Ich habe noch zu arbeiten; dann kann ich erst den Brief schreiben.«

»Aber ich störe dich ja nicht, laß mich doch hierbleiben, bitte! Nein, nein, wenn ich auch im Bett liege, ich kann doch nicht schlafen, ehe du kommst! Ich bleibe hier.« Sie setzte sich energisch in ihrer Ecke zurecht und hielt sich die Rangliste vor die Nase.

Mit einem leisen Seufzer nahm er am Schreibtisch Platz; er drehte dem Sofa den Rücken, die kleine grüne Arbeitslampe warf den Schein auf's Papier und auf sein Gesicht. Die Feder flog, mitunter hielt sie auch inne mit einem Ruck – der Faden abgerissen, weit, weit von der Arbeit weg irrten die Gedanken des Schreibenden – und dann ein Zusammenschrecken, und die Feder knirschte wieder und flog mit verdoppelter Schnelle. Aktenbogen füllte sich auf Aktenbogen, es war die Ausarbeitung für den morgen zu haltenden Vortrag in der Kriegsakademie. Man hörte nichts im Zimmer, als das leise Rauschen der Seiten und mitunter das Ausklopfen der tintengefüllten Feder.

Ein tiefer Atemzug kam vom Sofa her – nun noch einer und noch einer – nun ein ganz zartes, regelmäßiges Schnarchen. Xylander sah sich um. Da lag die hübsche Frau, die Füße hatte sie heraufgezogen; ihr Kopf, der von der Lehne heruntergerutscht war, baumelte haltlos hin und her.

Auf den Zehen näherte sich Xylander; er stopfte ihr das Kissen von seinem Stuhl unter's Genick. »Ich schlafe nicht,« lallte sie; aber sie machte die Augen nicht auf, als er ihren Kopf sanft ein wenig anders rückte. Leise schlich er zum Schreibtisch zurück.

Den großen Aktenbogen schob er beiseite und zog einen Briefbogen hervor; er stützte den Kopf und starrte mit einem weltverlornen Ausdruck lange auf das unbeschriebene Blatt. Jetzt glitt ein Lächeln über sein Gesicht, er tauchte die Feder ein, und nun schrieb er, ohne Einhalten, ohne Besinnen, die ganzen vier Seiten voll.

›Sieh zu, wie Du sie gewinnst; sie liebt Dich jetzt nicht, aber sie zürnt Dir auch nicht. Du bist ihrer noch lange nicht wert – nimm's nicht übel, daß ich Dir das so offen sage! Aber ihrer wert zu werden, dazu wünsche ich Dir von ganzem Herzen Glück! Ich werde Dir seinerzeit genau angeben, wann sie Berlin verläßt, eventuell telegraphieren, wo Du sie treffen kannst. Und nun Glück auf! Alle meine Sympathien sind bei euch!‹

Das war das Ende des langen Briefes.

Der Schreiber saß und starrte, die Feder noch in der Hand, auf den letzten Schnörkel seiner Unterschrift; dann stand er auf, schob vorsichtig den Stuhl zurück und trat an's Fenster! Die heiße Stirn ward angenehm gefächelt von dem Luftzug, der die weiße Gardine aufbauschte; mit verschlungenen Händen blieb Xylander regungslos und sah hinauf zum Nachthimmel. Stern wandelte neben Stern, scheinbar so nah, und doch welch unermeßne Weite zwischen ihnen – eine ewige Ferne!

»Weit wie unsre Seelen von einander,« murmelte Xylander und warf einen Blick hinüber zu seiner Frau; die schlief, die Rangliste noch in der Hand. »Und wo sich zwei Seelen so nahe sind, daß die eine den Hauch der andern verspürt, da darf's nicht sein.« Er wandte sich wieder dem Fenster zu und starrte unverwandt hinauf. »Möchte sie glücklich werden!«

Es war kein Seufzer, sondern ein Laut der Befriedigung, mit dem er jetzt zurücktrat; er stellte sich neben das Sofa und sah lächelnd auf die Schlafende nieder. Die gesunde Röte auf ihrem Gesicht hatte sich vertieft, ein Grübchen spielte im Kinn; er bückte sich und küßte das. »Lisabeth,« sagte er leise, »Lisabeth, wach' auf!«

Sofort öffnete sie die Lider. »O du!« Sie lachte ganz verschämt. »Nun bin ich doch eingedruselt. Bist du jetzt fertig? Du siehst blaß aus, du hast dich angestrengt!« Sie sprang auf und strich ihm besorgt das Haar aus der Stirn. »Dir fehlt doch nichts?«

»O nein, mir ist sehr wohl! Komm, laß uns noch einmal zu unsern Kindern gehen!«

»Gern.« Sie hing sich an seinen Arm. »Lieber Mann!«

VIII.

»Liebste Nelda, und nun sollen wir wirklich scheiden? Du gehst auf so lange fort?!« Frau von Osten hing sich an den Hals der Freundin und weinte bitterlich. »Ach, nun habe ich niemand mehr, dem ich alles sagen kann!«

»Es wird bald anders,« tröstete Nelda. »Glaube mir, alles wird noch besser! Du hast doch eben selbst erzählt, wie viel freundlicher und zugänglicher dein Mann ist!«

»Ja, das ist er!« Das zarte Gesicht erhellte sich, eine wärmere Blutwelle trat unter die durchsichtige Haut. »O wie bin ich dem lieben Gott dankbar!« Sie faltete die Hände und sah mit einem schwärmerischen Blick aufwärts. »Ich war so ganz unglücklich, und nun habe ich doch wieder Hoffnung!« Sie schauerte zusammen. »O du glaubst nicht, wie schrecklich er war, am liebsten hätte er mich« – dunkelrot werdend, brach sie ab und biß sich auf die Lippen.

»Man kann's ihm ja auch nicht so verdenken, er ist eben sehr verwöhnt. Denke nur, sie muß ihn auf einmal für immer abgewiesen haben! Er hat's zwar nicht gesagt, aber ich weiß es. Wenn er glaubte, es höre ihn keiner, dann sprach er mit sich und rannte wie verzweifelt auf und ab. Mir war ganz bang um ihn! Und dann hieß es auf einmal, Arnheims sind weg, für sehr lange, sie reisen Gott weiß wie weit. Ob ihr der liebe Gott das in's Herz gegeben hat? Die arme Anselma! Sie tut mir doch leid; manchmal denke ich, sie ist schlimmer daran als ich. Erst war Carlo ganz krank; er lag in seinem Zimmer auf dem Sofa, das Gesicht nach der Wand gedreht, er hatte furchtbare Kopfschmerzen. Ich habe ihm Kompressen gemacht und die alle paar Minuten gewechselt. Das tat ihm wohl. Und einen Tag sagte er – er kam vom Dienst nach Haus, er hat jetzt gerade in der Hitze so viel Paraden – ›Leg deine kühle Hand auf meinen Kopf, hierher, Agnes! Das tut mir gut!‹ O liebe, liebe Nelda, ich kann dir's nicht beschreiben; das Herz stand mir still vor freudigem Schreck!« Sie hielt hochatmend inne und preßte beide Hände an die erglühten Wangen.

Auch Neldas Gesicht färbte sich röter – sie sah heute blasser als sonst aus – mit einem zustimmenden Lächeln nickte sie. »Du kannst dich auch freuen, Agnes! Ja, ich habe immer geglaubt, wenn man jemanden sehr von Herzen liebt, er müßte doch auch was für einen empfinden. Möchtest du's erringen!« Sie strich der Freundin zärtlich über die Haare mit der ihr eignen, gleichsam schützenden Bewegung. »Du siehst besser aus, Agnes, du hast wieder Glanz in den Augen.«

»Ja, ja, mir ist auch besser!« Die junge Frau sah nicht mehr mit so matt verschleierten Augen drein. »Und denke dir, mir kommt vor, als wäre er ordentlich von einem Bann befreit, seit sie weg ist; er hat doch wieder für was andres Sinn. Gestern fuhren wir aus, seit langer Zeit mal zusammen; er kutschierte mich durch den Tiergarten. Wir kamen an zwei wunderhübschen Mädchen vorbei, da sagte er: ›Reizende Käfer! Sieh mal, Agnes, die links hat gerade Haare wie du!‹ O mein Gott, wie war ich froh! Sag' mal, Nelda« – sie legte beide Hände auf Neldas Schultern und sah ihr von unten herauf mit inniger Frage in die Augen – »nicht wahr, du glaubst auch, er wird sie nicht immer lieben, er wird mich noch nötig haben?« Sie wartete keine Antwort ab, sondern errötete und lächelte. »Ich glaube wirklich, er wird sie vergessen!«

Es war in der Berliner Stube, wo die beiden Freundinnen saßen und sprachen. Noch hing draußen an der Tür das Schild – ›Geheimrätin Dallmer, Familienpensionat‹ – aber es stimmte nicht mehr; seit gestern hieß Frau Rätin einfach Frau Schmolke. Auf dem großen Tisch lag nicht mehr das ewige weiße Tuch, sondern verschiedene Reiseutensilien; an der Wand standen ein paar Reisekörbe. Es war recht ungemütlich, Nelda packte, die Mutter packte; Nelda reiste morgen früh, Schmolkes fuhren übermorgen an die Ostsee. Frau Schmolke war in hochgespannter Erwartung; sie hatte noch nie das Meer gesehen.

Jetzt kam sie eben hereingeraschelt in einem funkelnagelneuen steifgestärkten Kattunmorgenrock, eine Last Kleider über dem Arm. »Ah, Frau von Osten!« Sie prallte zurück. »Ich wusste nicht –«

»O bitte, lassen Sie sich nicht stören!« Agnes streckte ihr herzlich die Hand entgegen. »Viel, viel Glück und gute Wünsche!«

»Ich danke, ich danke!« Die Neuvermählte nahm die Gratulation mit dem gebührenden Lächeln in Empfang. »Es ist nur zu traurig, daß Nelda uns gleich verläßt, das trübt unser Glück.« Sie zog das Taschentuch. »Aber Nelda ist ja, leider Gottes, immer eigenwillig gewesen, ich kann sie nicht ganz freisprechen vom Vorwurf des Egoismus. Sie hätte so gut mit uns reisen und mir nachher beim Einrichten der neuen Wohnung helfen können, aber sie will ja nicht. Tut, als ob es sie brennte, zu ihrem Onkel zu kommen; mein guter Schmolke ist ganz verletzt. Wir ziehen Potsdamerstraße, eine reizende Wohnung mit Vorgarten; und überall Teppiche. Darf ich Ihnen mal meine neuen Möbel zeigen? Es macht mir so viel Vergnügen!«

Sie war wirklich geschäftig und beseligt wie eine ganz junge Frau, als sie nun den Besuch in die Vorderstube führte, wo das mit rotem Plüsch neu bezogene Sofa stand, der große zusammengerollte Teppich für den Salon und allerhand zierliche Schränkchen und Etagèren.

Nelda blieb im Berliner Zimmer zurück. Mit einem verlorenen Blick sah sie um sich, in Gedanken war sie schon so weit fort. Es war ihr bereits alles fremd. Seit sie gestern in der Kirche mit niedergeschlagenem Blick hinter dem rauschenden Grauseidenen der Mutter dreingeschritten war, seit heute die Magd mit Lachen ›Frau Schmolke‹, und nicht mehr ›Frau Rätin‹ sagte, ging sie hier herum wie heimatlos. Sie hatte ihre Kraft doch überschätzt. Gestern abend, als Herr Schmolke in seiner Glückseligkeit sich einen harmlosen kleinen Schwips angetrunken hatte und sie immer wieder im Überschwang des Gefühls umarmte, war es plötzlich über sie gekommen mit einem tiefen, erschütternden Schmerz. Sie hätte laut hinausschreien mögen: ›Vater, mein Vater!‹ Sie krampfte die Hände unter'm Tisch zusammen und biß die Zähne aufeinander – nur nicht weinen!

Es war ihr gelungen; die Tränen hatte niemand gesehen, die am Abend heiß, unaufhaltsam in ihr Kissen flossen. Aber sie war heute zerschlagen an allen Gliedern wie nach einer schweren körperlichen Anstrengung; halb im Traum hatte sie ihre Habseligkeiten zusammengetragen; in der letzten Zeit war so viel zu tun gewesen, sie kam erst jetzt in elfter Stunde dazu.

Die Mutter hätte ihr gern noch alles mögliche mit in den Reisekorb gelegt. In aller Frühe war sie mit einem Dutzend feiner Taschentücher und einem halben Dutzend gestickter Nachtjakken erschienen. »Die sind etwas vergilbt,« entschuldigte sie sich, »sie sind noch von meiner Ausstattung her, sie waren mir immer zu schade; nimm du sie, ich kann mir ja jetzt andre kaufen. Ach Gott, wie wird es mir doch schwer, du bist ja mein einziges Kind! Wenn du fortgehst, fange ich ein ganz neues Leben an; von dem alten bleibt nichts mehr übrig, gar keine Erinnerung!«

»Gib mir nur den grünen Teppich mit,« hatte Nelda gebeten. »Ich will ihn vor mein Bett legen; Papa hat ihn immer gebraucht, ich möchte ihn gern haben, bitte!«

»Ach, der gute Dallmer!« Es sah aus, als wollte die Mutter in Tränen ausbrechen, aber es kam doch nicht dazu. »Freilich, freilich, du sollst ihn haben!« Weg war sie, nach zwei Minuten kam sie wieder, öffnete die Tür nur halb und schleuderte den Teppich hinein. »Da, mein Herz, pack' ein!«

Dieser alte grüne Teppich mit den Karmoisinrosen und den blau-lila Veilchen! War es nicht lächerlich gewesen, die Wange daran zu drücken und ihn zu streicheln wie ein lebendes Wesen?!

– – –

Wie vergnügt die Stimme der Mutter klang! Von der Vorderstube drang jeder Ton zu dem Mädchen herein, das im wüsten

Berliner Zimmer stand, an den Tisch gelehnt, die Arme herunterhängend. Und nun kamen sie von drüben wieder zurück.

»Reizend, wunderhübsch,« sagte Agnes. »Die Sachen gefallen mir sehr, liebe Frau Rä – liebe Frau Schmolke! Entschuldigen Sie nur, das will mir noch gar nicht über die Zunge!«

»Denke dir nur, Nelda« – die Mutter war in großer Aufregung – »eben erzählt mir Frau von Osten ganz zufällig, daß die Planke sich ja auch verheiratet hat. Denk' nur, rate mal mit wem?! Nein, das rätst du nicht! Es ist unglaublich! Mit dem jungen Kandidaten, du weißt doch, den du dir aufgegabelt hattest zu« – ›zu Dallmers Beerdigung‹, wollte sie sagen, aber sie schluckte es herunter. »Du weißt ja schon! Herr Gott, und wie hat die immer geredet! Wenn ich noch an die Kaffees denke! Da braucht sich doch kein Mensch über mich zu wundern; ich habe nie ein Hehl daraus gemacht, daß ich gern hätte, wenn Nelda sich verheiratete. Du wunderst dich ja gar nicht, Nelda?!«

Nelda war in der Tat nicht sehr erstaunt. Die Szene auf dem Gipfel des Mosenbergs stand noch lebendig vor ihr. Und dann sah sie den blassen, schüchternen Menschen, hörte seine weiche Stimme, die wie aus einer andern Welt herüberdrang, durch's praktische Leben wie ein unverstandener Klang irrte. Sie schüttelte bedauernd den Kopf.

»Mama schreibt,« erzählte Agnes, »daß er jetzt zweiter Geistlicher an der Schloßkirche ist; er ist's sehr früh geworden. Fräulein Planke ist für ihn von Pontius zu Pilatus gelaufen. Nun stürmen die Leute ordentlich die Kirche, wenn er predigt; mehr aber noch aus Neugier auf die Planke, schreibt Mama. Die soll ganz verklärt dasitzen. Er soll aber prachtvoll reden; ganz besonders, so ideal! Dem Konsistorium wäre es lieber, er spräche praktischer, die Leute verstehen ihn manchmal gar nicht.«

»Nein, die Planke, die Planke!« Frau Schmolke war ganz außer sich. »Wenn ich alles vergessen sollte, das vergeß ich nie, das ist eine Erinnerung für's Leben. Nein, die Planke, die Planke! Weißt du, Nelda, die könnte ja deine Mutter sein; da hast du doch auch noch Aussichten! Nein, wie kann man so alt sein und noch heiraten! Nein, die Planke!«

»Leb' wohl,« sagte Agnes leise und faßte Neldas Hand. »Du siehst blaß aus und hast noch viel zu tun! Gott behüte dich, meine liebste Nelda, hab' Dank, vielen Dank!«

»Dank – wofür? Ich habe dir zu danken, du hast mich was gelehrt!«

»O Nelda, du warst immer so gut!« Schluchzend lehnte sich Frau von Osten an die Freundin. »Hättest du was für mich tun können, du hättest es gewiß getan! Leb' wohl!« Und dann flüsterte sie noch einmal hastig: »Nicht wahr, du glaubst, es wird besser, er liebt sie nicht mehr?!«

»Bleib' du nur, wie du bist! Wir Frauen sind doch die Stärkeren. Leb' wohl, Agnes!«

* * *

Das war die letzte Nacht in Berlin gewesen, nun war der Morgen da. Ein heißer dunstiger Sommermorgen. Noch war nicht gesprengt auf den Straßen; der Staub, vom trocknen Wind getragen, wirbelte in die Fenster und kroch fein und zudringlich in alle Ritzen. Der Himmel stählern blaugrau; man sah die Sonne nicht und doch stach sie. Matt wie die Fliegen krochen die Bäkkerjungen die Häuser entlang; noch klingelte keine Pferdebahn.

»Ekliges Wetter,« sagte Frau Schmolke und streckte den Kopf zum Fenster der Vorderstube heraus. »So multrig! Gott sei Dank, daß wir morgen auch fortreisen, hier ist's nicht länger zum Existieren!« Als ›Frau Rätin‹ war sie nie einen Sommer fortgekommen, sie hatte gar nicht daran gedacht; nun konnte sie's auf einmal nicht mehr aushalten. So was lernt man rasch.

Im Berliner Zimmer stand das Frühstück auf dem Tisch, nur eine Ecke der Platte war aufgedeckt; man konnte sich jetzt nicht mehr so viel Wirtschaft machen. Alle Bilder waren von den Nägeln genommen, in eine Ecke zusammengetragen und mit dem Glas gegen die Wand gelehnt. Keine Gardinen hingen mehr; ungehindert guckte das verräucherte Dach des Hintergebäudes herein. Nur der Regulator pendelte noch hin und her. Sechs Uhr. Um sieben mußte man von zu Hause fort; um acht ging der Zug.

»Trink, Töchterchen, trink man,« redete Schmolke dem blassen Mädchen zu. »Essen und Trinken hält Leib und Seele zusammen. Soll ich dir 'ne Schrippe streichen, was? Als ich noch jung war, konnt' ich auch manchmal nich essen; nu geht's immer, und Gott sei Dank, es bekommt mir auch!« Er erhob sich halb vom Stuhl und guckte in Neldas Taffe. »Nanu, noch nich leer? Man immer zu, man immer zu!«

»Ich kann nicht trinken.« Nelda schob mit einer Gebärde der Ablehnung die Tasse zurück. »Du mußt nicht böse sein, ich kann nicht trinken, wahrhaftig nicht!« Sie hob plötzlich die großen überwachten Augen zu ihrem Gegenüber und streckte die Hand über den Tisch. »Papa!«

Herr Schmolke zog schmunzelnd den Mund von einem Ohr zum andern; es war das erste Mal, daß sie so freiwillig ›Papa‹ sagte! »Na, Neldachen?« Er sah sie erwartungsvoll an.

Des Mädchens Lippen zitterten. »Ich geh' nun so weit fort, – nicht wahr, du wirst gut für Mama sorgen?« Eine gewisse Angst lag in ihrer Stimme. »Heut' nacht hab ich mir Vorwürfe gemacht, ob's auch recht ist, daß ich gehe. Dann denk' ich doch wieder, Mama ist zufriedner ohne mich, sie bekommt bessere Zeit, sie mag nicht an die Vergangenheit erinnert sein. Ich kann ruhig gehen, ja, Papa?« Ihre Augen füllten sich mit Tränen.

»Na, da soll doch einer!« Schmolke schlug auf den Tisch, daß die Tassen klirrten. »Was denkst du denn eigentlich, olle Jöhre?!« Er blinzelte zu ihr herüber, ihre feuchten Blicke waren ihm ordentlich peinlich, er mußte in die Tasche fahren und sich des Schnupftuchs versichern; und dann stand er geräuschvoll auf und kam um den Tisch herum. »Olle Jöhre,« sagte er zärtlich und strich ihr über die Haare. »Kannst ganz ruhig losgondeln, sie sitzt wie in Abrahams Schoß. Und höre, Neldachen, du kriegst auch mal was von mir, du sollst auch später noch gern an Schmolken denken. Und nu, Mächen, vergiß mich nich und bleib nich 'ne Ewigkeit, hörst du?« Er bückte sich und küßte ihre Stirn. Sie saß ganz still und hielt seine dicken roten Finger mit ihrer Hand umschlossen.

Was lag für eine ungemütliche Abschiedsstimmung über der Berliner Stube, über der ganzen Wohnung! Marie schleppte den Reisekorb schon auf den Flur und stieß krachend an alle Ecken; Frau Schmolke schmierte in der Küche Butterbrote zum Mitnehmen und rannte verzweifelt nach einem Stück Einwickelpapier umher. Schmolke sah bald vorn zum Fenster hinaus nach der Droschke, bald nach der Uhr. Es wurde Zeit.

Nelda strich wie ein schon abgeschiedener Geist durch die Räume und sah an den Wänden in die Höhe und fühlte mit der Hand über die Möbel. Nicht, daß sie hier ein Glück zurückließ – aber einen Kampf.

Am Fenster der engen Komurke stand sie lange und guckte über den düstern Hof und das rauchige Dach. Drüben beim Schuster der Vogel sang nicht mehr, der war fort – frei! Und sie ging auch. Sie hob die Arme, als wollte sie fliegen.

»Nelda, Nelda!« Die Mutter stürzte in größter Aufregung den langen Gang herunter. »Es ist die höchste Zeit, die Droschke ist da! Mach, mach, daß wir den Zug nicht verpassen!« Sie litt an starkem Reisefieber, die Hutbänder flatterten, die Mantille hing auf einer Schulter. »Nein, deine Pomadigkeit! Rasch deinen Hut – hier sind die Butterbrote, und hier« – sie zeigte auf eine Selterwasserflasche unter ihrem Arm – »da ist kalter Kaffee drin, der ist am besten für den Durst. Und die Butterbrote sind mit kaltem Braten belegt von vorgestern. Komm nur, komm!«

»Adieu,« sagte Nelda und sah sich noch einmal um. Und dann schritt sie hinter der Mutter her und die Treppe hinunter. – – –

Nun war alles in Ordnung. Wie im Traum war Nelda durch die Straßen gefahren; neben ihr saß die Mutter, in nervöser Aufregung beständig die Hutbänder auf- und zuknüpfend, gegenüber nickte des Stiefvaters rotes Gesicht. Auf dem Bock schwankte der große Reisekorb.

Jetzt standen sie auf dem Perron des Potsdamer Bahnhofs. Ah, da war auch Xylander! Er führte seinen jüngsten Buben an der Hand, der krampfhaft ein Rosenbukett hielt.

»Sie haben mir ja schon Adieu gesagt! Ach, sie Guter!« Nelda streckte ihm mit schimmernden Augen die Hände entgegen.

»Ich mußte Sie doch noch einmal sehen,« sagte er ernst und hielt ihre Hände fest. »Viele Grüße von Elisabeth und glückliche, glückliche Reise!« Er war bewegt, man sah's am Zucken seines Schnurrbarts und an den vielen nervösen Fältchen um die Augen.

Schmolke nebst Gattin waren sehr gerührt von der Aufmerksamkeit des Herrn Major; das Rosenbukett wurde genügend bewundert und Fritzchen dazu.

Ein Gehaste rings umher. Karren mit Gepäck. Kofferträger schreien ›Achtung‹. Musternd schreiten Reisende die schwarze Schlange des Zugs entlang. Dort nehmen sie Abschied, hier lachen sie, da weinen sie. Rufen, Stampfen, Dampf, Gerassel.

Man stand vor Neldas Coupé, trat unruhig hin und her und wünschte im stillen, die Abfahrtszeit wäre schon da. Schmolke hatte nah an's Wasser gebaut; er unterhielt sich zwar angelegentlich mit Fritzchen, aber immer wieder schweifte sein Blick zur Stieftochter hin, und dann schneuzte er sich. Er war kein Freund vom Abschiednehmen, weiß Gott nicht.

»Nelda, Nelda, steig ein,« drängte die Mutter, »sonst fährt der Zug ab und du bist nicht drin! Um Gottes willen, ich bitte dich, komm' nicht unter die Räder, lehn' dich nicht an die Wagentür, rutsch' nicht aus beim Umsteigen! Die Butterbrote hast du doch? Und weißt du, wenn du in Koblenz bist, willst du nicht ein paar alte Bekannte aufsuchen, die Schmidt und die Zänglein? Ja, die Zänglein vor allen Dingen. Und dann hör' doch mal über die Planke und schreib' mir!«

»Nein, Mama. Morgen in aller Frühe gehe ich zu meinem Vater; ich besuche sonst niemand. Ich fahre gleich weiter!«

»Ach ja, zu Dallmer!« Frau Schmolke fing laut an zu schluchzen. »Grüß ihn vielmals von mir, und, hörst du, kauf' einen wunderschönen Kranz, den besten, den du kriegen kannst! Leg' ihm den in meinem Namen auf's Grab!«

»Meine liebe Nelda!« Xylander schwang sich auf den Wagentritt, sein Gesicht mit den treuen Augen tauchte dicht vor dem Neldas auf. »Meine liebe Nelda, so weit wären Sie!« Er tat einen tiefen Atemzug. »Wohl Ihnen, die Fesseln fallen ab! Sie gehn und stehn nun bald auf Ihrer freien Höhe und wollen von Ihrer Herzensfülle herunterwerfen und ausstreuen – ist dem nicht so?« Er blickte ihr lächelnd in die Augen.

Sie erwiderte seinen Blick voll und ehrlich. »Ja, das will ich. Wie gut Sie mich kennen! So kennt mich keiner.« Sie preßte seine Hand. »O so genau – woher nur?«

Seine Lippen zuckten eigentümlich, eine Sekunde lang schloß er die Augen; und dann öffnete er sie weit und glanzvoll. »Ich – ich habe Sie sehr geliebt!«

»Vorsicht!«

Er sprang zurück, der Schaffner schmetterte die Wagentür zu. Ein greller Pfiff. Die Lokomotive stöhnt, schnaubt, die Räder quietschen und rasseln.

»Nelda, meine Nelda!« Die Mutter schrie laut auf und streckte beide Arme aus.

»Deine Rosen, Tante,« kreischte Fritz und schleuderte das Bukett in's Fenster. Nelda fing es auf und drückte die duftenden Blumen an ihre Lippen. Im Nebel sah sie die Gestalten auf dem Perron. Sie nickte, sie winkte – klein wurden die Gestalten, immer kleiner – nun waren sie ganz weg!

Nelda stand am Fenster, tränenden Auges, die Rosen noch immer in der Hand. So fuhr sie in's Land hinaus. – – –

Frau Schmolke war ganz aufgelöst. »Sie war mein einziges Kind,« jammerte sie, »und so klug und so gut!« Es war, als ob sie eine Tote betrauere. Schmolke und Xylander hatten viel zu trösten. »Mir ist ganz schlecht,« stöhnte sie. »Die Hitze! Das frühe Aufstehen! Und dann der Abschied – o Gott!«

»Weißt du was?« Der besorgte Gatte legte zärtlich den Arm um ihre Taille. »Wir wollen 'rüber zu Josty gehn, du trinkst 'ne starke Mokka – der Kaffee ist ausgezeichnet – der hilft dir wieder auf die Beine!«

»Ach ja.« Sie wischte sich die Tränen ab. »Das wird mir gut tun! Aber weißt du, vielleicht lieber Melange!«

Sie gingen, und Xylander sah ihnen nach. Er faßte seinen Jungen fest an die Hand und schritt hinüber zum Telegraphenamt im Potsdamer Torhaus. Dort gab er eine Depesche auf:

›Von Ramer, Köln, Gereonstraße. Nelda heut abend Koblenz, morgen sehr früh Pfaffendorfer Kirchhof.

Xylander.‹

IX.

Warum singen die Vögel denn nicht? Es ist doch früh am Morgen. Sehr früh. Sie schlafen nicht mehr, sie sitzen auf den Zweigen und äugeln stumm zum verhängten Himmel auf.

Eine träumerische Stille ist über'm Land. Leise fluten die Wellen des Rheins, grün und lauwarm spielen sie über runde Kiesel, gleiten vor und gleiten zurück; alles sehr sanft. Die Büsche neigen sich, die Blumen haben große Tropfen im Kelch. Am Horizont kommt es dämmernd herauf; keine Sonne, die steckt hinter Wolken, graue Schleier hängen sich in der Ferne auf, einer hinter dem andern. Es ist ein weiches, stillwarmes Licht über der Welt.

Auf der Pfaffendorfer Chaussee kaum ein Mensch. Nur die Milchkarren fahren zur Stadt. Die kleinen Hunde auf dem Kutscherbock kläffen nicht, sie wedeln stumm ihren Herren an, dann legen sie sich wieder nieder, den Kopf auf die Pfoten gedrückt.

Die einsame Frauengestalt auf der Chaussee fiel niemandem auf; sie hielt sich immer dicht unter den Bäumen, sah nicht um sich, ging still, den Blick auf den Boden geheftet. Nur jetzt blieb sie stehen. Da lag ein kleines Haus, etwas weiter zurück als die andern, ein Gärtchen davor mit einem Gitter gegen die Straße. Da hatten früher Dallmers gewohnt; jetzt hausten junge, vergnügte Leute darin mit drei oder vier lustigen Kindern.

Die Einsame blieb eine ganze Weile am Gitter stehen und sah gespannt in den Garten, in dem jetzt zahllose Blumen blühten, viel mehr als früher. Die junge Frau, die eben, rosig verschlafen, das Fenster öffnete, bemerkte die Fremde. »Guten Morgen, wünschen Sie etwas?«

»Nein, danke!« Die Fremde grüßte und ging weiter, aber in einiger Entfernung blieb sie wieder stehen und blickte zurück – es war ja ihr Vaterhaus.

Nelda Dallmer war auf dem Weg zum Pfaffendorfer Kirchhof. Sie setzte langsam Schritt vor Schritt; der Gedanken waren zu viele, sie konnte nicht rasch wandern. Alles war aufgewacht, was sie längst begraben gewähnt, und was doch nur gelegen und geschlafen hatte, wie scheintot. Und doch war sie nicht traurig. Sie ging nur gleichsam im Traum – mußten sich die grauen Vorhänge am Himmel nicht lüften, und würde nicht die Sonne dahinterstehen, groß, leuchtend?!

Jetzt war sie in Pfaffendorf. Hier zweigte der Weg ab in's Bienhorntälchen. Und hier ging's zum Kirchhof. Sie hatte keinen Kranz, keine Blumen; als sie drüben in Koblenz fortging, waren noch alle Läden geschlossen. Sie kränkte sich nicht deswegen, sie brachte ihrem Vater ja ein ganzes, volles Herz – war das nicht weit mehr?

Die Kirchhofspforte war angelehnt. Alles war noch wie früher: der breite Kiesweg in der Mitte, tiefhängendes Grün an beiden Seiten, dazwischen versteckt Kreuz bei Kreuz, Stein neben Stein. So war's auch gewesen an des Vaters Begräbnistag; damals aber schien die Sonne und ihr Herz war voll schwarzen Jammers, heute war der Himmel trüb, doch in ihr heller, offner Tag.

Sie lief zwischen den Gräbern durch, da – da – ganz bewachsen mit Efeu, eine Oase des Friedens, grün und still – des Vaters Grab. Die kleine Marmortafel versteckte sich unter dem üppigen Gerank; doch wäre auch keine dagewesen, sie hätte diese Stätte herausgefunden unter tausenden.

»Vater!« Mit einem lauten Ruf sank sie in die Kniee und stemmte beide Hände auf den Hügel. Sie weinte nicht, nur ihre Stirn neigte sich tiefer und tiefer, bis sie auf den Efeuranken lag und die morgenfeuchte Erde hindurchfühlte.

Es war ein langes, stummes Zwiegespräch zwischen Vater und Tochter. Ein Fragen und Antworten, von dem kein Ohr etwas hörte, und das doch mit Geisterhauch über Gräber hinwehte.

Endlich stand Nelda auf. Mit einem freien Blick sah sie empor und dann um sich, in einem leisen Windhauch lispelten alle Bäume; es fuhr ein Schauern hindurch. Sie griff sich an die Stirn, die war kühl vom Liegen auf dem Grund; ein kleiner Käfer lief ihr durchs Haar, er hatte sich darin verfangen. Sie nahm ihn und setzte ihn auf das nächste Blatt; es war ein Marienkäfer, ein roter mit schwarzen, runden Punkten. Jetzt fiel ihr ein, der brachte ja Glück. Mit ernstem Lächeln sah sie zu, wie das Tierchen die Flügeldecken hob und senkte und wieder hob und die Kräfte probierte – fort war es, schneller als ein Gedanke, ein Pünktchen, ein Nichts im ungeheuren Weltall und doch etwas.

Nelda strich mit der Hand liebevoll über die Marmortafel; die Buchstaben waren verwaschen vom Regen. Sie sah noch einmal über den ganzen Hügel, den Efeu und die Büsche ringsum, und dann ging sie, ohne sich umzusehen, mit festem, raschem Schritt über den Kiespfad. Sie atmete ruhig, Ihre Augen glänzten feucht, das Haar wehte ihr in die gehobne Stirn. Da – ein Schatten fiel auf ihren Weg!

Hinter der angelehnten Pforte trat jemand vor und zog den Hut. Sie sah nicht hin – wohl irgend ein früher Besucher – sie sagte nur freundlich: »Guten Mor –.« Mitten im Wort versagte ihr die Stimme.

Wer – wer war das – – –?!

Groß, schlank. Ein etwas hageres Gesicht, tiefliegende Augen unter starken Brauen.

»Fräulein Dallmer, erschrecken Sie nicht!« Er streckte ihr nicht die Hand entgegen; er machte nur eine tiefe Verbeugung. »Fräulein Dallmer!«

Ein eisiges Frösteln lief ihr durch die Glieder und gleich darauf ein Glutstrom: das war Ramer, Ferdinand von Ramer!

Sie sah ihn nicht an, sie sah an ihm vorbei in die leere Luft. Wie kam er hierher, was wollte er? War das Zufall – oder Absicht? Sie konnte nicht dafür, das Herz fing ihr an wie rasend zu pochen, eine zornige Scham überkam sie und zugleich ein jäher Schmerz. Sie neigte stumm den Kopf und trat zur Seite – mochte er vorübergehen!

Aber er ging nicht. Er trat neben sie und sagte mit einer Stimme, die heftigste innerste Erregung beben machte: »Fräulein Dallmer, ich wußte, daß Sie hier sind, mein Freund Xylander hat mir telegraphiert. Heute nacht bin ich von Köln gereist. Seit dem frühesten Morgen warte ich hier auf Sie. Ich sah Sie vorhin hineingehen, ich wollte Sie aber nicht eher stören!«

Xylander – war's möglich? Man hatte sie hintergangen, überlistet im abgekarteten Spiel! Sie wollte zürnen und konnte doch nicht; zu deutlich schwebten ihr Xylanders treue Augen vor – ›Ich habe Sie sehr geliebt!‹ – Nein, der wollte nur Gutes für sie!

Ein weicherer Schein flog über ihr Gesicht, das blaß und kalt geworden war.

Sie wendete Ramer nun doch das Gesicht zu, sie sah seine Augen, die bittend auf ihr ruhten. Das waren dieselben Augen, an deren Blick sie einst gehangen – nein! Zornig trat ihr Fuß den Boden, sie machte ein paar hastige Schritte, und dann sprach sie. Umsonst versuchte sie ihrer Stimme Festigkeit zu leihen, die Zähne schlugen aufeinander. »Was wollen Sie von mir? Sie haben mich sehr erschreckt!«

»Verzeihen Sie mir, können Sie mir verzeihen – verzeihen?«

Hastig, ohne Atem geflüstert, klang's an ihrem Ohr, ihr Gang wurde rascher und rascher wie auf der Flucht. Er lief nebenher. Sie wagte nicht wieder den Kopf nach ihm zu wenden, der Blick seiner Augen hatte sie durchschauert bis in's innerste Mark. Das durfte nicht sein. War sie ein wankelmütiges Geschöpf, dem man mit einem Wink das Herz umdrehte? Es schrie in ihr und bäumte sich auf – nein!

Sie zwang sich, blieb stehen und maß ihn von Kopf bis zu Füßen ohne mit einer Wimper zu zucken. Ihre Blicke bohrten sich ineinander: die seinen flehend, mit sehnsüchtigem Anklammern, die ihren stolz wegweisend. Sie bewegte die Hand mit ablehnender Gebärde. »Ich habe Ihnen nichts zu verzeihen, Herr von Ramer. Es ist alles vergeben, aber auch – vergessen. Wir sind tot für einander. Adieu!«

»Nelda!«

Sie stand wie angewurzelt; das war ein Ton aus tiefster Seele!

Er vertrat ihr den Weg. »Gehen Sie nicht, gehen Sie nicht so von mir!« Es stürzte ihm über die Lippen wie ein lang zurückgedrängter Quell. »Tag und Nacht peinigt mich der Gedanke an Sie. Was habe ich Ihnen angetan, ich erbärmlich Verblendeter! Mußten Ihre schönsten Jugendjahre darüber hingehen, bis ich, feiger Egoist, einsehen lernte, was Sie sind, was Sie immer waren?! Unendlich mehr wert als alles andere! Nelda!« Die Erregung schüttelte ihn. »Es geht ein Hauch von Ihnen aus, der hat mich durchblasen bis in's Innerste. Ich war klein, ich war feig, ich war blind – es ist mir von den Augen gefallen, nach und nach, immer mehr. Ich werde ein anderer, möchte ein anderer sein! Aber ich kann ja nicht! Nelda, sehen Sie mich doch an, geben Sie mir doch die Hand, verzeihen Sie mir« – die Stimme wankte ihm – »es liegt wie ein Alp auf mir, ich bin in ewiger Schuld, ich habe Sie unglücklich gemacht!«

Sie richtete sich hoch auf, langsam kehrte die Farbe in ihre Wangen zurück. »Sie irren sich, Herr von Ramer! Sie haben mich nicht unglücklich gemacht. Es hat eine Zeit gegeben, da glaubte ich nicht leben zu können, die Zeit ist längst, längst vorbei!« Sie winkte wie nach etwas in weiter Ferne Entschwundenem. »Ich bin nicht glücklich, das wäre zu viel gesagt; aber ich bin frei, ganz frei, mein Herz ist ruhig. O nein. Sie haben mich nicht unglücklich gemacht!«

Er sah sie an wie entgeistert: das hatte er doch nicht erwartet! War das Wahrheit? Frei begegnete ihm ihr Blick, ruhig ging ihr Atem. Nein, das war nicht Lüge! »O Nelda, so haben Sie gar kein – kein – ich – kein Interesse mehr für mich – wo ist Ihre Liebe – kein Funken mehr?!« In seinem Herzen fiel etwas zusammen, eine grenzenlose Enttäuschung packte ihn. Es war klar, sie hatte kein Gefühl mehr für ihn; nichts, gar nichts war zu hoffen! Er stöhnte.

Jetzt trat sie näher an ihn heran, ihre Stimme klang weicher. »Es tut mir sehr leid, wenn Sie sich quälen. Ich wünschte, daß es Ihnen gut ginge. Der Tod Ihrer Mutter hat mich tief berührt.« Sie machte eine Pause, eine glühende Blutwelle schoß ihr in die Stirn. »Wenn Sie's denn wissen wollen, ich habe Sie so lieb gehabt, wie man nur einmal im Leben jemand lieb haben kann – kindisch, unbedacht, aber selbstlos, grenzenlos! Nun ist alles vorbei – Gott sei Dank!« Sie atmete wie erleichtert. »Ich bin stolz geworden, ich kann nur den lieben, den ich – achte!«

Er fuhr zurück.

»Und nun –,« sie hielt ihm die Hand hin, – »ohne Groll, ja? Adieu!«

Er nahm ihre Hand nicht. Kurz nickend wandte sie sich zum Gehen mit starken rüstigen Schritten. Er folgte ihr. Er faßte ihr Kleid, und dann packte er ihr Handgelenk und hielt es fest, daß es schmerzte.

Alles Blut war ihm aus dem Gesicht gewichen, seine Lippen zitterten, aber energisch preßten sie sich aufeinander. »Achten –?! Sie sollen mich achten. Sie müssen mich achten!« Die Ader auf der Stirn schwoll ihm, seine Augen blitzten. »Hab' ich darum gekämpft all' die Jahre, hab' ich darum mich endlich durchgerungen zu einem Entschluß? Sie sollen nicht sagen: ›Es ist alles vorbei, Gott sei Dank!‹ Ich fühle die Verächtlichkeit in Ihrem Ton. Sie können nur lieben, wen Sie achten – Sie werden mich achten!«

Sie starrte ihn an mit großen Augen, erstaunt und verwirrt.

Er preßte ihre Hand; sie machte keine Miene, ihm diese zu entziehen, sie stand wie gebannt am selben Fleck.

»Sie wundern sich,« fuhr er gemäßigter fort. »Verzeihen Sie, ich war heftig! Ich hatte vergessen, daß Sie noch keinen Grund haben, mich zu achten. Aber zeigen Sie mir wenigstens den guten Willen, gehen Sie nicht gleichgültig von mir! Was ich geworden bin, bin ich durch Sie geworden. Nelda,« – unwillkürlich senkte er die Stimme – »als ich Sie verloren hatte durch meine eigene Schuld, da wurde ich erst inne, was ich besessen hatte. Immer mehr und mehr kam's mir. Wenn ich allein und düster auf meiner Stube brütete, dann kamen Sie leise zur Tür herein und setzten sich mir gegenüber und sahen mich an mit Ihren klaren Augen – und ich fing an, mich zu schämen. Und dann, wenn ich mich nächtelang ohne Schlaf wälzte, dann traten Sie zu mir und legten mir die Hand auf die Stirn, es tat wohl und doch weh – ich fing an zu bereuen. Sie sind immer neben mir hergegangen all die Zeit; ich wußte es oft selbst nicht, aber plötzlich waren Sie da. Sie sahen auf alles, was ich tat, meine Gedanken drehten sich nur um einen Punkt, um die Erinnerung an Sie. Ich wusste nicht, wie es werden sollte, ich hatte keine Hoffnung mehr!« Er hielt inne und sah sie forschend an.

Sie hatte die Augen niedergeschlagen, keine Regung war auf ihrem Gesicht, nur die Wimpern zuckten.

Langsam schritten sie weiter; er hielt noch immer ihre Hand, nun gab er sie sanft frei. »Dann kam der Tod meiner Mutter,« – Nelda sah rasch auf mit dem Ausdruck des Mitgefühls – »als ihr armer Leib im Grabe lag, und die letzten Schaufeln Erde darüberfielen, da war der Rest einer finstern Vergangenheit zugeschüttet. Ich habe meine Mutter sehr geliebt, noch ebenso geliebt, als sie mich längst nicht mehr kannte, und doch war's eine fortgesetzte Qual. Ich weiß sie nun ruhig, Gott sei Dank! Ihr Tod hat mich tief erschüttert, aber eine Bergeslast von mir genommen. Ich konnte noch einmal aufatmen, daran denken, vielleicht auch noch einmal glücklich zu werden. Und da fing ich an mich zu sehnen!« Er blickte sie wieder von der Seite an.

Sie ging ganz still, den Kopf auf die Brust gesenkt.

»Hören Sie mich, Nelda?«

Sie nickte; leise sagte sie: »Ja.« Aber sie sah nicht auf.

»Ich habe meinen Abschied genommen; in militärischen Verhältnissen kann ich nicht so, wie ich will und muß. Es ist nicht ohne Kampf für den, der im bunten Rock aufgewachsen ist, da Schicht zu machen; aber es war nötig. Wollte ich mit dem Leben fertig werden, mußte ich es neu beginnen. Jetzt habe ich eine Stellung an der Gewehrfabrik in Köln, ein sehr bescheidnes Los, aber anständig; und ich werde weiterkommen. Leicht ist es nicht immer; ich hoffe kein Schwächling mehr zu sein, aber ich bin kein Held, mitunter kommen die Grillen und plagen mich, die alten Gedanken machen mir Kopfschmerzen – und dann sehne ich mich, dann sehne ich mich!« Er seufzte tief, lüftete den Hut und fuhr sich durch's Haar; sie sah, wie es mit grauen Fäden durchzogen war.

Sie fragte nicht: ›warum erzählen Sie mir das alles?‹ Sie wagte nicht mehr zu fragen. ›Dann sehne ich mich, dann sehne ich mich‹ – der Ton war ihr durch Mark und Bein gegangen.

Ohne Wort schritten sie nebeneinander her, Seite an Seite. Der Kirchhof lag weit hinten. Nun blieb Nelda noch einmal stehen und sah zurück. »Mein Vater,« sagte sie leise, gleichsam erklärend, und wies mit dem Finger dorthin.

Ramer nickte. »Ich weiß, Ihr und mein treuer Freund Xylander hat mich von allem unterrichtet. Er hat mir nicht jede Hoffnung genommen, er sagt. Sie wollen keinen Menschen verlassen, dem Sie zu seinem Leben wahrhaft nottun. Nelda?!«

Sie gab keine Antwort, ihre Lider senkten sich auf die gerötete Wange.

Und nun sagte er weich: »Sie haben unendlich viel verloren an Ihrem Vater – Ehre seinem Andenken!« Er zog den Hut wie zum Gruß.

Sie standen beide und sahen nach dem Kirchhof hinüber; ein leiser Wind kam von dort und fächelte ihnen die heißen Gesichter. Nelda empfand's wie eine Liebkosung.

Und nun waren sie im Dorf. Lang und staubig schlängelte sich die Chaussee. Der Himmel wurde grauer und die Ferne dunstiger, die Luft drückte auf Kopf und Augen. Plötzliche Windwehen fegten den Staub auf und drehten ihn in kleinen Wirbeln über die Straße. Mit heißen Augen sah Ramer auf zum Himmel, über das dunstige Land und dann hinab zum Rhein; die Wellen gluckste sanft an's Ufer. Da schaukelte ein Nachen. Er wies nach dem Wasser: »Fräulein Dallmer, wollen Sie sich mir anvertrauen? Ich denke, auch Ihnen liegt nicht daran, dort im staubigen Trott mit den Menschen zu wandern? Sie müssen zur Stadt zurück, ich rudre Sie dahin, gönnen Sie mir das!« Er stand vor ihr, bittend, den Hut in der Hand. O dieser Rhein, dieser Rhein – und die Erinnerung!

Nelda senkte den Kopf; leise zustimmend murmelte sie? »So fahren wir!« Sie war wie im Traum. War sie's denn wirklich, die gestern noch im Lärm der Großstadt gestanden? Und heute mit einem Schlage zurückversetzt war in die Vergangenheit? Waren die Toten auferstanden, wurde etwas Begrabnes in ihrer Brust lebendig?! Sie sah an sich herunter und um sich her und fühlte ein seltsam rasches Schlagen in ihrem Herzen.

Unten im Nachen lungerte ein junger Bursche, Ramer lohnte ihn ab und hieß ihn, sich das Boot an der Schiffbrücke abzuholen.

Sie stiegen ein; Nelda trat unsicher, der Nachen schwankte, Ramer mußte ihr die Hand reichen. Sie setzte sich schweigend an's Steuer, er nahm die Ruder; gleichmäßig plätscherten sie im Wasser. Perle auf Perle tropfte von den Schaufeln, kein Sonnenstrahl blitzte darin; das Wasser war grau wie der Himmel darüber. Die Häuser des Dorfes blieben zurück, die Villen auf der Chaussee glitten vorüber, mit verschleierten Augen sah Nelda hin zum Vaterhaus.

Wie trüb alles war! Eine schwarze Wolke wie ein dunkles Dach hing über'm Rhein. Die Wellen wurden unruhig und drehten sich kräuselnd unter den Rudern – jetzt – überraschend, schneller als geahnt – ein Tropfen! Dick, schwer, prallte er auf den Bootrand – und jetzt noch einer, und noch einer. Ein feuchter Windstoß sauste über den Strom – der Kahn schwankte und legte sich auf die eine Seite, jetzt auf die andere. Tropfen auf Tropfen fiel plätschernd in's Wasser – ein regelmäßig fallender rauschender Regen. In einem Augenblick war die Aussicht verhangen, die Häuser der Stadt nicht zu sehen; schattenhaft umsäumten die Berge die Ufer.

Nelda saß regungslos unter ihrem Sonnenschirm; mit der einen Hand hielt sie das Steuer, aber wohin steuern? Gradaus schlug der Regen in's Gesicht, man war blind. Sie mußte das Gesicht wenden, ihrem Begleiter zu. Der legte sich in die Ruder, daß sie sich bogen; widerwillig schäumten die Wellen, der Rhein war aufgewühlt.

Kein Gewitter, weder Blitz noch Donner, nur ein plötzlicher elementarer Ausbruch – oder hatten die beiden der schwarzen Wolken nicht geachtet, die schon längst lauerten, um niederzubrechen und sich stürmisch auszuweinen?

Der Regen floß Ramer über's Gesicht; er schüttelte die Tropfen ab und zog die Ruder ein, er sprach zum ersten Mal. »Ich bin ungeschickt, Fräulein Dallmer, heute wie immer; ungeschickt und unglücklich. Nun setze ich Sie dem Unwetter aus! Verzeihen Sie –« – ein Windstoß drehte den Kahn wirbelnd herum – »fürchten Sie sich?«

»Ich – fürchten?!« Ihre Stimme klang merkwürdig zuversichtlich. »Vor so etwas fürchte ich mich nicht. Die paar Tropfen!« Ruhig richtete sie sich auf, schloß den Schirm, schüttelte den Regen von ihrem Kleid und blieb, auf's Steuer gestützt, fest stehen.

Er sah zu ihr hinüber, er vergaß nach den Rudern zu greifen, seine Augen hatten einen stumm beredten Ausdruck. Sie hingen an ihr.

Wind und Wellen säuselten um den Kahn, leiser rauschte es; vereinzelter fielen schon die Tropfen, sie bildeten Blasen auf dem

Wasser und engere und weitere Ringe. Ein feuchtkühler Hauch schauerte über den Rhein. Sacht glitt der Nachen stromab, träumerisch suchte Neldas Blick die Ferne – der Vorhang riß! Da war die Stadt mit ihren Türmen, wie ein Rahmen davor der schön geschwungene Bogen der Eisenbahnbrücke – da die Schiffbrükke mit dem schwarzweiß gestrichnen Geländer – ein Sonnenstrahl schoß plötzlich blendend aus Wolken, er zeigte alles in duftigem Flimmer.

»Sehen Sie – da!« Sie hob die Hand. »O sehen Sie, nach allem Grau so hell, so schön!« Ein Ausdruck des Entzückens lag auf ihrem Gesicht, die Augen leuchteten; sie öffnete die Lippen zu einem tiefen, durstigen Atemzug. Ihre Gestalt reckte sich. Groß stand sie am Steuer, gleichmütig gegen das Schaukeln und Schwanken unter ihren Füßen. Unentwegt sah sie geradeaus, den Kopf hochgehoben, die kräftige Brust vom Wind umweht.

»Nelda!«

Sie wendete ihm voll das Gesicht zu, der plötzliche Sonnenstrahl spielte darauf in goldenen Reflexen. Wie geblendet starrte der Mann sie an; von einem törichten, sinnlosen Gefühl ergriffen, streckte er die Arme nach ihr aus. »Helfen Sie mir!«

Sie sah zu ihm herunter, ihre Augen trafen sich – ein langes Ineinanderwurzeln. ›Kannst du vergeben?‹ sprach der eine Blick. Und der andere: ›Ich habe vergeben!‹

»Ich verzage sonst,« sagte Ramer unwillkürlich laut. Und dann mit einem schmerzlichen Gefühl, voll Lust und Schmerz zugleich: »Ich habe Sie wiedergesehen, – es ist so schwer zu leben – ich muß mich vor vielem fürchten – werd' ich unterliegen oder siegen?!«

»Siegen!« Ihre Stimme hallte über's Wasser. So redet ein Weib, das Fesseln getragen hat und doch frei ist! Eine, die nicht unterliegt, wenn der Kampf auch heiß ist und die Gefangenschaft lang.

»Auf, auf,« sagte sie kurz, wie man zum Kampf anfeuert. »Nur nicht schwach werden und verzagen an sich selbst! Wenn draußen alles in Stücke geht, wir haben hier innen was in uns. Voran, Herr von Ramer –« sie warf die Haare zurück, die ihr der Wind ins Gesicht fegte – »schlagen Sie nieder, was sich Ihnen in den

Weg stellt. Sie müssen durch – es ist oft schwer.« Sie biß die Zähne zusammen, ein freudiger Glanz verschönte ihr Gesicht. »Aber man kommt durch. Nur Mut!«

Ramer schloß schwindelnd die Augen, dann öffnete er sie wieder schnell, sie saugten sich an ihrem Bilde fest. Da stand sie, frei und befreiend, mutig und ermutigend, Weib und Heldin! Es war ihm, als müsse er auf die Kniee sinken. Eine starke Luft strömte ihm von ihr entgegen, herb wie in deutschen Tannenwäldern, aber voller Kraft, jeden Pulsschlag belebend.

»Voran!« Hatte sie das gesprochen oder er?!

Der reine Wind wehte das Wort um sie her und trug es über ihre Häupter.

Der Mann faßte nach des Mädchens Hand. »Können Sie mich verlassen?! Nein, Sie können es nicht, Sie dürfen es nicht! Nelda, geh' du voran, dann kann ich folgen!«

»Ich warte. Zeigen Sie sich tapfer!« Sie drückte ihm fest die Hand und lächelte ihn an. »Und nun voran, rudern Sie, wir müssen eilen!«

Der Nachen schoß über's Wasser. Nun legten sie an; schweigend sprang sie an's Ufer, er ihr nach. – – –

Neue Wolken zogen herauf, neue Regenschauer verjagten die Sonne, aber sie kehrte wieder und wieder. In Nebel und Wasser spiegelte sich ihr leuchtendes Bild.

Heil! Da steht er endlich über'm Rhein, der Regenbogen, hingeweht in duftigen Farben, und doch festen Fußes, diesseits des Ufers und jenseits. Er ist wie ein Tor, durch das Schifflein gleiten auf vergoldeten Wellen.

X.

»Heihoh, unsere Eifel! Hallo!

Die Berge hallen wider von dem kräftigen Ruf. Zwei Menschen sind's, die da oben stehen auf dem höchsten Gipfel und hinabschauen durch ein Gewirr von dunklen Tannen und gelbem Laub in schrundige Felsspalten. Unten rauschen schäumende Bergwasser.

Die Sonne ist im Sinken. Zögernd steigt sie drüben hinter die runde Bergkuppe, purpurner färbt sie das bräunliche Heidekraut und die Stämme rotgoldner. Sie kann sich nicht trennen. Unten im Tal ist schon Dämmerung, hier oben noch ein Meer von Licht. Wie gebadet in Gold sind die beiden Menschen, weithin sichtbar stehen ihre Gestalten im Äther – ein Mann und eine Frau. Der Mann ist alt, sein weißes Haar flattert in der herben Abendluft. Sie scheint noch jung, das helle Kleid spannt sich über kräftige Formen, ihr Gesicht ist frisch.

Es ist längst kein Sommer mehr. Die Buchen haben buntes Laub und werfen ein Blatt nach dem andern ab; wenn die Sonne sinkt, weht's herbstlich kühl. Es raschelt im Gras, Tauperlen fallen nieder, weiße Nebel huschen in den Schluchten und legen sich weich und zärtlich den Bergen an die Brust. Bald ist's dunkel im Tal. Nur der große Sonnenball steht noch hinter'm Gipfel, röter wird der Himmel um ihn und röter, Wölkchen flattern auf und schwimmen davon, lange goldne Bänder schlängeln sich hinter die grauen Felsspitzen.

»Hah!« Nelda Dallmer breitete die Arme aus, als wollte sie eine Welt an's Herz schließen, ihr Gesicht strahlte im Widerschein des Abendrots. »Onkel, wie schön das ist! Fühl' nur, die Luft, wie rein, wie köstlich! Sie geht einem durch und durch. Und sieh nur, sieh, jetzt hat die große Tanne drüben einen ganz goldnen Wipfel! Wie die düstren grauen Felsen angeglüht sind, sie lachen ordentlich. Ach, und der Himmel! Man möchte sich hineinstürzen und ertrinken in dem Meer von Wonne. Onkel!« Sie sprang auf den Mann zu und schlang die Arme um ihn. Wie ein Kind hing das große Mädchen an seinem Halse.

»Fühlst du's denn mit mir, Onkel Konrad? Komm, gib deine Hand, leg' sie einmal hierher! Nicht wahr, wie das klopft und stark geht? Mein Herz ist so voll – ich bin doch noch jung, ich bin stark und gesund. Ach, Onkel, wie dankbar ich dir bin! Du hast mir mal gesagt – Jahre sind's schon her, ich hab's nicht vergessen – ›lieg du nur so recht fest an der Brust der Natur, dann bekommst du andre Augen‹. Die hab ich!« Sie sah ihm strahlenden Blickes in's Gesicht. »Kannst du's sehen, sind sie hell?«

Mit einem zärtlichen Lachen strich ihr der Bürgermeister die verwehten Haare aus der Stirn. »Gott sei Dank, mein Mädchen, jetzt sind die so, wie's gut ist. Hell waren sie schon, als du im Sommer herkamst, Wochen sind seitdem vergangen, mit jedem Tag sind sie noch heller geworden. Und hell hast du mir's in meinem Haus gemacht,« sagte er weich. »Meine Manderscheider freuen sich, und der Vefa ihr Mädel läuft dir nach wie ein Hündchen. Mußt ganz stolz sein auf dein Werk!«

»Nein, Onkel, stolz nicht!« Sie schüttelte den Kopf und sah mit einem schwimmenden Blick in den rosigen Horizont. »Aber froh, daß ich was helfen konnte. Es ist ein herrliches Gefühl, jemandem was sein zu können; man wird so froh dabei, so mutig. Man möchte mit Lachen eine Riesenlast auf die Schultern nehmen; sie wäre einem federleicht. O« – sie drückte beide Hände gegen die heißen Wangen – »ich bin so froh!«

»Wirst du's auch bleiben?« Dallmer sah ihr fragend in's Gesicht. »Ich bin ein alter Mann, kann heut oder morgen die Augen zutun, und dann bist du allein. Wir haben nicht ewig Sommer, denk' an den Winter – dort, sieh hin, rasch – da fällt der Ball! Nun ist die Sonne weg. Ein goldner Streifen noch – bald haben wir Nacht.«

»Aber sie kommt zurück! Morgen geht sie wieder auf. Und sehen wir sie morgen nicht, dann übermorgen und sofort. Nein, Onkel, du machst mir nicht bang! Noch lebst du, und ich lebe mit dir!« Sie drückte ihm liebevoll die Hand.

»Aber wird dir's genügen? Nelda, Nelda!« Er hob mahnend den Finger, ein ernst freundliches Licht war in seinen Augen. »Du bist so sehr Weib. Du mußt was haben, an's Herz zu drükken, etwas, das dir ganz allein gehört, mehr als wir andren alle dir gehören können. Glaub' mir, jetzt bist du froh – dann aber wirst du erst glücklich sein!«

»Ich glaube es dir.« Sie machte sich hastig los, glühendes Rot war ihr bis zu den Schläfen gestiegen; sie senkte den Blick.

Eine Weile war Schweigen. Der Nachtwind kam und rüttelte die Bäume und zauste eine Handvoll Blätter herunter. Es rauschte in den Wipfeln, es rauschte im Kraut.

Sie schaute plötzlich auf, ein leises Schauern ging ihr über den Leib. Eine unsichtbare Gewalt zog ihr die Arme voneinander, daß sie sie weit ausbreiten mußte.

»Ich will gern glücklich sein. Hier steh' ich und warte. Und kämpft er sich durch, und kommt er hier herauf und holt er mich, dann, ja dann!« Sie warf den Kopf zurück, mit kraftvollen Schritten eilte sie vorwärts, das Haar wehte ihr um die Schläfen, die Lippen öffneten sich zum jauchzenden Freudenschrei. »Dann lauf' ich ihm entgegen. Dann gehn wir Hand in Hand, wohin es auch sein mag. Er und ich!« Sie lachte frei in den Wind hinaus – ein seliges Lachen – hallend gab es das Echo zurück.

Der letzte goldne Streifen am Horizont ist verschwunden, die Nacht ist gekommen. Und doch keine Nacht.

Clara-Viebig-Gesellschaft und Clara-Viebig-Pavillon e.V. Bad Bertrich

Die Dichterin Clara Viebig (geboren 1860 in Trier – verstorben 1952 in Berlin) gehörte um die Jahrhundertwende zu den meistgelesenen deutschen Autoren. Die Kritik geizte nicht mit Lob, pries sie als »deutsche Zolaïde« und stellte sie auf eine Stufe mit Gerhard Hauptmann und Thomas Mann. Heute ist das umfangreiche Werk, das aus über 30 Romanen, Novellen und Dramen besteht, in der Öffentlichkeit kaum mehr bekannt. Und bei denen, die sie und ihr Werk noch kennen, ist ihr Ansehen oft durch Klischees und Vorurteile herabgesetzt.

Diesen Zustand zu verbessern, hat sich die Clara-Viebig-Gesellschaft zum Ziel gesetzt. Clara Viebigs Werk soll durch Neuausgaben, durch Sammlung von Primär- und Sekundärliteratur, durch die Einrichtung eines Archivs und einer Bibliothek, durch Ausstellungen, Vorträge und Seminare der Öffentlichkeit wieder bekannt gemacht werden.

Informationen:

Clara-Viebig-Gesellschaft und Clara-Viebig-Pavillon e.V. Bad Bertrich
Kurfürstenstraße 21, 56864 Bad Bertrich
Tel.: 06542/963331, Fax: 06542/61158
clara-viebig@r-m-v.de - www.clara-viebig-gesellschaft.de

Clara Viebig im Rhein-Mosel-Verlag

Clara Viebig war eine der meistgelesenen Autorinnen ihrer Zeit. Ihre Werke werden vom Rhein-Mosel-Verlag wieder aufgelegt:

»Das Weiberdorf«
»Vom Müller Hannes«
»Die goldenen Berge«
»Heimat«
»Einer Mutter Sohn«
»Naturgewalten«
»Unter dem Freiheitsbaum«
»Das Kreuz im Venn«
»Kinder der Eifel«
»Prinzen, Prälaten und Sansculotten«
»Die Wacht am Rhein«
»Die heilige Einfalt«
»Berliner Novellen«
»Novellen aus Trier und dem Moselland«

(Alle Bücher auch als eBook erhältlich)

Rhein-Mosel-Verlag, Brandenburg 17, 56856 Zell/Mosel, Tel. 06542/5151, Fax /61158
E-Mail: rhein-mosel-verlag@t-online.de Internet: www.rhein-mosel-verlag.de